BARRUG Y BORE

BARRUG
Y BORE

Rhiannon Davies Jones

Gwasg
Gwynedd

Argraffiad Cyntaf - Tachwedd 1989

© Rhiannon Davies Jones 1989

ISBN: 86074 029 3

Dymuna'r cyhoeddwyr gydnabod cymorth a chyfarwyddyd Adrannau'r Cyngor Llyfrau Cymraeg a noddir gan Gyngor Celfyddydau Cymru.

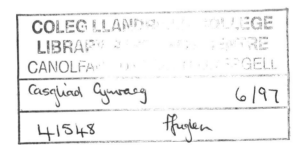
*Cyhoeddwyd ac argraffwyd gan
Wasg Gwynedd, Caernarfon.*

Gair gan yr awdur

Wrth ysgrifennu am Lywelyn ap Gruffudd y mae rhywun yn
ymwybodol o'r diwedd gydol yr amser ond cydnabyddwn mai ar
ganllawiau o obaith y mae pob dyn yn byw, yn symud a bod. Nid
oedd Llywelyn ap Gruffudd mwy na'i ddeiliaid i wybod beth
fyddai'r diwedd hwnnw. Rhaid felly oedd gwau'r dychymyg ogylch
yr ychydig ddefnyddiau prin oedd ar gael a theithio dros dirwedd
Cymru ac ymysg y bobl a allai fod yn cynrychioli'r cyfnod hwnnw.
Drwy'r pethau hyn yn unig y gellid dod i adnabyddiaeth o'r
Tywysog, pa mor denau bynnag y bu'r adnabyddiaeth honno.
Hyderwn na fu i'r dychymyg yma lorio gormod ar amynedd y
darllenydd. Eto, credwn mai'r un yn ei hanfod yw teimlad dyn drwy
oesoedd hanes. Ni raid ond darllen Marwnad Llywelyn ap Gruffudd
gan y bardd Gruffudd ab yr Ynad Coch i sylweddoli hynny:

> Poni welwch-chwi hynt y gwynt a'r glaw?
> Poni welwch chwi'r deri'n ymdaraw?

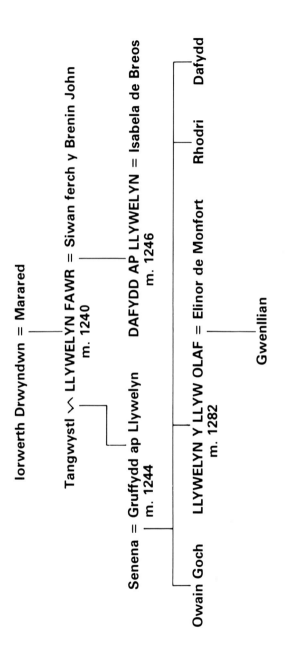

Iorwerth Drwyndwn = Marared

Tangwystl ⋁ LLYWELYN FAWR = Siwan ferch y Brenin John
m. 1240

Senena = Gruffydd ap Llywelyn   DAFYDD AP LLYWELYN = Isabela de Breos
m. 1244   m. 1246

Owain Goch   LLYWELYN Y LLYW OLAF = Elinor de Monfort   Rhodri   Dafydd
m. 1282

Gwenllian

Llinach y Tywysogion

CEMAIS

MÔN

ABERFFRAW

RHOSFAIR

Degannwy

Aberffraw

Abaty
Aberconwy

Abergwyn-
gregyn

Gwern
Eigron

TEGEINGL

A Clwy

GWYNEDD
UWCH CONWY

ARLLECHWEDD

RHOS

PERFEDDWLAD

Dolwyddelan

Nant
Conwy

RHUFONIOG

DYFFRYN
CLWYD

A Clwyd

POWYS FADOG

MAELOR

Nefyn

ARFON

DUNODING

EDEIRNION

Y SWYDD
WAUN

Eifionydd

Criccieth

LLŶN

Ardudwy

PENLLYN

MOCHNANT

MEIRIONNYDD

MECHAIN

CAEREINION

POWYS WENWYNWYN

CYFEILIOG

CEDEWAIN

Dolforwyn

Trefaldwyn

A Hafren

Gwern y gof

PENWEDDIG

ARWYSTLI

CERI

MAELIENYDD

Wigmor

Abaty
Cwmhir

CEREDIGION

Ystrad Fflur

UWCH AERON

GWERTHRYNION

RHWNG
GWY A
HAFREN

Cefnllys

IS AERON

BUELLT

Dyffryn Gwy

ELFAEL

CANTREF MAWR

Clas-ar-Wy

YSTRAD TYWI

Ystrad Yw

Grysmwnt

Ynysgynwraidd

DYFED

BRYCHEINIOG

Cwmdu

Y Fenni

Castell-gwyn

CANTREF BYCHAN

Dyffryn Wysg

EGINIOG

GWENT

MORGANNWG

- - - - - Ffiniau Taleithiau
(hen wledydd)
- - - - Ffiniau Cantrefi
. . . . Ffiniau Cymydau

Cymru yng nghyfnod y ddau Lywelyn

Rhan I
Cyfnod Sefydlu'r Dywysogaeth
1255 — 1262

I

Abaty Aberconwy
Diwedd y Grawys 1258

1255 — Llywelyn ap Gruffudd yn trechu ei ddau frawd Owain a Dafydd ym mrwydr Bryn Derwin ar ffin Eifionydd.

1256 — Yr ŷd yn pydru ar y ddaear gan bwysau'r glaw a'r gwellt yn tyfu drwyddo.

Llywelyn ap Gruffudd yn niwedd mis Tachwedd yn croesi afon Gonwy a meddiannu'r wlad hyd at ffiniau afon Ddyfrdwy. Y fyddin yn ymdeithio drwy Feirionnydd a Cheredigion a hyd Werthrynion ar y Gororau.

1257 — Glaw hyd y Mis Bach a llifogydd fel môr yn torri i lawr y coedwigoedd a'r pontydd. Newyn o ddiffyg blawd.

Llywelyn ap Gruffudd gyda Maredudd ab Owain o Geredigion a Maredydd ap Rhys Gryg yn gorfodi Gruffudd ap Gwenwynwyn i neilltuo dros Hafren.

Ar y dydd cyntaf o fis Awst y brenin Harri Tri yn ymgynnull y llu yng Nghaerlleon Fawr ac ymdeithio tua Degannwy.

Y brenin ar yr wythfed dydd o fis Medi yn dychwelyd o'i siwrnai seithug cyn dod o'r eira i Eryri...

Elystan yr Ymennydd Mawr oedd yno yn Scriptorium Abaty Aberconwy yn croniclo hynt yr amseroedd. Fe welai'r cyfarwydd fod y gŵr tal yn cwmanu uwch ben y memrwn ac yn anniddig yn ei holl osgo. Prin bod gwisg urdd y Sistersiaid yn gorffwys yn esmwyth am y corff anhylaw. Roedd yn ysu am gael crwydro gwledydd Cred unwaith yn rhagor a Rhagluniaeth yn gyndyn o roi ffafrau iddo. Am hynny yr oedd ei amynedd yn pallu. Ond erbyn meddwl tybed a fyddai'n ddiogel iddo deithio dros dir a môr oherwydd ei hen hanes yn arwain y gwrthryfelwyr yn amser Llywelyn ab Iorwerth? Cyndyn iawn oedd pobl ymhob cenhedlaeth i fwrw pechodau'r tadau dros gof ac yr oedd y sôn ar lafar gwlad o hyd amdano ef a Gwgon Gam y Cripil a fu'n cuddio yn Eryri...

Ar hynny clywodd glonc ysgafn ffon wen Braint, y gŵr dall, ar balmant y cyntedd. Braint... Ie, ar hwn yr oedd y bai. Roedd fel maen melin am ei wddf yn barhaus. Ffyrnigodd tuag ato. O leiaf, felly y teimlai ar y bore arbennig hwn. Dro arall byddai'n toddi fel menyn ato. Un felly oedd yr Ymennydd Mawr. Na, ni fedrai ddiystyru Braint. Hwn oedd y milwr a fynnodd ailfeddiannu ei wreiddiau yn nhir Deheubarth yn union wedi'r digwyddiad hwnnw yn Nhŵr Llundain pan aeth Gruffudd ap Llywelyn i'w dranc yn y ddinas estron. Hwn oedd y sbïwr o Gymro a agorodd lwybr dihangfa i'r carcharor o'r Tŵr. Hwn hefyd a ddallwyd yn un o frwydrau Dafydd ap Llywelyn ar lan afon Gonwy am i'r Cymry feddwl mai Norman oedd. Ni ddeallent ei iaith a oedd yn gymysgedd o iaith y Norman a thafodiaith Deheubarth bryd hynny. Ond dyna... roedd Tynged wedi'i ollwng i ddwylo'r Ymennydd Mawr ac ef a fu'n gyfrwng i ddysgu iddo gerdded hyd ffyrdd yr Abaty. Gwaeddodd yr Ymennydd Mawr ar hynny,

'Braint! Rwyt ti'n mynnu dianc o 'ngafael i'n barhaus, yn ddall fel ag yr wyt ti.'

Nesäodd y gŵr dall yn wyliadwrus at ddrws y Scriptorium. Gwylltio'n gaclwm y byddai'r Ymennydd Mawr wrtho am ei fod yn mynnu dianc i lawr i'r Cei at y cychwr Wali a'i fam Matilda. Eto, yr oedd y gŵr dall yn glustiau i gyd ac yn abl i gario newyddion am gaer y gelyn dros y dŵr yn Negannwy.

'Braint! Ble rwyt ti?' gwaeddodd eilwaith.

'Nid mor uchel, nid mor uchel! Ma' clust fain gen inne hefyd. Clust gŵr dall a ma' hawl gan ŵr dall i gyrchu'r awyr iach ar fore o wanwyn.'

Yna fe syrthiodd y gŵr dall i ryw fath ar ecstasi. Meddai,

'Heddi ro'dd y barrug gwyn yn puro fel grisial cwpan y Forwyn!'

'Dyna ti eto yn siarad iaith y memrwn ac iaith y beirdd,' edliwiodd yr Ymennydd Mawr.

'Os nad ydwyf fi yn siarad iaith memrwn,' meddai'r gŵr dall yn gyfrwys, 'yna yr ydwyf fi yn siarad iaith Deheubarth ac nid ydyw hynny wrth dy fodd... Ti, 'Lystan, ddysgodd i mi siarad fel memrwn am mai dene'r iaith yr ydwyt ti yn gwybod amdani!'

'Llai o'th ddigywilydd-dra!' tarannodd yr Ymennydd Mawr, 'nid 'Lystan yw'r enw ond Elystan.'

Syrthiodd tawelwch rhwng y ddau drachefn a'r naill a'r llall ohonynt yn edifarhau. Camodd y gŵr dall yn edifeiriol drwy ddrws y Scriptorium.

'A wnei di fadde i mi, y Brawd Elystan?' gofynnodd yn dosturiol.

Yng nghraidd ei fod fe wyddai Braint mai gŵr unig oedd yr Ymennydd Mawr hefyd. Yn wir, yr oedd pob gŵr mawr yn unig. Gŵr unig oedd y Tywysog Llywelyn ap Gruffudd, yn ôl y sôn, a choncwest yn ei waed. Gŵr yr un ddelfryd oedd a gwerin gwlad yn dechrau edliw mai porthi ei hunanoldeb yr oedd. Fe ddysgodd Braint hefyd gydag amser mai rhaid oedd iddo barchu'r Ymennydd Mawr a adferodd ei nerth iddo ac estyn nodded yr Abaty iddo byth wedyn.

Yn y tawelwch llethol a syrthiodd rhwng y ddau roedd pob math ar feddyliau ar gerdded. Dysgodd Braint y gŵr dall nad da oedd iddo gynddeiriogi'r Ymennydd Mawr. Unwaith yn unig y gwnaeth hynny a dannod iddo mai dyn dynion oedd.

Ffrwydrodd rhywbeth o fewn yr Ymennydd Mawr y pryd hwnnw... Gwgon Gam y Cripil o ddyddiau pell y gwrthryfel yn amser Gruffudd ap Llywelyn oedd y maen tramgwydd. Gwgon oedd yn ddiffrwyth yn ei gymalau. Gwgon a fyddai yn ei lais gwichlyd yn edliw iddo,

'Gwaith disteiniaid Llys Abar ydy croniclo mewn memrwn o ddyddia' Gwyn ab Ednywain o Eifionydd hyd Ednyfad Fychan.'

Gwgon y byddai yn ei gario'n fwndel ar ei gefn dros ucheldiroedd Eryri o olwg arweinwyr gwlad...

Mae'n wir mai sgwrs dyn oedd yn diddanu'r Ymennydd Mawr ond ni fedrodd neb erioed brofi ei fod yn gamweddus. Roedd peth felly yn digwydd yn yr Abaty o bryd i'w gilydd ond mater i'r Brodyr oedd hynny ac nid oedd o yr Ymennydd Mawr yn un ohonyn nhw mewn gwirionedd.

Bellach fe ddaeth y Crebach, Ysgrifydd newydd y Tywysog yn Llys Abergwyngregyn i gymryd lle Gwgon Gam. Fe ddôi'r Crebach i'r Abaty ar ddyddiau Gŵyl a thrwyddo fe gâi'r Ymennydd Mawr drosglwyddo i'w Dywysog rywfaint o hen hen ddyheadau cenedl y Cymry heb iddo osod lled troed o fewn y llys!

Ond ar y bore hwn yn yr Abaty ar drothwy Gŵyl y Pasg rhaid oedd i'r Ymennydd Mawr wneud heddwch â'r gŵr dall ar fyrder. Ystumiodd ei wefusau mewn arwydd o Weddi:

'O, Dduw! O, Fair! Na foed i mi dramgwyddo mewn gair na gweithred yn erbyn y dall hwn!'

Chwiliodd y gŵr dall ei ffordd yn ddyfal at y gadair gyferbyn â'i noddwr gan estyn y ffon wen i hongian o'r fraich. Gwenodd Braint ond heb godi ei wyneb y mymryn lleiaf. Ni fentrodd wneud hynny er y dydd y llosgwyd ei lygaid o'u socedau gan y Cymry chwantus yn nyddiau'r Tywysog Dafydd ap Llywelyn gan dybio mai Norman oedd! Serch hynny medrodd Elystan synhwyro fod rhyw orfoledd yn yr wyneb hwnnw — y math o orfoledd na fu erioed yn brofiad iddo ef. Braint oedd y cyntaf i siarad wedyn.

'Yr aer yn dene heddi, Elystan a lleisie'r gelyn dros y dŵr fel brath o'r gaer yn Negannwy... yn cwyno na fu i'r brenin gico'i sodle yn ddigon hir yno yn yr hydre' ac na ddyle fe fod wedi troi'n ôl am Lunden fowr 'sbo heb wystl nac ysbail ar ei gyfyl.'

Erbyn hyn roedd Elystan yn glustiau i gyd ac unwaith y dôi'r hin gynhesach a'r nosweithiau hir fe roddid tragwyddol hynt i'r gŵr dall whilmantan efo'i ffon wen i lawr wrth y Cei. Yno câi glustfeinio a ffugio ei dwpdra i borthi dyhead yr Ymennydd Mawr a'i debyg. Ond am fod y gŵr yn ddall mynnodd Elystan ei fod yn slei hefyd a dechreuodd bigo arno eilwaith.

'Pwy fuo'n siarad efo ti heddiw, Braint?'

'Wali,' meddai hwnnw a'r un wên foddhaus yn aros ar ei wyneb tywyll.

'Hwnnw eto... mab Matilda!'

Am fod y gŵr yn ddall syniodd Elystan hefyd ei fod yn ferchetwr peryglus. Saib wedyn gan ddechrau â'r un rhybudd ag a gaed ddegau o weithiau cyn hyn.

'Am dy fod yn deall iaith y Norman fe all hynny fod yn dramgwydd.'

Protestiodd Braint.

'Ond mae rhai o'r Brodyr yma hefyd yn siarad iaith y Norman.'

'Dydyn nhw ddim yn mercheta ac mi all yfed cwrw'r Norman a charu beri i ddyn ymarfer gormodiaith a cholli pen yr un pryd.'

Diflannodd y wên oddi ar wyneb y dall yr eiliad nesaf a throes yn ffyrnig ar ei wrthwynebydd.

'Fynnet ti yr iach dy olygon omedd i mi gerdded y glanne' efo'r afon... Fe fu'r gaea' yn faith a chaled i ŵr dall yng nghaethiwed yr Abaty!'

Rhy wir y geiriau ac fe wyddai'r Ymennydd Mawr hefyd nad un i chwilio am solas yng ngweddïau'r saint oedd Braint mwy nag yntau. Meiriolodd ychydig ar ei eiriau.

'Ddylai gŵr dall ddim mentro i leoedd anghyfarwydd. Fe elli ddod i dramgwydd.'

Pa dramgwydd meddyliodd Braint a allai fod yn waeth na chael ei ddal yn nhywyllwch dallineb? Eto gwyddai'n burion beth ddôi nesaf dros wefusau'r Ymennydd Mawr gan fod gan hwnnw drwyn yn 'gwynto' popeth. Daeth y geiriau o'r diwedd.

'Ogla pysgod yn drewi dros y Scriptorium, Braint!'

Gwnaeth Braint ryw osgo o hanner chwerthin ar hynny.

'Rwyt ti'n ofnadw am wynto pysgod, Elystan. Wyddost ti ddim bod y lle yma... yr aer i gyd yn llond o ogle pysgod. Pryd y buost ti oddi allan i borth yr Abaty dd'wetha', Elystan?'

Saib wedyn.

'Ar dy ddillad di y mae'r ogla, Braint, ac mi wn i i ti fod yn nhŷ'r wraig Matilda yna... o'r un enw â mam Steffan y Norman ac mi fuost i lawr wrth y Cei!'

Tawelwch yn dilyn a'r Ymennydd Mawr yn berwi o anniddigrwydd. O ddiffyg dim arall i'w ddweud parhau i fwrw ei lid ar y wraig Matilda a wnaeth.

'Rwyt ti'n ogleuo o bysgod bob tro y byddi di wedi bod efo'r butain yna.'

Nid oedd y sylw olaf wrth fodd y gŵr dall. Medrai yntau daro'n ôl hefyd.

'Geirie cryf, Elystan.'

'Does dim geiria yn ddigon cryf i ddisgrifio'r wraig yna na ŵyr neb ei tharddiad.'

Ysgydwodd y dall ei ben mewn anobaith.

'Welest ti erio'd mohoni, Elystan, mwy nag y gweles inne hi mewn gwirionedd ond ma' hi'n siarad Cwmra'g fel ti... ond nid fel memrwn hwyrach.'

'Sbïwraig ydy hi!'

Chwarddodd Braint.

'Does gan Matilda druan mo'r deall i fod yn sbïwraig... ma' hi'n gallu rhegi gyda'r gore ac fe rodde hi glatsen draws wyneb y Norman tase hwnnw yn cymryd mantes ar Gymro.'

Torrwyd ar yr awyrgylch gan sŵn canu tenoraidd yn dynesu o gyntedd yr Abaty. Ocheneidiodd yr Ymennydd Mawr.

'Y Gwdihŵ yna eto!' meddai'n ddiamynedd.

Ar hynny cerddodd y Brawd Ieuan i mewn yn telori'n felys ac yn cario memrwn melyn yn ei law. Gelwid o gan y werin yn Ieuan Fwyn yr Efengylydd. Gair arall o dan anadl yr Ymennydd Mawr ond yn ddigon eglur i glust y gŵr dall.

'Mae hwn wedi cael achubiaeth nefol.'

Bachodd Braint ar hynny am ei ffon wen oddi ar ymyl y gadair. Hon oedd ei siawns i ddianc. Câi'r Ymennydd Mawr newyddion y bore hwnnw rywdro eto.

Ysgubo heibio i bawb efo rhyw frwdfrydedd mawr y byddai'r Brawd Ieuan, y gŵr main tal efo goleuni parhaus yn ei lygaid. Gwnaeth arwydd y Groes wrth i'r gŵr dall basio heibio iddo yn nrws y Scriptorium a llefaru'n ddigon uchel i'r olaf glywed y geiriau.

'Iesu Mair a Ioseff! Diolch nad ydwyf fi ddall fel y gŵr hwn.'

Bron na lefarodd y dall hefyd,

'Diolch nad ydwyf fi fel y Brawd hwn a elwir yn ŵr Duw ac yn ddisgybl y Tad Tomos y diwygiwr.'

Camodd Braint yn ysgafn gan ddilyn cerrig solat mur y Clwysgordy a oedd yn hen gynefin iddo. Cerdded efo calon rydd gan unioni wedyn drwy'r llidiart i'r berllan eang oedd yn ymestyn rhwng yr Abaty a cheg yr afon. Cael at y fainc bren oedd yn cysgodi wrth dalcen y Clafdy o'r diwedd i fyfyrio ar ddigwyddiadau'r bore hwnnw. Allan o glyw pob gŵr eglwysig cododd ei ben yn hyderus a theimlo llygedyn o haul y gwanwyn yn cynhesu'i wyneb gwelw. Erbyn hyn fe fyddai'r haul cynnar wedi chwalu pob diferyn o'r gwlith gwyn oddi ar y ddaear.

Daeth siffrwd adar yn y brigau ac ambell un yn canu o'i hochr hi ac yn mynnu cyhoeddi fod atgyfodiad y ddaear yn cyd-amseru ag Atgyfodiad Gŵyl y Pasg. Gŵr y byd oedd Braint ond roedd i'r afrlladen adeg Offeren y Pasg arwyddocâd arbennig iddo a byddai yntau yn ddifrycheulyd o leiaf hyd Ddifiau Dyrchafael.

II

Ym mherllan yr Abaty

Wrth iddo eistedd ar y fainc yn y berllan ar y bore arbennig hwnnw gwibiodd llu o feddyliau trist drwy galon y gŵr dall. Roedd arno hiraeth am rywbeth a gollwyd ac yr oedd arno flinder ysbryd. Am nad oedd yno yr un enaid o fewn yr Abaty y medrai rannu cyfrinach ag o mynnai yntau ffoi i'r Cei i gadw oed â Wali a'i fam Matilda.

Nid oedd y blynyddoedd yn lleddfu dim ar hiraeth. Os rhywbeth wrth i'r cof lwydo, gwthio'r hiraeth yn ddyfnach i ryw wacter a wnâi... Cofiodd am y blynyddoedd hynny pan oedd o yn un o wylwyr y Tŵr yn Llundain fawr a phan oedd Gruffudd ap Llywelyn a'i dylwyth yn garcharorion yno. Yno ar lawnt y Tŵr y trawodd o gyntaf ar y ferch o Gymraes. Merch o gwmwd Eifionydd a'i henw Huana a'i chorff yn gorwedd bellach ym mynwent y Tŵr ynghanol estroniaid. Fe ddaethpwyd â chorff yr arglwydd Gruffudd oddi yno i'w gladdu yn naear Aberconwy ond nid felly gorff y ferch Huana. Hon oedd y ferch a'i sbardunodd i chwilio am ei wreiddiau yng ngwlad ei dadau. Sut yn y byd y medrai o esbonio peth felly i ŵr fel Elystan yr Ymennydd Mawr na roes ei serch ar ferch erioed?

Bod yn ddall mewn gwlad ddieithr. Hyn oedd ei flinder pennaf. Fe wyddai fod i Huana ferch yn troi ogylch y llys ond sut y dôi o i'r afael â hi a phe digwyddai hynny ni welai na'i phryd na'i gwedd. Eto byddai torri gair â hi fel torri ar freuddwyd...

Wedyn y cyswllt efo Matilda a Wali. Mynnodd yr Ymennydd Mawr eu bod yn cario cyfrinachau i'r gelyn yn y gaer yn Negannwy a sawl gwaith y dywedodd wrtho,

'Chwarae efo tân, Braint, ydy chwarae efo Matilda!'

Ar un o'r adegau hynny aeth yn dân gwyllt rhyngddynt efo Braint yn codi crachen ac agor clwyf. Meddai,

'Byd dynion ydy byd yr Abaty. Dynion, dynion, dynion ymhobman yn rhwb'o yn 'i gilydd.'

'Dal dy dafod, yr hanner Norman,' edliwiodd yr Ymennydd Mawr wedyn. Ond ni fedrodd Braint oddef hynny.

'Does dim gwa'd Norman yno' i, y Cawr! Ca'l fy hunan yn Llunden fowr wnes i ar fenthyg o dir Deheubarth am fod y Norman yn y fan honno eisws. Cymro o dir Deheubarth wy' i a fydd dim da rhwng gogleddwr a deheuwr byth!'

Erbyn meddwl doedd y dall ddim yn hollol ddieuog ychwaith ar fater Wali a'i fam Matilda. Mae'n wir bod ogla pysgod yn llenwi'r bwthyn ond yr oedd Matilda yn gowlaid o gysur efo'i chnawd meddal a Wali'r hogyn heb fod yn llawn llathen efallai, eto yn llawn anwyldeb...

Roedd anian sbïwr yn Braint mae'n wir ac wrth grwydro ymyl y Cei efo'i ffon wen medrai synhwyro symudiadau'r Norman dros y dŵr yn Negannwy. Byddai'r Ymennydd Mawr yn yfed pob gwybodaeth i'w gyfansoddiad pan ddôi hwnnw o wersyll y gelyn... Nid oedd Matilda na Wali ychwaith yn deall fod y gŵr dall yn hyddysg yn iaith y Norman a phrin bod unrhyw wahaniaeth i'r ddeuddyn rhwng iaith y gelyn ac iaith Deheubarth!

Yn wir roedd Braint wedi troi'r pethau hyn yn ei feddwl rai degau o weithiau dros y blynyddoedd ac erbyn meddwl ni bu'r bore hwn heb ei ddigrifwch ychwaith.

Trawodd ar Wali yn trwsio rhwydi ar ben y Cei. Gwaeddodd hwnnw arno.

'Hei! Clipi-di-clop! Ti sy' 'na?'

Ond wrth i Braint ddynesu ato gostyngodd ei lais.

'Gwranda di, Co'! Clamp o Norman efo Matilda er n'ithiwr yn hwyr. Sleifio i mewn efo'r cwch pan oedd dynion yr Abaty yn cysgu. Wedyn mi sleifiais i roi dogn go helaeth o'r cysglys yn ei ddiod o — Matilda sy'n cadw petha' felly ar ôl iddi eu ca'l nhw gan y Norman. Ei roi rhag iddyn nhw fy nghadw i'n effro am eu bod nhw am y parad efo mi. Chafodd o ddim siawns i garu achos mi gysgodd yn chwap. Mi gath o ail yn'do, Co' a rwan mae Matilda yn gwylio'r tŷ rhag i rywun ddwad a chlywad y Norman yn dal i chwyrnu. Ar 'i ora' mae o'n chwyrnu fel blaidd a fedar o ddim mynd yn ôl i'r gaer yn Negannwy nes y bydd hi wedi nosi... Duw a ŵyr be' ddaw ohono fo wedyn. Talu'n iawn iddo fo ddeuda' i ac i Matilda am hel dynion, yntê, Co'.'

Tuedd Wali oedd ymffrostio weithiau a dweud celwydd. Nid oedd Braint yn hollol siwr a oedd o yn dweud y gwir y bore hwnnw. Hwyrach mai ei gadw o, Braint, rhag mynd i'r bwthyn oedd y bwriad. Un celwyddog a sgilgar fel sarff oedd Wali ac eto yn annwyl fel plentyn ar ei dyfiant. Yn wir mynnodd Wali mai Norman o'r enw William oedd ei dad. O leiaf, fe haerodd Matilda mai enw tebyg i hwnnw oedd o. Doedd hi ddim wedi gweld y gŵr yn iawn ar wahân i daro arno ar ei hynt yn dal pysgod cregyn rhwng yr Abaty a'r gaer wrth geg yr afon. Cyn belled ag y medrai Braint y gŵr dall amgyffred pethau, stafell sgwâr fechan yn ddigon i chwipio cath ynddi oedd bwthyn Matilda efo'r gwely a'r ieir a'r rhwydi a'r cewyll pysgod yn gymysg yno. Synhwyrodd fod yno lofft o ryw fath yn y to, yn fath ar stafell-ddihangfa i Matilda a'i chymdeithion caru.

Wedi adrodd y rhibin-di-res hynny o eiriau wrth y Co' fe sylwodd Wali fod y gŵr dall yn pendroni. Meddai,

'Co'! Am be' ti'n meddwl?'

Ni wnaeth y gŵr dall ond estyn ei freichiau allan a chwifio'i ffon wen fel petai'n ceisio dal yr awyr a'i gostrelu am byth.

'Lico'r awyr iach, Wali, a'i ga'l e i lanw'r ffroene a meddwl be' sy' dros y dŵr fanco.'

Dyna Braint efo'i siarad rhyfedd eto, meddyliodd Wali, ac o bryd i'w gilydd fe drawai i'w feddwl pŵl nad oedd y Co' yn gweld dim oll. Ocheneidiodd Wali yr eiliad nesaf wrth feddwl mai nos dywell oedd byd y gŵr dall. Eto fe âi ar ei lw fod y gŵr dall yn gwenu. Ni fyddai'r gŵr byth yn ei geryddu ychwaith dim ond gwrando'n astud gan amlaf. O'r diwedd tybiodd Wali mai da o beth fyddai iddo roi benthyg ei lygaid i'r gŵr.

'Bora braf Co'... yr awyr yn las dlws a'r môr yn las t'wyllach. Leiciat ti ddwad hefo mi Co' i geg yr afon?'

'Na, ddoa' i ddim heddi, Wali. Rhw dd'wrnod 'to. Ma' hi'n cymryd amser i arfer gyda'r awyr iach wedi gaea' yn yr Abaty. Fe ddoa' i yn nes i'r Pasg.'

Roedd hi'n fore tawel di-stŵr a throdd Braint ei glust i gyfeiriad y gaer dros y dŵr. Meddai,

'Popeth yn dawel heddi, Wali, ar wahân i gleger gwylanod... ond sŵn morthwylio o gaer y Norman... morthwylio caled hefyd.'

'Roeddwn i yn rhyw ddisgwyl y basat ti'n cl'wad y morthwylio, Co'. Maen nhw wedi bod wrthi hi'n egar drwy'r gaea' er pan aeth yr hen frenin yn ôl i Loegar yn yr hydra'. Mi roedd gen i ofn i ddynion y brenin ddwad a'n lladd ni, Matilda a finna' a chditha'r Co' yn yr Abaty.'

Mae'n wir bod ymweliad y brenin Harri Tri a'i fyddin â'r gaer yn Negannwy yn nechrau hydref y flwyddyn flaenorol yn greulon o fyw yng nghof y werin. Roedd y Cymry yng nghwmwd Arllechwedd wrthi ers misoedd yn prysur ailgodi'r pontydd a dynnwyd i lawr rhag gwŷr y brenin ac yn torri'r braenar o newydd at hau wedi'r difa a fu ar bob cnwd cyn i fyddin y brenin gyrraedd o Gaerlleon Fawr. Cynllwyn y Cymry yn wastad oedd newynu gwŷr y brenin a pheri iddynt ffoi yn y diwedd yn ôl dros Forfa Rhuddlan. Pan ddôi'r gelyn, ffoi i'r mynyddoedd y byddai'r Cymry yn wastad yn ôl arfer y cenedlaethau. Ond yr oedd Wali yn anesmwyth ei fyd efo'r sôn am y Norman. Meddai,

'Mae'r hen frenin wedi d'rogan y daw o'n ôl i Ddegannwy eto. Dwad fel llwynog wnaeth o, o gyfeiriad Caerlleon Fawr yn niwedd mis Awst a disgwyl y basa'r llonga' yn dwad i'w helpu o'r Werddon ac i lawr ochor y Creuddyn. Ond ddaethon nhw ddim yn naddo! Wedyn fedra'r brenin ddim concro Môn. Eisio ca'l Môn yn ei afael mae'r brenin. Fyddai o fawr o dro yn concro Eryri wedyn unwaith y basa fo yn ca'l dwyn bwyd y Cymry.'

Fe wyddai'r gwr dall yn rhy dda fod Ynys Môn yn fangre porthiant i Eryri ond methai'n lân â deall sut yr oedd cymaint o wybodaeth ym mhenglog Wali.

'Pwy fu'n siarad gyda thi, Wali, am Harri Tri?'

'Gwylio, Braint, a gwrando,' meddai Wali'n bwysig, 'a fuo neb yn siarad efo fi. Mae pawb yn siarad — dynion yr Abaty a milwyr y T'wysog a phawb yn meddwl fod Wali hogyn Matilda yn ddwl fel ffwlbart!'

Moelodd Braint ei glustiau oblegid yr oedd gwybodaeth Wali am hynt y Norman yn fuddiol iddo'i throsglwyddo i'r Ymennydd Mawr yn y man. Rhaid oedd cynnal balchder Wali.

'Na, dwyt ti ddim yn ddwl, fachgen. Rwyt ti'n graff odieth, ddwedwn i. Beth arall sy' gen ti i'w ddweud?'

Crafodd Wali ei ben am eiliad ac yna meddai'n eiddgar,

'Maen nhw'n deud bod angan llyngas gref ar y T'wysog i'n hamddiffyn ni o'r Creuddyn heibio i Ynys Môn a thrwy afon

Menai... Dipyn o wlanan ydy'r hen frenin achos eisia' gweld yr eira yn Eryri oedd arno fo er mwyn iddo fo gael troi am adra. Ofn newyn a lladd a phetha' felly. Mae ganddo fo arswyd rhag ceg afon Gonwy am i filwyr ei dad o, y brenin John, orfod bwyta cig y meirch ers talwm pan aethon nhw'n brin o fwyd. Mi fasa'r brenin yn fodlon rhoi tir bras yn Lloegar i'r T'wysog dim ond iddo fo gael Eryri... ond dim ffïars o beryg, yntê, Co'.'

Ond nid oedd Wali wedi gorffen eto a chan fod y gŵr dall yn gwrando'n astud, meddai,

'Maen nhw'n deud bod y barwniaid yn Lloegar am waed y brenin ac y talai hi i'r T'wysog fod yn ffrindia' efo'r rheini yntê, Co'.'

Ond digon oedd digon gan fod barrug y bore yn gafael yn y fan honno uwch ben y Cei. Ffarweliodd Braint â Wali a gellid clywed ei glipi-di-clop yn chwilio'r ffordd yn ôl am yr Abaty. Doedd arno mo'r awydd i ymweld â bwthyn Matilda rhag ofn bod rhyw sglaffyn o Norman yn cuddio yno wedi'r cwbl. O leiaf yr oedd ei ymennydd yn dechrau cyniwair eto efo hynt a helynt yr amserau a byddai ganddo rywbeth i'w gyfrannu i'r Ymennydd Mawr tae ond i'w gadw mewn hwyliau da.

Byddai glan afon Gonwy ar dywydd braf yn codi hiraeth arno'n wastad am Lundain fawr, dinas y Norman. Dyna'r unig fangre a adnabu mewn gwirionedd er dyddiau ei ieuenctid pan ffarweliodd â'r wlad rhwng Nedd ac Afan yn y Deheubarth. Dôi'r hiraeth am ehangder afon Tafwys a'r mân longau efo'u hwyliau gwynion fel dotiau ar ei hwyneb. Credai fod rhywbeth mor osgeiddig a glân mewn afon i ba bynnag genedl y perthynai. Onid oedd ambell afon wedi'r cwbl yn torri ar draws ffiniau llawer gwlad? Rhaid oedd iddo gyfaddef hefyd mai acen y Norman balch oedd felysaf i'w galon am mai honno oedd yr unig iaith y bu iddo ei llwyr feistroli. Mor bell erbyn hyn oedd cyfeillion bywyd y Tŵr yn Llundain fawr. Nid Norman o waed oedd o ychwaith ond am fod y gwaed Cymreig yn ei wythiennau fe'i rhwygwyd rhwng deufyd. Fe dreuliodd oriau lawer yn nhawelwch trwm yr Abaty yn pendroni ynglŷn â'r Ffawd honno a fynnodd ei gadw'n fyw pan fyddai'n well ganddo fod yn farw. Pam y dallwyd o rhag gweld y byd? Pam y taflwyd o ar drugaredd yr

Ymennydd Mawr — y gŵr oedd yn coleddu rhyw ddelfrydiaeth na allai o byth ei hamgyffred...

Wrth iddo ail-fyw trafferthion y bore hwnnw fe lithrodd Braint i ryw hanner cwsg yn y fan honno ym mherllan yr Abaty. O'r diwedd torrodd llais y telorydd ar ei glust. Oedd, yr oedd y Brawd Ieuan wedi darganfod ei encil yn y berllan. Nid oedd dianc rhag dim mewn gwirionedd.

Pa le bynnag y ceid y Brawd Ieuan fe fyddai fel awel y gwanwyn yn gwasgaru ei orfoledd i bob cyfeiriad. Daeth i'r berllan yn gwasgu'r memrwn melyn oedd ganddo yn y Scriptorium yn dynn o dan y clogyn eglwysig.

'Aha! Ac yma yr wyt ti, Braint, yn neilltuedd y berllan. Yr Ymennydd Mawr weldi yn brin o raslonrwydd y bore yma, wedi'i lyncu gan y sôn am lywodraeth gwlad a thywysogion pan fedrai o fod yn cyfieithu rhannau o Feibl Lladin Jerome i iaith y Cymry... Gwranda di ar waith y Tad Tomos yn cyfieithu darnau dethol o Salmau Dafydd Broffwyd wedi iddo fod yn teithio gwledydd Cred a chanfod yr ysgolheigion yn cyfieithu i iaith y bobloedd... Wedi llafur caled yn y Scriptorium a'r cryd yn ei ddwylo fe aeth y Tad Tomos yn ddall fel tithau, ond fe adawodd o gynhysgaeth ar ei ôl i'w bobl. Mae'n amser i ninnau gyhoeddi'n uchel fod y gaeaf drosodd a'r gwanwyn wedi dod. Gwranda dithau ar eiriau Dafydd fel y llefarodd Duw wrth Jacob:

'Yr Hwn sydd yn rhoddi eira fel gwlân... Yr hwn sydd yn bwrw ei iâ fel tameidiau. Pwy a erys gan ei oerni Ef? Efe a enfyn ei Air ac a'u tawdd hwynt; â'i wynt y chwyth Efe a'r dyfroedd a lifant.'

Meddai'r Brawd Ieuan wedyn mewn rhyw orfoledd mawr,

'Geiriau puredigaeth, Braint... Puredigaeth yr enaid... oerni'r gaeaf yn puro!'

Mae'n amlwg mai dal i gyhoeddi neges yr Atgyfodiad y byddai'r Brawd dros dridiau Gŵyl y Pasg ond nid oedd y gorfoledd hwn wrth fodd y gŵr dall. Sleifiodd o'r berllan yn sydyn a chlipi-di-clop y ffon wen yn eglur ar gerrig y palmant. Darganfu'r Brawd ei golli o'r diwedd a rhedodd yn wyllt ar ei ôl.

'Hai! Braint! Mae gen i newydd i ti. Fe fydda' i'n cychwyn i fyny'r Dyffryn efo'r gwŷr lleyg wedi Gŵyl y Pasg yn cynnig cysur y Gair i'r claf a'r hen yng ngeiriau'r Tad Tomos. Hwyrach y caret ti ddwad yn y gert i fyny tua Threfriw a Hen Glas y Betws a'r castell yn Nolwyddelan. Fe wnâi awelon y mynydd les i ti a rhoi gwrid yn y bochau gwynion yna.'

Ond nid oedd cynnig y Brawd wrth fodd Braint. O fewn ei filltir sgwâr yn yr Abaty teimlai'n ddiogel a phrin bod y syniad o wrando ar yr Efengylydd ddyddiau bwygilydd yn apelio ato. Dilyn y *conversi*, sef gwŷr lleyg y byddai'r Brawd wrth iddynt warchod y preiddiau yn yr hafotai uwch ucheldir Dolwyddelan a mannau anhygyrch eraill Eryri. Yn y lleoedd hynny roedd neges syml y Brawd a'i lais tenoraidd yn falm i eneidiau'r bobl.

Ond chwilio a chwalu yn y tywyllwch yr oedd y gŵr dall heb ganfod unrhyw ystyr ar ei gyfyl ddydd ar ôl dydd. Cymro mewn tir estron oedd a'r enwau Trefriw... Hen Glas y Betws... Dolwyddelan yn ddieithr iddo. Efallai y câi o cyn marw droedio'r mannau hynny hefyd a darganfod ymhle yr oedd merch Huana yn trigo. Huana y ferch o Eifionydd y rhoes o ei serch arni yn Nhŵr Llundain fawr pan oedd Gruffudd ap Llywelyn a'i dylwyth yn gaeth yno. Huana a fu'n sbardun iddo chwilio am ei wreiddiau yng ngwlad ei enedigaeth. Huana oedd eto mor gryf yn ei farwolaeth iddo. Rhyw ddydd efallai fe ddatodid y cylymau a datgelu'r dirgelion. Hyd hynny doedd dim amdani ond dilyn llwybr clipi-di-clop y ffon wen rhwng Abaty Aberconwy a Wali'r Cychwr ar y Cei. O leiaf y bore cynnar hwnnw fe deimlodd yntau'r barrug ar y Cei yn falm i'r ysgyfaint wedi caethiwed y gaeaf hir. Oedd, roedd y barrug yn puro. Hwyrach mai am rywbeth felly yr oedd y Brawd Ieuan yn sôn efo'r geiriau, 'Yr hwn sydd yn rhoddi eira fel gwlân... yn bwrw ei iâ fel tameidiau'. Hwyrach yn wir.

III

Yr amser oedd Gŵyl Fair yr Haf ac wedi hylltod gaeaf efo'i lifogydd
a'i wynt o'r môr yr oedd glannau afon Menai yn odiaeth o hardd. Y
llys yn llewyrchus a'r Tywysog Llywelyn yn llywodraethu dros holl
Wynedd a thrwy'r Berfeddwlad hyd gyrion Powys a Deheubarth.
Yn ôl proffwydoliaeth, fe fyddai'r Tywysog hwn yn tyfu'n uwch na'i
daid, Llywelyn ab Iorwerth. Eisoes yr oedd ynddo freuddwydion ac
antur na fedrai yr un Norman ei lesteirio. Pan dyfodd ef i oed gŵr
daeth ymwybod i'r bobl fod yma seren newydd lachar yn abl i achub
y Cymry o rwyd yr estron.

Yn gynnar ar fore Gŵyl Fair yr Haf gwelwyd tyrfa fechan yn
gweithio'i ffordd allan hyd lwybr yr eglwys, sef eglwys y llys i
lawr ar y gwastad. Y môr yn las hyd y Gogarth Mawr, cribau
mynyddoedd Eryri yn chwilio'r awyr o ben yr Wyddfa a thros y
Carneddau, ac Ynys Môn fel gem fechan rhyngddynt a gwlad y
Gwyddyl yn y gorllewin pell. Awyr las ym mhobman a chymylau
traeth-awyr yn y ffurfafen. Bore braf oedd hwn a'r llys i gyd ar
gerdded — rhai i'r mynydd i hela, rhai i'r meysydd i lafurio a'r
gwragedd i'r teios i baratoi ymborth.

Oedodd gwraig yn ei thridegau a'i merch wrth droed yr ywen fawr
wrth giât y fynwent. Gwenhwyfar oedd enw'r wraig a Mererid y
ferch. Yn ôl ei harfer dechreuodd y ferch gribo rhisgl yr ywen efo'i
hewinedd. Yna gofynnodd,

'Pam nad ydy'r ywen yma'n gwaedu, Mam?'

'Pwy soniodd wrthat ti am ywen yn gwaedu?'

'Rhisiart Arawn.'

Brawd Mererid oedd Rhisiart a mab Rhys Arawn ond yr oedd y
tad wedi'i ladd yn un o frwydrau'r Tywysog ar ffiniau Deheubarth.

'Mae yna ywen yn nhir Dyfed yn gwaedu,' meddai Mererid
wedyn. 'Y milwyr sy'n deud. Maen nhw wedi'i gweld hi a gwaed
Crist sy'n dwad allan ohoni hi.'

Ocheneidiodd y fam. Rhamantu yr oedd Mererid beth bynnag yn
hogan ar ei thyfiant. Hogan dlws hefyd yn ôl sôn y llys a'r pant yn ei

thrwyn yn gweddu i'r ferch ond nid i'w brodyr. Roedd ei dau frawd Rhisiart a Rhun yn cario'r nam hwnnw fel eu tad Rhys Arawn o'u blaen. Gwneud i'r bechgyn edrych yn herfeiddiol a wnâi. Nod y blaidd oedd y nam yn ôl eu tad Rhys Arawn... Do, fe gollwyd Rhys Arawn yn un o ymgyrchoedd y Tywysog ac ni fu dim yr un fath i Gwenhwyfar wedyn nac ychwaith i'r Tywysog ei hun yn ôl pob sôn. Un o'r Berfeddwlad ac o Ddyffryn Clwyd oedd Rhys Arawn a ddaeth i Lys Aber yn nyddiau'r Tywysog Dafydd ap Llywelyn. Rhys Arawn a fu'n sôn am dynerwch y wlad honno ac a roes yr arial yng ngwaed ei gyfaill Llywelyn ap Gruffudd i amddiffyn y Berfeddwlad ar ddechrau dyddiau'r goncwest. Rhys Arawn a fu'n esgus tynnu llun brwydrau yn y tywod efo Llywelyn a chogio eu bod yn frwydrau go iawn. Ie, dyddiau braf oedd y rheini.

Ocheneidiodd y fam drachefn wrth iddi gerdded at yr unig fedd câr yn y fynwent. Bedd yr hen wraig Mêr oedd hwn. Mêr oedd yr hen wraig a fu'n gwarchod drosti pan ddaeth Gwenhwyfar gyntaf o wlad Llŷn i'r llys yn Abergwyngregyn. Yn fuan wedi marwolaeth y Tywysog Llywelyn ab Iorwerth y bu hynny. Ymhen rhai blynyddoedd wedyn claddwyd ei mam, Huana, ym mynwent y Tŵr yn Llundain pan oedd Gruffudd ap Llywelyn yn garcharor yno. Bellach roedd ei gŵr Rhys Arawn wedi marw hefyd.

Sylwodd Mererid fod dagrau ei mam yn sych erbyn hyn a bod amser yn pylu hiraeth a bellach ocheneidio neu ddwrdio y byddai ei mam. Eto, unwaith y dôi'r fam at fedd yr hen wraig Mêr byddai ei thymer yn toddi.

Pigodd dusw o flodau gwylltion o'r ymylon gwyrdd a'u gosod yn garuaidd ar y bedd heb ddweud gair o'i phen. Dim ond edrych mewn rhyw osgo dweud,

'Dyna chi, Mêr! Cysgwch yn dawal. Mi alwn ni heibio i chi eto pan ddown ni'n ôl o Ddol'ddelan.'

Bob tro y dôi Mererid at y bedd hwn efo'i mam gwyddai fod cwlwm annatod rhyngddi hithau a'r hen wraig farw. Oddi wrthi hi y cafodd yr enw Mererid ac y dysgodd am gyfrinach gwneud cyffur o lysiau'r maes.

Brysiodd y fam a'r ferch wedyn drwy'r glwyd a dringo'r ochr serth at y llys. Tueddai Gwenhwyfar i gerdded yn benuchel yn

wastad gan brin roi cyfarchiad i wragedd y taeogion. Roedd dwy o'r
rheini yn tynnu dŵr o'r ffynnon ar fin y ffordd. Meddai un yn
sbeitlyd o dan ei hanadl,

'Dyma'r arglwyddes ei hun yn dwad!'

'Taw piau hi!'

'Fedar neb dynnu dyn oddi ar ei dylwyth. Epil Gronw mab yr
Hen Ddistain ydy'r Gwenhwyfar yna... yr un ffunud efo'r gwallt
trwchus yn dechra' troi'n wyn, y llyg'id miniog a'r tafod yn y pen.
Byth yn colli dim.'

'Waeth i ni heb â chlegar ddim. Mi fedrwn golli'r cwbl tasa honna
yn troi yn ein herbyn ni. Mae hi law-law efo'r T'wysog.'

Prin y cododd y ddwy wraig eu pennau fel yr oedd Gwenhwyfar
a'i merch yn mynd heibio ond unwaith y cawsant eu cefnau roedd y
tafodau'n llithrig. Meddai'r Gegog ohonynt,

'Tasa'r Gwenhwyfar yna yn mynd o'r ffordd hwyrach y dôi'r
T'wysog â gwraig i'r lle yma.'

'Amsar a ddengys,' ychwanegodd y llall. Un dawedog oedd
honno.

'Amsar yn wir... Does dim osgo gwraig arno. Mae'n well ganddo
drin cledd na gwraig er mi fu o ers talwm yn dilyn y Dywysogas
Isabela fel ci ei gynffon hyd y Carnedda'.'

'Hwyrach ei fod o'n chwilio am Normanas fel y T'wysog Dafydd
a'i daid Llywelyn ab Iorwerth. Does yr un Gymraes yn ddigon da
iddo!'

Yna'n sydyn ychwanegodd y Gegog y sylw,

'Tasa 'nacw sy' gen i yn mynd i ryfal eto mi gawn inna' lonydd am
sbelan. Mae 'nacw fel y gingran... a heb ddim i'w wneud.'

Chwarddodd y ddwy wraig yn awgrymog ar hynny gan dynnu'r
dŵr o'r bwced dros ymyl y ffynnon a'i dywallt i'r potiau priddin
wedyn.

Ymhen dim cyrhaeddodd Gwenhwyfar a Mererid y llys a chyn
gynted ag y rhoisant droed dros y rhiniog tawodd pob sŵn. Fe
fyddai'r gwasanaethyddion yn y llys yn ofni Gwenhwyfar fel saeth o
fwa. Yna chwalodd pawb wrth ei gorchymyn a thrannoeth fe fyddai
hi a'i merch a rhai dewisol o osgordd y Tywysog yn cychwyn ar
y daith hir i gastell Dolwyddelan dros y gweddill o fisoedd yr

haf. Gydol y diwrnod hwnnw ni ellid clywed dim ond mwstwr y paratoadau i'r siwrnai drannoeth.

Roedd Mererid ar ben ei digon. Wedi'r cwbl ni fedrai ei mam ddarllen ei meddwl i chwalu'i breuddwydion ifanc. Neu a allai hi? Câi Mererid fawr fwynhad o'r ymweliadau blynyddol hyn ac unwaith y cyrhaeddent Ddolwyddelan, siawns na châi hi weld yr arglwydd Dafydd, brawd iau y Tywysog. Dafydd ap Gruffudd oedd ei enw llawn ac anaml iawn y byddai o yn ymweld â'r llys yn Abergwyngregyn o achos rhyw hen gynnen rhwng y brodyr meddid. Roedd yr arglwydd Dafydd yn ŵr ifanc deniadol ac yn dal o gorff. Os rhywbeth roedd yn dalach na'i frawd y Tywysog ac yn cario ysgwyddau llydain. Tuedd y Tywysog oedd gwyro cyn pryd gan faich swyddogaeth gwlad a brwydrau. Gwallt gwinau oedd gan Dafydd ap Gruffudd ac felly ei lygaid yr un modd. Yn ôl ei mam, disgyn o dylwyth Llywarch Goch o gwmwd Rhos yn y Creuddyn yr oedd a'r cochni yn dilyn o genhedlaeth i genhedlaeth.

Bob haf o fewn cof Mererid cawsant adael y llys yn Abergwyngregyn a threulio'r haf yn y castell yn Nolwyddelan. Gwaith ei mam bryd hynny oedd cymhennu stafelloedd y castell yn y mynyddoedd am mai trigfa dynion oedd y fangre gan mwyaf weddill y flwyddyn. Gynt fe ddôi Rhisiart a Rhun, brodyr Mererid, i'w canlyn ond bellach roedd y rheini wedi troi cefn ar y merched ac yn rhan o osgordd glòs y Tywysog. Y nhw oedd y ddau ffefryn yn ôl pob sôn ac yn destun cenfigen gweddill yr osgordd.

Ar y nos arbennig hon yn dilyn Gŵyl Fair yr Haf prin y cysgodd Mererid ddim am y byddai hi a'i mam efo'r milwyr a'r gwasanaethyddion yn cychwyn yn blygeiniol drannoeth dros y mynydd i gyfeiriad Caerhun ac i lawr am Ddyffryn Conwy. Roedd yr hin hefyd yn argoeli'n dda a'r haul wedi machlud ar nos Gŵyl Fair yr Haf yn belen goch dros Ynys Môn i'r môr.

IV

Tua Dolwyddelan

Felly drannoeth Gŵyl Fair yr Haf yn blygeiniol fe gychwynnodd y fintai o'r llys yn Abergwyngregyn gan godi i'r copaon uwch ben Dyffryn Conwy. Prin y medrai Mererid amgyffred maint hiraeth ei mam unwaith y deuent i olwg y Berfeddwlad. Un o'r fan honno oedd Rhys Arawn ac fe freuddwydiodd Gwenhwyfar lawer am gael troedio'r wlad ledrithiol honno. Yn ôl ei gŵr, Rhys Arawn, roedd yn wlad dyner iawn a'r tir yno yn doreithiog a'r hafau yn aros yn hir. Yn Nyffryn Clwyd, yn ôl Rhys Arawn, ni ddôi gwynt o'r môr fel yn Abergwyngregyn nac o'r mynydd fel yn Nolwyddelan. Ond nid oedd Gwenhwyfar yn chwennych gweld y lle mwy gan fod Rhys Arawn yn gorwedd ers tro ar ffiniau Deheubarth.

Wedi gadael yr ucheldir uwch Dyffryn Conwy marchogaeth wedyn tua'r gwastadedd a'r dydd hwn yr oedd yr haf ar ei orau. Blodau llygad-y-dydd yn fotymau ar y maes a'r blodyn menyn a'r feillionen. Y fforestydd yn drwm o wyrddni a chanu adar yn llenwi'r awyr. Dôi awel ysgafn y gwynt yn wastad o'r môr o gyfeiriad y Creuddyn. Gogyfer ag Abaty Aberconwy yn union dros geg yr afon yr oedd hen gaer fileinig y brenin Harri Tri ond nid oedd hyn yn mennu dim ar y garfan fechan. Roedd y gaer yno cyn cof neb ohonynt! Oedd, yr oedd Dyffryn Conwy y bore hwn yn llawn disgwyl ac fe ddôi dyddiau anterth yr haf ar eu gwarthaf gyda hyn.

Yn flinedig daethant o'r diwedd i Hen Glas y Betws a tharo noson yno yn ôl arfer y blynyddoedd. Erbyn hyn yr oedd y Clas wedi mynd â'i ben iddo a dim ond penbwl o was ac un Brawd oedrannus yn dal i drigo yno. Serch hynny roedd yno offer at goginio a rhyw lun o lety.

Drannoeth yn blygeiniol dyma ddilyn yr afon i fyny heibio i faenor y Fedw Deg ar y llethr a'r castell yn y pellter. Gwyddai Mererid yn burion mai gwŷr yr arglwydd Dafydd oedd yn gwarchod y faenor i'r Tywysog. Sioncodd hithau drwyddi wrth weld y lle ac ni fu'r fam yn brin o sylwi ar hynny. Aeth ei mam yn ddywedwst.

'Dyna Mam wedi llyncu mul eto,' meddyliodd Mererid ac ar y foment honno sylweddolodd y fam fod ei merch yn ddewines o brydferthwch. Haul y bore oedd yn gwneud y tric. Ei dwy bleth o winau tywyll yn llaes hyd ei chefn a'r ddau lygad lliw eboni yn y pen. Siom ar ei genedigaeth oedd canfod y nam — 'nod y blaidd' chwedl ei gŵr Rhys Arawn. Tybid fod hynny yn iawn i'r bechgyn ond nid i'r ferch, ac eto, yr union nam bychan hwnnw oedd yn peri iddi rwydo llanciau. Fe ocheneidiodd Gwenhwyfar. Pe câi hi ddewis gŵr i'w merch, Hywel Tudur o'r osgordd fyddai hwnnw. Roedd hwnnw hefyd o deulu'r Hen Ddistain fel hithau. Gwyddai Gwenhwyfar fod y llanc wedi llygadu ei merch cyn hyn... ond un benderfynol oedd Mererid fel ei mam. Ac wrth i'r fam hel meddyliau felly fe ddechreuodd Mererid freuddwydio'i ffordd wrth iddynt farchogaeth ymlaen heibio i'r Fedw Deg ac i gornel eithaf Dyffryn Lledr. Meddai wrthi'i hun,

'Mi fydd Mam wedi pwdu bob cam rwan nes down ni at y castall am fod arni ofn i'r arglwydd Dafydd ddwad allan drwy'r gwrych o goed Bwlch y Maen.'

Ond nid oedd anfodlonrwydd y fam i gael mennu dim ar freuddwydion yr eneth ar lannau afon Lledr y bore braf hwn. Eisoes roedd breuddwydion Mererid yn rhychwantu'r holl le a holl wefr ei hieuenctid yn ffrwydro o'i mewn. Llifodd y cof drwy'i hymennydd...

Unwaith eto yr oedd hi'n ôl yn stafell y Dywysoges yn y llys yn Abergwyngregyn ynghanol hen drysorau yn perthyn i'r ddwy Dywysoges, Siwan ac Isabela. Gadawyd pentyrrau o wisgoedd y ddwy Normanes hyn yno yn y plygion yn llawn o aroglau lafant hen. Yn wir, roedd rhai ohonynt mor frau fel mai prin bod cyfrif ohonynt. Eto, fe lwyddodd ei mam i adfer ambell ddilledyn gan ofalu serch hynny ei bod yn cadw'r gwisgoedd lliw porffor naill du, am mai perthyn i fyd y tywysogion yr oedd y lliw hwnnw. Gwyrdd oedd hoff liw Gwenhwyfar am iddi ddysgu bod rhyw ffresni dengar o'i gylch slawer dydd yn blentyn. Gronw mab yr Hen Ddistain fyddai'n dod â'r gwisgoedd hynny iddi hi a'i mam Huana i'r castell yn Nolwyddelan. Felly addasu'r gwisgoedd lliw gwyrdd a wnaeth Gwenhwyfar i'w merch, Mererid, a'r rheini yn llaes at ei thraed efo crychni aur am y gwddf a'r garddyrnau.

Cofiodd Mererid mai gwisg werdd oedd amdani ar un pnawn braf yn nechrau haf y flwyddyn cyn hynny pan glywodd sŵn troed yn dod i stafell y Dywysoges yn y llys. Digwydd edrych arni ei hun mewn drych metel yr oedd hi ar y pryd ac yr oedd ar fin sgrechian pan deimlodd law drom gŵr ar ei gwar a'r gŵr wedyn yn esgus cuddio o'r tu ôl i lywethau ei gwallt llaes. Ond nid oedd raid iddi ofni gan fod y gŵr yn chwerthin ac meddai wrthi,

'Mantell werdd efo ymylon aur! Yn gweddu i'r eneth fel i arglwyddes.'

Gwridodd hithau hyd at fôn ei gwallt. Yna fe gydiodd y gŵr caredig ynddi a'i throi ar y stôl fel ei bod hithau yn edrych arno yntau. Ie, yn ddigon siwr, yr arglwydd Dafydd ap Gruffudd oedd hwn ar un o'i ymweliadau prin â'r llys. Mae'n amlwg mai cael cefn y Tywysog a wnaeth gan fod hwnnw ym mhellter y Dywysogaeth yn rhywle. Dod i browla y byddai Dafydd, yn ôl ei mam. Hwn oedd y gŵr a fu'n herian Mererid yn Nolwyddelan sawl haf cyn hyn a dweud bod bochau ei nain Huana ganddi. Yr un oedd ei sylw y tro hwn hefyd yn y llys,

'Wel, fy merch fach i. Mi dybiwn i dy fod yr un ffunud â'th nain Huana o Eifionydd. Gordderch Gronw ab Ednyfed oedd hi. Y ferch na fyddai byth yn codi'i phen oddi wrth y ddaear yn ôl pob sôn. Pam? Wn i ddim, onibai iddi dderbyn cerydd gwlad, os cerydd hefyd... Na, swildod hwyrach oedd arni yn union fel ei hwyres fach.'

Ar hynny gafaelodd y gŵr yn dynnach ynddi a syllu'n ddwfn, ddwfn i'w dau lygad. Gwyddai'r cyfarwydd y medrai dau lygad yr arglwydd hwnnw rwydo merched mor hawdd â'r haul yn toddi eira. Ond yr oedd Mererid yn rhy ifanc i wybod am rybuddion felly.

'Wyt ti ddim yn swil fel dy nain, wyt ti?' gofynnodd y gŵr iddi wedyn. 'Mi glywais fod gen ti dafod chwim er nad mor chwim â dy fam, Gwenhwyfar. Un frathog ydy hi, a'r brawd Llyw, y Tywysog mawr ei hun, ydy ei ffefryn hi. Does ganddi fawr i'w ddweud wrtha i, Dafydd ap Gruffudd, ddyliwn.'

Anesmwythodd hithau rhag i'w mam ddod i'r golwg. Synhwyrodd y gŵr ei phryder.

'Mi ges i gefn dy fam. Mae hi wedi mynd i lawr llwybr y traeth i fwrw ei llid ar rywun neu i hel gwmon at glaf... ond wyddost ti,

'merch i, fe rown i'r byd tae dy fam yn gwarchod fy mrawd Owain.
Cael gair bach efo'r Llyw mawr rhag i'r hogyn drengi yng ngharchar
Dolbadarn. Druan ag Owain! Fe allaswn innau fod yn pydru yno
hefyd onibai i Ffawd fy achub i'n rhydd am fod hynny o fantais i'r
Llyw!... Hen hogyn iawn oedd Owain hefyd!'

Tybiodd Mererid fod sŵn crio yn y geiriau a chymerodd drueni
dros yr arglwydd Dafydd a'i frawd Owain Goch. Ond fe newidiodd
yr awyrgylch a'r eiliad nesaf yr oedd y gŵr yn gwenu arni. Cerydd ei
mam neu beidio, sut y medrai hi wrthsefyll arglwydd gwlad? Wedi'r
cwbl yr oedd hi'n mwynhau sylw'r gŵr yr oedd osgo tywysog
ymhob symudiad o'i eiddo. Gwthiodd y gŵr ei law o dan ei gwallt
trwchus a'r foment nesaf ei chusanu hi'n dyner ar ei gwefus. Yna
sibrwd yn ei chlust,

'Dim gair, yr un fach, wrth neb byw... Cyfrinach rhwng yr
arglwydd Dafydd a thithau. Cadw di dy gusanau i'r arglwydd
Dafydd, yr un fach.'

Eiliad arall ac yr oedd y gŵr wedi ymadael â'i holl ramant i'w
ganlyn ond yr oedd corff ifanc Mererid yn gyffro i gyd fel mân
bigiadau yn ei gwaed. Cusan gan arglwydd gwlad! Gan yr arglwydd
Dafydd o bawb, ffefryn pob merch. Sut yn y byd y medrai hi gadw'r
rhyfeddod newydd rhag ei mam, ie, rhag honno o bawb...

Yn fuan wedyn daeth llais yn galw ei henw. Llais ei mam oedd
yno.

'Mererid! Mererid! ble 'rwyt ti?'

Fe ddychwelodd ei mam yn gynt na'r disgwyl a'i dal yn syllu'n
syfrdan i'r drych metel. Roedd awgrym o gerydd yn ei hedrychiad
a'r foment nesaf gofynnodd,

'Wel'ist ti yr arglwydd Dafydd o gwmpas y lle? Mae o wedi
cyrra'dd meddan nhw. Cyrra'dd pan fydd y T'wysog wedi troi cefn
ac yn ddigon pell o Wynadd, mi dyffeia' i o! Sgwn i ba berwyl
ddaeth â Dafydd i Abargwyngregyn? Fuo fo 'rioed yn or-hoff o roi ei
droed yn y lle yma ond does dim dal ar Dafydd. Mi wertha'i frawd
i'r Norman mor rhwydd ag anadlu. Hel clecs y llys efo rhai o'r
osgordd mae'n debyg — y rhai sy'n ochri efo fo ac Owain Goch.'

Gwyddai Mererid fod ei mam wedi'i chythruddo ond doed a ddêl
fe fynnai hi amddiffyn yr arglwydd Dafydd y pnawn hwnnw. Onid

oedd o wedi gosod cusan ar ei gwefus a sibrwd yn ei chlust?
Mentrodd.

'Hwyrach eich bod chi'n rhy drwm ar yr arglwydd Dafydd, Mam.
Mae o wedi bod yn ymladd efo'r T'wysog yn Nyffryn Tywi...'

Torrodd ei mam ar ei thraws a lluchio golwg amheus arni.

'Amddiffyn yr arglwydd Dafydd wir! A be' wyddost ti tybed am y
gŵr peryglus hwnnw? Hudwr merchaid yn ôl pob sôn. Unwaith
y caiff un ei hun yng ngafael hil y tywysogion does dim dianc
rhagddyn nhw. Dy ddefnyddio di cyn dy daflu fel cerpyn wedyn.'

Taflodd gipolwg ffyrnig ar ei merch. Meddai,

'Tynn y fantall yna oddi amdanat a rho'r drych yna i'w gadw!
'Rwyt ti'n rhy ifanc i chwilmanta efo hen ddilladach y llys.'

Ond sŵn methiant oedd yn llais y fam y pnawn hwnnw. Eisoes
fe deimlodd yn ei chalon fod rhyw Dynged ar waith yn patrymu'i
hun ogylch yr eneth hon. Nid oedd un dewin a fedrai wrthsefyll
Tynged...

Ac felly, wrth farchogaeth i fyny Nant Conwy i gyfeiriad y castell
yn Nolwyddelan dradwy Gŵyl Fair yr Haf fe deimlodd Mererid
unwaith yn rhagor ei gwaed yn dechrau chwarae triciau'r haul efo hi.
Ei hwyneb yn disgleirio nes bod awelon y tir uchel yn chwarae cusan
ar ei bochau ac yn rhyw herian dweud,

'Bochau fel afal Awst... fel aeron cochion ... fel lliw machlud yr
haul uwch Abergwyngregyn.'

Amheuodd a oedd neb wedi teimlo'n union fel hyn o'r blaen. Pe
câi, byddai'n neidio dros y mynyddoedd ac estyn am yr awyr las a
chydio'i dwylo yng ngodreon y cymylau. Roedd hi dros ei phen a'i
chlustiau mewn cariad ac yn ei hôl am haf arall yn Nolwyddelan.

V

Castell Dolwyddelan

Yn ystod y dyddiau dilynol bu Mererid yn clustfeinio ar wŷr yr osgordd yn trafod y byd a'r betws.

'Pa bryd mae Dafydd Goch yn debyg o ddwad i Ddol'ddelan i hel ei draed yn erbyn y T'wysog?'

'Mi ddaw fel huddyg i botas un o'r dyddia' yma i gadw gwastrodaeth ar ei etifeddiaeth ac ar dylwyth yr Ynad Coch yn y Fedw Deg... ond mae sôn ei fod o'n cynllwynio efo Harri Tri yn erbyn y brawd o D'wysog!'

Fe wyddai gwŷr yr osgordd yn rhy dda am gynllwynio Dafydd ap Gruffudd. Un gynllwyngar a fu ei fam, yr arglwyddes Senena, yn ei dydd ond bellach yr oedd y wraig siomedig honno yn farw. Eto cofio amdani efo tosturi y byddai gwerin gwlad. Hon oedd y wraig a welodd ladd ei gŵr Gruffudd ap Llywelyn dros ymyl Tŵr y Norman yn Llundain fawr. Doedd dim da rhwng Sinai, fel y galwai gwerin gwlad hi, a'r mab Llywelyn, am i hwnnw fagu balchder ar draul Llys Aber a thynnu ar y Norman yn y fan honno cyn bwrw'r brawd hŷn Owain Goch i garchar Dolbadarn. Owain oedd ffefryn y fam ac unwaith y bwriwyd o i garchar ei frawd, bu farw'r fam o dorcalon.

Yn yr un modd yr oedd carfan o wŷr Gwynedd yn tosturio wrth y brawd arall, Dafydd ap Gruffudd, er gwaethaf ei stranciau a'i gynllwynion. Yr oedd y llanc gosgeiddig hwn yn ddiwreiddiau meddid, weithiau'n was bach i'w frawd hŷn, y Tywysog, a thro arall fel pry'r gannwyll yn anniddig heb allu darganfod man i angori arno. Plentyn siawns ei genhedlaeth oedd Dafydd a chollodd gwmni y brawd Owain Goch a fu'n ei warchod yn nyddiau'r Tŵr yn Llundain ac yn y cyfnod pan oedd yr olaf yn arglwydd ar gwmwd Cymydfaen yn Llŷn.

Cytunai pawb mai stori drist oedd stori Dafydd ond doedd yno yr un dyn byw i godi llef drosto rhag dioddef llid y Tywysog. Fe wyddai'r mwyaf peniog mai dau ddewis oedd i Ddafydd Goch mewn gwirionedd. Pe bai'n codi gwrthryfel o blaid y brawd Owain oedd yng ngharchar Dolbadarn, fe ddôi llaw y Tywysog i'w fwrw yntau i garchar yr eilwaith. Bu yng ngharchar unwaith cyn hyn yn union

wedi brwydr Bryn Derwin ac nid lle i'w chwennych oedd hwnnw!
Eto pe dewisai fwrw coelbren efo'r brenin Harri Tri, collai'r hawl
dros byth i dir ei dylwyth. Weithiau byddai cariad at ei hil yn
corddi'n ulw yn ei galon a'r pryd hwn yr oedd digon o ddeunydd tân
yn ei gyfansoddiad i beri ffrwydrad. Dro arall dôi diflastod, a'r pryd
hwnnw fe deimlai fel ffoi dros byth a chodi tylwyth yn nhir y
Norman. Yng nghraidd ei fod gwyddai mai'r unig briodas o fudd
iddo fyddai uniad ag un o deuluoedd barwniaid Lloegr. Onid dyna a
wnaeth ei daid, Llywelyn ab Iorwerth, a'r hanner ewythr, Dafydd
ap Llywelyn?   Dyna hefyd oedd ym mwriad y brawd Llywelyn
os gwir y sôn. Aros ei amser yr oedd Dafydd Goch.

Ynghanol y sôn a'r siarad am dylwyth tywysogion Gwynedd,
mewn byr o dro yr oedd Mererid a'i mam wedi hen setlo i lawr
unwaith yn rhagor yn Nolwyddelan. Gwlad yr arglwydd Dafydd
oedd daear Dolwyddelan i Mererid wedi'r cwbl ac fe gâi hi bleser o
grwydro'r ffriddoedd wrthi'i hun yn casglu llysiau at bob clwy.
Erbyn hyn roedd memrynau'r hen wraig Mêr o Abergwyngregyn ar
ei chof ac er mai i'w mam, Gwenhwyfar, y trosglwyddwyd y grefft
gyntaf, yr oedd hi, os rhywbeth, yn fedrusach ei llaw ac yn fwy
treiddgar ei llygad.

Yn y wlad ogylch y castell cafodd Mererid hamdden i ddysgu
adnabod ffurf a lliw pob deilen a blodyn. Rywle, i lawr ar y gwastad
o dan domen y castell roedd yno berllan a hen fwthyn wedi mynd â'i
ben iddo. Bwthyn yr hen delynor Cynwrig yn ôl ei mam. Ym
mwthyn Cynwrig ers talwm byd y byddai ei mam, Gwenhwyfar,
meddai hi, yn bwyta brechdan fêl efo Owain Goch a Llywelyn,
bechgyn y mab gordderch Gruffudd ap Llywelyn a Senena ei wraig.
Tybiodd Mererid sawl tro fod sŵn hiraeth yn y coed o gwmpas y
bwthyn ac, yn ôl trigolion yr ardal, gellid clywed sŵn ysgafn tannau
telyn ar noson loergan. Roedd yno berllan o gwmpas yr adfeilion a
chyfoeth o dyfiant gwyllt wrth fodd Mererid a'i mam.

Byddent yn casglu dail bysedd-y-cŵn at fyddardod ac yn yr
haf rhaid oedd casglu cribau Sant Ffraid. Torri'r coesyn hir oddi
wrthynt er mwyn eu clymu'n bwysi a'u hongian i sychu uwch
ben y lle tân. Byddai ei mam yn berwi llysiau yn ôl yr angen
a hidlo'r trwyth i'r potiau priddin. Doedd dim tebyg i hwn, y

moddion chwerw o liw coch a du at boen yn y pen. Casglent hefyd
lysiau-pen-tai at ddolur yn y llygad a danadl poethion at grygni a
migwn gweunydd at wella briw. Câi Mererid foddhad rhyfedd o
gasglu'r llysiau hyn.

Sylwodd y byddai Hywel Tudur a rhyw un neu ddau o'r osgordd
yn ei dilyn yn y pellter gan amlaf ac ni wyddai pa un ai ei dilyn
ar gyfarwyddyd ei mam yr oeddynt neu o chwilfrydedd. Erbyn
meddwl, doedd fawr o ddim o'i le ar Hywel Tudur. Os rhywbeth,
hynny oedd ar fai ynddo. Yn llanc deniadol i edrych arno, yn
garedig ac yn destun cenfigen y merched. Rhoisai nifer o ferched yr
uchelwyr y byd am gael Hywel Tudur yn ŵr. Beth oedd arni hi
ynteu? Cysgod yn unig oedd Hywel Tudur iddi... cysgod gwan o
rywun arall. Ond dyna fe, chwerthin yn ei hwyneb yr oedd Ffawd ac
edliw iddi a wnâi ei mam. Ond sut yn y byd, meddyliodd Mererid, y
medrai dyn wrthod greddf ei galon ei hun? Sylwodd fod yr olwg ar
lygaid ei mam yn dweud wrthi weithiau,

'Mi dyfi di allan o'r ffwlbri yna. O gwnei. O leia' mi wela' i dy fod
yn tyfu allan ohono.'

Ond wrth dynnu'r planhigion yn chwyrn o'r gwraidd yn y maes
a phlicio'r blodau o'r gwrychoedd fe wyddai'r eneth yn wahanol.
Câi, fe gâi bywyd ei darnio os oedd raid. Wedi'r cwbl roedd bod
mewn cariad fel syllu ar brydferthwch diddiwedd. Peth felly oedd
lliwiau'r rhosyn yn y drain a machlud haul o Abergwyngregyn. Yn
wir, yn ystod yr wythnosau hynny ogylch y castell cafodd Mererid
flas wrthi'i hun yn breuddwydio breuddwydion na ddôi byth o fewn
ei gafael o bosibl. Peth felly oedd tymor ieuenctid, meddai'r hen, a
gellid tybio na fuont hwy erioed yn ifanc. Mor od yr oedd pobl fawr
yn ymresymu!

Cadwodd Mererid un gyfrinach iddi ei hun a honno oedd y
rhoisai'r byd am gael bod yn fardd. Pe bai hi'n fachgen roedd hi
bron yn siwr y medrai hi gyfansoddi cerddi o fawl fel Bleddyn
Fardd a Llygad Gŵr. Fe ddôi Llygad Gŵr o Edeirnion bell i ganu
i'r Tywysog Llywelyn a'i alw yn ben dros Wynedd a Phowys a
Deheubarth os nad yn frenin holl Gymru. Byddai Mererid yn aml
yn rhyw ganu wrthi ei hun a'r geiriau yn symud ac yn odli fel y
byddai canu'r beirdd. Peth anffortunus oedd bod yn ferch. Dyna a

ddwedai ei mam wrthi er na wyddai Mererid yn y byd paham. Serch hynny, heb wybod iddi ei hun, yr oedd yn prysur gerdded y llwybr hwnnw.

I lawr y dolydd o dan y castell ac ymlaen heibio i'r dreflan y câi hi afael ar y llysiau gorau y dyddiau hynny. Erbyn hyn roedd y planhigion ar eu gorau a'r hin yr haf hwnnw yn dyner i'w ryfeddu. Awyr las uwch ben a'r creigiau yn llwydlas fel mân gribau o lwch. Doedd Mererid byth yn dyheu am bennau'r mynyddoedd a digon oedd ganddi chwilmantan hyd y dolydd a breuddwydio breuddwydion bro'r enfys a'r tylwyth teg. Yr unig gwmwl ar yr wybren hyd hynny oedd y ffaith na ddaeth yr arglwydd Dafydd ar gyfyl y lle. Ond fe ddôi yn y man.

Hyd yma yr oedd yr haf yn dal yn ei anterth ac fe hoffai hi fod wedi medru canu i'r rhosyn gwyllt a'r ddraenen wen a'r clychau yn y perthi. Roedd fel tase barddoniaeth yn mygu o'i mewn fel y digwyddai i feirdd y llys. Yn aml, fe ddôi ei mam ar ei gwarthaf a'i dal yn hanner breuddwydio.

'Be' sy'n bod arnat ti, hogan? Wyt ti wedi gweld drychiolaeth neu r'wbath?'

'Na... ond mi leiciwn i ga'l bod yn Nol'ddelan am byth a cha'l gweld y tymhora' i gyd yn eu tro yma.'

'Mi gaet dy chwipio'n oer efo'r rhew, 'ngenath i, ac mi fydda' clywad sŵn y gwynt o'r hen fynyddoedd yma yn codi iasau yn dy berfadd di. Dyna fydda' f'ewyrth Gethin Fychan yn ddeud pan oedd o'n gwylio yn y Tŵr ers talwm. Dydy'r greadigaeth wedi newid dim ac mi fedar fod mor greulon ag erioed.'

Llwyddo i roi clo ar bob breuddwyd yr oedd ei mam yn wastad ond allan yn y maes wrth droed y castell ni ddôi dim i darfu ar lawenydd yr haf arbennig hwnnw.

VI

Dolwyddelan

Ar un o'r pnawniau hafaidd hyn roedd Mererid yn cerdded y ddôl yng nghyfeiriad y Fedw Deg ac yn cario'r fasged lysiau a photyn pridd i ddal y gwe-cop o'r perthi. Fe fyddai hi'n tynnu'r gwe-cop gyda phluen fach a'i wthio dros ymyl ceg y potyn pridd i'w gadw yn gyffur at y clwyf.

Yn sydyn clywodd sŵn cyfarth cŵn a charnau meirch yn y pellter yn dilyn y ffordd i lawr y llechwedd o gyfeiriad Bwlch y Groes. Neidiodd ei chalon o'i mewn efo'r cythrwfl. Tybed oedd yr arglwydd Dafydd yn dychwelyd i Ddolwyddelan o'r Berfeddwlad? Ni fu ond y dim iddi ado'r fasged o fwndel y cwmffri, neu lysiau'r cwlwm fel y gelwid hwy, wrth ei throed a rhedeg nerth ei choesau am y castell. Wedi breuddwydio'i ffordd drwy'r haf gwresog hwnnw am gael gweld yr arglwydd Dafydd yr oedd hi bellach yn rhy lwfr i wynebu'r gŵr mawr hwnnw. Roedd y breuddwyd efallai yn felysach na realaeth pethau. Ond cyn iddi gael symud lled troed fe gyrhaeddodd dau ŵr o'r osgordd wastadedd y ddôl ar eu meirch a'i chanfod hi yno. Gwaeddodd y ddau yn wyllt,

'Ble mae dy fam? Mae Ifan Rhyd wedi cael saeth yng nghefn ei law a'r gwaed yn pistyllio... Wrth fwthyn Siencyn Gwlana y mae o!'

Ond ymhle yr oedd ei mam? Yn uwch i fyny'r dyffryn yn y castell, yn sicr, ac Ifan Rhyd, hogyn y wraig weddw, mewn perygl o waedu i farwolaeth hwyrach. Siencyn Gwlana wir! Ni fyddai ei mam byth yn caniatáu i wraig Siencyn Gwlana drin unrhyw glwy!

Yng nghyffro'r foment fe anghofiodd Mererid bopeth am ei mam a phawb arall o ran hynny. Un peth oedd yn bwysig iddi, sef cael gafael ar Ifan Rhyd gynted ag oedd yn bosibl. Un bach digon egwan oedd Ifan os cofiai yn iawn. Cydiodd hithau yn dynn yn y fasged lysiau gan wasgu'r potyn pridd yn y llaw arall. Gwaeddodd ar ddau ŵr yr osgordd.

'Ewch â fi at Ifan Rhyd yr eiliad yma!'

'Ond... eisiau dy fam sy' arnon ni...'

'Yr eiliad yma!' gorchmynnodd Mererid.

Mewn rhyw ffordd ddirgel fe sylweddolodd yr eneth fod y gynneddf i leddfu poen yn gryf ynddi. Roedd y reddf honno yn ei gwthio ymlaen. Un edrychiad ac fe wyddai'r ddau ŵr nad oedd troi'n ôl.

Codwyd hi a'i cheriach llysiau ar un o'r meirch ac mewn rhyw ganllath i fyny'r llethr wrth dalcen bwthyn Siencyn Gwlana roedd tri neu bedwar gŵr o gylch Ifan Rhyd ac un mwy afrosgo na'i gilydd yn ceisio rhwygo'r saeth o'i gnawd. Roedd y ddaear oddi tano yn waed a'r gwaed yn dechrau ceulo. Mae'n amlwg bod y clwyfedig mewn llewyg a gallai'r milwr anystywallt fod wedi'i ladd.

'Daliwch ei ben o'n uchal!' gorchmynnodd Mererid. Yna plygodd drosto a gwasgu'r wythïen uwch ben yr arddwrn fel bod y gwaed yn peidio. Erbyn hyn yr oedd hithau yn wyn fel y galchen a'i dwylo'n crynu ond rhaid oedd wrth ddyfalbarhad i lanhau'r clwyf. Prin y sylwodd hi ar y cyffro ymysg y dynion ac yna o'r cefn ymwthiodd marchog talach na'r gweddill ohonynt. Eiliad arall ac yr oedd ei ddwylo cadarn yn tynnu'r saeth yn llyfn allan o'r cnawd. Rhwng y marchog olaf hwn a Mererid yr oedd y cnawd yn rhydd bellach o'i bwn, eto doedd dim amser i'w golli.

'Hwyrach bod gwenwyn yn y clwy,' sibrydodd Mererid. Rhedwch i fwthyn Siencyn i nôl llieinia'.'

Tra bu rhywun yn cyrchu'r llieiniau fe dynnodd Mererid y bluen o'i basged a chyda'r cwilsyn plethodd stribedi o'r trwch gwe-cop drwy geg y potyn pridd bychan. Yna'n ofalus taenodd y gwe-cop yn glytwaith cris-croes clòs dros y clwyf. Gwyliodd gwŷr yr osgordd hi mewn rhyfeddod.

Ymhen y rhawg cyrhaeddodd gwraig Siencyn Gwlana efo darn o liain mor ddu â'r simnai ond gwell hwnnw na dim, meddyliodd Mererid. Lapiodd y lliain am y llaw er mwyn atal y gwaed ac i warchod y clwyf. Bellach teimlodd hithau ei llais yn llusgo o ryw bellter yn rhywle.

'Mi fydd y gwe-cop yn glanhau'r clwy... ac wedyn mi awn ni ag Ifan i'r castall i Mam ei drafod o.'

Cyn pen chwinciad ffurfiodd y dynion fath ar glwyd o ganghennau praff ac felly y cludwyd y clwyfedig i lawr y llethr.

Mentrodd un o'r milwyr y sylw mai saeth un o'r helwyr oedd wedi anafu'r claf ar dro siawns.

Pan gododd Mererid ar ei thraed o'r diwedd a cheisio tacluso'r ceriach llysiau yn y fasged, teimlodd y byd yn troi o'i chwmpas fel chwrligwgan. Mae'n amlwg bod yr holl gyffro a'r gwaed wedi troi ar ei chalon hithau. Yn ffodus, daeth y marchog a dynnodd y saeth o'r clwyf i'w harbed a'i chodi hi a'r offer yn ddiogel ar y march.

Wrth iddynt deithio i lawr y llethr a chael awel y pnawn ar eu wynebau fe hanner ddadebrodd Mererid a llithrodd rhith o feddyliau yn ei phen... Nid oedd hi wedi gweld clwyf fel hwn o'r blaen... Unwaith y byddai'r gwŷr yn cyrraedd y castell efo Ifan Rhyd medrai ei mam lanhau'r clwyf yn well a'i huddo o newydd efo cymysgedd o lysiau'r cwlwm yn gymysg â'r clafrllys... Do, fe wnaeth hi yr union beth ag a wnâi ei mam pe bai hi yno sef atal y gwaed a cheisio gludio'r cnawd drylliedig ynghyd efo'r gwe-cop. Byddai'n ddigon buan wedyn ei huddo efo cyffur unwaith y byddid wedi'i lanhau a thynnu'r gwenwyn allan. Arbed bywyd Ifan bach y Rhyd oedd y peth pwysicaf er mwyn ei fam weddw yn y Llan.

Hyd yma nid oedd Mererid wedi rhoi un sylw i'r marchog oedd yn ei chynnal ar y march efo'r ddwy fraich gref a cheisio cynnal ei cheriach llysiau yr un pryd. Yng nghynnwrf y munudau hynny i fyny ar y llethr wrth fwthyn Siencyn Gwlana, yr ofn mawr oedd i'r clwyfedig fethu â chyrraedd y castell yn fyw! Un peth oedd i filwr farw ar faes brwydr ar lannau Hafren neu yn Neheubarth bell ond peth arall oedd iddo farw o fewn tafliad carreg i fwthyn ei fam bron cyn cyrraedd llawr y Dyffryn.

Mewn byr o dro cyrhaeddodd y pedwar gŵr oedd yn cario'r clwyfedig hyd at borth y castell, a phan ddisgynnodd Mererid oddi ar y march ac edrych i wyneb y marchog, prin y medrai goelio ei llygaid. Ie, wyneb yr arglwydd Dafydd ei hun oedd yno! Y fo felly a dynnodd y saeth mor ddeheuig o'r cnawd ar y llethr.

'Dos di i orffwys,' oedd geiriau'r arglwydd wrthi y pnawn hwnnw, 'Ie, i orffwys, fy merch fach i! Mae cael un mewn llewyg yn ddigon. Mi a'i at dy fam i ymgeleddu Ifan.'

Gynted ag y cyrhaeddodd hithau ei hystafell — y stafell a rannai gyda'i mam — torrodd i lawr i feichio crio. Rhedodd un o'r morynion ati efo diod o sunsur poeth ac ymhen y rhawg syrthiodd hithau i gysgu o lwyr flinder.

Ychydig a wyddai'r eneth ei bod o fewn yr oriau hynny wedi tyfu i fyny ac wedi ennill hyder i drin clwyf a gwella claf.

VII

Dolwyddelan

Yn ystod y dyddiau dilynol a chyda gofal ei mam, fe drodd y clwyfedig ar wella yn raddol bach. Ni pheidiodd Mererid ychwaith â mynd i'w olwg gydol yr amser. Roedd hi hefyd wedi'i llwyr hudo gan y marchog a'i cludodd hi a'i cheriach llysiau bob cam i'r castell. Ef hefyd fu'n estyn llaw i dynnu'r saeth o'r llaw a rhyngddynt fe lwyddwyd i achub bywyd.

Heb yn wybod iddi hefyd, yr oedd Tynged ar waith yn gwau edau bywyd gan fesur ei hyd i'w thorri drachefn heb fyth gyfannu. Chwarae triciau a wnâi Tynged fel cath efo pelen o wlân, yn datgymalu a chwalu ac eto heb byth ddifa'r belen yn llwyr. Gan amlaf, fe adewid y belen ddrylliedig yno yn dyst o'i gorffennedd gynt. Dyna fel yr oedd bywyd. Rhaid oedd ei chwalu i'w flasu a hyd yn oed pan oedd y blas yn chwerw fe arhosai peth o'r melyster.

Bob nos a bore fe âi Mererid i fwthyn mam Ifan yn y Llan i drin y clwyf ac yn ddi-ffael fe fyddai'r arglwydd Dafydd yno wrth ei chwt a hynny'n union wedi cwynos. Roedd ei mam yn rhy ffwdanus efo helyntion y castell i biciad yn ôl a blaen i'r Llan a pha un bynnag, hi, Mererid, oedd wedi achub bywyd Ifan Rhyd. Holi hynt y llanc a wnâi'r arglwydd Dafydd tra oedd Mererid yn chwilio'i basged wiail am y llieiniau glân a'r cyffur i drin y clwyf.

Mae'n wir mai digon cwla ei wala yr oedd Ifan ar y cychwyn a pheth o'r gwenwyn o'r saeth yn gyndyn o dynnu allan o'r briw. Digon dywedwst hefyd oedd Ifan yng ngŵydd ei arglwydd. Meddai mam Ifan yn drafferthus,

'Poeni y mae'r hogyn, f'arglwydd, y bydd y clwyf yn ei rwystro rhag dwad yn ôl efo'r hogia' i'r Berfeddwlad.'

Rhyw ddiwrnod fe sylwodd Mererid, i'w mawr ofid nad oedd yr arglwydd yn cymryd y sylw lleiaf o eiriau mam Ifan.

'F'arglwydd,' meddai hithau wedyn yn fwy pryderus na chynt. 'Ifan yn poeni...'

'Da chi, gadwch yr arglwydd yn llonydd, Mam,' ymbiliodd Ifan mewn llais egwan. 'Mae meddwl yr arglwydd ar betha' gwlad.'

42

'Na... na,' ychwanegodd yr arglwydd Dafydd yn llawn brwdfrydedd, 'gwylio Mererid yn trin y briw yr oeddwn i. Symudiad ei dwylo...'

Mewn gwirionedd yr oedd yr arglwydd gwlad hwn wedi'i lwyr gyfareddu gan y ferch efo'r dwylo main gwynion a fedrodd estyn meddyginiaeth i'r claf. Eto, meddyliodd fod mwy na hynny o gylch y ferch hon — yr oedd fel blodyn ar fin datblygu. Blwyddyn arall ac fe fyddai yn ei llawn dwf. Medrai o aros, oblegid yr oedd yna rywbeth o'i chylch — ei gwallt trwchus yn winau cyfoethog a'i chorff fel rhywbeth yn codi o lenni lliwgar y tapestrïoedd. Gallai hi fod yn dduwies. Mor hardd ag Olwen y chwedlau... mor bur â'r Forwyn ei hun. Eto... arswydai rhag i rywbeth ddod a chwalu'r purdeb hwnnw.

Bob nos byddai'r arglwydd Dafydd wedi gadael y bwthyn o'i blaen a hithau'n gwneud esgus i oedi drwy fân siarad efo Ifan a'i fam. Bryd hynny byddai ei feddwl yn crwydro ar adenydd y gwynt. Oedd, yr oedd bywyd yn felys, felys, meddyliodd, a'i chostrel yn llawn i'w hymylon. Petai'r Forwyn yn ei chipio i ffwrdd y foment honno fe âi hi i dragwyddol baradwys i rywle!

Yn ystod yr wythnosau tra bu'r arglwydd Dafydd ogylch y lle caed gwledda a rhialtwch yn y castell bob nos yn ddiwahân. Rhialtwch gwyllt ac anhrefnus yn aml nes bod y fam Gwenhwyfar yn cilwgu. Fel 'Y Dafydd yna!' y byddai hi'n wastad yn sôn amdano a sylwodd Mererid fod ei mam yn berwi o genfigen tuag ato. Owain Goch a Llywelyn oedd ei dau ffefryn hi o blith meibion y mab gordderch Gruffudd ap Llywelyn. Dwedai hi fod Dafydd yn chwarae'r ffon ddwybig ac nad oedd ei frawd y Tywysog byth yn sicr o'i ffyddlondeb. Rhaid, serch hynny, oedd i'r mwyaf cenfigennus o wragedd gyfaddef fod yr arglwydd Dafydd yn ŵr hynod o ddeniadol, yn fwy ysgafala na'i frawd Llywelyn am nad oedd baich llywodraeth gwlad yn pwyso'n drwm arno. Roedd Dafydd, hyd yma, yn rhydd i fela lle y mynnai.

Yn ystod yr haf hwnnw galwodd y bardd Llygad Gŵr o Edeirnion a rhai o'r beirdd llai yn Nolwyddelan — dim ond galw yn unig gan ddisgwyl i'w Tywysog ddychwelyd a thario rhywfaint yng Ngwynedd fel y caent ganu eu clodydd iddo. Byd llwm oedd hi ar y beirdd a'r Awen o'r herwydd yn dirywio am fod y Tywysog yn dragwyddol ar grwydr o Wynedd ac yn rhy brysur yn rhyfela. Dyddiau cynnar oedd hi i'r Tywysog a hyd yma nid oedd lle yn ei amserlen i foliant y beirdd. Yn wahanol i Lywelyn yr oedd Dafydd ei frawd yn mwynhau pob eiliad o wres y dyrfa yng nghastell Dolwyddelan yr haf hwnnw a daethpwyd â hen ffidler yno i ddiddori'r criw swnllyd. Yn ôl Gwenhwyfar, yr oedd sgrechiadau'r ffidler yn ddigon i godi Cynwrig, yr hen delynor, o'i fedd. Hen delynor y castell oedd Cynwrig. Yn amlwg hefyd gellid clywed tinc caneuon y Norman yn treiddio i mewn hyd yn oed i neuadd castell Dolwyddelan.

Bob nos, wedi cael cefn ei mam, byddai Mererid yn boddi'i chnawd mewn dŵr lafant ac yn chwilio a chwalu yn y gist am rai o hen drysorau llys Aber i'w gwisgo gyda'i gwisg werdd. Yn wir, roedd ei gwisg werdd yn gweddu i'r dim efo'r gwallt gwinau hardd. Oherwydd ei medr yn trin clwyf Ifan Rhyd prin y medrodd ei mam ei cheryddu ers tro byd nac ychwaith edliw ei breuddwydion iddi. Ond dyna, pe bai hi yn ceisio esbonio natur ei breuddwydion i'w mam gallai fod yno hyd Sul y Pys. Cerdded efo'i thraed yn soled ar y ddaear yr oedd ei mam. Yr haf hwnnw yr oedd y fam a'r ferch belled oddi wrth ei gilydd â phegwn yr Wyddfa a Llyn Llydaw ond yn wahanol i'w merch, fe ddysgodd y fam eisoes fod ei thylwyth o dan Dynged ac yn ddarostyngedig i'r Tywysogion.

Pan ymadawodd yr arglwydd Dafydd a'i osgordd un bore bach yn nechrau mis Medi rhoes Gwenhwyfar ochenaid o ryddhad. Mynd ar siwrnai sydyn i warchod ei etifeddiaeth yng ngwlad Llŷn yr oedd Dafydd cyn dychwelyd i'r Berfeddwlad. Gohiriodd Gwenhwyfar a Mererid ddychwelyd i Lys Aber nes bod clwyf Ifan Rhyd yn dangos y croen yn iach. Taith drist fyddai honno yn flynyddol i Mererid wrth ffarwelio efo'r haf ac efo'r castell yn Nolwyddelan. Erbyn hyn, roedd yr hin yn oerach a gwyntoedd hydref yn chwyrlïo'r dail hyd y llwybrau, a phennau'r mynyddoedd yn foelion yn disgwyl yr eira. Mor wahanol oedd y profiad i wefr dechrau haf a chael codi i fyny am Gaerhun a gweld Dyffryn Conwy a'r afon fel llinyn arian yn yr hafn. Ond ar y siwrnai yn ôl roedd angen dringo am Gaerhun a disgyn wedyn ar eich pen bron hyd yr arfordir. Niwl a gwynt môr oedd yn y fan honno i Mererid. Ni châi hi byth weld machlud haul haf yn Abergwyngregyn, dim ond lleithder gaeaf a ffyrnigrwydd y gwanwyn cynnar.

Yn waeth na'r cwbl, prin y byddai'r arglwydd Dafydd yn rhoi ei droed oddi mewn i Lys Aber. Dolwyddelan oedd ei gynefin o.

Am hydoedd wedyn dal i freuddwydio'n ôl yr oedd Mererid am y nosau yn y castell yn Nolwyddelan a gwres y medd a'r miwsig yn cryfhau i ddawnsio rhythmig y cerddorion. Yn ddi-ffael dôi'r arglwydd Dafydd i'w chyrchu drwy'r dorf ac yr oedd Mererid ar dân fel blodyn yn ymestyn allan at wres yr haul. Yn wir, roedd ganddi lond gwlad o freuddwydion i'w chadw'n glyd gydol y gaeaf hwnnw yn Llys Abergwyngregyn.

VIII

Abergwyngregyn
Diwedd hydref 1259

Yn fuan wedi i Gwenhwyfar a Mererid gyrraedd yn ôl i'r llys roedd pob math ar sibrydion ar gerdded.

'Mae'r Tywysog ar ffiniau Meirionnydd... Mae o yng nghastell y Bere'

Mae'r Tywysog yn y gaer yng Nghricieth... mi fydd yn Abergwyngregyn ymhell cyn y Nadolig.'

Am hynny yr oedd y llys yn fwstwr i gyd a Gwenhwyfar yn lluchio'i hawdurdod ar hyd ac ar led fel bod pob taeog a gŵr rhydd yn paratoi am ddyfodiad y gŵr mawr ei hun. Digon prin ac ysbeidiol a fu'r ymweliadau hyn er diwedd y flwyddyn 1256 pan orymdeithiodd Llywelyn ap Gruffudd a'i lu yn fuddugoliaethus i'r Berfeddwlad ar gais gwŷr y Pedwar Cantref. Y pryd hwnnw yr oedd enwau ustusiaid fel Alan la Zusche a Sieffre Langley yn ddychryn ac yn drewi yn ffroenau pobl y Berfeddwlad.

Erbyn hyn, yn ôl pobl Gwynedd, roedd tiriogaeth y Tywysog yn rhy eang a'i wanc am lywodraethu gwlad yn drech na synnwyr. Beth oedd gwlad Deheubarth a thir Powys iddynt hwy wedi'r cwbl? Eisoes roedd trethu trwm ar eu heiddo i gadw milwyr yn y rhyfel a'r swyddogion yn gosod eu hawl ar eu gwartheg a'u defaid. Eto, yr oedd parch mawr i'r Tywysog yn eu plith a'r rhai hynaf yn hiraethu am y blynyddoedd hynny pan ddôi'r beirdd o bell ac agos yn fflyd i Lys Aber i ganu clod y tywysogion. Prin bellach oedd y gwledda yn y llys am fod Llywelyn ap Gruffudd ar drafael yn barhaus ac am nad oedd yno Dywysoges na phlant. Yn sgîl hyn aeth y cof am yr hen arferion a chwrteisi llys yn angof. Ond yr oedd y cof am ryfeloedd o hyd yn fyw yng nghalonnau'r bobl ac yr oedd y werin dlawd yn marw cyn pryd. Tymor y gaeaf oedd waethaf pan oedd yr hin yn galed. Yn amlach na dim dôi rhywun i'r llys yn chwilio am gyffur at bob math ar anwydon a salwch rhydd a'r gwynegon. Dioddefai'r werin bobl o effeithiau'r newyn yn dilyn y diffyg yn y cynhaeaf. Bu gwlybaniaeth y gwanwyn cynnar a sychder yr haf poeth yn ddifäol i'r cnydau a pheth cyffredin oedd marwolaeth babanod ac felly'r

46

ifanc a'r canol oed. Prin bod neb yn byw yn hen ac, oherwydd artaith eu byw bob dydd, anodd oedd mesur hyd blynyddoedd rhai o'r trigolion. Yn fuan wedi Calan Gaeaf fe ddaeth y corwyntoedd ac yng nghwt hynny disgynnodd yr eira cyntaf.

Ar un o'r boreau oer hynny gorchmynnodd Gwenhwyfar ei merch i'w dilyn i fwthyn Sech y bugail yng nghysgod y Carneddau. Meddai wrthi,

'Mi fûm i'n pendroni'n hir, Mererid, pa un a ddylat ti ddwad hefo mi ai peidio i fwthyn Sech, ond mi fydd yn rhaid i ti ddysgu rywdro. Waeth heddiw mo'r tamad. Tasa ti heb dy fam fedrat ti ddim ymdopi efo'r clefion. Mae'n rhaid wrth brofiad, ac ysgol galad ydy profiad at drin claf.'

Prin bod Mererid yn gwybod beth i'w ddisgwyl y bore hwnnw wrth iddynt gludo'r llieiniau a'r cyffur yn y fasged wellt. Roedd y gwynt yn chwipio'n filain ar y croen ac uchaf yn y byd yr aent, oeraf yn y byd oedd yr hin. Anaml y byddai'r hen fynyddoedd hyn gefn gaeaf heb haen drwchus o eira drostynt.

Gydol y siwrnai wrth iddynt ymdrechu yn erbyn yr elfennau y bore hwnnw, ni ddwedodd ei mam air o'i phen. Gydol y siwrnai ni wnaeth ond pydru ymlaen gam wrth gam. O'r diwedd yr oeddynt o fewn golwg y bwthyn. Gwiail digon bregus oedd y muriau efo rhwydwaith o wellt a brwyn a chlai yn do iddo. Eto, wedi iddynt groesi'r rhiniog gellid gweld tân mawn gloyw ynghanol y llawr. Unwaith yr oeddynt o fewn y bwthyn cododd arogleuon afiechyd i'w ffroenau. Cododd Mererid gornel ei chlogyn dros ei ffroenau ac yn raddol yn yr hanner gwyll, fe ddaeth i ddygymod â'r ogla.

Cerddodd ei mam yn dawel at y lle-tân i dwymo'i dwylo cyn tywallt dŵr poeth o'r crochan i badell a'i chario i gornel y stafell. Gwnaeth ystum ar i Mererid ei dilyn.

Yno yn gorwedd ar wely o beiswyn ar y llawr yr oedd y claf. Erbyn i Mererid ddod i ddygymod â'r hanner gwyll sylweddolodd ei bod yn syllu i wyneb merch. Merch ifanc, gellid tybio, ond bod esgyrn ei bochau wedi gadael ei chnawd ifanc yn rhywle ar ôl yn yr hollt o'u cylch. Uwch ben y bochau hynny yr oedd dau lygad crwn efo rhyw loywder annaturiol ynddynt fel dwy eirinen sgleiniog yn y pen. Syllodd Mererid am y tro cyntaf erioed ar wyneb o artaith.

Erbyn hyn yr oedd ei mam wedi symud y cwrlid brau oddi ar y corff gan droi'r eneth yn dyner ar ei hochr. Cododd y crys oedd amdani gan ddangos bol chwyddedig a'r gwythiennau yn las dwfn o'i gylch. Erbyn hyn roedd Mererid yn teimlo pwys mawr yn ei stumog ac aeth yn gryndod drwyddi. Synhwyrodd ei mam ei chyflwr.

'Rhed i nôl dŵr cynnas o'r crochan, Mererid,' sibrydodd, 'a phaid â dwad yn ôl nes y galwa' i arnat ti. Mi gei dywallt y dŵr cynnas a'i roi ar y trwyth yn y corn-yfad... Dos di rwan i swatio wrth y tân... Tri diferyn o'r trwyth fydd ddigon!'

Swatiodd Mererid wedyn yng nghysgod y tân a'i meddwl yn ferw o boendod. Gwelodd y bore hwnnw ddrychiolaeth o eneth ifanc ac angau eisoes wedi erydu ei ffordd drosti. Deallodd fod yr ifanc yn fwy cyndyn i farw bob amser na'r hen. Pan alwodd ei mam arni o'r diwedd gwelodd ei bod wedi bwndelu'r llieiniau gwaedlyd o'r naill du a bod yr eneth bellach yn gorwedd yn llonydd. Ond yr oedd ei mam yn sibrwd rhywbeth wrth y claf.

'Fy mechan i! Cwyd dy ben i Gwenhwyfar, i ti ga'l diferyn o ddiod gynnas. Mi gei di gysgu wedyn.'

Er i Gwenhwyfar ddal ei phen ar fôn ei braich ni chyffrôdd yr eneth ddim.

'Mi wnawn ni o'r gora',' meddai Gwenhwyfar wedyn gan estyn pluen fechan o'r fasged wellt. Rhwbiodd y ddiod gynnes ar enau'r ferch ac yn raddol fe ddadebrodd hithau.

'Mererid!' meddai ei mam yn dawel, 'rho di'r cyffur iddi er mwyn iddi ga'l cysgu.'

Agorodd yr eneth ddau lygad y mymryn lleiaf a symud ei genau i siarad.

'Cysgu... cysgu... 'Dw i isio cysgu a 'dw i isio Mam!'

Ar hynny plygodd Gwenhwyfar drosti ac meddai,

'Mi gei di dy fam, fy mheth bach i.'

Ar y gair lledaenodd mymryn o wên dros wyneb y claf ac mewn byr o dro yr oedd yng ngafael cwsg. Cwsg aflonydd mae'n wir ond cwsg serch hynny.

Anadlodd Gwenhwyfar yn rhydd o'r diwedd a diddosi'r claf drwy dynnu'r gwrthban drosti. Meddai,

'Ia, fy merch fach i... ca'l mynd adra at dy fam fydda' ora' i ti. Ymhen fawr o dro mi gei di fynd adra.'

Erbyn hyn roedd Sech, tad yr eneth, wedi croesi'r rhiniog a'r sach ar ei ysgwyddau yn diferu o blu eira. Safodd yn y fan honno yn aflonydd, yn aflêr ac yn wyllt yr olwg. Camodd wedyn ar draws y stafell a chydio'n chwyrn ym mraich Gwenhwyfar gan ei hysgwyd yn filain. Yna beichiodd wylo.

'Wraig!' llefodd, 'mi ofynn'is i i ti roi 'chwanag o'r trwyth yna i 'mhlentyn i... Ble mae'r botal ddu yna?... Mae gen ti hogan yn y fan yma mor iach â'r gneuen. Pam na roi di ryddhad i'm hogan fach i? Ymhen dwyawr eto mi fydd yn deffro a finna' heb ddim ond yr hen wynt yma o'r Carnedda' a sŵn ei griddfan hi yn fy nghlustia'. . . Rydw i wedi colli'r cwbwl oedd gen i!'

O'r diwedd eisteddodd y gŵr trallodus ar fainc ger y tân gan wasgu'i ben yn foddfa o ddagrau rhwng ei ddwylo garw. Gwyddai Mererid fod gan ei mam ffordd ryfedd o dawelu teulu'r claf yn wastad. Cerdded yn ysgafn ar lawr yr aelwyd yr oedd ei mam ac meddai'n dawel a chadarn wrth y gŵr,

'Pwyll sy' ora'. 'Dwyt ti'n helpu dim ar dy enath fach drwy dorri i lawr yn y fan yna. Does gan yr un ohonon ni yr hawl i ddwyn angau ar dy ferch fach di cyn pryd... Fe fydd hi farw yn amsar Duw a'r Forwyn... ond yr ydw i wedi gada'l y trwyth yn y botal ddu ar y ford i ti. Diferyn neu ddau neu dri... dim mwy na hynny ar y tro... mewn dŵr cynnas a rhwbio'r gena' efo diferyn o laeth nes y caiff y fach dawelwch.'

Cyn gadael lluchiodd Gwenhwyfar y llieiniau budron i lygad y tân ac eisoes roedd y tad yn sychu'i ddagrau efo llawes ei glogyn. Cododd wedyn i dywallt medd cynnas i'w yfed. Meddai Gwenhwyfar,

'Rydan ni am ei throi hi rwan, Sech, rhag i'r hin waethygu.'

Caeodd y drws yn glep ar eu holau. Synhwyrodd Mererid na fyddai angen i'w mam ddod eilwaith i'r bwthyn yng nghysgod y Carneddau ond pe dôi'r angen roedd digonedd o gyffur a llieiniau glân yn y llys.

Croesodd y ddwy y buarth i ddannedd y gwynt a meddyliodd Mererid fod yr haf mor bell a dioddefaint dynion mor fawr. Unwaith y caed tir y gwaelodion o dan eu traed cymerodd y fam seibiant a throi i gysgod camfa rhyw ddau canllath o'r llys.

''Stedda' i lawr ar stepan y gamfa, Mererid ac anadla'r awyr iach i mewn i'th 'sgyfaint. Cyfra dri a gad i'r gwynt ddwad allan wedyn. Mi yrrith hynny yr ogla i gerddad.'

Y fam oedd y gyntaf i dorri'r garw wedyn.

'Truenus yntê, Mererid. Mi weli di 'chwaneg o betha' felna yn dy fywyd ond dim byd gwaeth nag a wel'ist ti heddiw, mi goelia' i.'

Ychwanegodd yr eneth yn dawel,

''Doedd ganddi hi ddim mam.'

'Na, mi fuo honno farw does fawr yma a dau o'r plant er'ill. Diffyg ymborth a glanweithdra wedi cynhaea' calad y blynyddoedd d'wetha' yma.'

Trawodd ei mam ei llaw yn ysgafn ar fraich Mererid.

'Trio anghofio amdani hi fydd ora' i ti. Erbyn y bora mi fydd ei henaid hi wedi mynd at y Forwyn... a gwyn ei byd hi ddweda' i.'

Ymhen tridiau wedyn pan oedd yr eira yn drwm ar y ddaear fe glywyd cnul y gloch eglwys a chriw bach yn dilyn corff yr eneth i fynwent yr eglwys lle cleddid y taeogion bellter o'r llys. Yno hefyd yr oedd Mererid yn wylo dagrau dros ferch na welodd ddim ond olion cystudd arni yng nghysgod yr angau oedd ar ddod. Roedd dagrau ieuenctid yn hallt ond fe gafodd Mererid dawelwch y bore hwnnw pan oedd clystyrau eira yn drwchus ar yr yw a'r byd yn glaer-wyn.

Cyn iddynt ymadael fe drodd tad yr eneth yn ei ddagrau a gwenu arni. Serch hynny ac er holl gymhellion ei mam, fe'i cafodd Mererid hi'n anodd i wthio dros gof salwch yr eneth ym mwthyn y bugail. Ambell dro byddai'r ddau lygad yn ei dilyn fel dwy eirinen ddu. Droeon ar ganol nos byddai'r ddau lygad yn edrych arni o blygion melyn o gnawd gan edliw ei hieuenctid iddi. Bryd arall llais Sech oedd yno yn dannod iechyd da ei merch i Gwenhwyfar ar lawr y bwthyn ar y bore oer hwnnw yng nghysgod y Carneddau.

Byddai'r cof am y ferch wael yn pylu efo amser ond yr oedd Mererid, gam wrth gam, yn dysgu'r grefft o drin y claf. Dysgodd hefyd y gallai ysgol bywyd fod yn anodd iawn o bryd i'w gilydd.

Pan ddôi'r gwanwyn fe fyddai Sech y tyddynnwr allan ar y maes yn aredig y tir yn ngodreon y Carneddau ac yn gwylio'r egin yn gwthio allan o'r pridd. Dyna oedd trefn y tymhorau.

IX

'Mae o'n wir! Mae o'n wir! Mae'n T'wysog ni wedi dwad adra!'

Ac yn wir, felly yr oedd nes bod cynnwrf mawr drwy Arllechwedd i gyd. Er pan ddychwelodd Gwenhwyfar a Mererid o Ddolwyddelan yn niwedd yr hydref fe fu yno ddisgwyl mawr am y Tywysog. Doedd dim amser i segura na hel meddyliau nac ychwaith i bendrymu uwch ben salwch a marwolaeth. Yr olaf oedd gelyn y gaeaf a'r brenin Harri Tri a'r Norman oedd gelyn yr haf. Fodd bynnag fe aeth y brenin hwnnw drosodd i Ffrainc ym mis Tachwedd y flwyddyn honno a phan oedd brenin y Norman oddi cartref fe fyddai'r Tywysog a'i swyddogion yn cynllwynio. Hyd yma yr oedd y Tywysog a'r Distain a'r mwyafrif o wŷr Gwynedd wedi dychwelyd yn ddianaf i Wynedd o ymgyrchoedd y Dywysogaeth. Mae'n wir bod rhai milwyr glew fel Rhys Arawn, gŵr Gwenhwyfar wedi'u colli yn y rhyfel heb byth i ddychwelyd i dir eu tadau.

Gynted ag y rhoddai march Llywelyn ap Gruffudd ei droed ar ddaear Eryri dôi ymdeimlad o falchder yn gymysg â hiraeth i galon y Tywysog. Gŵr unig oedd Llywelyn pan nad oedd mewn rhyfel. Eto, unwaith y dôi i gysgod y mynyddoedd ac o fewn cell fewnol y llys yn Abergwyngregyn fe ddôi yntau i gytgord â'r Dynged ryfedd oedd arno. Yn ail fab i Gruffudd ap Llywelyn mab gordderch Llywelyn ab Iorwerth gwyddai yng nghraidd ei fod iddo gael ei eni i lywodraethu gwlad. Yn hogyn yng nghastell Dolwyddelan byddai'n dringo i uchder y Tŵr a galw allan o'r fan honno y geiriau — 'Tywysog Aberffraw ac Arglwydd Eryri'.

Daethai'r breuddwyd cynnar hwnnw yn ffaith.

O fewn y gell gudd yn y llys yr oedd yna ŵr unig arall yn dyheu am weld ei Dywysog. Y Crebach oedd y llysenw ar y gŵr unig arall hwnnw, sef Ysgrifydd y Tywysog. Ni fyddai'r Crebach byth bron yn wynebu golau dydd glân gloyw ond yn hytrach yn gwarchod cyfrinachau'r llys yn y gell. Gelwid o Y Crebach am fod y clafr wedi gadael bothellau cochion dolurus hyd gnawd ei wyneb.

Roedd dirgelwch hefyd ynglŷn â'i darddiad. Ei gyfarchiad cyntaf i'w Dywysog oedd,

'Princeps Wallensium!'

Yna Llywelyn ap Gruffudd yn ddieithriad yn ffugio nad oedd yn deall.

'Beth ddeudis di, y Crebach?"

Princeps Wallensium... Felly y gelwid dy gyndaid Owain Gwynedd.'

'Ti' yn wastad oedd yng nghyfarchiad y Crebach am na ddaeth i'w feddwl erioed gyfarch y Tywysog fel 'Chi'.

'Princeps Northwallia... Princeps Aberffraw et Dominus Snowdonia!' meddai wedyn.

Porthi balchder y Tywysog yr oedd bob cynnig ac ef yn bennaf oedd yn gyfrifol am gyfoethogi meddwl Llywelyn ar ei ymweliadau prin â'r llys. Oherwydd y mynych ryfela a'r cyfrifoldeb o warchod y tiroedd concwest ar ymylon y Dywysogaeth yn ystod y blynyddoedd cynnar hyn byddai Llywelyn yn amlach o gartref na pheidio. Ond unwaith y dychwelai fe ddôi dedwyddyd o fewn y cylch cyfrin efo'r Crebach, y Distain a'r uchel-swyddogion o Wynedd a'r Berfeddwlad. Encil o ddihangdod oedd y gell i gadarnhau breuddwydion a'r hawl gyfreithlon i adennill tywysogaeth y taid.

Ddegawd a mwy yn ôl yr oedd rhyw ysbryd cenedlaethol wedi tanio o fewn y gell hon yn y llys yn Abergwyngregyn. Yn wir, roedd y tanwydd yno beth amser cyn dod marwolaeth ddisyfyd y Tywysog Dafydd ap Llywelyn. Yma y ffodd meibion Deheubarth, disgynyddion yr arglwydd Rhys am nodded — Rhys Fychan a Maredudd ap Rhys o Ystrad Tywi. Yma y breuddwydiodd Llywelyn am gytundeb rhyngddo a Gruffudd ap Madog o Bowys Fadog ac y galwodd o Rhys Fychan a Maredudd ap Rhys Gryg i gwrdd ag Owain Goch ac yntau yng nghwmwd Is-Gwyrfai. Roedd yr ysbryd cenedlaethol ar gerdded pan addunedodd y pedwar hyn i sefyll ysgwydd wrth ysgwydd fel brodyr! Cytundeb i'w dorri mae'n wir ond eisoes yr oedd ysbryd gwrthryfel yn y tir yn erbyn brenin Lloegr. Yn y dyddiau cynnar hynny porthwyd y balchder gan y beirdd.

Roedd nodweddion rhyfedd yn perthyn i'r Crebach yn wastad. Ar adeg ymgynnull y Cyfrin Gyngor yn y llys yn Abergwyngregyn yr un oedd y ddefod bob tro. Y swyddogion yn mynd o dan lw o ffyddlondeb i'r Tywysog ond nid oedd hynny mor hawdd efo'r Crebach. Rywdro yn ystod teyrnasiad y Tywysog Dafydd ap Llywelyn y daeth o gyntaf i'r llys o Abaty Aberconwy. Am na wyddai neb i sicrwydd ei darddiad yr un oedd y ddefod yn wastad i brofi'i ddilysrwydd. Dôi cyfarchiad y Tywysog i ddechrau.

'Y Crebach! Dy enw-bedydd?'

'Dim enw bedydd f'arglwydd.'

Saib anniddig wedyn fel y câi pob gŵr o fewn y gell adfeddiannu ei urddas a mygu gwên. Yna corff main y Crebach efo'r croen melynfrown yn gorffwys y dwylo tenau ar glawr y Beibl Lladin a'r mygni yn y frest yn chwythu fel megin dân. Yna gorchymyn y Tywysog yn dilyn.

'Enw dy dad-bedydd, y Crebach!'

Dau lygad y Crebach yn codi fel saeth efo'r geiriau,

'Yr Ymennydd Mawr, f'arglwydd!'

Gwyddai'r cyfarwydd fod hynny mor annhebyg ag oedd i'r haul wrthod codi oblegid nad oedd yr Ymennydd Mawr wedi ailsefydlu o fewn yr Abaty pan fabwysiadwyd y Crebach yno. Bu rhywrai yn ddigon digywilydd i awgrymu mai epil yr Abad oedd y gŵr crebachlyd efo'i wyneb yn rhychau igam-ogam o linellau. Ond na... nid epil yr Abad mohono. Serch hynny gwelodd y mynaich yn dda ei goleddu a'i feithrin.

Yna cyn diwedd y ddefod yn y gell gudd yn y llys dôi geiriau'r Tywysog unwaith yn rhagor,

'A'th ffyddlondeb?'

Yn ddi-ffael dôi atebiad y Crebach fel saeth o fwa.

'I ti Llywelyn ap Gruffudd ac i lywodraethwyr y llys!'

Yna'r gorchymyn yn dilyn,

'Os felly, estyn yr agoriad i ddatgloi'r gist fewnol a thynn allan y Cronicl!'

Saib arall wrth i'r Crebach gludo'r memrwn o'r gist a'i osod ar y ford o'i flaen. Gorchymyn y Tywysog drachefn,

'Agor y Cronicl gan groniclo ynddo y dydd a'r amgylchiad.'

Yn fuan wedyn yn ddieithriad gellid clywed sŵn main crafiad y cwilsyn ar y memrwn yn y llawysgrifen gywreiniaf a welodd y llys erioed. Fe ddwedai'r Crebach mai'r Ymennydd Mawr a roes hyfforddiant iddo yn llwybrau dysg o fewn y Scriptorium yn Abaty Aberconwy gan ei dywys yn nheithi meddwl gwledydd Cred. O ganlyniad ni cheid un gair gwastraff yng nghronicl y Crebach ac yr oedd y gell yn gymen a threfnus yn wastad.

Roedd pedair wal y gell yn wyngalch loyw ac mor llyfn â chefn llaw wedi i grefftwr medrus fod wrth y gwaith. Ar y mur gyferbyn â'r Ysgrifydd yr oedd map enfawr o'r Dywysogaeth wedi'i amlinellu efo pwyntil o olosg du ar gefndir gwyn. Marciwyd y llwybrau diarffordd y byddai byddinoedd y Tywysog yn teithio hyd-ddynt i ddyffrynnoedd Conwy a Chlwyd hyd at ffiniau afon Ddyfrdwy. Yna'r ffyrdd drwy Feirionnydd a thros Fawddwy i Dde Powys ac eto dros y Berwyn i ddyffryn Tanat a thir y Gororau. Nid oedd llwybrau Dyfed a Deheubarth mor hyddysg i wŷr Gwynedd a rhaid oedd wrth gydweithrediad arglwyddi'r mannau hynny yn eithaf teyrnas y Tywysog i ddeall tirwedd y wlad. Erbyn hyn yr oedd y tiroedd concwest yn ymestyn bron hyd ffiniau tywysogaeth Llywelyn ab Iorwerth. Dyddiau o orfoledd oedd hi yn y llys.

Llafurwaith y Crebach oedd y map o ddaear Cymru ar fur y gell a'r unig dâl a gâi am ei lafur oedd ymweld â'r Abaty yn Aberconwy ar bedwar Dydd Gŵyl. Byddai gwerin gwlad yn amau perthynas y Crebach â'r Ymennydd Mawr fel y byddid yn amau perthynas y gŵr hwnnw â Gwgon Gam y Cripil y bu o yn ei warchod yn ogof Cwm Dyli yn Eryri 'slawer dydd. Yn amser y gwrthryfel yn nyddiau'r Hen Dywysog y bu hynny. Bellach yr oedd ymweliadau'r Crebach â'r Abaty megis deddf y Mediaid a'r Persiaid ac mewn rhyw ffordd gyfrin parhai delfrydiaeth yr Ymennydd Mawr i dreiddio i mewn i weithrediadau'r llys yn Abergwyngregyn. Drwy gyfrwng y Crebach y digwyddai hynny am fod Elystan yr Ymennydd Mawr yn eilun iddo. Nid oedd ym mryd Llywelyn ap Gruffudd ddod i'r afael â'r olaf ond drwy holi a stilio fe ddôi at gyfrinach y gŵr hwnnw drwy botes eildwym meddwl y Crebach. Crisialu'r meddyliau hynny yn ei feddwl ei hun a wnâi'r Tywysog a'u cyflwyno drachefn yn boeth megis o'i grebwyll ef ei hun. Un o gynllwynion y gwir wleidydd oedd hynny.

Dyddiau braf oedd y rhain yn wastad i'r Tywysog am eu bod mor brin a chael mwynhau encil efo'r Distain a'r Crebach a gwerin Arllechwedd. Ond yn bennaf yr oedd Gwenhwyfar yno — mor llym ei thafod ag erioed — ac eto'n amddiffyn y 'Llyw' yng ngŵydd arglwyddi a thaeogion fel ei gilydd.

X

Abergwyngregyn
Adeg y Nadolig 1259

Do, fe wawriodd Gŵyl y Nadolig o'r diwedd gan gynnig un dydd o
orffwys o fewn blwyddyn gron i ddyn ac anifail. Doedd dim ond
haenen o eira ar y llechweddau hyd yma a'r tymheredd yn ddigon
tyner am yr amser hwnnw o'r flwyddyn.

Doedd dim yn gyffelyb i fore Dydd Nadolig. Tyrrai'r plwyfolion
i'r eglwys wrth sŵn y gloch-law i ganu Moliant y Forwyn a'r Baban
Iesu ac yna yn cyd-lefaru'r geiriau:

Mab a rodded
Mab mad aned
Dan ei freiniau
Mab gogonedd
Mab i'n gwared
Y Mab gorau
Mab mam forwyn...
Doeth ystyriwn
A rhyfeddwn...

Pob addolwr yn gwisgo mantell a chapan o wlân a'r llopanau
trwchus am y traed wrth droedio'r llwybrau tyllog a diarffordd.
Yno roedd pob enaid yn gytûn yn gadwyn o ddolennau rhwng
Abergwyngregyn a Gwlad y Baban Iesu. Yno yn plygu pen gyda'r
gweddill yr oedd Sech y tyddynnwr y bu farw ei ferch fach bron
cyn y Nadolig. Fe roddai'r Eglwys yn ei Ffydd a'i Chredoau gyfran
o obaith iddo a chan ei fod yntau ar ffin y canol oed byddai ei
ddyddiau yntau wedi'u rhifo. Gŵr y chwys a'r llafur oedd Sech.

Ond yn eglwys y llys y bore hwn yr oedd eu Tywysog annwyl yn
addoli gyda'r uchel-swyddogion a rhyw wefr ryfedd yn treidd-
io drwy'r holl le. Fe ddwedai pobl gweddill y wlad fod pobl
Abergwyngregyn fel peunod y Tywysog yn falch o'u corun i'w
sawdl! Pwy wedi'r cwbl a fedrai warafun y fath falchder iddynt pan
oedd y tywysogion wedi gwladychu yn eu mysg ers cyhyd o amser?

O eglwys y plwyf gwelid y prosesiwn o'r plwyfolion yn cerdded
rhwng y coed yw at glwyd y fynwent. Oedodd rhai i osod sbrigyn o
bren celyn ar fedd câr. Brysiodd eraill adref i roi mwy o gynnud ar

y tân ac mewn byr o dro fe godai'r mwg yn dew o fythynnod y trigolion. Bythynnod bychain efo to gwellt a llawr pridd oeddynt a llety'r anifail ynghlwm wrth yr adeiladwaith.

Prin bod bwthyn ar y bore arbennig hwn nad oedd ynddo aroglau coginio. Y darn cig yn berwi yn y crochan a'r llysiau yr un modd a'r pwdin blawd mewn darn o liain ar ben y cwbl. Roedd yno hefyd ffrwythau diwedd haf wedi gwysno a bara ceirch a medd. Prin bod neb ar gŵr y llys yn fyr o ddim ar y bore arbennig hwn.

Nid oedd y tyddynnwr ychwaith yn gwarafun i wŷr y llys yr adar moethus wedi'u stwffio efo bara a phersli; y cig ych ar y cigweiniau, y siwnced a'r mêl a'r pwdin afal yn ogystal â gwinoedd Gasgwyn a Rhosiel. Un dydd hir o ddathlu oedd y Nadolig i drigolion Abergwyngregyn. Siawns na ddôi cyfle i'r ifanc o blith y werin drannoeth y Nadolig chwarae coeten ac ymlid cylch haearn neu luchio pêl ac ymaflyd codwm. Marchogaeth hyd y glannau y byddai bechgyn yr arglwyddi ar y gwastatir uwch Traeth y Lafan ac eraill yn lluchio bwa a saeth ac yn dangos eu campau uwch ben y Rhaeadr Mawr yng Nghwm afon Goch.

Fe ddaeth y bardd Llygad Gŵr a dau o'i ddisgyblion i'r llys beth amser cyn y Nadolig ac nid oedd ym meddwl y gŵr hwnnw ddychwelyd i Edeirnion hyd ddiwedd y Mis Bach. Plannodd y rheini eu hunain yn soled yn llyfrgell y llys yn copïo peth wmbreth o hen lawysgrifau dros flynyddoedd y tywysogion ac ar Nos Ystwyll y flwyddyn newydd byddent mewn Ymryson Farddol â beirdd Ynys Môn.

Roedd y llys yn bictiwr o brydferthwch o'i gylch erbyn dyfodiad y Tywysog efo'r elyrch ar y llyn wrth droed y gaer a'r peunod yn ymsythu ar y lawnt werdd gerllaw'r berllan. Mynnodd y paun ymestyn allan ei wyntyll o liwiau'r enfys ynghanol y peunesod a sefyll yn herfeiddiol o flaen y Tywysog. Ni fedrai'r olaf ynghanol rhyferthwy'r dyddiau ond rhyfeddu a pharhau i ryfeddu at odidowgrwydd yr aderyn. Symbol oedd hwn o uchelwriaeth a chylch ei adenydd fel cylchdro'r greadigaeth. Bron na chyfarchodd y Tywysog yr aderyn.

'Rwyt ti'n meddwl on'd wyt ti dy fod cyfuwch â Llywelyn ap Gruffudd ac fe fu dy deidiau yn syllu yr un modd o'r union fangre hon ar eraill o hil y tywysogion. Fe'th heriaf i di, y paun, i gadw amod efo mi. Cyhyd ag y byddi di yn frenin y peunod ar lawnt y llys yn Abergwyngregyn fe fyddaf i, Llywelyn ap Gruffudd, yn lledu fy ngorwelion. Does gen ti, yr hen baun, ddim oll ond balchder gwag yn dy blu amryliw ond mae gen i weledigaeth... mae gen i freuddwydion.'

Ar hynny fe ddaeth sgrechian uchel y peunod yn un corws i lanw'r lawnt a diflannodd y cwbl i'r berllan.

Roedd sgrechiadau'r peunod fel gwaedd y clwyfedigion a gwŷr rhyfel ar faes y frwydr.

Ar ochr ddeheuol y gaer fe godai ochr y domen yn serth o'r beili a phont garreg yn arwain i mewn dros y ffos ddofn a amgylchynai'r rhan honno. I'r gogledd yr oedd y tai-allan yn stablau a beudai, sguboriau a chytiau-cadw-offer. Yna i lawr hyd y gwastadeddau yr oedd tir toreithiog y Faerdre yn ymestyn yn gyfochrog â rhediad afon Menai tua'r môr. Hwn oedd y tir âr a'r tir porfa yn codi hyd y llethrau. Bendithid y fan â digonedd o haul a gwynt a glaw yn eu tro.

Dros Draeth y Lafan lle bu hen diriogaeth Rhos Helyg unwaith yn ôl chwedl gwlad yr oedd Llanfaes a Thŷ'r Brodyr Ffransis ac i'r dde Ynys Seiriol yn bererin unig yn y môr mawr.

Yn ystod y cyfnod hwnnw yn union wedi Gŵyl Nadolig, fe ddaeth y Tywysog yn ffigwr amlwg hyd y lle yn blasu pob cornel o'r cwmwd er mawr lawenydd i'r trigolion. Plygai merched y taeogion mewn cyrtsi i'r gŵr yn y tiwnic lledr yn sgwariau o sgarlad a du efo coler a gwaelod llewys o liw aur a thorch o aur am y gwddf. Roedd yn bennoeth ymysg ei ddeiliaid a'r gwallt trwchus a fu gynt yn glwstwr melyn yn dechrau teneuo rhyw ychydig. Rhoes ei wên i bawb yn ddiwahân wrth gael cyfle i ail-fyw dyddiau cyntaf y weledigaeth a'r ymgyrch tua'r Berfeddwlad dair blynedd cyn hyn.

Aeth gyda'r pysgotwyr i Lyn Anhafon yng nghysgod y Foel Fras ac yng nghwmni'r helwyr heibio i'r Rhaeadr Mawr at darddiad afon Goch dan greigiau Llwytmor. Yr unig un cwynfannus ei fyd bryd hynny oedd y Crebach yn ei gell. Cenfigennai hwnnw wrth unrhyw un a fynnai gwmni ei Dywysog!

Ar un o'r dyddiau hynny aeth efo rhan o'i osgordd heibio i gefnen goediog Maes y Gaer a dringo'r ochrau i ben y llethr. I'r chwith gorweddai tiroedd porfa'r defaid ym Mod Silin ac i'r dde y Foel Ganol. Oddi tanynt medrai'r osgordd weld i bellafoedd y môr efo'r Gogarth Mawr yn gwthio'i ffordd yn gilwgus o gyfeiriad y Creuddyn. Diwrnod o lwydni oedd heb arwydd o haul yn unman. Roedd haen denau o eira hefyd hyd y llechweddau ond bwriad y Tywysog y diwrnod hwnnw oedd cyfeirio'i osgordd belled â Bwlch y Ddeufaen fel y câi olwg ar Ddyffryn Conwy yn y pant islaw. Dyddiau i segura oedd y rhain.

Ar adegau fel hyn byddai gwŷr yr osgordd yn cadw hyd braich oddi wrtho a'i adael yn nghôl ei feddyliau. Yn y fangre uchel honno rhwng y rhedyn a'r brwyn yng nghynteddau'r gylfinir ac adar mynydd eraill bwrw golwg yn ôl yr oedd y Tywysog.

Bwlch Derwin i ddechrau — y frwydr ar ffiniau Arfon ac Eifionydd... Na, ni fynnai boenydio ei feddwl efo trafferthion y carcharor Owain Goch yng nghastell Dolbadarn. Mater i'r Distain ac i'r uchel-swyddogion oedd cadw trefn yn y deyrnas a mygu'r gwrthryfelwyr.

Yn yr hydref yn dilyn blwyddyn brwydr Bwlch Derwin y daeth y ddeuddyn Tudur ap Madog a Iorwerth ap Gwrgunan i'r llys yn Abergwyngregyn yn lleisio eu hapêl dros wŷr y Berfeddwlad. Bu'r rhan honno o'r Dywysogaeth yn dioddef yn rhy hir o dan iau Us-tusiaid Caerllleon Fawr ac yna fe ddaeth mab y brenin, y Tywysog Edward a'i gymheiriaid i yrru'n wyllt drwy'r dalaith a chynhyrfu'r brodorion.

Ar y diwrnod arbennig hwn efo'i osgordd ger Bwlch y Ddeufaen ni fedrai Llywelyn weld dros Uwch Aled tua Dyffryn Clwyd oher-wydd y llwydni barugog oedd yn yr awyr. Gwlad ei hen ffrind Rhys Arawn oedd hon. Gwlad dyner Moel Famau a Moel Fenlli. Ei ffefryn o holl filwyr ei osgordd oedd Rhisiart Arawn yn llawn o weledigaeth ei dad a phenderfyniad ei fam Gwenhwyfar. Sut yn y byd felly y medrai o fod wedi gwrthod apêl gwŷr y Berfeddwlad?

Dechreuodd ail-fyw her y Crebach iddo yn y dyddiau cynnar hynny yn hydref 1256.

'Llywelyn! Mi rwyt ti'n uchelgeisiol a balch ac un felly fuost ti erioed. Hunanol hefyd yn mynnu llywodraethu gwlad heb dy frodyr o'th ben a'th bastwn dy hun. . . Ond un ochr i'r ddadl ydy hynny... Nid dydd y rhannu rhwng y meibion ydy hi mwyach ond yn hytrach dydd y crynhoi pob grym yn nwylo un dyn. Dyna ogwydd gwledydd Cred yn ôl yr Ymennydd Mawr a'r Mab Ystrwyth o Bowys bell... Am dy fod di'n falch fe fedri di achub dy bobl am fod ynot ti ruddin yr Hen Dywysog Llywelyn ab Iorwerth... Saf yn gadarn ar dy draed, Llywelyn! Paid â chloffi! Cadw dy ben ar dy 'sgwyddau wrth annerch y gwŷr doeth a phan glywan nhw dy berswâd di fe elli 'sgubo popeth o'th flaen.

Bydd huawdl, Llywelyn, oblegid dim ond unwaith o fewn cenhedlaeth y ceir gŵr fel ti... Tân arni hi, Llywelyn!'

Roedd yn rhaid iddo gydnabod i'r Crebach fod fel ei law ddehau yn ei dywys a'i ysbrydoli gydol yr amser. Ac er pan groesodd ef a'i wŷr afon Gonwy dair blynedd cyn hyn ac ymgyrchu'n fuddugoliaethus drwy Ddyffryn Clwyd tua Phowys a ffiniau Deheubarth fe fu'r sêr yn eu graddau o'i du.

Byddai lleisiau yn ei boeni yn wastad ac yno yn yr unigedd mawr ger Bwlch y Ddeufaen pan oedd gwŷr ei osgordd yn cadw hyd braich oddi wrtho dechreuodd ymarfer ei araith at drannoeth pan ddôi'r uchel-swyddogion i gell gudd y llys.

Gwaeddodd allan i'r elfennau, yn union fel y gwnâi yn nhymor plentyndod o ben Twr y castell yn Nolwyddelan.

'Swyddogion ac arglwyddi gwlad! Fe osodwyd ar ein gwarrau ni y cyfrifoldeb o lywio gwlad y Cymry sy'n gweiddi am arweiniad a rhyddhad o Wynedd drwy'r Berfeddwlad hyd at gyrion Powys a Dyfed a Deheubarth... Gwn yn rhy dda mai'r gyfran a roed i mi yng nghytundeb Woodstock gyda brenin Lloegr wedi marwolaeth y Tywysog Dafydd ap Llywelyn oedd tiriogaeth Eryri!'

Chwarddodd yn isel yn ei wddf ar hynny gan adennill rhyw hyder newydd. Bellach medrai yntau fentro creu mymryn o hwyl ymysg ei wrandäwyr. Arf y gorchfygwr bob tro oedd dirmyg. Anerchodd yntau'r elfennau drachefn.

'Odid na fyddai'r gŵr hael hwnnw, brenin Lloegr, yn eiddgar am gyfnewid darn o dir cyfoethog ei wlad enfawr am gribau creigiog a diffaith Eryri. Ond, gyfeillion, ni syrth Eyrri byth i'r estron tra bo anadl yn Llywelyn ap Gruffudd... Gwynedd a fu fy nghariad cyntaf...'

Daeth crygni i'w wddf y tro hwn ond gan fod breuddwyd wedi'i eni a'r tir yn dechrau aeddfedu i'r cynhaeaf nid oedd gwanio i fod. Ailgydiodd yn ei draethiad gan syllu i'r ehangder mawr hwnnw ym mhen y mynyddoedd.

'Swyddogion ac arglwyddi gwlad! Fe wêl y cyfarwydd ohonoch fod hanes ar fin ailadrodd ei hunan fel yn nyddiau'r Hen Dywysog. Yn nyddiau Llywelyn ab Iorwerth fe fu'r argyfwng rhwng y brenin John a'r barwniaid yn gyfle i'r Cymry fargeinio. Unwaith eto mae sŵn ym mrig y morwydd bod brenin Lloegr benben â'r barwniaid. Yn nyddiau fy nhaid a'r Hen Ddistain Ednyfed Fychan cymrodeddu a chynghreirio oedd yn bwysig ond erbyn dyddiau meibion yr Hen Ddistain mae'r rhod yn troi. Rydym, gyfeillion, ar riniog argyfwng ac eisoes fe daflwyd y dis... Fe wthiodd y Norman ei ffordd hyd waelodion tir Deheubarth gan ddilyn yr afonydd a'r traethau hyd eithaf gwlad Dyfed. Mae gwlad Gwent o dan iau y Norman... Buellt yn nwylo'r archelyn Rhosier Mortimer ac y mae ar wŷr Gwerthrynion, Maelienydd a Cheri angen ein cymorth yn Ne Powys... gwlad yr hen wladweinydd annwyl y Mab Ystrwyth nad yw'n abl i grwydro'r Dywysogaeth bellach i'n hysbrydoli a'n cynghori... Tasg anodd sydd o'n blaen fel yn nyddiau'r Hen Dywysog a rhaid fydd ennill ffafr yr arglwyddi fel bod gwarchodaeth barhaus rhag y gelyn. Frodyr, rhoisom siars i'r arweinwyr i geisio ennill trwy deg wrogaeth ddiymod pob arglwydd o Gymro.'

Oedodd ar hynny cyn taflu'r her olaf i entrychion y ffurfafen uwch Bwlch y Ddeufaen.

'Duw a'r Forwyn a fo'n nodded i ni er adennill tiroedd concwest Llywelyn ab Iorwerth yn eu crynswth!'

Bron na chlywodd lais y Crebach yr eiliad nesaf yn sibrwd o dan ei anadl,

'A mwy hyd yn oed na hynny, Llywelyn!'

Neu ynteu Llywelyn ei hunan oedd yn sibrwd y geiriau hynny yn uchelder Eryri y diwrnod arbennig hwnnw? Heb yn wybod iddo yr oedd y dydd yn dechrau nosi ac yn betrus fe ddaeth y ffyddlon Rhisiart Arawn yn ddistaw ar ei farch o rywle.

'F'arglwydd! Mae'r osgordd yn anesmwytho ac mae'n bryd i ni droi'n ôl i'r llys cyn i'r nos ein dal.'

'Wrth dy air fe ddychwelwn ni,' oedd unig ateb y Tywysog ac ni fynnodd ddatgelu i undyn byw gyfrinach ei huodledd uwch Bwlch y Ddeufaen y diwrnod hwnnw. Rhywbeth i'w goleddu a'i anwylo oedd y breuddwyd hwnnw. Diolchodd i'r Rhagluniaeth honno a roes iddo wŷr i gynnal ei uchelgais — breuddwydion y gŵr dirgelaidd hwnnw yr Ymennydd Mawr yn Abaty Aberconwy; gweledigaeth y Mab Ystrwyth ym Mhowys bell a chymedroldeb cadarn y Distain Gronw ab Ednyfed. Roedd hi'n gyfnod cyffrous efo'r brenin o hyd yn Ffrainc a'i frawd-yng-nghyfraith o Ffrancwr, yr enwog Seimon de Montfort yn barod i daro ym mhlaid y barwniaid yn enw rhyddid y bobl.

Mewn byr o dro trodd y Tywysog ei gefn ar Eryri ac fe ddarostyngwyd arglwyddiaeth y prif elyn Rhosier Mortimer ym Muellt. Mab Gwladus Ddu ferch Llywelyn ab Iorwerth oedd y Mortimer hwn. Ond bellach llifodd y Cymry o gymydau Ceri ac Elfael o blaid Llywelyn. Unwaith yn rhagor yr oedd y sêr o'i du.

XI

Abergwyngregyn
Dechrau Haf 1260

Yng Ngwynedd fe aeth bywyd ymlaen fel cynt gyda geni a marw a
llafurio'r tir. Yr oedd y rhyfeloedd ymhell o Eryri ac eto yno yr oedd
bywyd mor galed ag erioed. O bryd i'w gilydd dôi sibrydion i'r llys
am Owain ap Gruffudd sef Owain Goch yn garcharor yng nghastell
Dolbadarn ond nid gwiw i neb oedd datgan barn. Ymhle yn union
yr oedd y mab arall hwnnw, Dafydd ap Gruffudd, y dyddiau hynny?
Fe fu o yn uchel ei gloch yng Ngwynedd, yn ôl rhai, yn ymbil ar ran
Owain ei frawd ond nid gwiw i'r brodorion ddatgan barn ar hwnnw
ychwaith.

Yng nghwt y gaeaf wedi i'r Tywysog a'i wŷr adael y llys am Dde
Powys fe ddaeth yn wanwyn. Yna gŵyl y Pasg ac ymhen dim roedd
hi'n ddechrau haf a llawer o anniddigrwydd ogylch y lle.

Un gyda'r nos yn nechrau haf yn y llys fe ddechreuodd
Gwenhwyfar hel ei phac. Na, yr oedd hi'n gynnar iddi gychwyn am
Ddolwyddelan. Ond i ble roedd hi'n cychwyn meddyliodd Mererid.
Fe fu ei mam ar daith ddirgel cyn hyn pan oedd y Tywysog ar
drafael ond bellach enillodd y ferch ddigon o hyder i holi ei hynt. Un
ryfedd oedd ei mam. Mor dafodrydd ar brydiau a dirgelaidd yr
eiliad nesaf. Yn ôl y Tywysog felly y bu ei mam erioed. Fe'i clywodd
hi o yn dannod iddi, 'Gwenhwyfar! Rwyt ti fel ceiliog y gwynt, wyt
ar fy llw. Un felna oeddat ti yn Nolwyddelan ers talwm yn chwerthin
a chrio ar yn ail.' Synhwyrodd Mererid ers tro fod cysgod y brawd
mawr Owain Goch yn gwthio'i ffordd rhwng ei mam a'r Tywysog
bob tro y clywid sôn am gastell Dolbadarn. Fe fu Dafydd ap
Gruffudd hefyd yn ymbil am drugaredd i'r brawd Owain rhag iddo
drengi yng ngharchar y brawd iau. Rhwng popeth yr oedd yr enw
Dolbadarn fel gelen yn glynu wrth gof pawb. Mentrodd Mererid
holi ei mam o'r diwedd.

'Rydach chi'n mynd i ffwrdd fel y troeon o'r blaen?'

'Dwyt titha'n colli dim ddyliwn.'

'Mi fydda' unrhyw un yn ei synnwyr yn eich colli chi tasa chi
ddim yma.'

'Llai o'r digywilydd-dra yna, Mererid.'

'Ond Mam, dydy hi ddim yn ddiogal i wraig fel chi fod yn cerddad y wlad wrthi'i hun.'

Meddalodd y fam ar hynny a sibrwd, 'Nid wrthaf fy hun ond efo dau o'r osgordd.'

'Y ddau ffefryn... mi wn i. Eiddon a Hywel Tudur. Mae gen i syniad go dda i ble rydach chi'n mynd hefyd, Mam!'

Rhyw ddamcanu yr oedd hi mewn gwirionedd gan ddisgwyl y dôi'r gair o du ei mam yn y diwedd. Ond yr oedd ei mam yn ochelgar.

'Dwed di y gair ynta, Mererid.'

'Mynd i gastall Dolbadarn... efo cyffur a bwyd a diod i'r carcharor,' sibrydodd Mererid.

Ar hynny sychodd y fam gornel ei llygad. Peth newydd i Mererid oedd gweld deigryn yn cronni yn llygad caled ei mam. Onid oedd popeth wedi mynd yn galed ers tro byd?

'Rwyt ti'n iawn. Fe ddwedai pobol y llys fy mod i'n mynd i weld Owain ap Gruffudd, ond fel Owain Goch y byddan ni yn ei 'nabod o. Owain efo'r brychni haul yn gawod drosto a gwallt copor digon o ryfeddod. Ffefryn ei fam yr arglwyddas oedd Owain a fo oedd y mab hynaf.'

Ni fedrodd Mererid ymatal ar hynny.

'Ganddo fo yr oedd yr hawl i'r Dywysogaeth felly?'

'Un peth ydy hawl a pheth arall ydy Ffawd neu Dyngad.'

'Ydan ni o dan Dyngad, Mam?'

'Mae pawb o dan Dyngad weldi.'

Ymrôdd Gwenhwyfar i gasglu ychydig o ddillad ac ysgrepan i'r daith erbyn drannoeth a bwrw ati i siarad mewn islais. Roedd Mererid wedi hen arfer efo hynny am fod y muriau yn medru clywed yn ôl ei mam. Ond er chwilio a chwalu ni ddarganfu hi un twll yn y parwydydd trwchus hynny oedd ogylch hen stafell y Dywysoges yn y llys yn Abergwyngregyn. Meddai ei mam yn y man,

'Waeth i ti gael gw'bod ddim, Mererid. Mi fydda' i i ffwrdd am ddeuddydd neu dri. Mae'r T'wysog a'r Distain yn ddigon pell yng nghyrion pella'r Dywysogaeth yn rhwla am a wn i... ond cofia fe allan nhw ddwad adra fel huddyg' i botas. Does dim deud... ac mae'r werin yn siarad...'

Oedd, roedd Mererid wedi clywed y sibrydion droeon ers blwyddyn a 'chwaneg. Mynnu siarad yr oedd y bobl.

'Mae'r T'wysog wedi magu balchder ac yn meddwl ei fod o'n well hyd yn oed na'i daid, y T'wysog Mawr.'

'Yn meddwl mwy am goncwast nag am ei ddeiliaid.'

'Yn trethu Gwynadd i gadw cyrion y Dywysogaeth.'

'Yn gada'l i Owain y brawd hŷn fadru yng nghastall Dolbadarn.'

Gwyddai Mererid mai pryder dros yr Owain hwn oedd yn gyrru ei mam ar y siwrnai ddirgel hon gan herio awdurdod gwlad.

'Os bydd rhywrai yn gofyn fy hynt, dwed ditha' fy mod yn cadw i'r gwely efo annwyd ha',' ychwanegodd ei mam yn betrus.

Cyffrôdd hynny Mererid.

'Ond beth tasa rhywun yn dwad i ofyn am gyffur ac ar fin marw?'

'Twt hogan! Mi wyddost yn burion sut i drafod llysia'r maes. Mi rois i ddogn o ddysg yr hen Fêr i ti ynglŷn â hynny.'

'Ond un peth ydy gneud cyffur, peth arall ydy 'nabod salwch.'

Gwyddai'r fam mai rhy wir oedd geiriau'r ferch ond rhaid oedd mentro weithiau a gadael y cwbl yn nwylo Ffawd.

'Mae hi'n ha', Mererid, ac os daw plentyn efo briw pen-glin mi fedri roi sudd migw'n gweunydd arno a'r ddeilen gron ar gornwyd. Does neb yn debyg o fod yn diodda' o grygni ac mi fydd hi'n ddigon buan paratoi pwltis at glwy'r marchogion pan ddaw'r rheini adra o'r rhyfal!'

Ocheneidiodd Mererid. Paratoi'r pwltis hwnnw oedd ei phoendod pennaf fel yr oedd y gwaith o baratoi dail rhocos at y gafod a dail dant y llew neu'r groesgoch at helynt yr arennau.

'Beth tasa Now 'Sgotwr yn marw a finna' heb ddigon o ffisyg iddo nes i chi ddwad adra,' oedd cwestiwn nesaf Mererid. Roedd yn amlwg bod yr eneth yn boenus ei byd. Ceisiodd ei mam ei thawelu.

'Mi â' i i lawr i'r traeth at fwthyn Now cyn noswylio. Mi ddeil ei dir ddalia' i am wythnos neu 'chwanag.'

Gorchmynnodd i Mererid ei dilyn wedyn i'r gell lle cedwid cyffuriau'r llys. Estynnodd sawl costrel oddi ar y silffoedd gan enwi pob cyffur wrth eu dychwelyd drachefn.

'Dyna ti, Mererid. Fe ddylat ti 'nabod pob un ohonyn nhw rwan. Mae pob costrel yn ei lle priodol... chwilfriw yr eithin... cig eiddew... cribau Sant Ffraid... dail rhocos... llin y mynydd... dail bysedd y cŵn.'

Ar y silff uwch ben yr oedd rhes o botiau priddin yn llawn o hadau, eli ac olew ac fe wyddai Mererid yn burion sut i ddefnyddio'r rhai hynny at ddolur llygad, y streifiad a'r cryd yn y cymalau. Y salwch mewnol oedd y drwg, y salwch oedd yn lladd. Nid oedd hi'n sicr sut i drafod hwnnw. Ond yn ôl ei mam roedd y salwch mewnol yn lladd tywysog fel taeog. Y salwch hwn a laddodd y Tywysog Dafydd ap Llywelyn yn y llys bymtheng mlynedd cyn hyn. Salwch yn y gwaed yn ôl yr hen Fêr na fedrodd cyffur ei atal. Dim ond ei oedi dros dro.

Yn ddiweddarach aeth ei mam ati i dywallt ffisyg i'r poteli lledr a llenwi'r mân botiau priddin efo elïau ac olew. Meddai,

'Mynd â nhw i Owain ap Gruffudd yr ydw i, Mererid... Owain Goch i mi ond nid i ti.'

Yna fe ddaeth y cwestiwn rhyfedd hwnnw.

'Oedd Owain ap Gruffudd yn gariad i chi ers talwm, Mam?'

'Na... erioed. Fel brawd hwyrach am nad oedd gen i frawd o waed. Felly yr oedd o a Llywelyn.'

'Y T'wysog ydach chi'n feddwl?'

'Ia. Mi fedrwn i ffraeo a chymodi wedyn mor rhwydd â mam efo'i phlentyn pan oedd Owain a'r Llyw ogylch y lle... Mi fydd yn dda i Owain ga'l y cyffur, Mererid, achos mae o'n diodda' o ddiffyg ymarfar ac o ddiffyg anadl yn ôl y sôn.'

Daeth rhybudd y ferch o'r diwedd ac yr oedd yn chwyrn ei geiriau am fod pob math ar ofnau yn ei chalon.

'Ddylach chi ddim mentro Mam! Mi allai unrhyw beth ddigwydd i chi!... Mynd yn dew am ei fod o'n ddiog y mae Owain ap Gruffudd meddan nhw. Nid mewn cell y mae o... ond yn cael y castall iddo'i hun.'

Ni fu ond y dim i'w mam ei tharo ar hynny ac meddai'n chwyrn,

'Yr hogan haerllug i ti! Hawdd y medri di siarad efo calon iach. 'Dwyt ti ddim wedi dechra' byw eto! Hogyn yr awyr iach oedd Owain yn gwirioni am y meirch ac isio marchogaeth hyd y mynyddoedd yma a hela. Mae'r gwallt lliw copar yn dechra' gwynnu ers tro byd a'i gnawd o mor wyn fel na fedar dyn weld y brychni haul.'

Trawodd y fam flaen ei throed dde yn egr ar y llawr ar hynny a dweud,

'Fedar hyd yn oed y T'wysog, er mor daer ydy hwnnw, mo fy nghadw i rhag mynd i gastall Dolbadarn 'fory er nad da gen i'r lle hwnnw. Tasa hi'n dwad i hynny mi fedrwn i drin y T'wysog yn eitha' detha' hefyd!'

Nid oedd angen i'w mam ddweud hynny mewn gwirionedd oblegid fe wyddai Mererid yn rhy dda am natur ei mam.

Drannoeth cyn toriad dydd a chyn i'r llys ddeffro fe gychwynnodd Gwenhwyfar yn llechwraidd ar y siwrnai gydag Eiddon a Hywel Tudur, y ddau ffefryn o'r osgordd. O'u blaen yr oedd mynyddoedd Eryri yn herfeiddiol o uchel yng ngwawr y bore cynnar ac yn swatio yn y pellter wrth droed yr Wyddfa fawr yr oedd castell Dolbadarn yn aros amdanynt. Yno yr oedd Owain Goch ers pedair blynedd yn garcharor i'w frawd iau, y Tywysog. Cuddio ei phryder a wnâi Gwenhwyfar mewn gwirionedd ond ar y bore arbennig hwn yr oedd ei chalon hithau yn curo fel gordd. Doed a ddêl fe fynnai hi weld Owain Goch!

XII

Tua Dolbadarn

Dilyn y gwastadeddau gyda godreon y Carneddau a wnaeth Gwenhwyfar a'r ddau filwr i ddechrau nes dod ymhen y rhawg i gyfeiriad afon Gegin a chodi wedyn i fyny'r bryniau. Byddai dod i'r fangre hon bob amser yn codi ofn ar Gwenhwyfar. I lawr yn y pant yr oedd Bangor-Fawr-yn-Arfon a Thŷ'r Brodyr Duon wrth geg yr afon fel yr oedd honno yn cyrchu'r môr. Doedd y Brodyr hynny ddim o blaid y Tywysog meddan nhw ac fe fu esgobion Bangor Fawr yn chwarae'r ffon ddwybig er dyddiau'r Hen Dywysogion.

Gwisgoedd digon tlodaidd oedd am y tri theithiwr. Hawdd oedd credu mai pererinion ar y ffordd i Enlli oedd yno ar berwyl bendith yr haf. Bu'r siwrnai yn faith a blinderus efo'r gwres yn cynyddu wrth i'r oriau ddilyn ymlaen. Ymlwybro efo godre'r bryniau wedyn ac erbyn diwedd y pnawn teimlai Gwenhwyfar yn llesg.

Draw ar y boncen roedd bwthyn digon destlus yr olwg a'r ffordd yn dringo heibio i'r giât. Meddai Gwenhwyfar wrth y bechgyn,

'Mae gen i flys cael llaeth i'w yfad i dorri'r sychad yma. Mae gynnon ni sbel o ffordd cyn nos a fydd gwiw i ni gyrra'dd nes bod y gaer yn dechra' cysgu.'

Gwnaeth ystum ar i Hywel Tudur fynd i gyrchu'r llaeth. Ond ysgwyd ei ben yn benderfynol yr oedd y llanc. Meddai,

'Na, Mistras Gwenhwyfar. Mae'r tŷ yna dan y Felltith. Chym'rwn ni ddim llaeth o dŷ'r Fall!'

Sut y beiddiodd y llanc ei wrthod? Ond parhau i sefyll yn ei unfan yr oedd Hywel Tudur. Erbyn hyn roedd cwpwl wedi cerdded i lawr at giât y bwthyn ac o'r tu ôl iddynt eneth afrosgo yr olwg yn rhythu drwy'r bwlch yn y gwrych arnynt. Roedd yr eneth yn amlwg yn feichiog.

'Iwan Lew a'i wraig a'i hogan fud a byddar! Gadewch i ni ei heglu hi cyn iddyn nhw ddechra'n pluo ni!' meddai Hywel Tudur yn gynhyrfus. Poerodd Iwan Lew yn union i'w lwybr ac oherwydd maint ei llesgedd a bryntni ciwed y bwthyn pydrodd Gwenhwyfar ei ffordd ymlaen. Unwaith yr oeddynt dros y gefnen daeth sŵn chwerthin cras Iwan Lew a rhegfeydd gwyllt ei wraig ar eu clyw.

Daeth y tri o'r diwedd at bistyll o ddŵr yn llifo i lawr o'r mynydd. Aeth Gwenhwyfar ati i dynnu tefyll o fara a'r darnau caws o'i basged a llanwodd y llanciau y cwpanau â dŵr glân y pistyll. Bwyta wedyn mewn distawrwydd gan wylio'r haul yn troi cefn ar y mynyddoedd a gado cysgodion ar ôl. Daeth chwa oerach o'r uchelderau. Wedi'i digoni fe ddechreuodd Gwenhwyfar anesmwytho. Torrodd ar y distawrwydd,

'Hywel Tudur! Pam roeddat ti'n gwrthod mynd i'r bwthyn yna?'

Oedodd yntau fel tae atal-dweud arno.

'Doeddan ni ddim i fod i sôn... cyfrinach ydy honna.'

Ffyrnigodd Gwenhwyfar ac nid oedd y ffefryn yn croesawu cael blas ei geiriau ar ddiwedd y siwrnai amheus a blinedig hon. Oni fedrai'r Distain a'r Tywysog gosbi'r bechgyn am fentro ar y fath antur amheus ar orchymyn gwraig fel hon? Dal i aros am ateb yr oedd Gwenhwyfar. Yn wir, roedd hi'n benderfynol o sugno'r ateb ohonynt drwy deg neu fel arall.

'Pwy oedd yr hogan feichiog yna, Hywel Tudur?'

'Hogan hannar-pan ac yn fud a byddar. . . Epil Iwan Lew.'

'A be' sy' a wnelo'r hogan yna â ni, Hywel Tudur?'

Saib hir yn dilyn wedyn.

'Pam na ddeudi di, Hywel Tudur? Symudwn ni gam nes y dwedi di'r gwir! Y gwir efo Eiddon yn dyst!'

Er y cynnwrf fe synhwyrodd y wraig anniddigrwydd y ddau lanc.

'Rydw i wedi rhoi addewid i chi cyn cychwyn o'r llys na chosbir yr un ohonoch chi. . . Os bydd cosb, yna fe'm cosbir i.'

Os gwir y sôn mai merch ordderch y Distain Gronw ab Ednyfed oedd y Gwenhwyfar hon a'i bod megis chwaer-faeth i'r Tywysog, yna datgelu y cwbl oedd raid.

'Mistras Gwenhwyfar,' meddai Hywel Tudur gan dynnu yn ei eiriau fel mewn llyngyr, 'maen nhw'n tadogi plentyn yr hogan hannar-pan yna ar Owain ap Gruffudd... Owain Goch i chi.'

Gwelwodd Gwenhwyfar a brysiodd yr hogyn i'w chysuro.

'Twyll ydy'r cwbl a hen sgêm fudur i faeddu enw Owain ap Gruffudd, mab hynaf Gruffudd ap Llywelyn...'

Ar hynny cododd Gwenhwyfar ar ei thraed a daeth terfyn ar y stori. Meddai gyda rhyw benderfyniad mawr,

'Mi fynna' i gael y gair o enau Owain ei hun. Ddeudodd Owain Goch erioed gelwydd wrtha i!'

Bu'r tri wedyn yn golchi'u traed o dan y pistyll cyn cychwyn ar ran olaf y siwrnai tua chastell Dolbadarn. Yna dilyn y goriwaered hyd at fin y llyn enfawr a hwnnw mor herfeiddiol yr olwg â'r creigiau uwch ei ben. Gwaith digon anodd oedd tramwyo'r llwybr caregog gyda min y llyn diderfyn hwnnw.

Yn y pellter Bwlch Nant Peris ac ogofâu'r Gwylliaid bellach yn wag.

Collodd y Gwylliaid eu grym a'u hen awch i wrthryfela er pan wnaed un o feibion Gruffudd ap Llywelyn, y mab gordderch, yn Dywysog. O leiaf yr oedd coron ar ben un ohonynt ac felly gellid goddef y ffaith anorfod fod mab arall yn madru yng ngharchar castell Dolbadarn — os gwir y gair? Byd caled oedd hwn a chreulondeb dynion yn ddiwaelod.

Wrth iddynt wthio'u ffordd yn yr hanner gwyll bellach, gellid gweld Clogwyn Du'r Arddu yn codi'i ben yn fygythiol a phegwn yr Wyddfa fawr o'r tu hwnt i hwnnw. Yno yr oedd yr eryr a phob adar ysglyfaeth yn trigo. Roeddynt hwythau wedi cyrraedd bro'r cysgodion.

Erbyn i'r tri ohonynt gyrraedd y gaer ym mhen uchaf y dyffryn roedd y nos wedi'u dal. Eto roedd yr awyr yn denau a chlir ac fe ellid clywed cwynfan y tylluanod ac adar nos eraill.

Oedd, yr oedd rhywun ger y porth yn eu disgwyl wrth olau torch. Na, mae'n amlwg fod gan Owain hefyd ei gyfeillion yn y fangre ddiarffordd hon. Yr unig sŵn arall oedd symudiad trwm traed y gwylwyr ar eu gwyliadwriaeth. Digon iasol yn wir!

Gadawodd Gwenhwyfar y ddau lanc a'u pecynnau oddi allan i'r porth ac fe ddilynodd hithau'r porthor oedd â'r dorch yn ei law. Fe'i harweiniwyd hi a'i dwy fasged o fwyd a dillad i mewn i'r neuadd lle roedd golau torch arall yn y mur trwchus. Mae'n amlwg i rywun luchio'r hen garthion i ffwrdd a thaenu haenau o redyn a brwyn newydd hyd y llawr. Gosododd gŵr y dorch ei dwy fasged ar y silff uwch ben y garthen o wely a osodwyd iddi ar lawr y neuadd.

Ni ddywedodd gŵr y dorch air o'i ben wrthi ond rywfodd rywsut fe synhwyrodd hi nad oedd ef yn ddieithr iddi. O leiaf roedd yn ddiogel o dan ei wyliadwriaeth y noson honno.

XIII

Castell Dolbadarn

Rhyw gwsg digon herciog ac ysbeidiol a gafodd Gwenhwyfar y nos honno ac yn y bore bach fe'i deffrowyd gan rimyn o olau yn gwthio drwy'r rhigol yn y mur. Erbyn hyn roedd y dorch wedi hen losgi allan ac yn raddol daeth ei llygaid i arfer â'r olygfa o'i chwmpas. Wrth iddi geisio codi oddi ar y garthen teimlodd ei chymalau yn oer. Awr arall a byddai wedi llwyr gyffio yno. Gadawodd i'w llygaid lwybreiddio drwy'r hanner gwyll a chanfod nad oedd yno ddim oll yn y neuadd ond meinciau hynafol wrth y mur, bwrdd hir yn doriadau drosto gan lafnau cyllyll yr helwyr a chylchoedd haearn wedi rhydu yn y parwydydd lle bu torchau unwaith. Mangre i helwyr ac i gynllwynwyr a fu'r gaer erioed erbyn meddwl.

O'r diwedd llwyddodd Gwenhwyfar i godi oddi ar y garthen ac estyn am y basgedi oddi ar y silff uwch ben. Roedd natur cyfog gwag arni ond cystal oedd iddi fwyta darn o fara sych oedd yn weddill o fwyd y diwrnod cynt. Paratowyd y cynnyrch bwyd yn y basgedi yn ofalus ar gyfer Owain Goch ac felly'r dilladau hefyd. Drwy lwc nid oedd y llygod mawr wedi difa'r bwyd. Hwyrach ei bod yn rhy oer i greaduriaid felly drigo o fewn y gaer!

Ond llygod neu beidio, mae'n amlwg bod rhywun arall ar ddi-hun yn y lle digroeso hwn ar yr awr annaearol honno. Rhoddodd calon Gwenhwyfar dro pan gamodd cysgod o ŵr llesg i mewn i'r neuadd. Hwn oedd y gŵr a fu'n ei thywys i'r neuadd y noswaith cynt. Roedd y gŵr yn cario diod boeth yn ei ddwylo crynedig ac ni fu ond y dim iddo golli'r trwyth i'r llawr. Arbedodd hithau'r gŵr drwy estyn ei dwylo gwancus ogylch y cwpan sigledig. Ni fu hi erioed mor sychedig â hyn ac er na wyddai beth oedd natur y ddiod fe'i llyncodd ar ei thalcen megis. Gallai ei lladd am a wyddai ond o leiaf yr oedd arni angen rhyw dân mewnol i'w chynnal y diwrnod hwnnw. Duw a Mair a wyddai hynny!

Pan sylweddolodd y gŵr llesg ei bod wedi'i diwallu fe'i cyfarchodd.

'Huana!' meddai'n dawel a sŵn cariadus yn ei lais, 'Na... Huana oedd dy fam.'

'Ia, rydach chi'n iawn. Gwenhwyfar ydw i. Mi fûm i yma ddwywaith o'r blaen. Dwad ar y slei i weld Owain ap Gruffudd a rhuthro'n ôl wedyn rhag bod gwŷr y llys yn gweld.'

Ond yr oedd y gŵr llesg yn amlwg wedi'i lwyr gyfareddu gan y wraig ifanc.

'Gwenhwyfar ydy'r enw wrth gwrs... yr hogan fach honno fyddai'n cadw reiat hefo hogia' Gruffudd ap Llywelyn yng nghastall Dol'ddelan ers talwm ac wedyn yng Nghriciath... Cawl ydw i. Un o hen osgordd Gruffudd ap Llywelyn.'

'Mi wn i. Cawl a Chlud. Mi fyddach yn wastad efo'ch gilydd y ddau ohonoch chi ac yn tynnu at Owain Goch bob gafael. Ydach chi'n iach eich dau?'

Chwarddodd y gŵr llesg.

'Cyn iached ag y medar dau hen begor fod yn y lle diffaith yma... Ond digon am hynny. I weld yr arglwydd Owain ap Gruffudd y doist ti.'

Dyna braf oedd clywed y gŵr yn cyfeirio at y carcharor fel yr arglwydd Owain.

Rhyw sibrwd o dan eu hanadl yr oedd y ddau, y gŵr llesg a hithau. Meddai Gwenhwyfar,

'Sut y gwyddach chi fy mod i'n dwad yma?'

'Mae amball i stori *dda* weldi yn magu traed... a stori dda ryfeddol ydy hon. Newyddion drwg fydd yn dwad i'r arglwydd Owain fynycha!'

Cynhesodd yr awyrgylch rhwng y ddau yn y castell oer hwnnw ar yr awr gynnar honno o'r dydd ac fe wnaeth y gŵr llesg osgo i'w harwain i fyny'r grisiau cerrig llydan. Cydiodd hithau'n dynn yn ei dwy fasged gan ymbalfalu orau y gallai. Sylwodd Gwenhwyfar fod y gŵr llesg wedi cwmanu llawer er dyddiau pell Gruffudd ap Llywelyn yng nghastell Cricieth. Dau farchog gosgeiddig cryf eu gewynnau oedd Cawl a Chlud na fyddent byth yn gwahanu oddi wrth eu harglwydd. O leiaf fe fu'r Tywysog a'r Distain yn ddigon trugarog i adael y carcharor Owain o dan nawdd dau gyfaill ei dad. Hyd yn oed yn eu henaint fe fyddai'r ddau hyn yn falm ar ei glwy.

Wrth godi'n raddol dros y grisiau cerrig medrodd Gwenhwyfar synhwyro fod mwy nag un gwyliwr yn swatio yn y troadau cudd. Rywdro cyn cyrraedd y llawr uchaf fe oedodd Cawl.

'Diffyg anadl weldi. Prin y gŵyr yr ifanc am beth felly.'

Rhoddodd hyn gyfle i'r gŵr hel hen atgofion a'r rheini mae'n amlwg yn rhoi mawr lawenydd iddo. Meddai'n dawel,

'Mi wel'is dad yr arglwydd Owain yn garcharor yng Nghricieth ac wedyn yn Nhŵr y Norman yn Llundain Fawr. Rhwng popath mi gawson ni dipyn o fodd i fyw yn y fan honno a cha'l gweld y byd. Roedd popath yn iawn tan y bora hwnnw y syrthiodd Gruffudd ap Llywelyn yn gelain dros fur y Tŵr. Sgrialu am adra fu hi wedyn... 'Ngenath fach i, mae troeon Ffawd yn greulon wrth rai. Rwan dyma Owain yn garcharor i'w frawd ei hun... byd didostur efo brawd yn erlid brawd.'

Saib arall a'r gŵr llesg yn dal i chwilio am ei anadl ac am ei eiriau.

''Choelia i ddim nad oedd yr Hen Dywysog Llywelyn ab Iorwerth yn garedicach dyn na'r ŵyr Llywelyn ap Gruffudd. Fe ofalodd yr Hen Dywysog na ddôi cam i'w fab gordderch a gadael iddo fyw fel gŵr bonheddig hyd yn oed yn y carchar. Felly y buo hi yn y Tŵr yn Llundain Fawr hefyd o dan frenin y Norman.'

Ysgydwodd ei ben yn anobeithiol ar hynny.

'Byd caeth ydi hi ar Owain ap Gruffudd. Hwyrach y medri di ymbil drosto, Gwenhwyfar fach. Os na fedri di, fedar neb!'

Wrth gychwyn i fyny'r grisiau olaf sibrydodd mai siawns wan fyddai i'r carcharor ddianc pe bai Clud ac yntau yn cynllwynio i'w ryddhau.

'Dydy dau hen begor fel ni yn da i ddim weldi. Mae yma garfan gref o filwyr cudd yn gwarchod y gaer... ond mi fynna' i aros yma hyd y diwadd er parch i'r arglwydd Owain, mab hynaf Gruffudd ap Llywelyn.'

Oedd, yr oedd dagrau'n llifo o lygaid yr hen wyliwr ffyddlon.

Daeth y wraig ac yntau o'r diwedd i begwn uchaf y grisiau cerrig ac o'r fan honno drwy agen yn y mur trwchus medrent weld i gyfeiriad gwaelod y dyffryn ac ardaloedd Caer Saint a Dinas Dinlle. Trodd Gwenhwyfar ar hynny i gysuro'r hen wyliwr.

'Rydw i'n falch eich bod chi a Clud yma yn gwarchod Owain Goch.'

Yn y fangre oer honno fe afaelodd rhyw arswyd anaele yn Gwenhwyfar. Cydiodd yn dynn ym mraich yr hen ŵr. Eisoes roedd ei hyder yn gwegian.

'Cawl! Na... fedra' i ddim! Fedra' i ddim mynd at Owain!'

Edrychodd y gŵr llesg arni'n hir drwy ddau lygad dagreuol. Meddai,

'Os gwn i'n iawn... rwyt ti'n ferch i'r Distain Gronw ab Ednyfad, y gŵr mawr a dewr hwnnw. Mae rhuddin y tad yn y ferch dybia' i ac fel y mae teyrngarwch y Distain i'r T'wysog y mae ei gyfrifoldeb dros bob un o feibion Gruffudd ap Llywelyn!'

Sylweddolodd Gwenhwyfar mai hyn oedd y rheswm dros agwedd y Distain tuag ati wedi ei hymweliadau byr â Dolbadarn cyn hyn. Cerydd ysgafn a gafodd. Yn ôl coel gwerin gwlad gallai gwarchodaeth y Distain dros y carcharor fod yn beth ysbeidiol am fod materion llywodraeth y Tywysog yn galw. Unwaith y rhoddid dyn mewn cell peth hawdd oedd anghofio amdano oblegid haws cofio'r marw na'r byw weithiau. Geiriau olaf y gŵr llesg cyn ymadael oedd,

'Mentro sy' raid... mae yma wyliwr go drugarog heddiw ar ben y Tŵr.'

Y foment honno gwelodd Gwenhwyfar gysgod y gwyliwr yn hanner gwyll y bore cynnar ac unwaith y darfu am sŵn troedio Cawl yr hen ŵr, fe ellid tybio nad oedd dim yn syflyd yn y fangre ddiffaith ac oer honno. Trigfa dynion oedd y lle yn ddigon siwr. Aroglau dynion a chwys hela a meirch oedd wedi glynu yn y cerrig dros y cenedlaethau. Yna fe ddaeth y llais drwy'r rhigol yn y ddôr fawr.

'Waeth i ti heb â cherddad fel iâr ar farwor, Gwenhwyfar. Mi wn i mai ti wyt ti ar dy stumia!'

Llais cryg Owain Goch yn llawn chwerwedd oedd yno. Gwaeddodd eto,

'Tyrd i mewn i'r llys bonheddig yma, Gwenhwyfar! Fe gei di groeso wrth dy fodd a chynhesu dy draed bach ond chynhesith neb draed sy' wedi cyffio!'

Gwnaeth y gwyliwr amnaid arni gamu i mewn i stafell y carcharor. Mae'n amlwg bod hwnnw o dan orchymyn i aros yn hollol fud!

'Mae yna wyliwr wrth y ddôr, Gwenhwyfar,' gwaeddodd y carcharor wedyn, 'ond mae gan hwn galon dynerach na'r rhelyw. Tyrd yn dy flaen! Gad i mi dy weld di tra bod goleuni yn aros yn y llygaid yma. Mi fyddai rhai am dynnu fy llygaid i allan tasa hynny'n bosib!'

Ow! y chwerwedd oedd wedi gafael yn Owain ac eto yr oedd rhywbeth yn gartrefol yn yr herian a'r hewian. Felly y byddai yr Owain Goch ifanc hwnnw yng nghastell Dolwyddelan ers talwm. Efo'r cof am yr Owain hwnnw yn atsain yn ei chlustiau a'i chalon yn curo fel gordd fe fentrodd Gwenhwyfar i wyddfod y carcharor.

XIV

Stafell y Tŵr

Roedd y wraig a gerddodd i mewn i stafell y Tŵr y bore hwnnw i wyddfod Owain Goch, mor herfeiddiol â'r Gwenhwyfar ifanc honno a fyddai'n caru a chasáu'r hogiau ar yn ail yn y castell yn Nolwyddelan ers talwm. Na, nid oedd hithau wedi newid llawer chwaith mwy nag Owain erbyn meddwl. Wedi'r syndod cyntaf y carcharor a ddechreuodd siarad a hyd yma nid oedd ei chwerwedd wedi pylu dim.

'Rhyw feddwl y byddai gen ti arglwydd newydd i'th ganlyn yn wraig weddw fel ag yr wyt ti! Y brawd iau y T'wysog wedi dewis gŵr i ti o'i ben a'i bastwn ei hun. Be' ddwedi di, Gwenhwyfar?'

Ond yr oedd hyn yn ormod i'r wraig benderfynol hon. Trodd at y carcharor yn chwyrn.

'Dal dy dafod Owain Goch!... Gwraig Rhys Arawn oeddwn i!'

'Ond mae hwnnw yn farw fel hoel.'

'Yn farw ddwed'ist ti! A be' wyddost ti am gariad gwraig yn y lle diffaith yma?'

'Dim.'

Toddodd Owain ar hynny. Ni fedrai o byth amgyffred y loes oedd yng nghalon y ferch hon.

Tawelodd yr awyrgylch rhyngddynt wrth i sŵn traed y gwyliwr ddiflannu yng ngwaelod y grisiau cerrig mawr.

'Wyddost ti, Gwenhwyfar,' meddai Owain yn y man, 'mae sŵn traed y gwyliwr yna yn rhoi cysur i mi bob amser. Mae hwnna yn eitha' ffrind. Mae calon fawr gan hwnna er mai Cymro o hannar gwaed ydy o... Plannu gwylwyr felly wnaethon nhw yma... gwylwyr a gafodd eu troi allan o Abergwyngregyn am nad oedd ar y Cymry eu heisiau nhw. Mi ddaeth tadau y rhain i'r llys yn amsar Dafydd Norman pan oedd y Normanas Isabela yn Dywysogas yno.'

Parhau yn fud yr oedd Gwenhwyfar a'r carcharor yn siarad ymlaen ac ymlaen fel y bydd dyn a fu'n hir wrtho'i hunan. Erbyn hyn yr oedd sŵn llai herfeiddiol yn ei lais.

'Dydy Owain ap Gruffudd yn golygu dim i'r gwylwyr hannar-Norman yma. Does dim tân Cymreig ym molia'r rhain.

Wnaiff y rhain byth godi gwrthryfal yn enw Owain Goch. Fy ngadael i efo estroniaid a wnaeth y brawd iau. Cawl a Chlud ydy'r unig gwmni sy' gen i...'

Ar hynny roedd Owain yn crio'n ddilywodraeth ac ymhen y rhawg yn hanner chwerthin efo'r sylw,

'Cofia di mae eisiau gras ar y gora' ohonyn nhw pan fydd Owain Goch wedi gwylltio'n gaclwm gwyllt.'

Torrwyd y garw o'r diwedd pan ddywedodd Gwenhwyfar wrtho,

'Mi rydw i'n dy 'nabod di yn rhy dda Owain... ond mae'n hamsar ni'n brin a rhywbath amgenach i'w drafod.'

'Mi fedri di drafod y brawd o D'wysog y siort ora' hefyd os gwn i rywbath, Gwenhwyfar. Mi wn inna'n rhy dda am dy dafod miniog ditha'.'

'Gwell i ni wastatáu pethau ac anghofio'r gorffennol Owain... Mae brys arna' i rhag ofn y byddan nhw wedi cyrra'dd yn ôl o'r Deheubarth cyn i mi gyrra'dd y llys.'

Swatiodd Owain yn ddyfnach o dan y garthen a meddyliodd Gwenhwyfar y rhoisai yntau'r byd am gael bod yn ymladd yn y mannau pell efo gwŷr Gwynedd. Roedd gadael milwr yn segur fel gadael rhaw i rydu.

Mor oer oedd y stafell! Wrth ei gweld yn crynu mentrodd Owain y sylw,

'Mae hi'n oer yma yng nghanol ha' a 'does yna fawr o ola'. Mae hi fel bol buwch yn nhrymadd gaea'. Pwll uffarn o le.'

'Mae yma le-tân,' oedd sylw nesaf Gwenhwyfar, 'ond pryd y bu yma dân?'

'Yn oes Rhodri Mawr!' oedd yr ateb swta.

'Mae'n rhaid i fab arglwydd gwlad gael tân yn ei stafell,' meddai Gwenhwyfar yn bwyllog ac yna gyda phenderfyniad yn y llais fe ychwanegodd, 'ac fe gei di dân, Owain!'

'Does dim tân yn y bol 'chwaith o ddiffyg bwyd,' meddai'r carcharor fel carreg ateb. 'Mae'r lle yma fel trigfa llygod eglwys ac mi fyddai'n well gen i fod yn farw nag yn fyw ar fy nghythlwng.'

'Mae gen i fwyd i ti yn y fasged Owain ac fe ofala' i na fyddi di yn brin o fwyd o hyn allan. . . Rwyt ti hefyd yn brin o ddillad yn ôl y sôn.'

'A phwy sy'n sôn hyd y lle?'

'Gwerin gwlad, Owain...'

Torrodd y carcharor i grio eilwaith yn hollol ddireol. Meddai wedyn gan fod yr iâ wedi llwyr dorri rhwng y ddau erbyn hyn,

'Mae fy nillad i yn glynu fel glud wrtha i. Chwys ac ogla corff. Mae'r cwbwl wedi mynd yn rhan ohona i erbyn hyn ond mae dyn yn dysgu byw efo ogla'i gorff ei hun ac mi fasa'n gan gwaeth tasa yma wres!'

'Ond 'does dim budreddi ogylch y lle heddiw, Owain. Mae'r aer yn ddigon clir yma a'r lloriau yn lân.'

Chwarddodd Owain yn isel yn ei wddf.

'Choeliat ti ddim fel yr oeddan nhw wrthi ddoe fel lladd nadredd. Rhywun wedi cael achlust fod rhywun pwysig ar ddwad! Mi fu yma garthu a thaenu brwyn newydd hyd y llawr. Am hynny mae hi'n oerach yma. Mi fedar dyn gynhesu o fewn ei fudreddi ei hun.'

Syllodd Owain wedyn efo llygaid pŵl ar y ferch yn y stafell.

'Roeddwn i wedi ama' mai ti oedd ar gerddad yma a chystal gen i dy weld di â neb, Gwenhwyfar... ond cael fy ngollwng i'r awyr iach fyddai ora'. Cael mynd am byth dros glogwyn yr Wyddfa i ryddid. Mi rois i gynnig arni hi unwaith a chael fy rhoi mewn gefynna'... gefynna' y brawd iau! Ond mae'r corff wedi cyffio gormod yn yr oerni i mi gyrraedd Bwlch Nant Peris erbyn hyn. . . Diflannu am byth... am byth.'

Ocheneidiodd Gwenhwyfar ac yr oedd yr hen afiaith cariadus wedi gafael fel yn yr hen ddyddiau. Meddai Owain Goch,

'Dwyt ti ddim wedi newid dim, wyt ti, Gwenhwyfar. Calon o aur bob amser. Mae'n debyg dy fod ti'n holi pam yr ydw i'n mynnu dygnu arni hi yn y carchar diffaith yma. . . Gobaith weldi. Does dim byd fel gobeithio yn ôl y 'ffeiriad o'r Llan. Mi fydd hwnnw yn cael dwad i estyn cysur i mi weithia'. . . Mi all y brawd o D'wysog gael ei ladd yn y rhyfal a does ganddo fo ddim etifedd hyd yma. Wedyn mi fedrai'r brawd Dafydd fod beth yn garedicach. Mi rois i yn hael i hwnnw cyn Brwydr Bryn Derwin ond mi ddaeth Ffawd a difetha'r cwbl... Mae'r 'ffeiriad yn trio deud bod yna batrwm i fywyd fel y gwelaist ti dapestrïoedd ar y mur. Weithia' mi fydda' i'n medru gweld llun yn y patrwm efo dipyn o liwia' ynddo fo ond yn amlach na dim byd, niwl sy' yna... Mae'n debyg bod y brawd o D'wysog yn lluchio'i awdurdod fel corwynt dros y wlad a Dafydd yn chwarae'r ffon ddwybig. Fuo ynddo fo erioed lygedyn o gariad at y Llyw dybia' i ac fe'i gwerthai ei hun i'r Norman i ennill ffafr... ennill ffafr a dwad yn ôl at ei bobol wedyn. Mae yna dân ym mol Dafydd fel yn y gweddill ohonan ni... ond fy mhobol i ydy pobol Pen Llŷn ac Eifionydd, Gwenhwyfar!'

Bu tawelwch llethol wedyn ac erbyn hyn roedd y dagrau yn llifo dros ruddiau Gwenhwyfar. Newidiodd y cywair yn sydyn ar hynny. Meddai Owain,

'Gwenhwyfar! Mi fedrwn i ladd pob Norman!'

'Sh! Owain! Mae'r gwyliwr ar ben y grisia!'

'Coelia' fi, mae hi'n daith fel y Farn Fawr i gegin y lle yma ond paid ti â phoeni, mae pob gair yn mynd i'w golli yn y muriau trwchus yma.'

Y foment nesaf yr oedd Owain yn ôl gyda'r un byrdwn o sgwrs.

'Medrwn, fe fedrwn i lywodraethu holl Wynadd hefyd. Pan o'n i yn gwarchod 'nhad mi lwyddodd y Llyw i'w gael ei hun yn ffafr meibion yr Hen Ddistain a gwŷr y llys yn Abergwyngregyn. Cofia di, fuo'r Llyw erioed yn llawas ei dad. Y fi, Owain ap Gruffudd oedd y mab hyna'. Fi oedd pia'r hawl i Wynadd!'

Tawelodd drachefn wrth i'r gwyliwr gyrraedd stafell y Tŵr. Trodd yn garuaidd at Gwenhwyfar. Sibrwd siarad yr oedd.

'Tasa pawb fel ti yn y byd yma, Gwenhwyfar, ti a fy mam, mi fyddai hi'n braf. Rwyt ti'n ei chofio hi on'd wyt ti, yr arglwyddas Sinai. Mi fyddai fy mam yn cyfri'r smotia' cochion ar fy wynab i... Mi ges i freuddwyd rhyfadd neithiwr yn yr oria' mân rhwng cwsg ac effro. Breuddwyd o rywbath yn symud yn y t'wllwch... yn union fel tawn i'n dechra' marw... Teimlad braf hefyd ond y bore yma mae'n rhaid i mi ymlafnio i drio byw. Y ti wnaeth y tric, Gwenhwyfar. Ond myn uffarn i! Os bydda' i yn y lle yma'n hir mi a' i'n wallgo!'

Gwnaeth Gwenhwyfar ystum ar i'r gwyliwr adael llestr y metheglyn ar y ford yn y stafell. Trodd Owain lygad gwancus arno ac estynnodd Gwenhwyfar amdano. Diod boeth oedd hon heb brin ddechrau oeri. Gloywodd llygaid Owain y mymryn lleiaf.

'Metheglyn poeth, myn diawst i! Mae'n hawdd gw'bod bod Gwenhwyfar hyd y lle yma. Merch orddarch y Distain yn mynnu ei hawl!'

Ow'r siom! Er trio a thrio, ni fedrodd Owain gael y ddiod boeth dros ei weflau chwyddedig. Trodd Gwenhwyfar ei hwyneb draw o dristwch drosto.

'Na... na... fedra' i ddim, Gwenhwyfar,' llefodd Owain, 'Fedra' i ddim ca'l ato. Mae llid yn y gwefusa'.'

Unwaith yn rhagor treiglodd y dagrau i lawr ei wyneb. Dyna od oedd gweld Owain Goch yn ymroi i grio fel hyn meddyliodd Gwenhwyfar. Owain Goch o bawb!

'Fedra' i ddim... fedra' i ddim,' llefodd wedyn, 'mae o'n rhy boeth i'r gwefusa' ac i'r tafod. Mi losgith fy nhu mewn i a hwnnw'n ddolur yn barod.'

Cofiodd Gwenhwyfar ddywediad ei mam Huana wrthynt yn blant. Meddai,

'Rydach chi wedi disgwyl iddo ferwi, siawns na fedrwch chi aros iddo oeri.'

Ar hynny trodd dagrau'r ddau yn chwerthin.

'Hidia befo,' meddai Gwenhwyfar yn gysurlon, 'mae gen i dorth o fara o'r blawd gora' i ti a menyn a darn o gig eidion a chacan gri yn y fasgad yma. Maen nhw o'r golwg dan y llieinia'.'

Rhoddodd hyn hyder i Owain godi ar ei eistedd a symud at y fainc bren wrth y ford. Roedd rhywun mwy caredig na'i gilydd wedi taenu carthen drwchus dros gefn y fainc. Gloywodd ei lygaid a daeth peth o'r hen asbri yn ôl. Estynnodd ei freichiau allan.

'Gad i mi ga'l cydio ynot ti, Gwenhwyfar... dim ond ca'l teimlo dy fantall di a chnawd cynnas dy freichia' fel y byddwn efo Mam ers talwm.'

Nid oedd hithau am ei nacáu y foment honno a chydiodd yntau yn chwyrn yn ei braich gan gladdu ei ben yn ei mantell. Gwingodd hithau gan faint y grym yn ei ddwylo. Llaciodd yntau ei afael o'r diwedd.

'Dy frifo di wnes i... fel y byddwn i ers talwm yn Nol'ddelan o gwmpas y Garthau. Hen ymyrraeth weldi.'

Eiliad arall ac fe gododd Owain ei ben ac edrych yn syn arni â'i fryd mae'n amlwg ar rannu cyfrinach efo hi. Yn y cyfamser aeth hithau i godi'r bwyd o'r fasged a'i daenu ar y trensiwn oedd ym mhlygion un o'r llieiniau. Gloywodd llygaid Owain yn fwy nag o'r blaen ac yn raddol trodd at y metheglyn. Yfodd ef fel anifail yn lleibio dŵr ar ddiwrnod gwresog.

Yna roedd Owain yn sibrwd siarad, mor dawel fel mai prin y medrai Gwenhwyfar ei glywed. Mae'n amlwg nad oedd hyn yn mennu dim ar y gwyliwr oblegid cael hel ei draed wedi'r wyliadwriaeth hir oedd unig ddyhead hwnnw. Ac wedi'r cwbl, beth a fedrai gwraig ddiymadferth fel hon wneud i helpu carcharor mewn cornel ddiffaith o Eryri? Ond yr oedd Gwenhwyfar wedi deall neges Owain. Meddai yntau,

'Gwenhwyfar! Ches i erioed y cyfla i garu gwraig. Cyn i mi ga'l fy nhaflu i garchar roeddwn i'n rhy brysur efo materion gwlad. Nid creadur dwl ydw i, Gwenhwyfar, fel y mynn y brawd o D'wysog i bobol Gwynadd gredu.'

Mynnodd hithau ei gysuro.

'Mi wn i, Owain, fod pobol Gwynadd yn meddwl y byd ohonat ti... y bobol oedd yn ddeiliaid i ti ym Mhen Llŷn ers talwm.'

Bu'r ddau yn dawel am ysbaid a rhyw dawelwch trwm felly a fu yng Ngwynedd er y dyddiau hynny pan daflwyd Owain ap Gruffudd i garchar. Bryd hynny roedd rhwyg yn y wlad. Teyrngarwch i Owain y mab hynaf a chadw cymod rhwng y brodyr oedd bwysicaf i rai ond gwleidyddiaeth y tymor hir oedd flaenaf ym meddwl y Distain a swyddogion y llys yn Abergwyngregyn. Yr olaf a orfu am fod y Llywelyn ifanc eisoes yn dechrau cerdded yn llwybrau'r Hen Dywysog, Llywelyn ab Iorwerth.

Siawns wael fyddai i'r ŵyr, Llywelyn, lwyddo efo traed yr Owain hwn yn rhydd ac er y dyddiau tyngedfennol hynny, yma yn Nolbadarn y bu'r olaf yn garcharor...

'Ŷf y metheglyn yna Owain a bwyta dy fwyd,' ymbiliodd Gwenhwyfar ar ei draws. Eto nid oedd pall ar siarad Owain.

'Gwenhwyfar! Glywaist ti eiria'r bardd Hywel Foel i mi?' Aeth yntau ati wedyn i adrodd y cwpled:

'Gŵr y sydd yn nhŵr yn hir westi...
Gŵr yn rhwym gan rwyf Eryri.'

Fe wyddai Gwenhwyfar nad oedd y bardd Hywel Foel yn boblogaidd yn y llys ac mai ochri efo'r mab hynaf a wnâi. Meddai Owain,

'Mi fydd Hywal Foel yn dwad yma ar y slei. Deud y mae o na fedar bardd gynhyrfu'r dyfroedd heb fod ganddo gynulleidfa yn y llys i wrando arno... ac mi ddaw o yma eto cyn sicrad â bod yr haul yn codi. Mae Hywal Foel wedi canu i mi, Gwenhwyfar, fel i D'wysog gwlad. Gwrando arno:

'Diffrwythws daear o'i fod yng ngharchar.'

Toddodd Owain yn foddfa o ddagrau drachefn a gwaeddodd yn orffwyll,

'O, Dduw! O, Fair! gad'wch fi'n rhydd o'r Tŵr dieflig yma!'

Daeth symudiad cyflym y gwyliwr o ben y grisiau a llithrodd cysgod gwyliwr arall ato o'r cysgodion yn rhywle. Gwelodd Gwenhwyfar yr arwydd. Cododd yn frysiog ac meddai,

'Mi ddo' i yn ôl ymhen y rhawg, Owain. Ŷf di y metheglyn i'r gwaelod a bwyta'r tefyll bara yna ga'l i ti ga'l dy nerth yn ôl i drin y march eto.'

Roedd gan Gwenhwyfar y ddawn i roi balm ar bob clwyf ac fe wyddai er dyddiau pell plentyndod mai sôn am y march oedd prif ddedwyddyd Owain. Wrth iddi gamu i lawr y grisiau cerrig mawr hynny yn y castell y bore hwnnw, fe wyddai'r gwylwyr hefyd mai merch ddiamddiffyn oedd hi, heb allu i drin arf nac i gynllwynio i ryddhau'r carcharor. Roedd hi hefyd yn deyrngar i'r Tywysog ac am nad oedd Tywysoges yn y llys yn Abergwyngregyn hi oedd yn llywio'r lle meddid. Ar orchymyn y Tywysog y daeth hi felly i'r gaer yn Nolbadarn. O leiaf dyna oedd tybiaeth y gwylwyr ar risiau'r Tŵr y bore hwnnw.

XV

Castell Dolbadarn

Unwaith y cafodd Gwenhwyfar ei hun oddi allan i borth y castell bu'n cerdded yn ôl ac ymlaen mewn myfyrdod dwys. Mor greulon oedd troeon Ffawd ac ni fedrai hithau weld drwy'r niwl dros ei llygaid. Roedd hi'n caru Llywelyn, y Tywysog, yn yr un modd ag yr oedd hi'n caru'i frawd Owain Goch. Roedd hi hefyd yn caru'i thad, y Distain, a'r cwbl yn y diwedd fel chwarae gwyddbwyll. Dechreuodd ymresymu... Gallai Owain Goch fadru yn y Tŵr a gallai Llywelyn a'r Distain gael eu lladd yn y rhyfel fel ei gŵr Rhys Arawn. Pa un bynnag nid oedd hi'n deall llawer o bethau mwy nag a wyddai fod y Tywysog a'r Distain wedi tario yn nhir Deheubarth. Ni wyddai hi ddim oll am fannau fel Buellt a Dinbych-y-pysgod o Dde Powys i Ddyfed ac nid oedd o unrhyw arwyddocâd iddi hi fod gwŷr Cydewain a Cheri yn ailgynnau'r tân ar y Gororau yn erbyn y Norman.

Eto meddyliodd fod y Tywysog a'r Distain yn ddigon abl i warchod eu hunain... Merch a mam oedd hi y foment honno ger y castell yn Nolbadarn a'r carcharor yn y Tŵr oedd ei chyfrifoldeb.

Dychwelodd ar fyrder i ddringo'r grisiau cerrig mawr a phan gyrhaeddodd stafell y Tŵr roedd yr Owain a welodd yn debycach i'r Owain Goch ar y Garthau yn Nolwyddelan ers talwm. Efo'r metheglyn a'r tefyll bara roedd y parlys wedi llacio peth yn ei gymalau... ac unwaith y câi'r carcharor farchogaeth o fewn lleoliad y gaer byddai'n ddyn newydd! Ei chyfrinach hi oedd hynny ta beth... Torrodd Owain ar draws ei meddyliau.

''Rwyt ti'n ôl Gwenhwyfar. Fethaist ti erioed â chadw addewid ond roeddwn i ar hannar deud stori wrthat ti pan ddaeth hen bwl sâl drosta i. Mae hynny'n digwydd weithia'.'

Gwnaeth Owain arwydd arni nesu ato a sibrydodd yn ei chlust.

'Mi ddechreuodd y saldra yma wedi i rywun ollwng hogan fud a byddar i'r stafell... nid y gwylwyr cofia, ond rhywun cynllwyngar iawn. Cynllwyn dieflig yn meddwl y cymerwn i foddhau fy chwant efo hogan hannar-pan yn cicio ac yn strancio wrth iddyn nhw ei gollwng i mewn i'r lle yma. Tric, Gwenhwyfar, i drio cael arglwydd gwlad i'w haffla a chael epil heb fod yn gall yn y pen o ferch hanner-llath ei hymennydd. Fyddai gan Owain, mab hynaf Gruffudd ap Llywelyn ddim oll i'w gynnig wedyn i'r Dywysogaeth. Darostwng dyn i'r uffern eitha' oedd y cynllwyn, Gwenhwyfar.'

Bu saib wedyn cyn i'r carcharor fanylu ar sefyllfa'r hogan fud a byddar.

'Wyddost ti, Gwenhwyfar, mae Iwan Lew, tad yr hogan yn byw yn fras ar arian y llys... ond cofia di... roedd rhyw greadur yn y gaer yma wedi bwrw'i chwant ar yr hogan yna cyn iddi gyrraedd y Tŵr. 'Chyffyrddais i mo mysadd yn yr hogan a fasa fawr ganddyn nhw ddwad â phutain i'r lle er mwyn pydru fy nghorff a deud i mi farw yn y gwely fel Dafydd ap Llywelyn yn Llys Abar. Mi fyddai i mi farw felly yn rhoi rhwydd hynt i'r brawd o D'wysog ac i'r brawd iau Dafydd o ran hynny. Ond llanc gwydn a fûm i erioed, yn barod i farchogaeth ac i ymladd ac fe ŵyr gwerin gwlad y byddai Owain Goch yn gyndyn o farw yn y gwely!'

Daliodd Gwenhwyfar ei hanadl ac yr oedd yn wyn fel y galchen. Sylweddolodd Owain ei phenbleth.

'Meddwl fy mod i'n mwydro yn y pen yr wyt ti, yntê, Gwenhwyfar. Mae'r pen hyd yma yn berffaith glir, yn rhy glir weithia' ac mae gen i negas i ti... Pan ei di'n ôl i'r llys dos di at y Distain a deud wrtho nad oes yr un gwyliwr ar boen cael ei luchio dros ymyl y Tŵr, i ddwyn yr un hogan hannar-pan na'r un butain i olwg Owain ap Gruffudd byth eto!'

Cydiodd trueni mawr drosto yng nghalon Gwenhwyfar y tro hwn. Cododd ei llaw at ei ben a'i thynnu drwy ei wallt trwchus. Cydiodd Owain yn ei llaw a'i chusanu'n dyner nes bod ei ddagrau yn gwlychu cefn ei llaw. Meddai,

'Gwenhwyfar! Aur o hogan wyt ti ac mi wn i y cedwi di d'addewid. Pwy ond ti fyddai'n dwad i'r fath le â hwn ar siwrnai ddirgal i roi cysur i Owain mab hynaf Gruffudd ap Llywelyn?'

Bellach yr oedd amser yn cerdded. Doedd dim pwrpas oedi rhagor. Estynnodd Gwenhwyfar at ei basged ac meddai,

'Ti fydd pia'r fasgad yma o hyn allan, Owain. Mae llieinia' glân ac eli at y cymalwst a ffisyg at y dolur rhydd yn yr ymysgaroedd ynddi... Wn i ddim a wyddat ti fod gen i ferch, y dlysa' erioed sy'n well na'i mam am baratoi cyffur i'r claf ond nad ydy hi hyd yma yn llwyr adnabod gwaeledd. Mi ddysgais i'r grefft gan yr hen lysieuwreg o'r enw Mêr yn y llys ac mi fydd fy merch inna' yn well llysieuwreg na'i mam greda' i... Ymhen 'chydig ddyddia' mi fyddi ditha'n abal eto i farchogaeth o fewn cylch y gaer, Owain!'

Wrth ei gweld yn codi i ymadael daeth y pwl o saldra dros y carcharor eto. Gwaeddodd yn orffwyll,

'Gwenhwyfar! Gwenhwyfar!... sawl gaea' eto? Un gaea' yn dilyn y llall yn y caethiwed melltigedig yma. Melltith ar y brawd o Dywysog a melltith ar y llys!... Mi fynna' i ga'l awyr iach a theimlo mwng y march hyd y croen a rhwbio'i bedreinia'. Cyfaill gora' dyn ydy'r march.'

Wrth i Gwenhwyfar adael y stafell synhwyrodd fod tôn y llais yn lliniaru peth. Rhedodd hithau heibio i'r gwyliwr ac i lawr y grisiau llydain cyn i'r rheini ei llyncu am byth! Yna'r tawelwch a'r meddyliau na allai eu gwisgo mewn geiriau yn llenwi'r lle.

'Wylwyr ffôl! Oni wyddoch chi fod cariad yn drech na chreulondeb a gorfoledd dynion yn cuddio tu hwnt i dristwch? Ffei i chi, y gwŷr rhyddion! Ond mi fedar saeth wthio drwy'r galon ac mi fedar putain f'yta'r corff ac mi fydd y gydwybod yn cnoi yn y Farn Fawr am gadw Owain ap Gruffudd yn garcharor yn y gaer... carcharor ei frawd.'

Roedd sŵn troed Gwenhwyfar wrth iddi gythru i lawr y grisiau hynny fel clindarddach mân hoelion ar garreg.

Erbyn iddi gyrraedd y tir gwyrdd oddi allan i'r porth nid oedd na siw na miw yn unman. Doedd yr un arwydd o ddau lanc yr osgordd, Hywel Tudur ac Eiddon. Roedd y ddau yn cwmnïa'n braf efo'r ddau hen begor Cawl a Chlud yn ôl pob golwg. Adar o'r unlliw oeddynt. Nid oedd arni hithau awydd eu gweld ychwaith y foment arbennig honno am fod ganddi orchwyl arall i'w gyflawni y pnawn hwnnw.

Ciliodd yn llechwraidd i lawr ochr y gaer gan anelu at y llwybr hyd fin y llyn is-law. Yno, gwyddai fod gwraig o'r enw Tabitha yn byw efo'i dau fab mewn bwthyn unig. Pydrodd Gwenhwyfar ymlaen yn flinedig o gorff ac ysbryd rhwng y mân gerrig a'r llwyni drain.

Ar y pnawn arbennig hwn ni fedrai'r un dewin sefyll yn ffordd
Gwenhwyfar ar y siwrnai honno.

XVI
Bwthyn Tabitha

Chwipiodd y dŵr yn y brwyn ar lan y llyn. Nid oedd Gwenhwyfar yn beiddio edrych yn ôl at stafell y Tŵr o'r fan honno nac ar gribau uchaf y mynyddoedd. Roedd y rheini fel y Fall ei hun yn gwarchod y gaer.

Ond roedd y dydd yn teithio ymlaen a hithau ar berwyl tyngedfennol i Owain Goch. Unionodd ei ffordd o'r diwedd i lwybr ehangach a llyfnach ei wyneb yn cario'r un fasged oedd yn sbâr ganddi. Fe adawodd y llall i Owain yn stafell y Tŵr.

Ie, yn sicr, bwthyn Tabitha oedd hwn yn cysgodi o dan y graig â'i dalcen i'r mynyddoedd fel y medrai ddal haul y pnawn o gyfeiriad Dinas Dinlle. Fe deimlodd Gwenhwyfar ryw dawelwch caredig ogylch y lle. Dinas noddfa iddi yn wir, meddyliodd. Yn ôl a glywodd, yma y byddai ambell fardd fel Hywel Foel yn tario ar siwrnai ddirgel i'r gaer at Owain Goch. Roedd pawb yn gwybod am Tabitha ond na fyddai neb yn sôn amdani.

Wrth ochr y bwthyn roedd nant yn rhedeg i lawr o'r mynydd gan gronni yno cyn ailgychwyn i mewn i'r llyn. Yn y fan honno roedd y wraig ganol oed yn strilio dillad gan gwmanu a'i breichiau cydnerth bron fel breichiau gŵr o hir ymhel efo gwaith golchwraig. Oedodd rhag iddi ei dychryn.

'Tabitha!' galwodd yn y man a gellid tybio wrth dôn esmwyth ei llais ei bod yn ei hadnabod erioed.

Cododd y wraig o'i phlyg gan ddal dilledyn yn ei llaw. Trodd mewn syndod i edrych ar y wraig ddieithr yn sefyll wrth ei hochr efo peth amheuaeth ar y cychwyn. Ond ymhen eiliad fe wawriodd rhyw adnabyddiaeth o'r wraig arni. Oedd, roedd hi wedi gweld y wraig yn pasio efo rhai o osgordd y Tywysog ac yn gweithio'i ffordd i fyny'r dyffryn tua'r castell. Sylwodd fod osgo gwraig fonheddig yma er bod ei mantell yn ddigon blêr a'i gwallt gwinau yn disgyn yn llac dros ei hysgwyddau ac yn dangos sawl llinell wen.

'F'arglwyddas!' Gwnaeth Tabitha osgo i foesymgrymu a dal y dilledyn yn llipa uwch ben y dŵr bas wrth ei thraed. Disgynnodd diferion y dŵr yn drwm rhwng ei bysedd cornaidd mawr. Medrid yn hawdd gamgymryd Tabitha am un o wŷr y dyffryn gan mor grymffastiog oedd ei chymalau. Erbyn hyn roedd Gwenhwyfar wedi blino'n lân.

'Gawn ni fynd i'r bwthyn, Tabitha?' gofynnodd mewn llais egwan.

'Cawn wrth gwrs f'arglwyddas!'

Ni cheisiodd Gwenhwyfar ei chywiro ar fater y cyfeiriad hwnnw. Wedi'r cwbl roedd hi o waed uchelwyr ac onid hi oedd yn gwarchod buddiannau'r Tywysog hyd nes y dôi Tywysoges i'r llys?

Adeiladwyd bwthyn Tabitha mewn man a fedrai ddal haul y pnawn a barrug gaeaf yr un pryd pan fyddai hwnnw ar ei ffyrnicaf. Gwelodd Gwenhwyfar fod yno giât fechan dwt o bren yn arwain i mewn i'r buarth. Yr ieir yn ffrwtian mynd ar y glaswellt a'r haul yn dal y lliw copr ar eu cefnau. Cyfarth ci a chlydwch cath wrth iddi ganu grwndi ar y rhiniog. Rhoes y feistres hwb ysgafn iddi yn ei chrimog.

'Ffwr' ti, y gath lwyd. Does dim lle i ddiogi yma.'

Trodd Tabitha wedyn gan giledrych ar y wraig ddieithr. Ar y cychwyn roedd y bwthyn yn dywyll oddi mewn nes i'r llygad ddod i arfer ag o. Aroglau glân hefyd yn llanw'r lle. Aroglau dŵr glân a sgwrio.

'Bwthyn glân, Tabitha,' oedd sylw cyntaf Gwenhwyfar wedi iddi groesi'r rhiniog.

'Dydach chi ddim wedi arfar efo bwthyn tlawd fel hyn f'arglwyddas.'

'Mi welais ei debyg,' oedd unig sylw Gwenhwyfar. Nid oedd yn ei bwriad amlygu dim ar helynt ei byw o gastell i gastell yn ymweld â bwthyn Cynwrig, yr hen delynor yn Nolwyddelan, tŷ'r gof yng Nghricieth a bwthyn Mêr y llysieuwraig yn Abergwyngregyn. Newidiodd y stori ar y cyfle cyntaf.

'Rydach chi'n wraig weddw.'

'Ydw. Sut y gwyddach chi?'

'Rhywun yn 'nabod ei debyg hwyrach.'

'O... ia?'

'Mi gollais innau f'arglwydd hefyd. Ei golli o yn y rhyfal.'

'Rhyfal y T'wysog?'

'Ia. Cyfaill y Tywysog Llywelyn ap Gruffudd oedd Rhys Arawn ac yn ŵr o'r Berfeddwlad.'

'Mi glyw'is sôn am y lle... ond mi fedar merch fel chi...'

Oedodd Tabitha ar hynny rhag ei bod yn cymryd hyfdra ar y wraig ac unwaith eto fe neidiodd Gwenhwyfar i'r adwy.

'Na. Fyddwn i ddim am briodi yn ôl trefniant arglwydd gwlad... mwy nag y mae'n rhaid i'r arglwydd Owain ap Gruffudd ddiodda' gwaeledd yng nghastall Dolbadarn.'

Aeth Tabitha yn fud. Wedi'r cwbl carcharor oedd y gŵr hwnnw a distawrwydd fyddai'n cloi pob cyfeiriad ato. Rhywbeth i'w ofni oedd y castell i drigolion y dyffryn.

Erbyn hyn roedd Gwenhwyfar yn wan ei chalon wedi taith hir y diwrnod cynt a'r ymresymu caled efo Owain Goch yn y Tŵr. Synhwyrodd Tabitha ei gwendid.

'Dowch. Steddwch ar y fainc yng nghysgod y ffenast. Mae hi'n ddigon braf yr amsar yma o'r flwyddyn. Estynnwch at y ford ac mi gyrcha' inna' ddiod o laeth a chacan gri i'r ddwy ohonon ni.'

I gof Gwenhwyfar daeth y diwrnod hwnnw pan groesawodd Mêr y llysieuwraig hi i'w bwthyn ar y darn tir glas rhwng y llys a'r môr yn Abergwyngregyn, ymhell bell yn ôl. Roedd gan ferched y ddawn i ddeall anghenion y naill a'r llall uwch cysur sgwrs a bwyd a diod. Cafodd Gwenhwyfar hoe i bensynnu efo haul y pnawn yn gwneud ei orau glas i wthio i mewn drwy'r hollt o ffenestr.

Daeth Tabitha yn y man efo dau gwpan a thrensiwn yn dal y gacen gri. Ond yr oedd yn angenrheidiol i Gwenhwyfar dramwyo'n ofalus. Hyd yma nid oedd wedi torri'r garw na dweud ei neges. Meddai toc,

'Tabitha... enw diarth?'

'Enw allan o lyfra' gwŷr yr Eglwys, ac enwa'r hogia' yr un modd.'

'A'r rheswm?'

'Bugail oedd fy nhad yn bugeilio defaid Abaty Abarconwy ym mhellafoedd yr Wyddfa. Y gwŷr lleyg o'r Abaty a roddodd yr enwa' i 'nhad. Ac wedyn fe ddaeth fy ngŵr yn fugail efo'r mynaich yn yr hafotai a'r ddau fab yr un modd.'

'A'u henwau nhw?'

'Dafydd a Reuben.'

'Ac maen nhw wrth eu gwaith?'

'Ydyn ers misoedd i fyny yna yn yr ucheldera' nes y bydd arnyn nhw angan 'chwanag o ymborth a dillad.'

Manteisiodd Gwenhwyfar ar sylw olaf Tabitha ac meddai,

'I sôn am ymborth a dillad y dois inna' yma.'

Taenodd petruster dros wyneb y wraig a sylweddolodd Gwenhwyfar bod angen ei thymheru.

'Rydach chi'n olchwraig dda, Tabitha.'

'Mi ddylwn fod,' oedd yr ateb distaw efo peth amheuaeth yn y llais. Beth tybed oedd ym meddwl y wraig fonheddig yn galw arni mor ddirybudd?

'Rydach chi hefyd yn bwythwraig, Tabitha?'

'Pwythwraig i'r tlodion.'

'Ac mi fedrwch wneud ymborth... bara a chacan gri?'

'Ymborth i'r tlodion.'

'Ond mi wna'r un bwyd y tro i uchelwyr a gwrêng pan fydd dyn ar ei gythlwng, Tabitha.'

Hyd yma sylwodd Tabitha nad oedd y wraig fonheddig wedi estyn at y gacen gri a'i bod yn sipian y ddiod yn ara' bach fel plentyn. Oedd, roedd rhywbeth mawr ar feddwl y wraig.

'Blaswch y gacan gri... mae hi bron yn ffres o'r rhadall.'

'Yn y man, Tabitha... ond mi ddois i yma ar neges.'

Oedodd y ddwy fel y bydd merched yn cymryd eu gwynt atynt cyn ailymroi i sgwrsio. Ond rhaid oedd torri'r garw. Meddai Gwenhwyfar,

'Tabitha! Mi wyddoch fod Owain ap Gruffudd yn garcharor i'w frawd y Tywysog yn y castall.'

'Gwn,' oedd yr ateb gochelgar.

'Wel, fe ges i fy magu efo'r ddau ohonyn nhw, Owain yr hynaf a Llywelyn yr ail fab. Fy magu yn nes o bosib atyn nhw na chwaer o waed.'

Erbyn hyn yr oedd crygni yn llais Gwenhwyfar a hwnnw ar fin troi'n ddagrau. Roedd Tabitha hefyd yn dechrau synhwyro'i thrafferthion.

'Cerwch ymlaen,' meddai.

'Nid dyma'r tro cynta' i mi ddwad i'r castall o Abergwyngregyn.'

'Mi wn i, achos mi'ch gwelais i chi o'r blaen ac mi welodd yr hogia' chi unwaith. Dyna pam y nabodais i chi heddiw a gw'bod eich bod yn wraig fonheddig.'

'Dwad yma ar dro sgawt a wnes i o'r blaen ond y tro yma mae arna' i angan cymorth, Tabitha.'

Torrodd yr olaf ar ei thraws yn gynhyrfus.

'Mae'n dda bod yr hogia' oddi cartra achos fynnan nhw ddim ymyrryd efo pobol y castall.'

'Ond mae angan trugaradd.'

'Ar y carcharor?... Mae hynny yn rhan o fân siarad y dyffryn ers tro byd. Y T'wysog yn rhy brysur yn rhyfela yn y tiroedd pell ac yn gada'l y brawd yn ddiymgeladd. Mi fuo yn brindar o fwyd a diod...'

Ymataliodd Tabitha ar hynny rhag ei bod yn dweud gormod.

Ysgydwodd Gwenhwyfar ei phen yn drist.

'Does dim cysur nac ymgeledd i glaf yn y castall. Byd dynion ydy byd y castall. Byd gwylwyr sy' wedi arfar efo hela a choginio cig baedd ac yfed medd.'

Roedd y sgwrs yn amlwg yn codi chwilfrydedd Tabitha.

'Ydy o'n wir f'arglwyddas i Owain ap Gruffudd fod mewn gefynnau wedi iddo fo drio dianc at y Gwylliaid yng Nghwm Dyli?'

'Ymhell yn ôl y digwyddodd hynny yn fuan wedi iddyn nhw ryddhau'r brawd iau Dafydd ap Gruffudd... Colli cwmni Dafydd yr oedd o.'

'Ei ddal o tua Nant Peris wnaethon nhw, y cnafon,' ychwanegodd Tabitha yn dosturiol. 'Mi ddeudodd yr hogia' yma y basa Owain ap Gruffudd wedi medru byw yn ddedwydd efo'r Gwylliaid tasa fo wedi ca'l llonydd.'

Ysgydwodd Gwenhwyfar ei phen mewn anobaith.

'Na... feiddiai neb adael yr arglwydd Owain yn rhydd efo'r Gwylliaid, Tabitha, rhag iddyn nhw wrthryfela fel yn yr hen ddyddia'.

Meddai Tabitha wedyn,

'Mi roedd yna ryw greadur tal o'r enw yr Ymennydd Mawr yn byw yn y mynyddoedd yma ers talwm yn ôl yr hogia'. Hwnnw oedd arwr y Gwylliaid ond mae'n debyg ei fod o wedi marw erbyn hyn.'

'Na... fydd yr Ymennydd Mawr byth farw. Hwyrach ei fod o wedi troi'i gôt rwan er mwyn y Dywysogaeth. Dyn y delfrydau mawr oedd o.'

'Wn i yn y byd be' ydy hynny f'arglwyddas ond mae pobol y dyffryn yn parchu Owain ap Gruffudd ac yn gofidio ei fod o yng ngharchar ei frawd, y T'wysog. Roedd o'n arglwydd da dros ei bobol am ddeng mlynadd tua Phen Llŷn meddan nhw ac yn grwmffast o ŵr ifanc ysgwyddog hardd efo gwallt lliw copor. Mi gafodd yr hogia' yma gip arno fo o bryd i'w gilydd pan fydda' fo'n ca'l marchogaeth o gwmpas y gaer ond cadw i'r Tŵr y mae o rwan yn ôl y sôn. Taw pia' hi i wrêng y dyddia' yma.'

Gwelodd Gwenhwyfar fod yma wraig braff ei meddwl yn ymresymu efo hi ynglŷn â thranc Owain Goch. Mentrodd beth yn ychwaneg gan beintio'r darlun truenusaf posibl o gyflwr y carcharor. Gwyddai ei bod yn fentrus bellach os nad yn haerllug.

'Ydy mae ôl y gefynna' ar ddwylo Owain ap Gruffudd o hyd. Y cnawd yn drwm a'r cymala' wedi sythu o hir oerfel a diffyg ymarfar... Mae angan goruchwyliaeth merch arno, Tabitha.'

Cymerodd Gwenhwyfar ei hanadl a theimlodd ei gwaed yn poethi o'i mewn. Pwy oedd hi wedi'r cwbl i gymryd arni ei hun orchymyn llys?

Ond rhaid oedd taflu'r dis a rhaid oedd iddi wynebu'r canlyniadau doed a ddêl. Meddai'n dawel ond yn gadarn,

'Rydw i o dan orchymyn y llys yn Abergwyngregyn ac yn enw'r Distain Gronw ab Ednyfed yn cyhoeddi mai chi, Tabitha, ydy'r ferch honno...'

'Ond f'arglwyddas... feiddiwn i ddim.'

'Does dim gwrthod i fod, Tabitha!'

Bellach fe wyddai Gwenhwyfar ei bod ar dir peryglus yn gorchymyn y wraig ddieithr hon o'i phen a'i phastwn ei hun i ymgeleddu'r carcharor. Ond nid oedd troi yn ôl ychwaith. Roedd y wraig yn swp o gryndod erbyn hyn. Meddai Gwenhwyfar,

'Bob mis fe ddaw Cawl a Chlud yma efo dillad y carcharor i chi eu golchi a'u pwytho os bydd raid. Yn y cyfamsar fe ddaw yma ddillad sbâr o'r llys i chi eu paratoi yn barod i'r ddau hen filwr eu cyrchu. Fe fyddwch hefyd yn gwthio pecyn o fara ac o gacan gri ymhlyg yn y dillad. Hyn fydd eich swyddogaeth chi, Tabitha, ac fe gewch dâl o'r llys.'

Cyn i'r wraig gael dweud gair yn ychwaneg gwthiodd Gwenhwyfar ddarn o arian i'w llaw esgyrnog. Gwnaeth y wraig arwydd y Groes yn frysiog a disgynnodd ei dagrau ar ei dwylo crynedig. Adfeddiannodd ei nerth o'r diwedd ac meddai,

'Duw a Mair a faddeuo i mi, f'arglwyddas! Ond mi dybiais y byddach am fy anfon i i'r castall ac wedyn fe fydda' bywyda'r ddau hogyn yn y fantol... ond hwyrach mai trefn Rhagluniaeth ydy peth fel hyn.'

Y tro hwn cymerodd Tabitha ei hanadl yn ddwfn cyn ychwanegu,

'F'arglwyddas! Mae gwlybaniaeth yr hen fynyddoedd yma wedi mynd i waed Reuben, y mab ienga, ac mi fedrai'r hen fynyddoedd ei gymryd o fel ei dad o'i flaen... Ia, hwyrach mai trefn Rhagluniaeth sy' o'r tu ôl i'r cwbwl.'

Edrychodd Gwenhwyfar efo hyder newydd i fyw llygad y wraig hon.

'Fe gewch chi a'ch meibion eich talu o'r llys, Tabitha, ac fe roddwn ni ein dwy... yn ferchaid fel ag yr ydan ni ein ffydd mewn Rhagluniaeth doed a ddêl. Fe wyddon ni am i ni ddwyn plant i'r byd fod bywyd dyn yn bwysicach na thranc gwlad yn y diwadd.'

Fe welwyd taro bargen rhwng y ddwy wraig a bellach yr oedd Gwenhwyfar yn barod i gychwyn ar ei thaith flinedig yn ôl i'r gaer. Ffarweliodd efo Tabitha a chaeodd y giât bren yn glep ar ei hôl. Roedd ei swyddogaeth hithau yn y castell drosodd hefyd a phenderfynodd nad âi hi ar gyfyl Owain Goch drachefn y noson honno. Drannoeth yn blygeiniol fe fyddai hi a dau lanc yr osgordd yn cychwyn yn ôl am Abergwyngregyn. Arswydodd. Ond beth arall a allai hi, ferch ag yr oedd, ei wneud dros Owain Goch... Owain Goch... Owain Goch. Roedd hi'n caru Owain ac yr oedd hi hefyd yn caru Llywelyn. Anffawd eu geni oedd y drwg ac fe wyddai hithau ers tro byd na fedrai neb newid Tynged. Ynteu Rhagluniaeth oedd ar waith? Ni wyddai yn iawn. Trueni serch hynny na fyddai dynion yn gyfartal yn y byd caled hwn!

Y nos honno ar lawr neuadd y castell fe geisiodd osod trefn ar ddigwyddiadau'r dydd gan droi a throsi ar y garthen. Pan gyrhaeddai hi'n ôl i'r llys fe ddôi'r cur pen o geisio esbonio hynt a helynt yr ymweliad â Dolbadarn. O'r diwedd syrthiodd i gwsg aflonydd o lwyr flinder corff ac ysbryd.

Yn blygeiniol drannoeth dyma ddilyn y ffordd yn ôl tua'r llys. Ni throdd Gwenhwyfar ei golygon unwaith i gyfeiriad y castell. Ni fedrai hi byth ddygymod â gadael Owain Goch yn gaeth yn y Tŵr. Gwell oedd bod yn farw nag yn gaeth yn fyw. Gwnaeth hithau arwydd y Groes fel Tabitha.

'O, Dduw! O, Fair!' llefodd, 'arbed fi rhag dial y llys a rhag bod Owain yn pydru o ddifaterwch gwŷr.'

Tybiodd bod rhyw oleuni gwan o ryddhad yn rhywle ar y gorwel. I fyw rhaid oedd gobeithio ymlaen. Ymhell cyn diwedd y daith yn ôl i'r llys yn Abergwyngregyn fe deimlodd Gwenhwyfar yng nghraidd ei bod yn rhywle na fu'r siwrnai honno i gastell Dolbadarn yn hollol ofer.

XVII

Abergwyngregyn

Fel yr oedd Gwenhwyfar a'r ddau filwr yn dynesu at lys Aber ar ddiwedd y daith ddirgel i gastell Dolbadarn fe ellid clywed sŵn mwstwr mawr ogylch y lle. Gwelwodd y ddau filwr, Hywel Tudur ac Eiddon. Ifanc oedd y ddau. Meddai Hywel Tudur yn wyllt,

'Mae'r Tywysog adra o'r Deheubarth ac mi fydd am ein gwaed ni!'

Gwelwodd Gwenhwyfar hefyd. Brathodd ei thafod a'r cwbl a ddywedodd oedd,

'Gad'wch y Tywysog a'r Distain i mi! Mi ddelia i efo nhw. Os bydd bai, arna i y bydd y bai hwnnw. Dwad ar orchymyn a wnaethoch chi i Ddolbadarn. Cym'rwch gysur, fechgyn, na fydd dial arnoch chi. Fe saif y gwir yn wynab pob arglwydd gwlad ac fe fuon ni ar siwrnai o drugaradd.'

Wedi iddynt groesi'r bont am y porth mawr fe ffarweliodd hi efo'r bechgyn a cherdded yn lluddedig rhwng y porthorion. Roedd yr olwg arni fel tae pwysau'r byd ar ei chefn.

'Gwelwch ei mantall hi,' meddai rhywun, 'mae hi'n wyn o lwch ac yn rhidens yn ei godreon.'

'Gwelwch ei gwallt hi,' meddai un arall, 'mae o fel nyth cacwn neu ysgub o ŷd.'

'Mae hi fel gwrach o'i cho'.'

Yr eiliad honno roeddynt i gyd o'r farn mai peth ffôl oedd rhoi awdurdod i ferch.

Cyn i Gwenhwyfar gael ei hanadl bron, fe redodd Mererid fel mellten o rywle efo'i gwynt yn ei dwrn a'i gwefusau'n crynu.

'Mam! Mi ddaeth y T'wysog adra o'r rhyfal ac mae'r Distain yn gandryll o'i go'. Mi ddeud'is gelwydd i'ch arbad chi ond mi agorodd y Trystan clyfar yna ei geg fawr achos eich bod chi wedi mynd â Hywel Tudur ac Eiddon efo chi. Gwenwyn oedd ganddo. Mi gawn ni ein halltudio oddi yma meddai Gronw ab Ednyfad fel y gyrrwyd mab yr Hen Ddistain i'r Werddon am garu efo'r Dywysogas ers talwm... ac mae Now Sgotwr ar ei wely angau er ddoe.'

Ysgubodd Gwenhwyfar heibio iddi hithau i'w hystafell. Taflodd ei mantell o'r neilltu ac estyn at gostrel o gyffur oddi ar y silff yn y gell.

'Estyn y wlanan a'r ddysgl ddŵr i mi, Mererid!'

'Ond, Mam...'

'Does dim Mam... amdani hi.'

'Ond ga' i ddwad efo chi?'

'Does arna' i isio neb.'

Eiliad arall ac yr oedd Gwenhwyfar yn brysio i lawr y llwybr tua'r traeth gan adael ei merch yn edrych yn syfrdan arni. Rhedodd un o osgordd y Tywysog ar ei hôl a gweiddi arni.

'Mae ar y T'wysog a'r Distain eich eisiau chi y funud yma!'

Taflodd hithau gipolwg arno nes peri iddo grebachu iddo'i hun.

'Dyma'r neges iddyn nhw. Dwed nad oes dim bai ar y ddau filwr, Hywel Tudur ac Eiddon ac y do' inna' atyn nhw unwaith y bydd Now Sgotwr wedi croesi.'

Crebachodd y milwr ifanc yn gan gwaeth efo'r sôn am angau Now Sgotwr.

Yn yr oriau mân y bore wedi hynny y gwelwyd Gwenhwyfar yn dringo'i ffordd i fyny'r llwybr yn llesg o fwthyn Now. Byddai marwolaeth y claf yn ei llesgáu yn wastad.

Pan welodd Mererid ei mam, tybiodd fod hen hen wraig wedi cyfnewid lle efo hi. Gynted ag y cyrhaeddodd y fam ei hystafell lluchiodd ei chorff blinedig ar y garthen a syrthio i gwsg anesmwyth.

Pan agorodd ei llygaid o'r diwedd yr oedd yr haul yn hel at fachlud at ddiwedd y dydd hwnnw. Rhoes hyn ddiwedd ar chwilmantan ffwndrus Mererid a Lloeren a'r gweddill o forynion y llys.

'Mam! Ydach chi'n fy nghlywad i? Rydach chi wedi bod yn cyboli yn eich cwsg ac yn griddfan... O, Mam! Deudwch rywbath! Mae'r Distain wedi bod yn holi amdanoch chi!'

Agorodd Gwenhwyfar ei llygad y mymryn lleiaf.

'Diod gynnas... dyna'r cwbwl, Mererid.'

Rhedodd Mererid mor dawel â llygoden i nôl y ddiod a Lloeren y forwyn fach yn dynn wrth ei sodlau. Newydd gyrraedd y llys yr oedd y forwyn fach o gwmwd Arllechwedd. Un o ddisgyblion y bardd Llygad Gŵr oedd wedi'i llysenwi yn Lloeren am fod ganddi wyneb crwn fel llawn lloer bychan. Mae'n wir ei bod fel pry'r gannwyll yn lluchio'i goleuni hyd y lle ac yn fusnes i gyd. Diolchodd Mererid fod ei mam yn ei llawn synhwyrau wedi'r cwbl. Er gwaethaf popeth ni fedrai hi fyw heb ei mam.

Diwrnod arall ac yr oedd Gwenhwyfar unwaith eto yn codi'i phen yn uchel ac yn barod i frwydr geiriau efo'r Tywysog a'r Distain. Y tro hwn anfonodd ei merch atynt i ofyn a gâi hi ymweld â nhw yn rhywle o fewn cyntedd mewnol y llys. O fwriad nid oedd hi wedi tynnu'r wisg y bu'n teithio ynddi i gastell Dolbadarn oddi amdani nac ychwaith wedi ymolchi na chribo'i gwallt.

Drychiolaeth o ferch felly a ymddangosodd o flaen uchelwyr y llys y diwrnod hwnnw. Roedd ei llygaid yn bŵl oherwydd effaith y dyddiau diwethaf arni. Pe bai ei golwg yn glir, gwelsai fod wyneb y Tywysog yn hollol ddifynegiant ond wyneb y Distain yn filain — rhywbeth na welodd hi erioed mewn undyn cyn hyn. Y Distain a siaradodd gyntaf.

'Be' sy' gen ti i'w ddweud, Gwenhwyfar?'

Roedd sŵn mwy na cherydd yn y llais hwnnw. Roedd ynddo fileindra yn gymysg â siom. Meddai hithau yn y man,

'Mi ddois i yma i adrodd fy helynt.'

'Dos ymlaen. Rydan ni'n gwrando,' meddai'r llais milain wedyn.

Gellid synhwyro fod rhyw berthnasedd greddfol rhwng y mileindra yn llais y Distain a'r colyn yng nghalon Gwenhwyfar. Brwydr ymenyddol oedd yno rhwng tad a merch ordderch. Bu saib cyn i'r Distain lefaru drachefn.

'Fe dorraist ddeddf gwlad! Fe gymeraist hyfdra ar dy ysgwydda'.'

Edrychodd Gwenhwyfar yn syth o'i blaen heb edrych ar yr un ohonynt yn unigol. Dim ond syllu i'r mur ar ei chyfer a mesur pob gair o'i heiddo. Bellach yr oedd hi'n fwy herfeiddiol na chynt.

'Taflwch fi i garchar os mynnwch chi! Fe fu'r Dywysoges yng ngharchar yr Hen Dywysog...'

Torrodd y Tywysog ei hun ar ei thraws y tro hwn,

'Ond Tywysogas oedd honno nid gwerin gwlad!'

Mae'n amlwg i'r sylw hwnnw anesmwytho'r Distain. Nid gwerin gwlad oedd ei ferch ordderch yntau ychwaith ond tewi oedd raid. Yr eiliad nesaf trodd Gwenhwyfar at y Tywysog fel yn nyddiau pell plentyndod yng nghastell Dolwyddelan.

'Y Llyw balch, mae dy frawd yn pydru yn Nhŵr castall Dolbadarn. Yn pydru am eich bod chi swyddogion y llys yn rhy brysur yn rhyfela ar draws gwlad. Yn pydru o ddiffyg maeth yn ei ymysgaroedd... o ddiffyg ystwythder yn ei gymala' am fod gefynna' wedi rhwygo'r cnawd unwaith... yn pydru o glefyd ar yr arenna'.'

Erbyn hyn roedd yn amlwg bod Gwenhwyfar yn ymarfer gormodiaith ynglŷn â chyflwr y brawd o garcharor ond nid oedd pall arni.

'Do, mi es i â chyffur i Owain Goch ac mae 'nghalon i yn gwaedu drosto a gwaedu wnaiff hi hyd nes y gyrrwch chi warchodwr efo deall yn ei ben a chydymdeimlad yn ei galon i wylio Owain Goch.'

Bellach yr oedd yr awyrgylch yn yr ystafell yn ffrwydrol ond parhau ymlaen efo'i phrotest wyllt a wnaeth Gwenhwyfar. Meddai,

'Does ar Owain ddim isio gweld yr hogan fud a byddar yna, merch hannar-pan Iwan Lew maen nhw'n ei lluchio i mewn i stafell y Tŵr wedi i rywrai eraill fwrw eu chwant arni hi! Priodi efo arglwyddas fach o Gymraes a wnâi Owain tae o'n rhydd nid efo Normanas.'

Gwyddai Gwenhwyfar fod y pigiad hwn yn llym a'r geiriau yn lladd. Meddai wedyn yn ddwysach a difrifolach na chynt nes y gellid clywed pin yn disgyn yno.

'Tasa Owain yn marw mi fyddai ei waed o ar ein dwylo ni!'

Oedd, yr oedd ei geiriau hithau yn dechrau lliniaru peth erbyn hyn. Trodd at y Tywysog a'i chyfarchiad yn urddasol bellach.

'Mae sŵn gwrthryfal ym mrig y morwydd fel yn nyddia'r Ymennydd Mawr ers talwm... ac mi allai'r Gwylliaid hel o Eryri ac ailgynnau'r tân. Y Tywysog Llywelyn! Os wyt ti am gadw'r heddwch yng Ngwynadd gad i dy frawd hŷn gael cyfle i ddwad i lawr grisia'r Tŵr yn Nolbadarn a marchogaeth o fewn cylch y castall. Mae yno ddigon o warchodwyr i rwystro blaidd rhag dianc greda' i. Mi wyddost mai'r march oedd cariad cynta' Owain Goch. Ond prin y medar o symud o glun i glun... mae ei ysbryd o wedi torri. O leia' gad iddo gael teimlo cynhesrwydd march.'

Saib hir arall a'r awyrgylch yn affwysol ond nid oedd Gwenhwyfar wedi gorffen eto.

'Ymgeladd ac ymborth ydy angenrheidia' Owain ac mi glywais i'r brenin Harri Tri gadw'r arglwydd Gruffudd ap Llywelyn fel carcharor brenhinol yn Nhŵr Llundain Fawr. Felly yn ôl pob sôn y maen nhw'n arfar cadw carcharorion y Tywysogion hefyd!'

Erbyn hyn roedd Gwenhwyfar yn troi i adael yr ystafell a'i geiriau olaf oedd,

'Mae yna wraig yn byw yn y dyffryn islaw'r castall o'r enw Tabitha. Mi fedar hi estyn cymorth i'r carcharor mewn bwyd a dillad fel y gall merch... Taflwch fi i garchar os mynnwch chi... nid eich twyllo chi yr oeddwn i ond pryderu am Owain Goch ac am ddiogelwch y Dywysogaeth. Hwyrach mai merch orddarch ydw i ond y mae yno' inna' hefyd waed uchelwyr, on'd oes?'

Lluchiodd ei golygon i gyfeiriad y Distain ond prin y medrai weld ei wyneb gan faint ei hangerdd. Yng ngwres y foment trodd eilwaith i'w cyfarch gyda'r geiriau,

'Roedd fy mam Huana o dylwyth Gwyn ab Ednywain o Eifionydd, Distain yr Hen Dywysog on'd oedd?'

Gyda'r sôn am Huana taflwyd y dis olaf yn yr ystafell. Huana oedd y ddolen frau yn y cyswllt rhyngddi hi a Gronw ab Ednyfed. Ar hynny rhedodd Gwenhwyfar allan o'r ystafell yn foddfa o ddagrau a phlygodd y Distain ei ben ar y ford o'i flaen, ei wyneb yn grynedig ac yn wyn fel y galchen. Ond Ow! Rhaid oedd iddo gyfaddef fod rhyw olyniaeth nodedig yng ngwead y ferch benstiff hon.

Dal i syllu fel mudan ar y mur gyferbyn roedd y Tywysog gan feddwl nad oedd Gwenhwyfar wedi newid dim. Mor dafodrydd ag erioed ond ei chrebwyll fel bwyell. Trodd at y Distain o'r diwedd.

'Rhaid i mi fynd ar waith dros y Dywysogaeth, Gronw. Mi elli di ofalu bod dy swyddogion yn cadw'r brawd mawr yn ddiddig a'i gadw'n gaeth yr un pryd... ei gadw'n fyw i gadw gwerin gwlad yn dawel. Fe fûm i'n rhy brysur a thitha' i'm canlyn yn llywio gwlad yn ddiweddar i gofio am y brawd mawr a'i drafferthion. Mi gaiff dy uchel-swyddogion ofalu am y Coch ac os oes angen merch i gynghori mae'n ddiamau y gwnaiff Gwenhwyfar hynny.'

Am ddyddiau wedyn ni welodd neb gipolwg ar Gwenhwyfar am ei bod hi wedi neilltuo i fwrw'i blinder neu i fwrw ei thymer wyllt yn ôl y sôn. Dros dro fe ddarfu'r cynnwrf hwnnw parthed cyflwr Owain ap Gruffudd yng nghastell Dolbadarn.

Roedd materion gwlad yn galw. Rhosier Mortimer o hyd yn asgwrn y gynnen yn nhueddau Buellt a'r brenin Harri Tri bellach wedi dychwelyd o Ffrainc i ganol cythrwfl y barwniaid. Manteisiodd y Tywysog ar y cyfnod byr o segurdod yn y llys yn Abergwyngregyn i baratoi'r Cytundeb newydd o Gadoediad efo brenin Lloegr yn ngŵydd esgob Bangor Fawr, Abad Abaty Aberconwy a'r uchel swyddogion. Cyn canol haf byddent yn ôl wrth afon Hafren ger Rhyd Chwima, yng nghysgod castell y Norman yn Nhrefaldwyn yn arwyddo'r Cadoediad efo'r brenin. Anghofiwyd am Owain Goch. Ond o leiaf yr oedd un person o fewn y llys yn ddedwydd ei byd, dros dro, beth bynnag. Gwenhwyfar oedd honno. Dysgodd ei bod hi'n bosibl trechu hyd yn oed arglwydd gwlad pan oedd tranc dynoliaeth yn y fantol. Rhyfeddodd Mererid at gryfder ei mam. Ond a oedd yna rywbeth na fedrai hyd yn oed ei mam ei drechu? Tybed?

XVIII

Tua Dolwyddelan
Wedi Troad y Rhod 1260

Bore braf oedd hwn yn fuan wedi troad y rhod a Gwenhwyfar a'i merch Mererid yn troi unwaith eto ar y siwrnai flynyddol o Abergwyngregyn tua Dolwyddelan. Gadawodd y Tywysog a'i wŷr ers tro byd am wlad Powys ac yr oedd Dafydd ap Gruffudd yn segura'i ffordd dros Wynedd am nad oedd galwad i ryfel. Roedd hi'n gyfnod o heddwch cymharol.

Ie, bore braf i farchogaeth oedd hwn a meddyliai Mererid y byd o'r ferlen. Rhyw wawr winau felen oedd iddi ac am hynny galwodd Mererid hi y Felen Fach.

Wrth i'r garfan lithro i lawr y llethrau tua Dyffryn Conwy fe deimlodd y ferch ifanc arial newydd yn ei gwaed, a hwnnw yn y man yn erlid i ffwrdd bob anniddigrwydd o'r ddau lygad oedd fel dwy eirinen ddu.

Draw i'r chwith yr oedd y Gogarth Bach a Penrhyn y Creuddyn a'r wlad yn ddengar newydd. Weithiau byddai ei mam yn garedig wrthi ond gynted ag y deuent i gyffiniau Nant Conwy dechreuai hewian arni. Hwyrach mai chwerwedd oedd yn bwyta calon ei mam a'i gwneud yn sarrug am iddi golli ei gŵr Rhys Arawn yn rhyfel y Tywysog. Neu ofn efallai. Ofn yr anwybod.

'Pam nad edrychi di i ble rwyt ti'n mynd, Mererid?' gofynnodd yn chwyrn. 'Mi fyddi wedi d'yrru dy hun a'r ferlan yna i ddistryw os na thendi di... Dilyn Hywel Tudur a'r osgordd fyddai ora' i ti. Wn i ddim yn wir pam y dois i â chdi hefo mi o ran hynny!'

Roedd geiriau ei mam yn atsain yn barhaus yng nghlustiau Mererid.

'Hogyn da ydy Hywel Tudur... Milwr siort ora' ydy Hywel Tudur ac mi 'neith Hywel Tudur ŵr gwerth chweil i rywun... Hywel Tudur... Hywel Tudur... Hywel Tudur.'

O! pam na roddai ei mam lonydd i'r hogyn ac iddi hithau a pheidio ag yngan ei enw o hyd ac o hyd? Doedd dim o'i le ar yr hogyn. Hwyrach mai hynny oedd y drwg. Pe bai ynddo feiau medrai hithau ganfod yr ŷd rhwng yr efrau efallai. Na, doedd hi ddim am briodi efo Hywel Tudur... na neb arall o ran hynny. O leiaf, doedd hi ddim am briodi unrhyw ŵr o ddewisiad ei mam pe câi hi hwnnw ar blât. Ac ar blât y câi hi Hywel Tudur yn ddigon siwr!

Yn ôl arfer y blynyddoedd buont yn aros noson yn Hen Glas y Betws cyn cychwyn yn gynnar drannoeth i fyny'r dyffryn. Daethant o'r diwedd i olwg maenor y Fedw Deg. Stad yr arglwydd Dafydd ap Gruffudd oedd y Fedw Deg ac yno yr oedd yr Ynad Coch a'i dylwyth yn byw. Rhwng yr awyr glir a'r glesni diddiwedd yr oedd y dyffryn yn ferw o synau. Sŵn yr afon yn y pant, sŵn adar a sŵn y pryfed yn rhyw ddechrau cyniwair yn y gwres. Yr unig beth nad oedd wrth fodd Mererid oedd y cynrhon yn disgyn o'r coed ac yn glynu yn ei gwallt. Eto, roedd y goedwig yn llawn o sblander gwyrdd y dail trwmlwythog. O gyfeiriad y Fedw Deg daeth sŵn cyfarthiad cŵn a chwarae plant. Erbyn hyn roedd calon Mererid yn sboncio o'i mewn a rhoddodd hithau sbardun ymlaen i'r Felen Fach.

O'r diwedd dyma ddod i olwg y castell ac unwaith dros y bompren ac yn y Garthau roeddynt yn ôl yn yr hen gynefin.

Wedi pwys a gwres y dydd roedd oerni'r lle yn falm ac yn iechyd. Arweiniodd Hywel Tudur y Felen Fach i'r stabl a rhedodd Mererid i mewn i'r neuadd. Doedd yno yr un enaid o gwmpas y lle. Yn amlwg, roedd yr hin braf yn tynnu'r dynion i'r maes.

Oedodd Mererid wrth odre grisiau'r Tŵr ac fe roddai'r byd am gael dringo i'w gopa. Doedd yr un ferch yn cael dringo i'r fangre honno rhag iddi hudo'r gwylwyr yn ystod eu gwyliadwriaeth.

Rhedodd wedyn i'r uwch-gyntedd a lluchio'i chorff yn llanast ar y fainc bren yn union wrth odre'r bwrdd mawr ac yna dechrau breuddwydio. Er pan fedrai hi gofio fe gafodd y teimlad fod yna rywbeth rhyfedd a dieithr o gwmpas Tŵr y castell yn Nolwyddelan. Ni ddôi'r teimlad hwnnw byth iddi yn y llys yn Abergwyngregyn. Gwynt o'r môr oedd fynychaf yn y fan honno ac nid oedd hi'n or-hoff o'r môr. Efallai fod a wnelo'r peth rywbeth â'i hynafiaid am fod tir Eryri yn ei denu ac yn cau'n glòs amdani. Yma roedd hi'n ddiogel. Yma ni châi gwyliwr fel Hywel Tudur beri eiliad o bryder iddi. Yma yn Nolwyddelan fe ddôi hi i gymundeb â'i henaid hi ei hun — weithiau yn llawen fel y gog a thro arall mor brudd â'r niwl o gopa Moel Siabod. Ond yr oedd yna ddieithrwch arall hefyd o gwmpas y lle. Gynted ag y rhoddai ei throed o fewn cyntedd y castell bron na thorrai mil o leisiau ar ei chlyw fel eco o grombil craig.

Gallai hi dyngu i'r muriau hyn fod yn aros amdani ers amser maith — ers cenedlaethau efallai. Ond ei chyfrinach hi oedd hynny. Nid ei bod hi'n adnabod y lleisiau ychwaith ond pe medrai roddi cnawd ac esgyrn amdanynt fe glywai lais Llywelyn ap Gruffudd yn galw o uchder y Tŵr y geiriau — 'Tywysog Aberffraw ac Arglwydd Eryri'.

Yn nyddiau pell y Tywysog y digwyddodd hynny a bellach roedd o'n Dywysog holl Gymru. Yno hefyd yr oedd llais ei nain Huana y ferch dlos na fyddai byth yn codi'i phen wrth stwyrian ogylch y lle. Lleisio'i llawenydd y byddai Huana pan oedd ei chariad Gronw ab Ednyfed yno a lleisio'i gwae wedyn wrth iddo ymadael. Yno yr oedd areitheg Elystan yr Ymennydd Mawr ynghanol mwstwr y Gwylliaid pan dorrai'r giwed farus honno i neuadd y castell. Clebran ei mam Gwenhwyfar a hewian Owain Goch, y ddau yn blant yn y Garthau.

Eto, gefn nos o'r castell gallai glywed sŵn esgyrn yr ysgerbydau yn clecian yn y gwynt a bloedd yr helfa o Fwlch yr Hedydd. Oedd, roedd Tynged o fewn y lleisiau hynny yn cydio amdani'n dynn...

Yn sydyn torrwyd ar ei breuddwydion gan gyfarth gwyllt cŵn yn rhuthro i'r neuadd. Ni fu ond y dim iddynt ei thaflu oddi ar y fainc. Ond yr oedd meistr y cŵn yn eu dilyn ac yn eu dwrdio'n hallt.

'Gel! Gel!' gwaeddodd ar y gwylltaf ohonynt, 'Sa' lawr y ci! Sa' lawr.'

Tawelodd y cŵn o'r diwedd a chamodd yr arglwydd Dafydd ap Gruffudd ar ris yr uwch-gyntedd. Eiliad arall ac yr oedd llais yn ei chlust a llais y byw oedd hwn.

'Mae fy nghariad fach i wedi cyrraedd y castell o'r diwedd.'

Oedd, roedd Mererid yn adnabod y llais hwn a'r gusan a blannwyd yn union wedyn ar ei boch. Doedd yno neb llai na'r arglwydd Dafydd ei hun. Nid breuddwyd mo hyn!

Gafaelodd y gŵr ynddi'n eiddgar a'i chodi'n uwch ac yn uwch cyn ei gostwng yn chwap wedyn ar lawr yr uwch-gyntedd. Sylweddolodd yntau'n sydyn nad plentyn oedd yma mwyach ond merch ifanc yn ei haeddfedrwydd. Chwarddodd y ddau ar hynny nes bod y neuadd yn atseinio efo'r hwyl. Yno yn ei wynebu yr oedd y llances efo gruddiau fel dau afal coch yn union fel gruddiau ei nain

Huana, cariadferch Gronw ab Ednyfed. Gellid tybio i'r llances godi allan o un o'r hen dapestrïoedd ar y mur neu gerdded allan o chwedl. Roedd yr arglwydd wrth ei fodd.

Ond torrwyd ar y breuddwyd hwnnw gan lais cras Gwenhwyfar. Gwyddai Mererid mai dod fel pry'r gannwyll yn slei y byddai ei mam yn wastad heb i neb wybod ei thrywydd.

'Mererid! Tyrd at dy fwyd ac i ddiosg dy ddillad!' gorchmynnodd y fam.

Ymateb cyntaf yr arglwydd oedd anwybyddu'r fam a pheri i'r ddau gi dawelu am yr eildro y pnawn hwnnw. Mae'n amlwg i sŵn y fam gythruddo'r creaduriaid hefyd.

'O! Gwenhwyfar, y ti sy' yna?' gofynnodd y gŵr gyda thôn o awdurdod yn ei lais, 'a beth ydy'r brys pan fo brawd iau y Tywysog ogylch y lle? Mae gen ti'r haf hir hyd ei ddiwedd i aros amdano, Gwenhwyfar, a does dim yn debyg i ddyddiau haf yn Nolwyddelan. Wna i ddim cadw dy ferch fach di yn hwy. Ond cofia di, mae hi'n werth y byd yn grwn. Trysor o ferch ydy Mererid.'

Bellach yr oedd y fam yn fud ac fe wyddai'n burion mai taw oedd piau hi yng ngŵydd tylwyth y Tywysog. Nid oedd yn dda ganddi Dafydd ar y gorau ac wrth iddi arwain ei merch i gegin y castell synhwyrodd fod Tynged ar waith unwaith yn rhagor. Na, doedd dim dianc i neb ohonynt.

Y nos honno er gwaethaf blinder y daith drwy Ddyffryn Conwy bu Mererid yn effro am oriau. Roedd ei meddwl yn llawn o'r arglwydd Dafydd a'i chalon yn curo fel calon dryw bach.

Drannoeth yn blygeiniol fe gychwynnodd Dafydd ap Gruffudd a rhan o'i osgordd yng nghwmni'r Ynad Coch, arglwydd Penmachno, gan droi tua'r Berfeddwlad. Ond fe ddôi o yn ôl. Doedd dim yn sicrach na hynny. Sylwodd Gwenhwyfar fod ei merch ar ben ei digon ac ni pheidiodd hithau â'i gwylio fel barcud.

Ond unwaith yr oedd Dafydd ap Gruffudd wedi gadael fe ddechreuodd Mererid yn ddiymdroi ar y gorchwyl o gasglu planhigion yn y maes a chwrdd â thrigolion y fro. I lawr ym Mhont y Pant yr oedd bwthyn Siani'r Wrach ac yr oedd honno yn tynnu Mererid fel magned. Tybed a oedd hi'n medru darogan y dyfodol? Yn ôl ei mam Gwenhwyfar, roedd y wrach yno yn nyddiau'r Hen

Dywysog ac yn ddychryn i'r plant a pheri i'r Llywelyn ifanc gael hunllefau yn ei gwsg. Erbyn hyn yr oedd y wrach yn hen fel yr hen dderwen yng nghefn y castell ac mor wrymiog a rhychiog â honno bob tamed. Ceisio hel digon o ddewrder i wynebu'r wrach yr oedd Mererid ond gynted ag y dôi o fewn ei chyrraedd byddai'n rhedeg fel tae cŵn y Fall yn ei herlid.

Serch hynny fe wnâi esgus i grwydro i lawr at yr afon yn hel llysiau. Dull yr hen wrach oedd gwthio'i ffordd rhwng y coed a thrwy'r drysni fel ysbryd. Unwaith yn unig yr haf hwnnw y daeth Mererid o fewn hyd braich iddi a'r tro hwnnw trodd Siani ddau lygad i'w chyfeiriad. Dau lygad berw yn codi'n goch fel gwaed i'r gannwyll a'r geiriau'n gwthio'n rhythmig rhwng ei dannedd melyn. Mewn odl y dôi neges y wrach yn wastad fel tae'r neges yn debycach o gyrraedd adre y ffordd honno. Cau ei chlustiau rhagddi a wnaeth Mererid ond pe tae wedi gwrando'n astud rhywbeth fel hyn a glywsai:

> 'Dau lygad i garu
> Dau lygad i alaru.'

Rhwng popeth yr oedd yr haf hwnnw yn Nolwyddelan yn llawn rhamant a dirgelwch i Mererid yn union fel gwthio allwedd yn y clo ac agor ar stafell newydd sbon.

XIX
Dolwyddelan

Yn ystod yr haf hwnnw fe fu Dafydd ap Gruffudd yn galw droeon yn y castell yn Nolwyddelan ar ei rawd rhwng y Berfeddwlad a'i stad ym Mhen Llŷn. Yr haf arbennig hwn yr oedd o hefyd wedi syrthio dros ei ben a'i glustiau mewn cariad efo'r Gymraes fach oedd yno. Câi foddhad hefyd o herio'r fam wrthnysig. Ni fedrai Gwenhwyfar ei oddef. Bob tro y dôi'r aglwydd Dafydd o fewn cyrraedd y ferch ni fedrai dynnu ei olygon oddi arni — y gwallt llaes gloyw yn bygwth cyffwrdd â'i haeliau ac yn cyrlio wrth ei chlustiau ac ym môn ei gwddf. Roedd gwallt yr eneth yn gwthio'i ffordd yn gnwd o gynhaeaf.

Yn ôl gwŷr yr osgordd un oriog oedd Dafydd ap Gruffudd ond nid oedd yr arglwydd gwlad hwn heb ei dristwch ychwaith. Yng nghraidd ei fod fe wyddai y byddai brifo'r eneth hon yn brifo rhyw ychydig arno yntau yn ogystal. Am ei bod hithau yn dangos llawer o aeddfedrwydd mentrodd siarad ei feddyliau efo hi ac ynghudd yn y rheini yr oedd yr atgasedd at y brawd y Tywysog.

'Mererid!' meddai. 'Petai Tynged yn garedig fe fedrai roi tipyn o hawddfyd i ni ein dau. Ond dydy Tynged ddim yn garedig wrth bawb. Dewis ei ffefrynnau y bydd a rhoi yn hael i'r rheini... Un felly ydy Llywelyn y brawd hŷn. Dim ond troi llygad bach ar Dynged a dyma honno yn bwrw breuddwydion ar ei ben... ac mi fedrwn inna' droi llygad bach arnat titha' hefyd yr un fach.'

Ond erbyn hyn yr oedd Mererid wedi datblygu'n fwy mentrus yng nghwmni'r arglwydd Dafydd nes bod ynddi feddyliau gwraig yn ei hoed a'i hamser. Cynefinodd yn ifanc â siarad ei mam a gwŷr llys. Y tro hwn nid oedd hi'n cytuno â'r arglwydd ar fater y Tywysog. Ysgydwodd ei phen a dweud,

'Dim ond rhyw hannar Tyngad sy'n gwenu ar Lywelyn ap Gruffudd meddan nhw achos hyd yma does ganddo fo ddim gwraig a heb wraig fydd ganddo ddim aer. Mae'r llys yn anniddig am nad oes yna aer!'

Edrychodd Dafydd yn hir arni. Roedd yr eneth yn siarad ei feddyliau ef ei hun. Cymraes bur oedd hon, yn ferch o ddeall ac o harddwch mwy na'r cyffredin. Yn rhagori ar ferched yr uchelwyr o blith y Normaniaid. Ond sut yn y byd y medrai o ddweud wrthi nad oedd ei fyd yntau yn felys ychwaith a'i fod yn ysu am awdurdod arglwydd gwlad. Troi a throi mewn cylch a fu ei ran. Nid oedd na dechrau na diwedd i'r cylch hwnnw am nad oedd iddo obaith byth o dorri trwodd i lywodraethu gwlad yn ei chyfanrwydd... Pwy felly a fedrai ei gondemnio am droi at y gelyn Harri Tri o bryd i'w gilydd pan oedd hwnnw yn cynnig ffafrau iddo?... Hyd yn oed pe lleddid y brawd hŷn, Llywelyn, mewn rhyfel, yr oedd y cyntaf-anedig o hyd yn fyw yn garcharor yn Nolbadarn. Na, yr oedd Llywelyn yn anterth ei nerth yn sgubo o Wynedd i Ddeheubarth a'i fyddinoedd wedi llyncu'r holl Dywysogaeth. Dim ond iddo gadw'n driw iddo fe gâi yntau beth o'r abwyd ond ni fyddai briwsion byth yn ei fodloni. Roedd y Dafydd hwn yn anniddig hyd at fôn ei fysedd. Y Dafydd golygus a thal hwn oedd yn feddiannol ar feddwl a chorff tywysog. Roedd ganddo'r hawl i freuddwydio hefyd. Rhyw ddydd... rhyw ddydd... efallai? Nid oedd un dyn byw a fedrai ragfynegi ei yfory.

Do fe fu Dafydd yn darogan dweud llawer o bethau wrth yr eneth ifanc Mererid, y Gymraes ifanc yn Nolwyddelan yr haf hwnnw ond fe ddôi ymatal bob tro a hynny'n peri iddo edifarhau wedyn. Gadael i'w chwant fynd yn drech nag o a wnâi gan amlaf a'r melyster hwnnw yn troi'n llanast wrth ei draed. Naw wfft i bopeth! Byr oedd ystod bywyd y mwyaf ffortunus o ddynion cyn dod y pla neu ryfel i'w ddifa.

Yr haf hwnnw roedd y cynhaeaf yn darogan bod yn felyn aeddfed ac fe ddôi amser nithio yn ddigon buan. Synhwyrodd Dafydd hefyd fod ei bresenoldeb ogylch y lle yn nefoedd i'r eneth a chystal iddo gyfaddef ei bod yn goflaid felys gynnes. Ni fedrai'r angel Gabriel wrthod hon meddyliodd.

Ond haf digon diflas oedd hwn wedi'r cwbl i'r fam Gwenhwyfar a digon prin oedd ei sgwrs efo'i merch pan oedd yr arglwydd gwlad hwn hyd y lle yn lluchio'i gylchau o gwmpas. Nid oedd ganddi yr un ffeuen o ffydd yn y brawd iau hwn. Llywelyn, y Tywysog, oedd ei ffefryn hi ac yn sgîl hynny fe wthiai'r cof am Owain Goch i anniddigo'i meddwl a gadael i ddiferyn o'i gwaed gloffi ym mhwll ei chalon. Sut tybed yr oedd Owain yn ymdopi bellach yng nghastell

Dolbadarn? Digon prin y câi hi gyfle y rhawg i ymweld â'r lle. Fe'i cysurodd ei hun na fu ei hymweliadau cudd â'r castell yno yn ofer a bod Gronw ab Ednyfed y Distain a swyddogion y llys yn barod i warchod buddiannau'r carcharor.

Prin y gwnâi'r Distain gam ag Owain bellach, oblegid rhaid oedd cadw'r carcharor yn fyw rhag ennyn llid brenin Lloegr a rhag arwyddion gwrthryfel yn Llŷn ac Arfon. Synhwyrodd hefyd fod y cof am Owain Goch yn pylu ym meddyliau'r werin bobl am fod sefydlogrwydd yn y tir a Llywelyn ap Gruffudd ar flaen y mudiad cenedlaethol newydd. Tyrrai'r hogiau i'w fyddinoedd yn llawn o ysbryd antur ac aberth yn y gwaed. Roedd y llafurwyr yn y maes ac o'u chwys yn cyfrannu tuag at y trethu trwm o fewn y Dywysogaeth. Roedd sôn, meddid, bod y Tywysog â'i fryd ar dalu'n hael i frenin Lloegr am yr hawl i fod yn ddeiliad llawn iddo ar amodau cyflawn o heddwch parhaol. Eto, er anfon cenhadau yn abadau ac esgobion gyda swyddogion gwlad i fannau fel Rhydychen a Rhyd Chwima ar Hafren, cyndyn iawn oedd y brenin o ildio gronyn i Dywysog y Cymry.

Materion gwlad oedd y pethau hyn ond yr haf hwn yn Nolwyddelan roedd Gwenhwyfar yn anniddig ei chalon am iddi synhwyro fod rhyw Bŵer mawr ar waith yn y castell. Un frwydr hir oedd bywyd o'r dechrau i'r diwedd.

Nid oedd dim yn rhwystro Dafydd ap Gruffudd rhag chwilmentan yn barhaus o gwmpas y lle rhwng y castell a'r Fedw Deg. Dechreuodd rhai o'r osgordd edliw ei fod yn esgeulus o faterion gwlad ac yn cynghreirio efo'r gelyn yn erbyn y Tywysog.

Ond mater bach oedd hynny i Gwenhwyfar ac fe wyddai hi fod merched y Llan yn siarad. Roedd y merched hynny yn ddoethach yn eu cenhedlaeth mewn rhai pethau na bechgyn yr osgordd. Meddent,

'Mae tanwydd wrth fudlosgi'n hir yn sicr o ffrwydro cyn y diwadd.'

Roedd y merched hyn wedi hen arfer â gweld y teisi mawn yn mudlosgi ar y ffriddoedd ar adeg tes gan adael dim oll ond y ddaear yn greithiau duon.

Oedd, roedd y tân yn llosgi ac nid oedd dim yn mennu ar hapusrwydd Mererid. Bob cyfle a gâi o olwg ei mam byddai allan yn y maes yn casglu petalau blodau a mân lysiau o'r corsydd ac o dan y perthi ac yn dynn wrth ei sodlau byddai'r arglwydd Dafydd. Roedd yr olaf fel pe bai am fynnu rhyw funud olaf o ryddid, y rhyddid hwnnw na fedrai gwerin gwlad ei amgyffred. Cyfrinach yr arglwydd Dafydd oedd hynny.

A phan oedd Mererid yn hel esgus yn barhaus i grwydro'r ardal fe fyddai ei mam yn taflu cipolwg sydyn arni o'i chorun i'w sawdl. Oedd, yr oedd mwy o wrid nag arfer ar wyneb yr hogan, ei hamrannau'n llenwi gan ryw symudiad ysgafn a'i gwallt yn loywach nag o'r blaen. Tyfodd ei merch i faintiolaeth gwraig. Roedd yr afal ar ffrwydro.

Gwyddai Mererid yn rhy dda hefyd na fedrai gadw dim oll rhag llygaid barcud ei mam. Osgoi'r llygaid hynny a wnaeth ac o'r herwydd ni welodd y cymysgedd o bryder ac o ddicter oedd yn llechu yno. O leiaf fe sylwodd fod geiriau ei mam yn brin os nad yn chwerw. O'r ochr arall, fe wyddai'r fam nad oedd o werth yn y byd iddi geisio argyhoeddi ei merch mai afraid oedd y cwbl a bod Tynged yn medru trin ei phlant yn od o greulon weithiau. Chwarae efo tân oedd y cwbl, yn ôl y fam, a hwnnw a gâi'r gorau ar yr hogan yn y diwedd.

Ac felly y digwyddodd yr haf hwnnw gyda'r fam yn rhoi ochenaid o ryddhad bob tro y gwelai'r arglwydd Dafydd yn cymryd hoe tua'r Berfeddwlad. Ond dychwelyd i Ddolwyddelan a wnâi hwnnw drachefn bob cyfle posibl. Nid oedd amser o'i du yntau ychwaith.

XX

Dolwyddelan
Dyddiau diwedd haf

Bu misoedd yr haf hwnnw yn y castell yn Nolwyddelan yn ddyddiau o ryfeddod i Mererid. Roedd hi fel petai wedi darganfod cyfrinach byw a chafodd fod yr holl greadigaeth mewn cytgord â hi. Draw ar y llechweddau clywid brefiadau diog y praidd, cyfarth llaes y blaidd o gyfeiriad Moel Siabod a gweryriad isel y meirch wrth ddynesu at borth y castell. Efo'r olaf yn ddi-ffael fe ddôi'r arglwydd Dafydd ap Gruffudd a rhai o wŷr ei osgordd.

Roedd y pryfed yn feddw yn mela yn y blodau ac er nad oedd hi'n hoffi ymlusgiaid fe gafodd fod y siani-flewog yn oedi efo hi wrth iddi gasglu llysiau ym môn y perthi. Yn ystod yr haf hwn fe lwyddodd i gasglu basgedeidiau o lysiau'r maes at wneud cyffur. Byddai'n ofynnol i Hywel Tudur ac Eiddon eu cludo'n ôl drwy Ddyffryn Lledr a throsodd i'r llys yn Abergwyngregyn. Yn y fan honno fe fyddai ei mam a hithau yn paratoi meddyginiaeth at glefydau canol gaeaf. Dôi siawns i Mererid hefyd freuddwydio'i breuddwydion pan fyddai'r môr yn cynddeiriogi wrth Draeth y Lafan a'r gwyntoedd yn crynhoi uwch ben y Carneddau.

Yn ystod yr haf hwnnw yn Nolwyddelan fe ddaeth sawl claf i'r castell a phob un yn haeru bod y ferch Mererid cystal 'hen ben' bob dydd â'i mam am drin clwyf.

Byw heddiw oedd yn bwysig i Mererid heb bryderu am yfory. Mae'n wir nad oedd Dafydd ap Gruffudd wedi bod hyd y lle yn ddiweddar efo'i osgordd ond fe ddôi cyn sicred â dim yn y man.

Un min nos tua diwedd yr haf fe drawodd yr arglwydd Dafydd yn ddiarwybod arni yng ngwaelod y Garthau. Ond sut na wyddai hi ei fod ogylch y lle? Ar y Garthau yr oeddynt o fewn golwg pawb os nad o fewn clyw. Hyn mae'n debyg a roes hyder i'r arglwydd Dafydd siarad efo'r eneth. Yn wahanol i'r ddisgyblaeth arferol byrlymodd ei eiriau yn ddiwarafun. Ychydig a wyddai'r eneth iddo fod yn ymarfer y sgwrs drosodd a throsodd a'r cwbl yn gymysgedd o dynerwch a siom yn brigo i'r wyneb. Cael y dweud drosodd oedd yn bwysig iddo ef.

'Mererid!' meddai ag un anadl bron. 'Fe fydda' i'n ymadael efo'r osgordd yn gynnar 'fory.'

'Am y Berfeddwlad?' gofynnodd hithau'n eiddgar oblegid roedd y Berfeddwlad yn annwyl iddi hi fel i'w mam am mai oddi yno yr hanodd ei thad Rhys Arawn. Torrodd yr arglwydd ar ei thraws yn gyflym.

'Na... ymhellach na'r Berfeddwlad yn y man.'

Roedd yntau'n dechrau siglo yn ei hyder bellach gan led-ddisgwyl fod rhywun wedi torri'r garw eisoes i'r eneth. Ond yr oedd y ferch hon mor driw ac mor ddifeddwl-drwg. Anodd oedd torri'r newydd iddi. Meddai yn y man,

'Mi glywaist sibrydion yn y llys, Mererid?'

'Sibrydion... Na, dim gair.'

Unwaith eto yr oedd y gŵr wedi'i lorio. Meddai wedyn,

'Yfory mi fydda' i a rhan o'r osgordd yn teithio i wlad y brenin Harri Tri... Rhyw ddiwrnod efallai fe fydda' i'n priodi efo merch o ddewis y brenin... priodas a fydd yn fanteisiol i arglwydd gwlad nad oes yr un dywysogaeth yn ei feddiant!'

Bron nad oedd arlliw o surni yn ei lais ac yna fe dorrodd yr eneth ar ei draws,

'Yn priodi... ?'

Gwelwodd wyneb Mererid y mymryn lleiaf a symudodd ei haeliau. Ar wahân i hynny yr oedd ei hwyneb yn ddifynegiant. Cysurodd y gŵr ei hun nad oedd hi wedi syrthio i lewyg na dechrau crio yn ôl arfer merched. Ar hynny yr oedd ef yn hanner gwenu arni.

'Rwyt ti'n ferch ifanc dlos, Mererid, ac fe fyddi di'n wraig wrth fodd unrhyw arglwydd gwlad.'

Eto nid oedd wyneb y ferch yn bradychu dim. Baglodd yr arglwydd Dafydd ei ffordd ymlaen. Meddai,

'Does gan arglwydd gwlad mo'r dewis, Mererid. Mae o'n gaeth yn rhwymau'i gnawd ei hun ac fe fydd priodas arglwydd gwlad o fudd i'r Dywysogaeth. Mae yna dylwyth o'r enw Ferrers... tylwyth Normanaidd o bwys yn perthyn o waed i'r brenin Harri Tri... Mae yna eneth fechan yn ddim ond plentyn hyd yma o'r enw Elizabeth... Elizabeth Ferrers... ie, dyna'r enw... Ferrers!'

Roedd yn amlwg bod y gŵr yn ceisio sefydlu'r enw ar ei gof yn rhywle.

'Dim ond enw ydy'r cwbwl i mi hyd yma,' meddai wedyn, 'dim ond enw.'

Ni ddywedodd Dafydd ap Gruffudd ddim ond hynny pan ddaeth Gwenhwyfar i'r adwy a gweiddi ar ei merch dros y Garthau.

'Mererid! Tyrd, mae arna' i dy eisiau di! Tyrd gyntad ag y medri di! Trodd yr eneth ar ei sawdl gan adael yr arglwydd Dafydd yn ei unfan. Ocheneidiodd yntau. Pa un ai o ryddhad neu o dristwch ni wyddai neb yn iawn. Sut yr oedd Mererid i wybod bod yr arglwydd gwlad hwn yn llawiau i gyd efo'r brenin Harri Tri? Sut yr oedd i wybod y medrai droi cefn ar y Tywysog mor rhwydd â chawod Ebrill?

Wrth orchymyn ei mam rhedodd Mererid i fyny'r Garthau at y castell efo'i gwynt yn ei dwrn. Rhedeg ras fel plentyn. Roedd ei mam, erbyn meddwl, yn medru synhwyro pob argyfwng o'i blaen ac yr oedd yn gyffro i gyd.

'Mererid! Ro'n i am i ti ddwad i lawr at Bont y Wrach efo mi. Rhed i nôl dy fasged wellt a'r ddysgl briddin i ni ga'l hel llyg'id aeron.'

Rhedodd Mererid ar y gair yn union fel tae ei heinioes yn dibynnu ar gyrchu'r fasged wellt ac, mewn gwirionedd, felly yr oedd.

Brysiodd y fam a'r ferch wedyn i lawr at yr afon a'r fam yn siarad pymtheg yn y dwsin heb adael i'r ferch gael munud i feddwl bron. Ond unwaith iddynt gyrraedd glan yr afon, meddai'r fam,

'Dos di draw at dro'r Wernlas, Mererid, ac mi arhosa' inna' yn y fan yma.'

Ond ni pheidiodd Gwenhwyfar â gwylio'i merch gydol yr amser. Gwylio pob symudiad o'i heiddo. Fe'i cysurodd ei hun fod y dŵr yn ddigon bas wrth dro'r Wernlas fodd bynnag.

Eto, unwaith y cafodd Mererid ei hun yn y fan honno yn cerdded drwy'r brwyn trwchus roedd llais yr arglwydd Dafydd yn canu yn ei chlustiau. Llais na fyddai iddi byth ei anghofio.

'Elisabeth... Lisabeth... Ffêr... Lisabeth.'

O'r diwedd fe dorrodd i feichio crio yn y fan honno o olwg ei mam a'r castell a'r byd i gyd. Fe syrthiodd ei dagrau a chreu rhyw gryndod bach yn nŵr yn afon.

'Lisabeth Ffêr... Lisabeth Ffêr...'

Ni wyddai Mererid am ba hyd y bu hi a'i mam wrth lan yr afon y nos honno ac yr oedd bron â bod yn nos dywell pan waeddodd ei mam arni,

'Gwell i ni droi am y castall, Mererid. Wyddost ti be', dydy dy hen fam wedi casglu y nesa' peth i ddim o'r llyg'id aeron yma. Hen noson sâl mae'n siwr gen i. Hwyrach fod gen ti fwy yn dy fasged.'

Ac yn wir, erbyn iddynt weld yn yr hanner gwyll, yr oedd y cnwd gan Mererid yn union fel tae hi wedi mynd ati i reibio'r ddaear o'i thyfiant.

Ni ddaeth i feddwl Mererid na fyddai ei mam byth yn casglu llygaid aeron, ac erbyn iddynt gyrraedd yn ôl i'r castell roedd y nos wedi'u dal.

Ciliodd Mererid i'r stafell yn y Tŵr lle'r oedd hi a'i mam a'r merched-gweini yn cysgu. Erbyn hyn roedd y ddwy ferch-weini yn chwyrnu cysgu'n dawel o wir flinder. Ond nid felly Mererid. Roedd syfrdandod y nos honno yn dechrau gafael ynddi. Bu'n troi a throsi ac o'r diwedd fe ddaeth ei mam. Dod yn ysgafn yn ôl ei harfer fel pry'r gannwyll a gosod ei braich gref am wddf yr eneth a sibrwd yn ei chlust,

'Cymar gysur, Mererid fach. Nid ti ydy'r gynta' ac nid ti fydd yr ola'. Mae dy fywyd di o dy flaen di ac mae yna ddigon o bysgod yn y môr eto, gei di weld! Dyna fyddan nhw'n ddeud yn Llys Abar.'

Trawodd ei mam gusan frysiog ar ei thalcen a pheth hollol anarferol oedd hynny. Meddai wedyn mewn llais isel,

'Mi a' i i lawr y grisia' i nôl diod o fêl a sunsur i ti ga'l cysgu.'

Cysgu yn wir, meddyliodd Mererid. Beth a wyddai ei mam am gariad arglwydd gwlad, ac o sôn am bysgod yn y môr fe allai hi hepgor y rheini hefyd. Serch hynny fe ddaeth rhyw dawelwch drosti efo sŵn troed ei mam yn cyrraedd yn ôl i fyny'r grisiau. Estynnodd ei mam y cwpan gan ei osod yn ei llaw.

'Rhyw ddiferyn cynnas i ti. Cymar o ar dy dalcan!'

Ac wrth i Mererid yfed y ddiod gynnes — cyffur nad oedd hi'n hollol sicr beth oedd — fe barhaodd ei mam i estyn geiriau cysur iddi mewn llais tynerach nag a ddaeth dros ei gwefusau erioed.

'Mae arglwydd gwlad yn medru cymryd llawar oddi ar arall...
ond dydy hwnnw ddim yn rhydd 'chwaith. Mae arglwydd gwlad
yn gaeth i'r bobol... ond eto, dyn drwg ydy'r arglwydd gwlad sy'n
dwyn blodyn oddi ar ferch ifanc.'

Digon gwir, meddyliodd y fam, fod y Dafydd hwn efo'r gwallt
lliw copr tywyll a'r corff tal ysgwyddog yn ddigon i rwydo merched
ifanc. Pe bai'r brawd hŷn, y Tywysog, yn rhoi ychwaneg o
gyfrifoldeb gwlad ar ysgwyddau Dafydd byddai gan yr olaf lai o
amser i chwilmantan ar draws ac ar hyd yn dwyn tristwch yn ei sgîl.

Do, fe weithiodd cyffur cwsg y fam yn ddiymdroi ar y ferch yn
stafell y Tŵr y noson honno ac ymhen dim roedd hithau'n cysgu'n
drwm fel y ddwy ferch-weini. Ocheneidiodd y fam yn drwm.

Ers talwm fe gredai Gwenhwyfar mai marwolaeth oedd y boen
waethaf ond fe amheuodd hi ers tro mai'r busnes o fyw oedd
waethaf. Anodd iddi hi oedd llawn amgyffred siomiant y ferch ac fe
ddadleuai rhai fod marwolaeth Rhys Arawn ei gŵr yn garedicach na
cholli cariad. Wedi'r cwbl roedd ganddi ei phlant yn ei chylch. A'r
nos honno fe benderfynodd Gwenhwyfar y byddai hi yn rhoi heibio
alaru am yr hyn na ddôi yn ôl ac yn gwarchod ei phlant. Prin fu
cwsg Gwenhwyfar y nos honno a phan ddeffrôdd Mererid yr oedd hi
yno eto fel cysgod o fur rhyngddi a phoen y bore cyntaf hwnnw pan
fo anwylyd wedi troi cefn.

Dros yr wythnosau dilynol gofalodd y fam fod gan y ferch lond
ei breichiau o waith ac fe âi'r ddwy gyda'i gilydd i gasglu yr hyn
oedd yn weddill o lysiau'r haf a phan ballodd y rheini aent i gasglu
brwyn yn y Wernlas a'u pilio at wneud canhwyllau gaeaf. Roedd y
fam yn amlwg yn paratoi at dreulio'r gaeaf hwnnw yn y castell yn
Nolwyddelan.

XXI

Wedi haf 1260 daeth yr hydref yn gynt nag arfer i Ddolwyddelan. Y dail yn cwympo oddi ar y coed, llifeiriant dyfroedd a'r gwynt yn troi'n gylchau rhwng Bwlch y Gorddinen a Moel Siabod. Prin oedd yr ymwelwyr ac yr oedd byddinoedd y Tywysog ymhell o Wynedd.

Sylwodd Mererid nad oedd ei mam yn gwneud unrhyw osgo i ddychwelyd i'r llys yn Abergwyngregyn yr hydref hwnnw yn ôl arfer y blynyddoedd. Gwnâi esgus rhag gadael yn barhaus a gorchmynnodd i nifer o'r osgordd ddychwelyd i'r llys gan adael y ddau ffefryn Hywel Tudur ac Eiddon yn gwmni iddynt. Ar wahân i'r rheini rhyw greaduriaid digon dwl a adawyd yn y castell yn wŷr a merched-gweini o gyfeiriad Nant Conwy. Nid oedd yr olaf byth yn ymyrryd yng ngweithgareddau pobl y llys.

Esgus parhaus Gwenhwyfar oedd,

'Mae angan gwarchod ac ymgeladd ar yr hen gastall yma achos does neb wedi cymryd yn ei ben bod y lle yn dirywio. Nid fel hyn yr oedd hi yn nyddia' fy mam Huana, achos bryd hynny roedd Gronw ab Ednyfad mab yr Hen Ddistain o gwmpas fel pry copyn mawr yn ymestyn ei we o Lys Abar i Ddol'ddelan. Gwarchod i ffwrdd ac esgeuluso gartra ydy hi bellach a does yna neb ond helwyr a gwŷr meirch. Siawns na ddaw'r T'wysog heibio ar dro pan fydd o'n ca'l seibiant o gynhennu efo brenin y Norman.'

Rhyw fwmial siarad ei meddyliau yr oedd Gwenhwyfar yn ystod y dyddiau hynny, a dwrdio bob yn ail â pheidio na fyddai'r Tywysog yn chwilio am wraig. Eto, doedd dim yn sicrach nad Normanes a fyddai honno. Torri'i chalon a wnâi Normanes fach felly ynghanol y budreddi yn Nolwyddelan. Ond hwyrach mai torcalon fyddai tynged pob merch yno meddyliodd Gwenhwyfar.

Unig falm calon Mererid yr hydref hwnnw oedd cerdded i lawr i fwthyn mam Ifan Rhyd y llwyddodd i dynnu'r saeth allan o'i arddwrn. Mae'n wir nad oedd Ifan yn abl i filwrio bellach ond o leiaf cafodd ddilyn gosgordd yr arglwydd Dafydd yn ôl tua'r Berfeddwlad. Yng nghwmni mam Ifan câi Mererid ail-fyw'r nosweithiau hynny pan ddôi'r arglwydd Dafydd yn gyson i'w gwylio adeg cwynos yn tynnu'r gwenwyn o'r clwyf. Fe lwyddodd hi i wella clwyf Ifan ond nid oedd pob clwyf yn gwella.

Ffoi yr oedd ei mam hefyd. Gwnâi hi esgus i fynd i lawr at y murddun lle bu bwthyn Cynwrig y telynor unwaith. Roedd rhai pobl yn y Llan yn mynnu y gellid clywed sŵn tannau'r hen delyn o gwmpas y lle o hyd. O leiaf fe gâi Gwenhwyfar solas i'w henaid clwyfus yn y fangre honno. Yno y bu hi yn ei phlentyndod efo Owain Goch a Llywelyn yn bwyta brechdan fêl o law y telynor Cynwrig a gwrando arno'n tynnu miwsig allan o'r tannau brau. Er bod y telynor yn hen bryd hynny a'r delyn yn hŷn nag yntau roedd y cwbl wrth fodd y plant. Mor bell oedd y dyddiau hynny bellach pan oedd merched y Llan yn edliw cyswllt y telynor efo'r llys. Dyddiau braf diofal serch hynny.

Wrth i'r hydref afael fe arafodd siwrneiau Mererid i'r maes i gasglu llysiau a chollodd flas ar baratoi cyffuriau. Gwyddai ei mam ei bod yn cyfogi yn rhywle ar y slei ond nad oedd yr eneth am i'w mam ei gweld.

Aeth yr hydref â'i droed yn nes at riniog y gaeaf ac eto nid oedd Gwenhwyfar yn sôn am ddychwelyd i'r llys yn Abergwyngregyn.

Un nos fe ddaliodd y fam ei merch yn chwilota ymysg y cyffuriau yn ei chell arbennig hi — nid oedd Mererid i ymhel â'r gell honno. Roedd Mererid yn amlwg yn gythryblus ei chyflwr a gwaeddodd ei mam yn chwyrn arni.

'Mererid! Be' wyt ti'n 'neud yn y gell yna? Does gen ti ddim hawl i ymhel efo fy nghyffuria' i.'

Baglodd Mererid dros ei geiriau.

'Chwilio am rywbath at y cylla'...'

Oedodd y ferch ac fe oedodd y fam ar hynny ond yr oedd ias o derfynoldeb yn llais yr olaf o'r diwedd.

'Mi wyddost yn iawn, Mererid, ymhle yr ydw i'n cadw'r cyffur hwnnw... allan o olwg gwragedd.'

Fe fyddai tôn y frawddeg honno yn atsain yng nghlust yr eneth dros byth. Ond yn hollol annisgwyl fe newidiodd tôn y llais yn union wedyn fel y bydd rhywun wedi i'r syndod cyntaf gilio oddi wrtho. Meddai'r fam,

'Tyrd yma, Mererid. Tyrd i siarad efo dy hen fam.'

Do, torrodd yr argae o'r diwedd a beichiodd yr hogan grio. Cydiodd ei mam ynddi gan ryw hanner ei chario i eistedd ar gwrlid o ddefnydd sgarlad hen a fu unwaith yn eiddo i arglwyddes y castell. Rhoddodd yr eneth i eistedd yn y fan honno.

'Dyna ti, Mererid... Tawela di rwan. Nid dy fai di oedd o. Does gan yr un ferch hardd fymryn o amddiffyniad yn erbyn rhaib arglwydd gwlad.'

Tawelodd Mererid efo'i geiriau a chroesodd Gwenhwyfar ar draws y stafell yn hanner siarad efo'i hunan.

'Sut yr oedd yr eneth i wybod?... Gwirioni am arglwydd gwlad a hwnnw'n cynnig popath . . . popath ar wahân i'w etifeddiaeth. Boddhau chwant a gada'l ei had ar ôl cyn mynd i briodi Normanas o ddewis brenin Lloegar... Duw a Mair! Mae angan gras!'

Croesodd ei mam yn ôl at Mererid. Unwaith yn rhagor yr oedd yn chwyrn.

'Paid di ar boen dy fywyd ag yfad o drwyth y gwragedd beichiog yna. Mae Tyngad ar waith. Fedar neb ddim ymyrryd efo ffordd Tyngad nac efo'r bywyd bach newydd yna. Had y tywysogion ydy o ac nid gwiw difa hwnnw.'

Bron nad oedd arlliw o falchder yn y llais erbyn y diwedd. Ie, aros yn y castell yn Nolwyddelan oedd orau i osgoi clebar y llys yn Abergwyngregyn. Câi Hywel Tudur ac Eiddon eu gwarchod.

Ond gaeaf unig oedd hwn. Aeth yr hydref yn aeaf ac yna roedd dechrau'r gwanwyn ar gerdded a chorff ifanc yr eneth yn trymhau. Yn ddistaw bach diolchodd Mererid fod Hywel Tudur yno yn eu gwarchod pan ddôi'r gwyntoedd o gyfeiriad Moel Siabod a phan oedd yr eira dros Fwlch y Gorddinen. Nid oedd Hywel Tudur byth yn ymyrryd ac eto edrychai'n bryderus. Cadw hyd braich yr oedd Eiddon. Oherwydd caethiwed y gaeaf ychydig o fynd a dod a fu yn y castell gydol y misoedd hynny.

Yn gynnar yn y gwanwyn dechreuodd y Fudw sef y Fydwraig o'r Fedw Deg ymweld â'r castell. Gwraig yr Ynad Coch oedd hon. Byddai'r Fudw yn sgwrsio'n hir efo'i mam yn stafell y Tŵr, sgwrsio fel tase rhyw gynllwyn rhyngddynt. Pa un bynnag nid oedd hynny'n amharu dim ar Mererid. Magodd gwraig yr Ynad Coch dyaid o blant ac yr oedd rhai o'r meibion eisoes yn chwyddo byddin y Tywysog.

Roedd hi'n bladres o ddynes gnawdol braf a llond ei mynwes o gariad. Sbwylio plant y byddai hon a'u mwytho'n barhaus. Gwyrth Duw a'r Forwyn oedd pob geni i hon.

Un diwrnod wrth i Mererid ddringo'r grisiau i stafell y Tŵr fe glywodd y ddwy wraig yn siarad yn isel. Llais ei mam oedd gliriaf.

'Gorchymyn y Distain ydy y bydd y plentyn yn mynd ar faeth at yr Ynad Coch i'r Fedw Deg.'

'Beth tae merch fydd y plentyn?' gofynnodd y Fudw.

'Wnaiff dim byd ond mab y tro... a'i enw fydd Gruffudd.'

Teimlodd Mererid ei thu mewn yn rhoi tro a'r trymder yn pwyso arni. Swatiodd yn y fan honno yng nghornel oer y grisiau cerrig.

'Mi all fod yn eni anodd,' meddai'r Fudw wedyn.

Ocheneidiodd y fam yn uchel.

'Dydy hi'n deud dim... dim oll am y plentyn.'

Bachodd y Fudw ar ei chyfle efo'r sylw,

'Yn ôl siarad gwlad cyfrifoldeb yr arglwyddi fydd y plentyn.'

Gwyddai'r Fudw y byddai bod yn rhieni-maeth i arglwyddi gwlad yn talu ar ei ganfed i dylwyth y Fedw Deg. Ond gallai Mererid ddychmygu yr eiliad honno fod ei mam yn tynhau ei gwefusau wrth wrando ar ensyniadau'r wraig. Meddai'r fam o'r diwedd,

'Cyhyd â bod Mererid yn gwrthod deud dim fe wrthodwn ni fynd ar drugaradd arglwyddi gwlad. Mi adawn ni i'r rheini rostio yn eu gwêr eu hunain!'

Eto fe wyddai Gwenhwyfar yn rhy dda nad ei hawl hi oedd trefnu dros yfory'r plentyn. Tegan oedd hithau gydol ei hoes yn nwylo arglwyddi gwlad. Ond mater arall fyddai i'r Distain Gronw ab Ednyfed ymyrryd. Câi o wneud a fynnai ganddi.

A phan oedd ei mam a'r Fudw yn trafod ei thynged hi a'r plentyn o'i mewn fe edrychodd Mererid yn ymbilgar ddwys — edrych yn wyneb Tynged dros dro grisiau'r Tŵr. Fe fu hi droeon cyn hyn ar ben y Tŵr pan nad oedd ei mam ogylch y lle. Âi, fe âi hi eto yno doed a ddêl. Mynd o gyrraedd clebar y gwragedd cyfforddus eu meddyliau... mynd am byth...

Ond dal i siarad yr oedd y Fudw efo 'chwaneg o newyddion da i'w trosglwyddo i'w mam. Meddai,

'Rhyw ddydd mi fydd Dafydd ap Gruffudd yn dwad â gwraig ifanc o Normanas i'r gaer ym Mhen Llŷn, i'r fan lle'r oedd yr arglwyddas Sinai ei fam yn byw at y diwadd.'

Gwraig eitha' tyner oedd y Fudw ond y foment honno roedd ei geiriau a thôn ei llais yn crafu fel ewin arth ar glustiau Mererid. Tri cham arall ac yr oedd hithau yn dilyn y tro i gyfeiriad pen uchaf y Twr. Wrth iddi ymbalfalu yn y fan honno sylweddolodd fod ei chorff beichus ar fin ei gollwng i'r llawr. Llithrodd ei throed a thrawodd ei chnawd ar garreg finiog y grisiau. Griddfannodd mewn rhyw hanner llewyg.

Ond eisoes roedd rhywun wedi clywed ei griddfan ac yn taflu dwy fraich gref amdani. Nid breichiau ei mam oedd y breichiau cadarn hyn ac nid llais ei mam oedd y llais caredig. Meddai'r llais wrthi,

'Does dim dianc i fod Mererid fach! Rwyt ti wedi bod yn hogan ddewr iawn. Cadwa dy ffydd. Un dydd ar y tro weldi ac mi fydd pob 'fory yn well na'r disgwyliad gei di weld!'

Yn friwus a phoenus ei chorff trodd i weld Hywel Tudur ffyddlon yn ei chynnal yn y fan honno a hithau ar ei ffordd i herio Tynged. Tase hi ond wedi medru cyrraedd copa'r Twr byddai wedi gallu hyrddio'i chorff trwm dros ddibyn y castell — y hi a'r plentyn o'i mewn.

Bellach yr oedd yn rhy lesg i wrthryfela yn erbyn y Dynged honno.

XXII

Stafell y Tŵr

Yn fuan wedyn yn stafell y Tŵr lle ganed plant y tywysogion cyn hyn daeth poenau'r geni cyn pryd a'r gwewyr dirdynnol yn rhwygo'r cnawd ifanc. Ar nos y geni roedd ei mam Gwenhwyfar yn hollol fud ac artaith y digwyddiad yn tynnu pob gewyn o nerth oddi wrthi. Poen y ferch oedd ei phoen hithau. Trosglwyddo cyfrifoldeb y geni i'r Fudw o'r Fedw Deg a wnaeth hi, y wraig efo'r breichiau cadarn a phrofiad blynyddoedd o ddwyn plant i'r byd.

Rywdro yn nhrymder nos pan oedd yr awyr uwch ben Moel Siabod yn affwysol petrusodd Gwenhwyfar. Tybed fod calon ei merch wedi'i thorri eisoes? Os felly byddai ei gallu i wrthsefyll yn y fantol. Ond gyda'r wawr cyrhaeddodd yr un bach yn swpyn digon crebachlyd a salw yr olwg ac er canfod mai mab oedd ni fu yno frwdfrydedd. Colli'r fam neu golli'r plentyn efallai?

Ar yr awr dyngedfennol hon dadebrodd rhyw ynni cudd yn y fam. Gwaith y Fudw oedd defod y geni ac wedi'r glanhau cyrchodd y fam gell ei meddyginiaethau ac os na wnâi hwnnw'r tric fe gollid ei merch dros byth. Naw wfft i'r plentyn! Arbed y ferch oedd flaenaf yn ei meddwl ac o fewn y gell y bore hwnnw rhoes y fam hon ei dwylo ynghyd a gweddïodd ar Fair Fam Iesu. Os na fedrai'r Forwyn achub Mererid yna cystal iddi dderbyn y Dynged honno. Ond yr oedd y cyffur wrth law ac ymhen y rhawg syrthiodd ei merch i gwsg tawel o'r diwedd. Fel yr oedd yr oriau yn cyflymu ymlaen daeth sŵn crio'r baban yn gryfach. Ond cryfhau i beth tybed? Onid gwell fyddai i hwnnw farw yn damed salw fel ag yr oedd? Eto, os oedd y plentyn i fyw, fe ofalai Gwenhwyfar y gwelid gwarchod ar hwnnw hefyd os trefn Rhagluniaeth fyddai hynny. Tynged neu Ragluniaeth — prin bod unrhyw wahaniaeth rhyngddynt i'r fam y foment honno.

Yn ystod y dyddiau tyngedfennol hynny yr oedd Hywel Tudur yn gyndyn iawn o roi heibio'i oruchwyliaeth yn y Tŵr. Roedd hynny yn rhoi mawr fwynhad i Gwenhwyfar ac yn dwyn gwên i wyneb y Fudw.

Nid lle Hywel Tudur oedd holi hynt Mererid a'r plentyn ond medrai ddarllen y gofid ar wynebau'r ddwy wraig yn stafell y Tŵr.

Ond fe synhwyrodd yntau fod bywyd yn gallu trechu angau yn yr ifanc ac yn wir felly yr oedd yn y cyswllt hwn. Fel yr oedd dechrau haf braf yn ffrwydro'r wlad ym mis Mehefin fe drodd y fantol i Mererid hefyd.

Pan ddaeth hi allan gyntaf o stafell y geni a gweithio'i ffordd yn ddirgel i fyny ac i lawr grisiau'r Tŵr yr oedd fel tae ganddi ofn mentro ymhellach. Yno eto yr oedd Hywel Tudur yn gwarchod.

Roedd artaith y gwewyr yn amlwg ar wyneb Mererid a goleuni dieithr yn ei llygaid. Gellid meddwl ei bod wedi camu o un clogwyn i'r llall a'r goleuni yn ei llygaid yn dwysáu wrth i'w chorff gryfhau.

Erbyn hyn fe aeth Hywel Tudur yn swil yn ei chwmni a hi bellach oedd yn ei gyfarch o.

'Fydd gen ti hiraeth am Lys Abar, Hywel Tudur?'

Cwestiwn od i'w ofyn i filwr am na ddylai bod hiraeth ar ŵr rhyfel. Doedd gan y llanc yr un ateb iddi er bod tawelwch y castell yn pwyso'n affwysol ar oriau'r wyliadwriaeth yn y Tŵr. Gwylio rhag pwy ni wyddai neb yn iawn gan fod yr holl wlad hyd y Berfeddwlad yn ddiogel yn nwylo Llywelyn ap Gruffudd. Rhag cefnogwyr Owain Goch efallai? Ond roedd y rheini hefyd yn ddiymadferth bellach a'r cof am y Coch yn pylu efo dim ond rhyw ddyrnaid o'r cefnogwyr hynny yn gaeth yng ngharchar y gaer yng Nghricieth. Rhag y Gwylliaid efallai? Roedd y rhai hynny hefyd wedi colli'u plwc er y dyddiau pell pan fu farw Gwgon Gam y Cripil. Er pan ddaeth Llywelyn ap Gruffudd i'w oed yr oedd delfrydiaeth yr Ymennydd Mawr wedi newid hefyd.

Yn ddistaw bach fe gredai Hywel Tudur mai cynllwyn ar ran Gwenhwyfar a'r Distain Gronw ab Ednyfed fu ei gadw o ac Eiddon yn Nolwyddelan. Nid oedd hynny yn fwrn yn y byd arno!

Ond mae'n amlwg bod Mererid yn chwilio am ateb i rywbeth yn ystod yr wythnosau cyntaf hynny yn y Tŵr ac mai Hywel Tudur yn unig a fedrai ei goleuo.

Byrdwn ei mam yn barhaus oedd,

'Mi fydd Hywel Tudur yn gw'bod! Mi alwn ni ar Hywel Tudur!'

Ac felly y credai Mererid erbyn hyn. Gydol y gaeaf hir hwnnw y fo ac Eiddon a fu'n gwylio'r Tŵr ac yn cario tanwydd a chludo negeseuon i stafell y merched. Lluchio cwestiwn dros ysgwydd yr oedd Mererid y bore hwn pan ddaeth ar rawd Hywel Tudur ar y grisiau. A'r cwestiwn nesaf oedd,

'Hywel Tudur... Ydy'r T'wysog yn debyg o ddwad i Ddol'ddelan yn yr ha'?'

Pa un bynnag doedd y wybodaeth honno ddim yn hysbys i'r bachgen ond holi hynt y brawd iau, Dafydd ap Gruffudd, yr oedd yr eneth mewn gwirionedd. Os dôi o i'r castell nid oedd yn ei bwriad godi'i phen oddi wrth y ddaear i edrych arno. Ychydig a wyddai mai dilyn arfer ei nain, Huana, yr oedd hi pan oedd honno yn magu plentyn gordderch mab yr Hen Ddistain. Dwedai rhai mai o gywilydd neu o swildod y bu hynny ond yn achos Mererid fe fedrai fod yn chwerwder. Am ei bod yn wrthodedig yr oedd hi hefyd yn magu plisgyn o'i chylch. Gwaith anodd fyddai i unrhyw un ddehongli natur y plisgyn hwnnw am mai dechrau ffurfio yr oedd.

Mererid hefyd oedd y gyntaf i sôn wrth Hywel Tudur am y plentyn.

'Glywi di o'n crio? Mae o'n dwad ymlaen y siort ora' rwan yn ôl Mam a'r Fudw. Mi fydd o'n hogyn praff yn y man meddan nhw.'

Sylwodd Hywel Tudur mai y 'nhw', sef y fam a'r Fudw oedd yn trafod hynt y bachgen a bod Mererid wedi'i darn ddieithrio'i hun oddi wrtho yn barod. Mae'n wir bod yn rhaid i'r plentyn wrth gynhaliaeth oblegid hynny oedd trefn pethau. Yn y man fe dyfai i fod yn gryf ym myddin y Tywysog. Ond adleisio geiriau ei mam yr oedd Mererid bob cynnig. O bryd i'w gilydd fe ddôi ochenaid ddofn o'i chorff yn rhywle — a'r ochenaid honno wedi dechrau gwaelodi.

Yn ystod y mis Mehefin hwnnw fe ddechreuodd Mererid fentro allan i'r maes unwaith yn rhagor. Efo dyfodiad hin haf câi gasglu llysiau a blodau eto a throi at ei hoff bleser o baratoi cyffur. Roedd y grefft hon yn ei gwaed ac fe ddôi dihangfa yn wastad yn y maes o gael edrych i fyny i entrychion y cymylau uwch ben mynyddoedd Eryri. Roedd hi'n hoff o'r mynyddoedd.

Yn rhywle i fyny yna ymhell uwchlaw'r byd yr oedd nefoedd eneidiau iddi, yn y mannau lle roedd yr awyr lasaf a'r cymylau yn wyn, wyn. Awyr cymylau blew-geifr a thraeth-awyr. Roedden nhw wrth ei bodd. Yno fe ddôi eto yr hen hen awydd am fod yn fardd. Pe bai hi'n fachgen fe allai fod yn fardd. Yn ddistaw bach fe fyddai hi'n chwarae efo geiriau a'r rheini'n odli a'r llythrennau'n clecian i'w gilydd wrth iddi gerdded y maes. Ond doedd wiw deud wrth neb. Ceisio trosi'i breuddwydion yn gerdd y byddai hi. Pa un bynnag carfan ddigon cenfigennus oedd y beirdd ar eu gorau.

Pan oedd ei mam yn blentyn yn y castell yn Nolwyddelan byddai yno Ymrysonau Barddol rhwng Einion Wan a beirdd Powys a Dafydd Benfras a'r cywion beirdd o Fôn. Ond erbyn hyn digon tlawd oedd byd yr Awen am fod y Tywysog yn rhy brysur yn rhyfela a heb fod ganddo Dywysoges nid oedd yno groeso i delynor a bardd. Fe ddôi'r bardd efo'r enw digri Llygad Gŵr i Eryri o Edeirnion weithiau a siawns na châi Mererid glywed y gŵr hwnnw yn canu clod i'r Tywysog. Hwyrach y byddai hithau'n teimlo'n well pe bai yno fardd o gwmpas y lle.

Fel ag yr oedd, teimlo ochenaid ddofn ym mhwll ei chalon yr oedd Mererid. Ochenaid na ddôi byth yn gwbl rydd o'i chorff mwyach, byth yn rhydd fel y plentyn. Eisoes yr oedd hwnnw allan o'i gafael.

XXIII

Un peth oedd poendod gwragedd mewn rhyw gornelyn o Eryri. Peth arall oedd poendod gwŷr yn llywio gwlad dros dir o fynyddoedd a gwastatir a chorsydd hyd eithaf y Dywysogaeth. Mae'n wir bod heddwch yn y Dywysogaeth honno ers blwyddyn gron. O leiaf yr oedd yno arwydd o gadoediad rhwng Llywelyn ap Gruffudd a'r brenin Harri Tri er pan gyfarfu Esgob Bangor ac Abad Aberconwy â gwŷr y brenin ger Rhyd Chwima yn niwedd Awst flwyddyn cyn hyn. Aethai'r enw Rhyd Chwima yn destun sbort yn y llys. Hon oedd y rhyd yng nghysgod caer fygythiol y Norman yn Nhrefaldwyn lle roedd y brenin yn gyndyn o gydnabod heddwch parhaol efo Llywelyn ap Gruffudd. Meddai'r bobl,

'Ble mae'n T'wysog ni? Pam na ddaw o adra? Y fo sy'n codi digon ar ein trethi ni ac yn dwyn ein da i dalu am ryfeloedd yn erbyn y Norman... a pham na phriodith o fel ei ewyrth a'r Hen D'wysog o'i flaen?... Ond yr ydan ni'n meddwl y byd o'n T'wysog!'

Cwyno yng nghefn eu Tywysog y byddent. Byth yn ei wyneb. Trigolion y gwastadeddau oedd uchaf eu cloch mewn mannau fel Dyffryn Dysynni a Phenllyn, Dyffryn Ardudwy a Phen Llŷn. Bai y swyddogion oedd hawlio eu cnydau i gynnal y llys ac o ddwyn eu da i gynnal yr ymgyrchoedd ym mhellafoedd y Dywysogaeth.

Ond sut yn y byd y medrai'r Tywysog esbonio iddynt ei freuddwyd i gadarnhau'r ffiniau yn nhir Powys a Deheubarth. Beth hefyd am ei freuddwyd i fod gyfwerth ag Alexander, brenin yr Alban yng ngolwg y brenin Harri Tri?

Un nad oedd yn y llys i'w dderbyn y tro hwn oedd Gwenhwyfar. Sylwodd yntau fod yno anhrefn.

'Ble mae Gwenhwyfar?' oedd ei gwestiwn cyntaf a chafodd fod pawb yn fud.

'Ydy hi'n wael neu wedi colli yn ei synhwyrau?' gofynnodd wedyn ac eto yr oedd pawb yn fud. Gallai o fod yn drybeilig o wyllt yn ddiweddar fel tae ymgyrchoedd y blynyddoedd yn ei lethu. Bryd hynny byddai'n ddychryn i'w ddeiliaid a'r gwragedd a'r plant yn cilio o'i ŵydd.

Erbyn iddo gyrraedd cell y Crebach roedd ei dymer wedi pylu peth. Sylwodd yr olaf fod traul yr ymgyrchoedd hefyd yng ngwedd ei wyneb ac nid aeth i'r afael â chyfarch ei arglwydd fel '*Princeps Wallie*'a rhyw deitlau felly y tro hwn. Sylw cyntaf y Crebach oedd,

'Mae angan gorffwys ar y T'wysog... Hoe yn Arllechwedd cyn troi am y mannau gwirion diarth yna. Pa hawl sy' gan wŷr Deheubarth ar D'wysog Gwynadd? Pa hawl sy' gan wŷr Powys ar D'wysog Gwynadd?'

'Dal dy dafod, y Crebach!' torrodd y Tywysog ar ei draws. Ond yr oedd y Crebach druan bron yn ei ddagrau yn ceisio argyhoeddi'i Dywysog annwyl y gallai fod delfryd arglwydd gwlad am goncwest yn drech na synnwyr. Rhyw lefain siarad yr oedd y Crebach.

'Y nhw sy'n deud,yT'wysog. Meddwl dy arbad di yr oeddwn i . . . Y llafurwyr yn y maes yn deud eu bod nhw'n weddol ddedwydd yn nyddia'r Tywysog Dafydd ap Llywelyn, a'u teidia' yr un modd yn nyddia'r Hen Dywysog... Cneuan wag o freuddwyd sy' gan y T'wysog newydd meddan nhw ac y bydd y plant a phlant y plant yn diodda'... Y beirdd yn cwyno achos nad wyt ti yn y llys iddyn nhw ga'l canu dy glod di... a Hywel Foel wedi canu i Owain Goch yn Nolbadarn . . .'

Am nad oedd y Tywysog yn gwneud unrhyw ymdrech i'w atal peidiodd y Crebach o'r diwedd. Y cwbl a wnaeth y Tywysog oedd taflu'i gorff blinedig ar draws y fainc yn y gell, yna gwasgu'i ddwylo o dan ei ben a chau ei ddau lygad yn dynn.

'Ble mae Gwenhwyfar?' gofynnodd toc.

'Ddaeth hi ddim yn ôl o Ddol'ddelan dros fisoedd y gaea',' oedd ateb cwta y Crebach. Ond fe wyddai Llywelyn y câi o y gwir yn y man.

'Dwed wrtha i, y Crebach, be' sy'n cadw'r ferch mor hir yn Nolwyddelan?'

'Helynt merchaid,' meddai hwnnw ar ei ben.

'Mi wela' i,' oedd unig ateb y Tywysog, a gellid tybio nad oedd y newydd yn hollol annisgwyl iddo a bod mân sibrydion yn y gwynt. Synhwyrodd y Crebach hynny a mynnodd ddatgelu rhagor.

'Cadw'r cwbl dan y gorchudd y mae Gwenhwyfar a'r enath yn gwrthod deud dim.'

Trodd Llywelyn y stori ar hynny at ei frawd iau. Meddai,

'Y brawd iau Dafydd. Beth wyddost ti am hwnnw, y Crebach?'

'Hwnnw yn chwilio am drefniant manteisiol o briodas efo tylwyth y brenin Harri Tri, yn ôl rhai, ond neb yn siwr o ddim.'

Cododd Llywelyn ar y gair oddi ar y fainc a cherdded yn ôl a blaen hyd lawr y gell yn hanner siarad ag o ei hun. Meddai,

'Y brawd iau mor deyrngar ag y medr brawd fod ar brydiau a thro arall fel ceiliog y gwynt. Rhaid fydd rhoi awdurdod iddo, y Crebach... ' rhag iddo ffoi i greu gwrthryfel yn nhir y gelyn. Gŵr anesmwyth ydy arglwydd gwlad heb awdurdod.'

Wrth weld ei Dywysog yn anniddig felly astudiodd y Crebach ei wyneb yn ofalus. Oedd, yr oedd yno welwder ond parhau i'w gwestiynu yr oedd Llywelyn, blinder neu beidio.

'A'r brawd hŷn, y Crebach... Pa newyddion o Ddolbadarn?'

Roedd helynt Owain Goch yn fater tyner iawn yn y bôn oherwydd anesmwythyd mud y bobl. Neidiodd y Crebach i'r adwy.

'Yn fyw ac iach a'r Distain yn gofalu bod y swyddogion yn ei warchod rhag cam.'

'Yn cael peth rhyddid... ond nid penrhyddid, y Crebach?'

'Ia, yn ca'l marchoga'th mewn cylchdro o gwmpas y gaer.'

Fe wyddai'r Crebach yn burion fod ei Dywysog yn ŵr unig y nos honno a bod gwŷr yr osgordd wedi chwalu i bob cyfeiriad, rhai i swatio'n gynnes yng ngwely gwraig neu gariad yn rhywle. Hawdd i'r rheini oedd anghofio am faes brwydr a gwaed gelyn wrth fercheta ond ysywaeth doedd dim dianc i'r Tywysog. Mentrodd y Crebach y sylw,

'Pryd y cest ti bryd da o fwyd, y T'wysog. Os oes arnat ti eisiau bwyd mae yna gystal cogydd yn y llys ag a fu yn dy ddilyn di i'r Deheubarth.'

Ysgydwodd Llywelyn ei ben.

'Does fawr archwaeth bwyd arna' i heno. Colli archwaeth y bydd dyn a fu'n byw efo ogla gwaed a chyrff milwyr.'

Oedd, yr oedd Llywelyn yn bigog a bai Gwenhwyfar oedd hynny. Fe ddylai hi fod yn ôl yn y llys. Camodd allan o'r gell ar hynny a chau'r drws yn glep ar ei ôl . . .

Ond unwaith y'i cafodd ei hun ar y lawnt werdd oddi allan i'r llys yng nghysgod y gaer fe ddaeth peth o'r hen angerdd yn ôl. Safodd yn y fan honno yn gwylio lliwiau'r machlud yn winau a melyn a choch tua Chaergybi dros Ynys Môn. Rhyfeddod o olygfa. Yna yn nhawelwch y min nos rhoddodd dro ogylch y llys wrtho'i hun. Sylwodd fod yr adeiladau yn prysur ddadfeilio ond efo'r Cytundeb newydd o Gadoediad efo Harri Tri siawns na cheid hoe i atgyfnerthu'r gaer.

Trodd Llywelyn wedyn ei gamre i fyny'r ffordd at yr Hen Dŵr. Bellach roedd hwnnw ar osgo yn gwyro at y ddaear a'r clo a oedd yno yn nyddiau'r Dywysoges Isabela yn sitrws o rwd. Saethodd i'w feddwl y dyddiau cynnar pell hynny pan fu o'n marchogaeth efo'r Dywysoges hyd waelodion y Carneddau. Bron na fedrai glywed ei llefaru yn ei glustiau... llefaru geiriau'r Norman a rhyw fiwsig hudolus yn rhythmau ei sgwrs.

'*Mon cher ami!*' oedd ei chyfarchiad yn wastad a'r wyneb gwelw yn troi'n wên.

'*La vie est triste,*' meddai wedyn a'r wyneb hardd yn troi'n drist bryd hynny.

Gwenhwyfar oedd yn gwrando orau arni. Ie. Gwenhwyfar. Teimlodd Llywelyn ias o hiraeth yn gyffro yn y madruddyn. Gronw ab Ednyfed wedyn yn ei geryddu oherwydd ei fynych grwydro efo'r Dywysoges. Yn edliw iddo mai rheitiach iddo ymddiddori mewn materion gwlad a'r hawl i dir a choncwest.

Yn sgîl hyn oll fe ddaeth y darlun arall hwnnw o'r dyddiau pell — y bore pan oedd y Dywysoges Isabela yn gadael y llys. Gadael am gastell Havard yn Nyfed — castell oedd yn perthyn i'r brenin erbyn hynny ond a berthynai gynt i fam Isabela.

Dair blynedd cyn hyn fe fu ei gefnogwyr Rhys Fychan, Maredydd ap Rhys Gryg a Maredudd ab Owain yn cymryd y cestyll oddi ar y Norman yn Llansteffan a Narberth ac yn Awst y flwyddyn honno fe aeth yntau, Llywelyn, i'r frwydr yn Ne Dyfed. Aeth ati i ddinistrio Cemaes a Chwmwd Rhos ond ni fu iddo ymosod ar gastell Havard.

Roedd fel pe bai nerthoedd o'r tu hwnt iddo yn atal ei symudiadau o bryd i'w gilydd. Rhyfedd o fyd onid e? Hyd yma ni roddodd o lawer o sylw i'r pethau bychain. Byd y pethau mawr oedd ei fyd.

Gweithiodd ei ffordd yn ôl oddi wrth yr Hen Dŵr ac nid oedd yr haul wedi llawn fachlud. Daeth dagrau i'w lygaid a pheth newydd iawn oedd hynny. Trodd tua'r llys i noswylio.

Yfory câi droi i'r gell gudd unwaith yn rhagor at y Crebach.

XXIV

Abergwyngregyn

Drannoeth efo toriad gwawr daeth Llywelyn eto i'r gell gudd am y gwyddai y byddai'r Crebach yn ei ddisgwyl. Cysgu ar wely o beiswyn yr oedd hwnnw mewn pwt o stafell gul yn nhalcen y gell. Gwarchod buddiannau'r llys oedd ei waith ac yn hanner gwyll y bore cynnar anodd oedd gweld lliw ei wyneb. Yn ôl rhai yr unig adeg y gwelai o olau dydd glân gloyw oedd ar ei deithiau defodol i Abaty Aberconwy a phob tro y dychwelai byddai'n tagu fel ci bach wedi cael annwyd yn rhywle. Blas sarrug fyddai ar ei eiriau ben bore ond yn raddol fe ddôi tynerwch i'w lais. Y bore arbennig hwn aros yn llonydd a di-sgwrs yr oedd o a'r Tywysog am oleuni dydd llawn. Mae'n wir bod cryn ddiflastod yn hynny. Torrodd y Crebach y garw efo'r sylw,

'Cystal fyddai i ti fynd, y T'wysog, i Ddol'ddelan i ga'l tipyn o faldordd gan Gwenhwyfar.'

'Na,' oedd ateb y Tywysog, 'mi gaiff y lle hwnnw aros am flwyddyn arall. Siawns na fydd y ddrycin wedi pylu peth erbyn hynny.'

Fe deimlodd y Crebach gryn ddiflastod yn y cyfnod hir o heddwch am nad oedd dim i'w groniclo ym memrwn y llys. Meddai toc,

'Mae blwyddyn gron er pan fuo'n cynrychiolwyr ni yn Rhyd Chwima yn y *Parliamenta.*'

'*Parliamenta* Harri Tri,' meddai'r Tywysog yn sarrug.

Ei boendod parhaus oedd styfnigrwydd y brenin a'r gwrthodiad i gynnig iddo amodau o heddwch parhaol ac felly ei gydnabod yn Dywysog ar holl Gymru. Yr un oedd y gân yn nyddiau'r taid hefyd, Llywelyn ab Iorwerth. Medrai'r Crebach ddarllen ei feddyliau'n burion.

'Y brenin byth yn gwireddu heddwch ond yn cynnig cadoediad dro ar ôl tro... yn tynnu cynrychiolwyr y T'wysog i'r 'Mwythig neu i Ryd Chwima ac yn chwarae fel cath efo llygoden. Y brenin yn meddwl mai ganddo fo mae'r llaw ucha'.'

Grwgnachodd y Tywysog.

'Ie, yr un diwn gron, y Crebach.'

A hynny oedd wir dros y blynyddoedd. Hyn a fu cais Dirprwyaeth y llys dro ar ôl tro ym mherson Rhisiart, esgob Bangor Fawr, ac Anian, Abad Aberconwy, a swyddogion y Distain. Hel esgusion a wnâi'r brenin ac yn amlach na dim roedd yn gwarchod ei fuddiannau yn Ffrainc neu yn benben efo'r barwniaid. Dro arall mynnodd na wnâi gytundeb o heddwch yn absenoldeb y sbrigyn hwnnw o fab oedd ganddo, y Tywysog Edward. Yn amlach na pheidio roedd hwnnw hefyd efo'i gymheiriaid yn cadw reiat yn nhir Gasgwyn a rhyw fannau pellennig felly. Chwarae heb byth ennill oedd rhawd y Cymry dros y cenedlaethau. Doedd dim ond rhwystredigaeth hyd y lle ac nid oedd hawliau Llywelyn ap Gruffudd i hen diriogaethau Aberffraw, Mathrafael a Dinefwr yn golygu dim oll i frenin y Norman.

Wrth i'r golau gryfhau tynnodd y Crebach sylw'r Tywysog at y map diweddar ar y wal wyngalch loyw.

'Meddwl y byddai o'n dy blesio di, y T'wysog. Mi fûm i wrthi am lawar o ddyddia' yn marcio'r ffinia... heb fawr o waith croniclo ers tro byd.'

Bron nad oedd elfen o brotest yn y geiriau. Cododd y Tywysog yn araf i astudio'r map ar fur y gell a'i sylw cyntaf oedd,

'Da was.' Byddai hynny yn boddhau'r Ysgrifydd.

Efo goleuni'r dydd gloywodd y map ar y mur gwyngalch o'r diwedd. Bu seibiau hirion wedyn wrth i Lywelyn ddilyn amlinelliad y ffiniau drwy'r tiroedd concwest. Cychwyn ei ffordd yn y Berfeddwlad a thua Phowys Fadog. Ysgwyd pen uwch ben y darn gwlad a elwid yn Powys Wenwynwyn. Gadael Dyffryn Tanat am lannau Hafren. Cuchio wedyn wrth yr enw Trefaldwyn lle roedd caer y Norman, yr hen Hubert de Burgh gynt. Yna sylwodd y Crebach fod ei Dywysog yn bodio'i ffordd yn hir gyferbyn â'r hen hen gaer yn Nolforwyn. Ond wrth iddo ddilyn ffiniau Cedewain a Maelienydd a Gwerthrynion oedodd y Tywysog. Daeth cerydd yn y man.

'Y Crebach! Pam rwyt ti wedi gwthio tir Gwerthrynion a Maelienydd i'r dwyrain tuag at Wigmor, castell y Mortimeriaid milain?'

Ffugiodd y Crebach ei anwybodaeth.

'Fûm i erioed yno f'arglwydd.'

Aeth y Tywysog yn gaclwm gwyllt.

'Fuost ti ddim yn y mannau eraill 'chwaith a does dim o'i le ar y rheini!'

Crafodd y Crebach ei wddf ac meddai gyda sŵn edifeiriol yn ei lais,

'Rhyw feddwl yr o'n i y medrat ti, y T'wysog, goncro bellad â chastall y Mortimeriaid ryw ddiwrnod. Mi fyddai'r map yn llanw'r mur wedyn!'

Lliniarodd hynny dymer y Tywysog a gwawriodd ar ei feddwl fod rhyw arwyddocâd rhyfedd i weithred slei y Crebach. Yn ddistaw bach ei freuddwyd yntau oedd gweld ymestyn ffiniau'r Dywysogaeth hyd dir Gwent yn y de-ddwyrain a chael meddiannu gwlad y tri chastell — Y Castell Gwyn, Grysmwnt ac Ynysgynwraidd.'

Cyn iddo ddweud gair daeth cwestiwn fel saeth oddi wrth yr Ysgrifydd.

'Pam rwyt ti byth a beunydd yn sôn am dir Ceri a Gwerthrynion a Maelienydd, f'arglwydd, fel tasa unman arall yn bod... hyd yn oed Eryri?'

Daeth y cwestiwn hwnnw â thawelwch annisgwyl i Lywelyn. Tawelwch eneidiol o'r bron. Meddai,

'Gwlad dyner, y Crebach, y bu wiw gen i ei charu er dyddiau pell ieuenctid pan fûm i yno efo'r arglwydd Gruffudd.'

'Dy dad di oedd hwnnw!' trawodd y llall yn finiog.

'Ie, os mynni di ei alw o felly. Bryd hynny roedd yr arglwydd Gruffudd yn ffafr ei dad Llywelyn ab Iorwerth ac fe gawson ni dario ar lannau Hafren. Yno bu'r Mab Ystrwyth yn ein tywys hyd ochrau'r hen gaer yn Nolforwyn gyferbyn â chastell milain yr hen Hubert de Burgh yn Nhrefaldwyn... Yno y buom ni yn ymdaith i lawr i Abaty Cwm-hir...'

Peidiodd Llywelyn â'i ymson ar hynny. Fel y noswaith cynt wrth iddo grwydro o gwmpas yr Hen Dŵr uwch ben y llys bron na ddaeth dagrau i'w lygaid. Daeth craster i'w lais ond nid gwiw oedd i arglwydd gwlad ddangos dagrau ar ei wyneb. Serch hynny fe syrthiodd tawelwch affwysol ar y gell gudd.

Costrelu tiriondeb Powys yn ei gof yr oedd Llywelyn yr eiliad hwn. Gwelodd yr afon yn osgeiddig ei gwely a'r Hafren a wnaeth i'r llanc ynddo feddwl am y Dywysoges Isabela. Isabela de Breos efo'r ddau lygad lliw eboni ac aroglau lafant yn ffrwydro o'i chylch yn wastad. Ond yng nghefn y cof roedd y digwyddiad rhyfedd hwnnw na chafodd ef, Llywelyn, fyth esboniad arno. Cyfarth gwyllt y cŵn, gweryriad y march a'r milwr Gethin Fychan yn lliptyn o gryndod ar y llawr ger porth yr Abaty yng Nghwm-hir. Digwyddodd fel yr oedd o, Llywelyn, yn ymdaith o flaen y milwyr gyda'r Mab Ystrwyth. Haerodd Gethin Fychan mai awyr min nos oedd yn chwarae mig ag o ac â'r march. Ond beth tybed a welodd y milwyr ar y foment ryfedd honno? Wedi'r digwyddiad hwnnw fe fynnodd Gethin Fychan ei warchod hyd at oed gŵr. Ond pam? Ie, pam?

Ond nid lle arglwydd gwlad oedd troi efo meddyliau meddal o'r fath a'r foment y dôi arwydd o wendid rhaid oedd rhoi ffrwyn ar y cwbl. Eto rhaid oedd i arglwydd gwlad guddio ei feddyliau cudd rhag y byd. Trodd at y Crebach gan geisio adfeddiannu ei gadernid blaenorol.

'Fe wnaethon ni'n gora drwy deg a thrwy drais i ymdrechu yn erbyn Harri Tri, on'd do?'

'Do, f'arglwydd.'

'Ac os methwn ni eto, fe drown ni at y Pab.'

'Gwas brenin Lloegr ydy hwnnw,' sibrydodd y Crebach o dan ei anadl.

Digon gwir meddyliodd Llywelyn ap Gruffudd ac nid oedd yn ei fwriad gael ei lethu gan ofidiau brenin Lloegr y funud honno. Onid oedd yno elyn yn nes ato? Rhosier Mortimer oedd hwnnw a'i geyrydd yn ymestyn drwy gwmwd Maelienydd hyd at y gaer ddeniadol honno yng Nghefn-llys. Oedd, yr oedd Llywelyn yn chwennych y gaer honno ac yr oedd y Mortimer hwn o dylwyth Gwladus Ddu ferch yr Hen Dywysog yn ddraenen yn ei ystlys.

Roedd arwyddion pwdu ar y Crebach am nad oedd y Tywysog wedi holi ei hynt ar ei bererindod i Abaty Aberconwy adeg Gŵyl

Fair yr Haf. Ond dyna, gŵr hunanol oedd y Tywysog hefyd meddyliodd.

Fodd bynnag y bore hwnnw torrwyd ar weithrediadau'r gell gan sŵn tyrfa oddi allan i'r llys. Roedd y wlad o amgylch wedi hel yno. Yn fegeriaid a beirdd, yn fân arglwyddi o'r cymydau, yn ustusiaid ac achwynwyr a gwŷr eglwysig. Er eu mynych gwyno a phrotestio fe ddaethant i anrhydeddu'r Tywysog.

Mewn byr o dro dôi gwŷr y Berfeddwlad yno hefyd dros Arllechwedd, gwŷr Ardudwy drwy Nant Conwy a phobl Pen Llŷn heibio i odre'r Eifl. Wedi'r cwbl roedd eu Tywysog gartref!

XXV
Abergwyngregyn

Dradwy dychwelyd i'r llys roedd y Tywysog yn blygeiniol eto o fewn y gell gudd ac ar uchaf ei hwyliau da. Onid oedd yr holl wlad wedi ymgynnull yno i groesawu'r Tywysog?

Prin y cafodd y Crebach druan gyfle i ddadebru nad oedd ei feistr yn ei awdurdodi.

'Hai arni hi, y Crebach! Efo'th femrwn a'th gwilsyn ac fe gofnodwn ni o newydd argymhellion y Dywysogaeth i'r brenin Harri Tri.'

Ar y bore arbennig hwn roedd y Crebach yn gyffro i gyd a chyda'r gorchymyn aeth yn gryndod o'i gorun i'w sawdl.

'Rhad arnat!' rhuodd y Tywysog. 'Rho ddisgyblaeth arnat dy hun. Wnaiff creadur yn crynu fel dail yr aethnen mo'r tro i Ysgrifydd Tywysog gwlad!'

'Hei, hei, f'arglwydd!' llefodd y Crebach, 'Nid traed ewig ydy'r dwylo ceimion yma sy' gen i ac mae'r cryd yn y cymala' yn gwingo yn y bore bach.'

Ond ar adegau fe fyddai geiriau'r Tywysog yn llifo oddi wrtho. Medrai dreulio dwyawr yn llefaru'r un geiriau drosodd a throsodd heb fod yn ymwybodol o unrhyw beth arall o'i gylch. Felly y bu y dwthwn hwn heb argoel o unpeth newydd yng nghwrs y geiriau ychwaith. Mynnodd i'r Crebach ddechrau yn ddiymdroi gyda'r union eiriau ag y dechreuwyd sawl apêl at frenin Lloegr dros y blynyddoedd. Gosod i lawr fraint a hawliau Tywysog Cymru a'i ragflaenwyr i'r Dywysogaeth yr oedd y geiriau hyn:

'*jura nostra et antecessorum nostrorum in Wallia...*'

Diflannodd ochenaid ddofn y Crebach yn rhywle rhwng y cwilsyn a'r memrwn. Onid oedd o wedi cyfeirio'r union eiriau dair blynedd a mwy yn ôl at Rhisiart, Iarll Cernyw, brawd y brenin Harri Tri? Ond, fe gredai'r Tywysog nad oedd dim ond dyfal donc a wnâi dorri cneuen o feddwl brenin Lloegr.

Ac felly unwaith yn ychwaneg y bu'r Crebach yn gosod mewn trefn obeithion ei Dywysog am o leiaf y degfed tro:

'Yr hawl i ddal y tiroedd concwest fel yn nyddiau Llywelyn ab Iorwerth; yr hawl i dderbyn gwrogaeth arglwyddi gwlad; yr hawl i roi gwrogaeth i'r brenin a llw o ffyddlondeb, a'r caniatâd i ddal Tywysogaeth Cymru o dan goron Lloegr; yr hawl i dalu i'r brenin am Gytundeb o Heddwch ac nid Cadoediad...'

Ar hyn torrodd y Crebach ar ei draws efo llifeiriant o eiriau ar yr un anadl bron:

'Yr hawl i roi'r swm o 11,000 o bunnoedd i'r brenin, 2,000 i'r frenhines a 3,000 i'r Tywysog Edward... i dalu 200 y flwyddyn dros gyfnod o bedwar ugain mlynedd... neu i briodi nith y brenin.'

Gallasai'r Tywysog fod wedi trywanu'r gŵr yr eiliad honno ond ni wnaeth. Yn hytrach fe'i gostyngodd ei hun ar y fainc bren a dal ei ben yn ei ddwylo. Llifodd llu o gwestiynau yn ferw gwyllt drwy'i ymennydd. Pwy a fyddai byw i orffen talu'r ddyled honno i'r brenin? Pe derbynnid ei gais am ferch y gwrthryfelwr o Ffrancwr Simon de Montfort yn wraig a fedrai o wastraffu'r amser yn aros wrthi?

Mae'n wir bod un o'i swyddogion wedi ymweld ag un o blastai'r Ffrancwr hwn ac wedi taflu golwg ar y ferch a elwid yn Elinor. Merch fach ddengar iawn yn ôl y sôn ond yn llawer rhy ifanc. Wedi'r cwbl roedd yr Elinor hon yn nith i Harri Tri ac nid oedd unrhyw gytundeb priodasol yn bosibl o blith y Cymry. Roedd tylwythau'r hen dywysogion wedi marw o'r tir. Ond a fedrid yn y diwedd warantu cael etifedd i lywodraethu gwlad?

Cododd Llywelyn ei ben o'i ddwylo ar hynny a chanfod y Crebach hefyd â'i ben yn ei blu.

'A pham yr wyt ti, y Crebach, wedi pwdu?' gofynnodd.

Bu'r olaf yn hir cyn ateb ond meddai o'r diwedd,

'Mi fûm i yn Abaty Aberconwy adag Gŵyl Fair yr Haf ond ni ofynnodd fy Nh'wysog yr un gair am y peth.'

Mae'n wir mai osgoi gofyn y cwestiwn hwnnw a wnaeth y Tywysog am mai'r un fyddai'r ateb â'r flwyddyn flaenorol. Ond rhaid oedd tymheru'r Crebach. Daeth y cwestiwn o'r diwedd.

'Pa newydd y tro hwn o Aberconwy, y Crebach?'

'Y newydd ydy ei bod yn amsar i ti briodi, f'arglwydd!'

Ni feiddiodd Llywelyn yngan enw'r Ymennydd Mawr ond drwy holi a stilio fe gâi at syniadau'r gŵr rhyfeddol hwnnw gan eu trosi wedyn i'w felin ei hun. Ond yr oedd y Crebach wedi hen ymarfer ei stori a bwriodd ymlaen:

'Fe ddylsat ti briodi efo Normanas, y T'wysog, fel y gwnaeth Llywelyn ab Iorwerth a Dafydd ap Llywelyn...'

'O... ac mi glywaist ddeud hynny yn Abaty Abarconwy?'

'Do, a chwanag. Mae hi'n fyd gwan ar y brenin Harri Tri, brenin Lloegar a'i fab o ei hun a'i frawd-yng-nghyfraith Symwnt Mymffwrdd yn ochri efo'r barwniaid yn ei erbyn o. Seren o bwys yn Lloegar fawr ydy Symwnt Mymffwrdd, y Ffrancwr... Chwarae i ddwylo hwnnw fyddai ora' yn ôl yr Ymennydd Mawr. Mae gan Symwnt ferch... dim ond hogan mae'n wir... ond pan ddaw honno i'w hoed mi fedar roi etifadd i ddyn. Mi fyddai priodas felly yn gosod y Dywysogaeth o fewn fframwaith brenhinol y Norman. Priodas dda efo'r etifadd yn cario peth o waed y Norman. Yn ôl arwyddair yr oes newydd felna mae'i gweld hi bellach, f'arglwydd. Cyfrwystra a deall wedi'u hasio ynghyd sy'n gneud tywysog da.'

Rhaid oedd i'r Tywysog gydnabod bod llawer o wirionedd yng ngeiriau'r Ysgrifydd y bore hwnnw. Byddai, fe fyddai uniad efo tylwyth de Montfort yn fuddiol ac efallai y dylai yntau ganolbwyntio mwy ar drefniadaeth gwlad a sicrhau'r olyniaeth yn hytrach nag ymroi i goncwest yn barhaus. Edrychodd yn hir i gyfeiriad y Crebach.

Nid oedd neb yn y byd crwn yn ffyddlonach iddo na'r gŵr crebachlyd hwn. Ond O! Mor brin oedd ei arhosiad yntau yn y llys am fod rhyw arial rhyfedd yn y gwaed yn galw am goncwest. O leiaf fe gâi aros yn Eryri hyd yr hydref a throi ymysg ei bobl ei hun. Yma yn Eryri yr oedd calon cenedl y Cymry iddo ef.

Gwenodd o'r diwedd ar y Crebach ac unwaith eto yr oedd cytgord rhyngddynt.

XXVI

Abergwyngregyn
Gwledd y Llys

Yn ystod nosweithiau'r haf hwnnw daeth y Tywysog i arfer â marchogaeth hyd y glannau efo rhai o'i osgordd ac yn eu plith ei ffefryn Rhisiart Arawn.

Bellach yr oedd y meysydd yn felyn aeddfed i'w cynaeafu, yr awyr yn las ac aber afon Menai yn las dyfnach a'r creigiau yn y cefndir fel llwch llwydlas. Fel yr oedd yr haf yn cerdded ymlaen fe ellid teimlo awyrgylch hydref hyd y lle. Y lliwiau yn gyfrodedd o winau ac oren a choch cyfoethog. Dros yr aber yr oedd Ynys Môn a rhaid oedd iddo yntau roi ei droed ar dir Aberffraw gyda hyn.

Er pan gaed y Cytundeb diwethaf o Gadoediad ger Rhyd Chwima efo'r brenin Harri Tri fe ddaeth hoe i atgyfnerthu'r ffiniau a thawelu ofnau'r bobl. Hefyd yr oedd angen amlhau'r llongau-gwarchod yng Nghulfor Menai a'r Gogarth Mawr a'r ffordd o Iwerddon tua chaer y Norman yn Negannwy.

Tueddu i anesmwytho yr oedd gwŷr ei osgordd — anesmwytho ar gicio'u sodlau. Blinent hefyd ar garu a marchogaeth yn Eryri. Onid oeddynt wedi cael blas eisoes ar ehangder y Dywysogaeth a'r cwbl yn galw am antur? I ryfel y ganed y gwŷr hyn.

Cyn diwedd Awst cyhoeddwyd y cynhelid gwledd yn neuadd y llys adeg Gŵyl Ieuan Fach. Digon anniben oedd y lle mewn gwirionedd oherwydd colli awdurdod a thafod llym Gwenhwyfar. Llwydodd y tapestrïoedd ar y muriau yn frau gan henaint ac o ddiffyg cael eu gloywi er dyddiau'r Hen Dywysoges yn nyddiau Llywelyn ab Iorwerth. Fe fu'r tapestrïoedd hyn unwaith yn frodwaith cain o anturiaethau'r chwedlau Celtaidd ond prin y gellid dehongli'r patrymau erbyn hyn. Mae'n wir bod rhywrai wedi gosod torchau yn y cylchoedd haearn yn y muriau a sgubo'r lloriau a thaenu brwyn newydd yno. Byd rhialtwch dynion oedd yno mewn gwirionedd a'r nos yn llwyddo i guddio pob blerwch.

Ar nos y wledd canwyd y corn adeg cwynos a chasglodd y dorf tua'r neuadd. I fonllefau o gymeradwyaeth cerddodd y Tywysog, y Distain a'r uchel-swyddogion drwy ganol y gwesteion i'r uwch-gyntedd. Yno yr oedd pob arglwydd y gellid disgwyl ennill ei ffafr a'i wrogaeth a'r nos honno yr oedd pob beirniadaeth drosodd.

Ond yr oedd Llywelyn ap Gruffudd yn anniddig a'r math yma o rialtwch yn boendod iddo. Gŵr unig a swil oedd o yn y bôn. Eto, unwaith yr eisteddodd yn y gadair gerfiedig gefn uchel a chael y Distain wrth ei ddeheulaw fe adenillodd beth o'i hyder. Fe fu o a Gronw ab Ednyfed yn anwahanadwy er dyddiau pell Dolwyddelan pan ddôi'r olaf yno i weld ei gariadferch Huana mam Gwenhwyfar. Gronw a fu'n ei gynghori byth wedyn, yn ei rybuddio a'i geryddu a'i osod yn y dyddiau cynnar ar lwybr diogel arweinydd gwlad. Nid oedd Gronw wedi edliw iddo unwaith garchariad Owain Goch yng nghastell Dolbadarn am y gwyddai mai byd y trechaf treisied oedd hi.

Gŵr doeth a deallus oedd y Distain hwn — nid mor ddeallus â'i dad yr Hen Ddistain Ednyfed Fychan yn ôl rhai — ond yn hyddysg ym materion gwlad ac yn arfer boneddigeiddrwydd a chymedroldeb wrth fargeinio a chynghreirio. Fe'i ganed i'r uchel swydd o fod yn Ddistain ac fe dyfodd ei ymlyniad wrth y Tywysog yn chwedl gwlad am iddo dyngu na ddôi niwed i Lywelyn tra byddai o 'Gronw byw'.

Dealltwriaeth dawel oedd rhwng Llywelyn a'r gŵr hwn a fu megis tad iddo. Oedodd Gronw beth yn y castell yn Nolwyddelan ar y daith yn ôl o Bowys a'r Deheubarth ac wedi ysbaid hebddo sylwodd Llywelyn fod y gŵr hwn yn heneiddio hefyd. Roedd yn heneiddio o dan bwysau gweinyddiad gwlad ac ymgyrchu hyd ffiniau pell y Dywysogaeth. Ar fwrdd y wledd y noson honno yn y llys taflodd y Tywysog gipolwg cyflym ar Dudur ab Ednyfed, brawd Gronw. Tybed a wnâi o gystal Distain â'i frawd pan ddôi'r amser i hynny? Torrodd peth amheuaeth dros y Tywysog.

Chwalodd pob amheuaeth fodd bynnag wrth i bawb gynhesu i'r wledd. Daethpwyd â'r bwyd i'r byrddau yn gynnyrch y ddau gogydd, sef cogydd y llys a chogydd y Tywysog ar ei ymgyrchoedd. Caed yno basteiod, adar wedi'u stwffio, cig eog a chig carw o'r Carneddau. Byddai'r cig carw ar ei orau o ganol haf hyd Galan Gaeaf. Hefyd fe gaed ffrwythau yn aeron a mwyar ac afalau cynnar a sawsiau o fenyn a mêl. Roedd digon o fedd ogylch y llys ond y nos honno gwinoedd Ffrainc o Gasgwyn a Rhosiel oedd yn rhedeg yn ffri.

Pan oedd mwstwr y wledd ar ei eithaf fe sibrydodd y Tywysog yng nghlust y Distain,

'Fe fuost yn Nolwyddelan?'

'Do... fe fûm i yno.'

Digon prin oedd geiriau'r Distain ac roedd yn amlwg bod rhywbeth yn pwyso'n drwm ar ei feddwl.

'A'r plentyn?' gofynnodd y Tywysog.

'Yn ffynnu erbyn hyn yn dwmplyn bach digon bodlon.'

Ar y gair lledodd gwên foddhaus dros wyneb y Distain.

'A'r fam?'

Peidiodd y wên ar hynny ar wyneb petrusgar Gronw ab Ednyfed. Meddai,

'Yn gwrthod deud dim oll a heb fod mor fodlon.'

'Yr enw?'

'Gruffudd.'

'Mi wela' i.'

Ocheneidiodd y Distain ond dal i holi yr oedd y Tywysog.

'A'i roi ar faeth?'

'Ia. Fe arwyddwyd y cytundeb i'w roi ar faeth efo'r Ynad Coch yn y Fedw Deg yn y Dyffryn.'

Yn sgîl y sgwrs hon daeth y darlun o'r fam ifanc Mererid yn fyw o flaen llygaid y Distain. Gwelodd yn y darlun adlewyrchiad o nain yr eneth. Huana oedd honno, y ferch o Eifionydd a ddenodd ei serch mor llwyr ac a roes iddo gip ar gyfrinach byw. Gyda'i marw disyfyd yn y Tŵr yn Llundain Fawr yn nyddiau'r arglwydd Gruffudd ap Llywelyn fe roddodd yntau'i fywyd i weinyddiad gwlad. Mynnu plygu'i phen at y ddaear yr oedd Mererid pan welodd hi yn y castell yn Nolwyddelan ac felly'n union y byddai Huana ei nain yn cuddio'i dwy foch goch oedd yn union fel dau afal Awst. Merch dyner oedd Huana ond os rhywbeth yr oedd mwy o arwedd yn yr wyres. Dilyn ei mam Gwenhwyfar yr oedd Mererid yn hyn o beth.

Yn union wedyn daeth y Menestr heibio i fwrdd yr uwch-gyntedd ac wrth ei sodlau lafnes o hogan ar fin dod i'w hoed a holl osgo'i chorff ifanc fel blodyn ar agor. Ond ei gwallt cyrliog trwchus o liw copr oedd yn tynnu sylw'r Tywysog gyntaf. Roedd yr eneth yn deffro hen angerdd a fu'n gysglyd ers tro byd ynddo. Bai y Crebach oedd y cwbl yn ei herio i fynnu cytundeb priodas efo merch Symwnt Mymffwrdd fel yr hoffai'r olaf alw'r gŵr. Ond yr oedd rhywbeth arbennig ogylch y ferch ifanc wrth fwrdd y wledd yn deffro'i chwilfrydedd. Y gwallt lliw copr a'r mymryn brychni haul ar ei hwyneb. Pe câi ei gweld yng ngolau dydd hwyrach fod yno drwch o frychni haul o ran hynny!

Cynhyrfodd yr eneth wrth weld y Tywysog yn syllu arni. Gwenodd yntau a gwnaeth hithau osgo cyrtsi o'i flaen. Mentrodd gydio yn ei braich a'i chyfarch gan edrych i fyw ei llygaid. Y llygaid! Roedd y llygaid yn peri anesmwythyd iddo.

'Beth yw d'enw di, fy merch i?' gofynnodd iddi.

Gwnaeth hithau osgo cyrtsi drachefn.

'Ena,' meddai'n swil ac yna codi'n osgeiddig a dilyn y Menestr. Cydiodd Llywelyn ym mraich y Distain ar hynny.

'Gronw! O ble daeth y ferch yna?'

'O... mae hi yma ers tro byd ond na ddigwyddodd ein Tywysog ei gweld hi,' meddai'r llall yn ddigyffro ddigon.

'Ond pwy ddysgodd iddi gwrteisi llys?'

'Pwy ond Gwenhwyfar efo'r tafod llym a'r ddisgyblaeth gaeth yna?'

Ysgydwodd y Tywysog ei ben.

'Ond mae mwy o gwrteisi yn perthyn i hon nag a fydd ar gyfyl Gwenhwyfar byth!'

'Hwyrach felly. Mae cwrteisi yn dwad yn haws i rai nag eraill.' oedd ateb swta'r Distain.

Ond nid oedd Llywelyn wedi'i lwyr argyhoeddi parthed yr eneth.

'Ena ydy'r enw... ond o ble daeth y ferch?'

Roedd yn amlwg bod y Distain yn cadw rhywbeth o dan ei lawes.

'Y cnwd gwallt yna a'r brychni haul... o ble daeth hi, Gronw?'

Fe ddaeth yr ateb o'r diwedd.

'Mae hon o dylwyth Llywarch Goch o gwmwd Rhos.'

Digon a ddwedwyd. Roedd Llywarch Goch yn hendaid i Lywelyn hefyd am mai Tangwystl, merch y Llywarch hwn, a roes fod i'w dad yntau Gruffudd ap Llywelyn. Owain Goch, y fo yn anad neb arall o'r tylwyth oedd yn dwyn nodweddion Llywarch. Anniddigodd Llywelyn. Roedd y ferch yn ei dynnu fel magned a Thynged yr un pryd yn chwarae tric ag o. Pam y mynnodd y cof am Owain Goch y brawd mawr ddod i ymyrryd ag o ar y nos arbennig hon?

Wrth i'r gwasanaethyddion chwalu bwrdd y wledd a throsi'r meinciau at y muriau roedd mwstwr yn y neuadd drachefn.

Bellach yr oedd canol y neuadd yn wag a chariwyd telyn y Telynor Cam o Fôn i mewn a'i gosod wrth droed grisiau'r uwch-gyntedd. Tra oedd y Telynor Cam yn tiwnio tannau'i delyn llithrodd Llywelyn allan i gyrchu'r osgordd. Mynnodd gadw gwyliadwriaeth barhaus ar y gwŷr ieuanc hyn, y blodau marchogion a oedd yn cynnal ei ymgyrchoedd. Chwiliodd am ei ffefryn ond nid oedd hwnnw ar gael.

'Rhisiart Arawn! Ble mae o?'

'Wedi mynd f'arglwydd.'

'Wedi mynd?'

'Ydy f'arglwydd efo'i gariad am y traeth.'

'Pam na fasa fo'n deud?'

'Doedd o ddim yn meddwl y byddach chi eisiau gw'bod!'

'A phwy ydy'r cariad yma?'

'Ena Goch f'arglwydd.'

Trodd y Tywysog ei gefn yn wyllt ar yr osgordd a dychwelodd yn ffwndrus i'r neuadd a chyrchu'r Distain unwaith yn rhagor.

'Gronw!' meddai. 'Wyddet ti fod Rhisiart Arawn yn caru efo'r ferch yna... Ena Goch?'

Edrychodd y Distain mewn syndod ar y Tywysog. Beth ar y ddaear a ddaeth heibio iddo? Meddai,

'Wrth gwrs y gwyddwn i fod Rhisiart Arawn yn caru efo'r ferch. Mi ŵyr pawb hynny!'

'A beth mae Gwenhwyfar yn ei ddeud am y peth?'

'O, mae Gwenhwyfar wrth ei bodd. Mi fydd cael geneth o dylwyth Llywarch Goch o gwmwd Rhos yn bluen o ferch-yng-nghyfraith i unrhyw fam dybiwn i.'

Trodd y Tywysog yn sorllyd am yr uwch-gyntedd yn dwndran rhwng ei ddannedd am ffwlbri Rhisiart Arawn.

'Y sgenach cyfrwys iddo fo... a dyna pam yr oedd o fel y gingran eisiau dwad adra'n ôl. Mi gaiff o dalu efo chwys ei wyneb am hyn, y cnaf!'

Ond parhau i edrych ar y Tywysog mewn syndod yr oedd y Distain. Beth yn y byd mawr a ddaeth drosto? A oedd dychwelyd i'r llys wedi deffro hen nwyd ynddo neu a fu'r Crebach yn mwydro'i ben efo'r sôn am ferch ifanc Symwnt Mynffwrdd? Hwyrach mai cenfigen oedd arno. Byddai'n rhaid cael Gwenhwyfar yn ôl i gadw gwastrodaeth arno.

XXVII

Neuadd y Llys
Y Dathliad

Bellach yr oedd y neuadd yn cynhesu i'r dathliad a'r dyrfa yn crynhoi nes bod y fan yn orlawn. Yna fe ddechreuodd y Telynor Cam dynnu miwsig o'i delyn. Crafangu efo rhyw angerdd ingol am y tannau y byddai'r telynor hwn o Fôn yn wastad a'i gefn crwm fel rhyw fwa am yr offeryn cerdd. Anwylo'i delyn y byddai'r Telynor Cam.

Yn raddol dechreuodd y dagrau lifo dros ruddiau rhai o'r gwesteion ac wrth i'r awyrgylch dynhau fe ddigwyddodd rhywbeth i Lywelyn ap Gruffudd hefyd. Distawodd y telynor dros dro i don enfawr o gymeradwyaeth ac yna fe gododd y Distain ar ei draed a chyfarch y bobl yn enw 'Arglwydd Eryri a Thywysog Aberffraw'. Dilynwyd y cyfarchiad hwnnw gan guro traed a moliant ysgubol y dorf i'w Tywysog. Y nhw wŷr Gwynedd oedd biau'r Tywysog. Nid oedd y teitl *Princeps Wallie*' sef 'Tywysog Cymru' yn golygu dim oll iddynt. A phan ailgydiodd y Telynor Cam yn ei delyn fe ddaeth y dagrau i lygaid y gŵr a elwid gan ei bobl yn 'Arglwydd Eryri a Thywysog Aberffraw!' Yn wir, er pan ddychwelodd i'r llys yr haf hwnnw fe ddaeth y dagrau i lygaid y gŵr rhyfel er ei waethaf. Ar y lle ac ar y bobl yr oedd y bai! Ei bobl o oeddynt ac yr oedd yntau yn olyniaeth Rhodri Mawr, Gruffudd ap Cynan, Owain Gwynedd a Llywelyn ab Iorwerth. Cangen o'r un pren oedd y cwbl ac er bod y rhuddin yn hen yr oedd eto'n iraidd. Tybed nad oedd yn amser iddo yntau, Llywelyn, feddwl am barhad y pren?

Y nos hon yn sŵn tannau lleddf y Telynor Cam fe ddarganfu Llywelyn fod rhyw bŵer nerthol yn cydio'r cenedlaethau ynghyd. Oherwydd gwylltineb a rhyferthwy rhyfeloedd nid oedd yno'r distawrwydd i amgyffred y pŵer hwn. Cyd-ddyhead ei bobl oedd y tanwydd a'r cynnud yn llosgi'n fud ond yn llosgi serch hynny.

Pan beidiodd y Telynor Cam o'r diwedd fe gamodd bardd i'r uwch-gyntedd — seren o fardd ifanc gorhyderus efo'r enw barddol od 'Llygad Gŵr'. Wrth ei gwt yr oedd nifer o feirdd llai a ddaeth i'w ganlyn o Edeirnion.

Ymffrost Llygad Gŵr oedd iddo eisoes ddechrau ar ei gerdd hir i'r Tywysog a hawdd y gallai ymffrostio gan fod canu'r hen feirdd fel Einion Wan a Dafydd Benfras yn cyrraedd pen tennyn. Byd tlawd oedd hi ar farddas.

Pan ddechreuodd Llygad Gŵr ar ei ffalsedd o foliant fe chwalodd y rhai mwyaf swrth a diddeall o'r neuadd. Ond am y gweddill fe'u daliwyd gan gyfaredd llais hudolus y bardd ifanc a daeth tawelwch i'r lle.

Fel yr oedd llafarganu'r offeiriaid yn yr eglwys yn awyrgylch o fawl yr oedd llafarganu'r bardd yn awyrgylch o ryfeddod i'r dyrfa na ddeallai odid air o foliant.

Daethai Llygad Gŵr yno'n unswydd i foli 'Rhwyf Arllechwedd'. Cyfarchodd Dduw a oedd yn ffynhonnell pob dawn:

'Cyfarchaf i Dduw ddawn orfoledd,
Cynnechreu doniau, dinam fawredd...
I foli fy rhi Rhwyf Arllechwedd...'

Y nos honno yn neuadd y llys fe safai Llywelyn o'i ysgwyddau yn uwch na'r un arglwydd byw arall ac yn rheng flaenaf y tywysogion o gyfnod Rhodri Mawr. Cerdd o fawl i'w gorffen rywdro eto oedd y gerdd hon gan y bardd ifanc o Edeirnion ond eisoes roedd Llygad Gŵr wedi ennill serch ei noddwr. Ond haid wenwynllyd oedd y beirdd ar y gorau.

Yno, yn swatio yng nghefn y neuadd yr oedd bardd arall yn cadw o olwg y Tywysog. Dywedid i hwn fod yn ffeindio'i ffordd yn slei bach at y carcharor Owain Goch yng Nghastell Dolbadarn a chanu moliant iddo. Hywel Foel ap Griffri ap Pwyll Gwyddel oedd y gŵr. Mynnai'r beirdd ei ddifrïo oherwydd ei dras Wyddelig ond os rhywbeth yr oedd Hywel Foel yn braffach bardd na Llygad Gŵr. Mewn gwirionedd, cerydd i'r Tywysog Llywelyn ap Gruffudd oedd moliant y bardd hwn i'r carcharor. Gallai Owain fod yn walch o ddywysog, meddai, yn erlid holl hil y Norman dros y Gororau. Gweddi'r bardd oedd y byddai i Dduw ganiatáu marwolaeth gynnar i'r Owain hwn oni ryddhëid o o'i gaethiwed. Pa ryfedd fod Hywel Foel yn swatio yn y cefndir yn neuadd llys y Tywysog?

Wrth i'r dathlu barhau i'r oriau mân ailgynnullodd y dorf nes llanw'r neuadd i'w hymylon fel na ellid adnabod na llun na lliw yno.

Ynghanol y berw torrodd môr o gân drwy'r dorf gan ddeffro hen gynnwrf yn y gwaed.

Yn sydyn o gongl bellaf y neuadd gellid clywed llais cadarn efo rhyw dynerwch meddal ynddo yn codi ac yn gostwng uwch bob llais arall. Roedd y cwbl fel rhythmau tonnau môr. Gwrandawodd y Tywysog.

Ymhle y clywodd y llais hwn o'r blaen? Nid mor glir â chynt efallai... ond, onid oedd y llais hwn wedi'i gynhyrfu ymhell bell yn ôl? Na, doedd bosibl bod yr Ymennydd Mawr wedi cyrraedd y lle am y gellid adnabod hwnnw bellach yng ngwisg ei Urdd yn yr Abaty. A beth am ei daldra?

Rhoddodd y Tywysog ochenaid ddofn, ddofn.

Yn rhyfedd iawn yr oedd delfrydiaeth yr Ymennydd Mawr wedi mynnu ei ddilyn gydol y daith ac yn parhau i'w bigo a'i anesmwytho. Y tro cyntaf y digwyddodd y peth roeddynt yn neuadd castell Dolwyddelan mor bell yn ôl! Yn amser y taid Llywelyn ab Iorwerth y torrodd y gwylliaid i mewn i'r castell a'r Ymennydd Mawr bryd hynny yn cyfareddu'r dorf efo'r sôn am genedl ac iaith y Cymry. Roedd rhai o eiriau'r areithiwr hwnnw yn dal i atseinio yng nghlust y Tywysog — 'Tair cenhedlaeth arall... ac fe fydd y Norman wedi llwyr lethu llinach ein tywysogion... Rhaid i ni arfogi yn erbyn pob de Breos... y Mortimeriaid... a phob iarll arall o Norman.'

Dyna oedd craidd neges yr Ymennydd Mawr bryd hynny yn Nolwyddelan. Ar ffurf gwylliad y daeth y gŵr i'r castell yn Nolwyddelan ond gallai ddod yr un mor hawdd ar ffurf mynach. Gallai fod ffurf pethau yn newid efo'r amseroedd ond yr un oedd y sylwedd.

Y noson honno yn y llys yn Abergwyngregyn roedd fel tae grym yr Ymennydd Mawr yn tynnu mêr o esgyrn y mynyddoedd ac o'r bobl a fu'n anadlu yno. Sumbol oedd yr Ymennydd Mawr wedi'r cwbl o ddelfrydiaeth cenedl a rywsut rywfodd fe synhwyrodd Llywelyn y nos honno mai yng nghrombil Eryri yr oedd y wythïen yn curo gadarnaf. Ond fel yr oedd y Tywysog ynghanol y wefr ryfeddol a ddôi iddo ym mhresenoldeb yr Ymennydd Mawr, fe gythruddwyd y Distain Gronw ab Ednyfed gan rywbeth a baglodd ei ffordd o'r uwch-gyntedd gan ddwndran rhywbeth am greadur dall yng nghwmni'r Ymennydd Mawr. Pan edrychodd Llywelyn i gornel bellaf y neuadd fe ganfu yno gawr o ddyn yn llusgo gŵr ar ei ôl fel tae brain y byd ar eu holau. Fe ddiflannodd y ddau ŵr i'r nos a Duw a Mair a wyddai sut y gweithient eu ffordd yn ôl i Abaty Aberconwy ar yr awr afresymol honno. Ond dyna, hawdd y gallai'r Tywysog gredu fod Rhagluniaeth o bryd i'w gilydd yn paratoi'r ffordd i'r delfrydwr-freuddwydiwr hwn bontio rhwng cyfnod a chyfnod.

Parhaodd y dawnsio a'r curo dwylo a bloeddio yn y neuadd hyd doriad y wawr. Pwy a allai feio'r bobl? Digon prin wedi'r cwbl a fu nosweithiau'r dathlu yn y llys yn Abergwyngregyn o fewn cof yr ifanc oedd yno.

Drannoeth yr oedd y Tywysog eto yn y gell gudd yn croesholi'r Crebach a'i chwilfrydedd yn fawr.

XXVIII

Drannoeth y Wledd

'Beth oeddat ti'n 'neud yn y neuadd neithiwr, y Crebach?'

Hyn oedd cyfarchiad cyntaf y Tywysog i'w Ysgrifydd yn y gell drannoeth.

'Doeddwn i ddim yno f'arglwydd.'

Hawdd y medrid credu hynny gan fod tynnu'r Crebach allan i olwg y llys fel tynnu'r wadd o'r ddaear. Ond rhaid oedd wrth gyfrwystra i gael at y gwirionedd.

'Mi roedd dy ffrind yr Ymennydd Mawr yna. Fedri di ddim gwadu hynny!'

'Os wyt ti'n deud f'arglwydd.'

'Pam nad oedd o yno yng ngwisg ei Urdd?'

'Hawdd fyddai iddo fo ddiosg honno achos nad ydy ei galon o ynddi.'

'Mae gen ti ateb parod ddyliwn.'

'Oes... ac mi ddeuda' i 'chwaneg. Mi fydd y breuddwydiwr, y delfrydwr, yr Ymennydd Mawr, yn dilyn dy gysgod di cyhyd ag y byddi di byw! Mae bodolaeth yr Ymennydd Mawr mor hanfodol i ti ag ydy'r haul i'r bora!'

Meddyliodd y Tywysog fod elfen o wirionedd yn y gosodiad haerllug hwnnw. Ond nid oedd ei chwilfrydedd ar ben eto.

'Ond pwy oedd y creadur dall yna efo'r Ymennydd Mawr ac yn edrych, yn ôl rhai o'r dorf, fel tase fo yn ei seithfed ne' wrth wrando ar y Telynor Cam a Llygad Gŵr... dyn heb lygaid yn gorfoleddu. Rhyfedd o fyd!'

'Braint oedd hwnnw,' ychwanegodd y Crebach yn swta. Nid oedd o yn or-hoff o'r dyn efo'i acen ddiarth a'i gyswllt efo'r Ymennydd Mawr. Partneriaeth anghymarus oedd y cwbl i'r Crebach a hynny'n deffro cenfigen ynddo. Eto cyfarth ar ei gilydd fel dau gi gwyllt y byddai'r Ymennydd Mawr a'r gŵr dall fynychaf. Torrodd y Tywysog ar draws ei feddyliau.

'Braint ddeudaist ti? Pwy ydy Braint?'

'Gŵr yn chwilio am ei wreiddia',' oedd yr ateb parod. 'Mi ddaeth ar draws dy dylwyth di, y Tywysog, pan oedd dy dad yr arglwydd

Gruffudd yn garcharor yn Nhŵr Llundain Fawr. Roedd Braint yn rhan o'r cynllwyn iddo geisio dianc... Braint, y gŵr y tynnodd gwŷr Arllechwedd ei lygaid o allan o'u socedau wrth feddwl mai Norman oedd o adag y rhyfal yn amsar Dafydd ap Llywelyn. Braint y gŵr dall sy'n cadw'i glustia' ar y ddaear wrth geg afon Gonwy ac yn medru deall iaith y Norman o'r gaer yn Negannwy.'

Mor od meddyliodd y Tywysog yr oedd y byd o'i gwmpas yn gweithredu heb iddo wybod dim oll amdano. Tybed a oedd o yn ddall i arferion y bobl? Eto rhaid oedd cael at graidd mater y gŵr dall hwn a elwid Braint.

'Dwed i mi, y Crebach, pam yr aeth y Distain yn gandryll gwyllt pan welodd o'r dyn dall?'

'Hen, hen stori f'arglwydd... stori garu sy'n maglu dynion drwy'r oesoedd. Pan oedd tylwyth yr arglwydd Gruffudd yn y Tŵr yn Llundain Fawr, roedd Huana mam Gwenhwyfar yno, ac mi syrthiodd Braint mewn cariad efo hi. Hyn yn ôl y sôn ddaeth ag o yn ôl i Gymru wedi helynt y Tŵr.'

Merched... merched... merched oedd wrth wraidd popeth. Rhaid oedd iddo yntau gyfaddef fod gweld y ferch-weini honno wrth fwrdd y wledd y noswaith cynt wedi cyffroi hen angerdd ynddo yntau — angerdd gwahanol i ladd gelyn a choncro tiroedd. Corff ifanc yr eneth a'i hosgo a'r gloywder yn ei llygaid — roeddynt yno i gyd. Ond yng nghwt hynny darganfod i'r llefnyn Rhisiart Arawn fynnu mai ei eiddo ef oedd y ferch. Y fath hyfdra!

O! fe gâi'r llanc ei gosbi ac unwaith y dôi i feddwl y Tywysog fod angen dial ni phetrusai rhag gweithredu. Eto nid oedd y llanc i wybod achos y gosb! Am iddo hawlio calon y ferch efo'r gwallt lliw copor a'r toreth brychni haul câi ei anfon dros dro i warchod y Cochyn arall hwnnw — Owain y brawd mawr yng nghastell Dolbadarn.

Bu'n unol â'i air ac ymhen y rhawg gorchmynnwyd i Rhisiart Arawn a dau arall o'r osgordd adael am Ddolbadarn. Ffarweliodd y llanc yn drist â'i gariad ac wylodd hithau'n hallt. Ac am fod y ferch Ena Goch o dylwyth Llywarch o gwmwd Rhos o'r union bryd a gwedd ag Owain ap Gruffudd y carcharor fe seliwyd perthynas rhyngddynt na fedrai ond angau ei dorri.

Ond yn fuan wedyn roedd y Tywysog yn edifeiriol ei agwedd at hoff filwr ei osgordd. Ac felly yng ngŵydd y Tywysog fe briodwyd Rhisiart Arawn ac Ena Goch yn eglwys y llys cyn diwedd yr haf hwnnw. Mae'n rhaid bod bys Gwenhwyfar yn rhywle yn y cawl. Ni fedrodd Llywelyn wrthod dim oll i Gwenhwyfar.

XXIX

Abergwyngregyn
Haf 1262

Yn dilyn y Cadoediad efo Harri Tri fe gaed blwyddyn o atgyfnerthu'r ffiniau a'r Tywysog a'r osgordd ar drafael. Gellid tybio bod y sêr yn eu graddau o'i blaid a'r Dywysogaeth bellach yn ymestyn o'r Berfeddwlad yn y gogledd i ffiniau Buellt yn y Deheubarth.

Eto fe all hynt a helynt dynion newid mewn munud awr. Yn ystod y gwanwyn y flwyddyn newydd hon daeth y glawogydd trymion a'r corwyntoedd yn dymchwel coed a phontydd ac adeiladau. Yn dilyn hynny daeth y cynhaeaf drwg. Roedd y gwŷr eglwysig fel Ieuan Fwyn o Abaty Aberconwy yn darogan Dydd Barn a Diwedd y Byd.

Yna fe ddaeth salwch i'r wlad. O Ffrainc dros y dŵr y cychwynnodd meddid ac i'r wlad honno yr aeth Harri Tri a llawer o wŷr llys y Norman yr haf hwnnw. Ofni'r Pla y byddai'r bobl, yr anghenfil marwol oedd yn peri tân yn y gwddf a'r bol a'r smotiau cochliw a'r bothellau gwaedlyd. Barn Duw oedd y Pla meddid.

Ynghanol yr holl sôn am ddifodiant a diwedd byd fe gyrhaeddodd y Tywysog a'i osgordd y llys yr haf hwn. Yn disgwyl am ei arglwydd fel ei arfer roedd y Crebach yn barod efo'i restrau taliadau yn ôl cyfraith 'mechdeyrn dyled' am raniad y tiroedd. Ond fe frawychwyd y Crebach gan y gwelwder yn wyneb ei Dywysog ac ar ben hyn yr oedd yn fyr ei dymer ac yn gwta ei eiriau.

Parodd hynny i'r Crebach fynd i'w gragen. Oedd, yr oedd Llywelyn ap Gruffudd yn ŵr blinedig ac am y tro cyntaf yn ei fywyd yn barod i ffoi i dawelwch y gell ymhell o sŵn rhyfeloedd a chynghreirio gwlad. Nid oedd Gwenhwyfar ar gyfyl y lle ac wedi gaeafu yn y llys fe droes hithau am y castell yn Nolwyddelan.

'Mae angan gorffwys ar y T'wysog,' oedd unig sylw'r Crebach. Ni wnaeth y Tywysog ei hunan unrhyw osgo i'w ateb ond yn hytrach ei daflu ei hun ar y fainc yn y gell. Yna gorwedd yn ei hyd yn y fan honno efo'i ddwylo o dan ei ben a chau ei ddau lygad yn dynn. Ymhen y rhawg dechreuodd gwestiynu dros ysgwydd megis.

'Beth ydy'r newydd am y brawd iau a'r sôn am iddo briodi efo Normanes?'

'Dim sôn f'arglwydd.'

'A'r hogan Ena Goch wraig Rhisiart Arawn?'

'Honno'n feichiog f'arglwydd.'

Nid oedd y Tywysog yn barod i gydnabod fod iddo yntau hefyd ei freuddwydion cudd nac ychwaith iddo ef a'r Distain daro golwg ar nith fach y brenin ym mhalas ei thad, yr enwog Symwnt Mymffwrdd. Wedi'r cwbl roedd heddwch cymharol yn y wlad a'r brenin Harri Tri wedi cilio i Ffrainc.

Merch fach ddengar hefyd. Ond Ow! mor ifanc. Elinor oedd yr enw — enw cyffredin ymysg merched y Norman.

Ond troi a throi yr oedd ymennydd Llywelyn ap Gruffudd wrth orwedd ar fainc y gell...

Y crochan gwleidyddol yn ffrwtian i'r berw yn Lloegr Fawr a'r brenin benben â'i frawd-yng-nghyfraith Symwnt Mymffwrdd.

Pa sut a pha fodd y dylai o Llywelyn chwarae'r gêm ddryslyd hon?

A fyddai'n rhaid iddo gefnogi plaid y barwniaid yn erbyn y brenin?

A ddeuai o byth i'r afael â'r gelyn caled Rhosier Mortimer o Wigmor ar y Gororau?...

Ar hynny, cododd yn ddisymwth oddi ar y fainc a chlepio drws y gell yn wyllt ar ei ôl heb air yn ychwaneg wrth y Crebach. Gadawyd yr olaf yn synfyfyrio'n hir uwch ben memrwn gwag ac ni chofiodd yr Ysgrifydd i'w Dywysog ymddwyn fel hyn o'r blaen. Siawns na fyddai drannoeth yn well meddyliodd y Crebach.

XXX

Oedd, yr oedd Llywelyn ap Gruffudd yn ôl yn y gell efo'r wawr drannoeth yn gwybod y byddai'r Crebach yn ei ddisgwyl. Y bore hwnnw roedd yn fwy rhydd ei dafod ond ei gyfarchiad cyntaf oedd,

'Noson anesmwyth a dim sôn am gwsg. Unwaith mae dyn wedi byw i ryfela does byth drefn ar ei gwsg wedyn. Y milwr ynddo fo fel tae'n disgwyl am yr alwad a sŵn brwydrau yn ei glustiau o.'

Nid dyn i wastraffu geiriau oedd y Tywysog ac nid un i arbed teimladau oedd y Crebach.

'Rwyt ti'n welw dy wedd, y T'wysog!... Tasa ti'n marw fasa gynnon ni neb yn dy le di!'

'Y brawd iau, Dafydd!' meddai'r llall yn sarrug.

'Dafydd... hwyrach fod ynddo fo ddeunydd t'wysog ond mae o fel ceiliog y gwynt yn newid ei gôt am gardod Harri Tri.'

'Owain ynteu,' meddai'r llall yn fwy sarrug fyth.

'Hy... Owain? Rwyt ti a'r Distain wedi gada'l i hwnnw dario yn rhy hir yng ngharchar Dolbadarn. Prin y medrai hwnnw ymlwybro o glun i glun... ond cofia di maen *nhw* yn cwyno.'

'A phwy ydy y *nhw* bondigrybwyll?'

'Does dim rhaid i ti gyffroi, y T'wysog. Maen *nhw* efo ni bob amsar. Y *nhw* sy'n cwyno am fod pobol Gwynadd yn talu i gynnal y fyddin mewn mannau pell fel Gwerthrynion.'

'Llai o'r sôn am Gwerthrynion, y Crebach. Heb Gwerthrynion mi fedrai Gwynedd fynd i'w golli hefyd i Harri Tri.'

Y tro hwn nodiodd y Crebach ei ben mewn dealltwriaeth. O leiaf cysurodd ei hun fod y Tywysog yn ei lawn grebwyll. Eto mae'n sicr bod cysgodion mawr ar gerdded yn y gell y bore hwnnw. Yna fe syrthiodd tawelwch hir rhyngddynt ac yn y cyfnod hwnnw yr oedd meddwl y Tywysog yn cylchdroi ar echel wyllt.

'Harri Tri ar dir Ffrainc... gŵr afiach yn ôl y sôn a phan ddaw diwedd i hwnnw fe ddaw'r sbrigyn balch Edward i ddilyn y tad... fe ddaw gwaeth yn sgîl hwnnw... gwŷr Maelienydd yn anniddigo o dan orthrwm Rhosier Mortimer ar y Gororau... yn galw am gymorth Tywysog Gwynedd...'

Cododd y Crebach ei ben mewn syfrdandod i weld wyneb ei Dywysog yn gwelwi a'i ben yn gwyro i'r naill ochr. Oedd... roedd ei Dywysog yn marw!

Mentrodd allan o'r gell fel saeth i gyrchu Rhisiart Arawn y ffefryn a hen hen feddyg y llys a oedd yn rhy lesg i arbed y byw mewn gwirionedd.

Ond pan ddychwelodd y Crebach yn ffwdanllyd i'r gell a'r ddau ŵr i'w ganlyn cafodd Llywelyn yn eistedd ar y fainc fel tae dim oll wedi digwydd. Ond ai gweld ysbryd yr oedd o?

'Y Crebach!' meddai'r claf mewn llais mor iach â'r gneuen. 'Pa fusnes oedd gen ti i adael dy waith efo'r memrwn heb archiad dy Dywysog? A pha fusnes oedd gen ti, Rhisiart Arawn, i ruthro hyd y lle efo dy wynt yn dy ddwrn... y milwr croendenau i ti... a'r hen ŵr? Ffwr' chi y ffyliaid! Fedrai holl ferched y llys ddim bod yn fwy ffyslyd!'

Diflannodd Rhisiart Arawn a'r hen feddyg ar ei sodlau drwy ddrws y gell a dychwelodd y Crebach at y memrwn gan wasgu'i ewinedd i groen ei ddwylo. Oedd, yr oedd Llywelyn wedi synhwyro artaith yr Ysgrifydd ffyddlon. Mentrodd air o gysur o'r diwedd.

'Dim mwy na chur yn y pen a natur cyfog weithiau, y Crebach.' Yna chwarddodd,

'Doed dim raid i ti gyhoeddi fy angladd i eto!'

Trodd y Crebach ddau lygad addolgar trist i edrych arno cyn torri allan i feichio crio fel plentyn. Un meddal oedd o yn y bôn. Gwaith y Tywysog oedd estyn cysur bellach. Cododd a phlygu dros gorff y Crebach.

'Paid di â chrio, 'ngwas i!' Wedi dipyn o orffwys ac awyr iach Eryri mi fydd Llywelyn ap Gruffudd mor gadarn ac iach ag erioed.'

Ymhen eiliad roedd yn hen bryd gan Lywelyn adael y gell a dianc am le i anadlu. Gadawodd y Crebach druan yn igian crio ac yn sibrwd ynddo'i hun,

'Gwedd wynab fy arwr i... fel y bedd... fedra i ddim byw heb fy Nh'wysog... a fedar y Dywysogaeth ddim byw hebddo fo.' Er trio a thrio ni fedrodd roi gair yn y memrwn.

155

Yn ddiweddarach y pnawn hwnnw roedd y Tywysog yn chwilio am encil o olwg byd yng nghornel bellaf y Garthau. Y pnawn hwnnw yr oedd yr osgordd ar chwâl am ei bod hi'n ddyddiau o orffwys arnynt. Eisteddodd y Tywysog ar fainc bren a lwyddodd i wrthsefyll rhaib y tywydd garw o'r môr. Encil yng nghysgod y coed oedd yno wedi'i neilltuo ar gyfer tylwyth y tywysogion dros y blynyddoedd. Tyfiant trwm o wellt a mieri o gwmpas yn gylch erbyn hyn o ddiffyg gwarchodaeth. Gallai fod yno nadredd yn cuddio ond o ran hynny roedd digon o ymlusgiaid felly ymhlith dynion.

Gorffwyso... gorffwyso... oedd y peth medd pawb. Ond nid oedd o, y Tywysog, erioed wedi gorffwyso. Fe âi o at Gwenhwyfar i Ddolwyddelan. Drennydd fyddai hi bellach. Roedd o wedi arfer efo hi fel ei fraich dde yn ffraeo i gymodi yn barhaus. Cerydd Gwenhwyfar oedd y burum yn y blawd i'w orfodi i sefyll ar ei draed a derbyn her. Ie, drennydd yr âi i Ddolwyddelan.

Y pnawn hwn yn yr encil o olwg y llys caeodd ei lygaid a gadael i'w feddyliau grwydro a phontio'r blynyddoedd. Yno, yn awyrgylch gwresog y pnawn ymhell bell o ddwndwr rhyfel dechreuodd hel meddyliau. . .

O gau ei lygaid medrai weld y darn tir gwyllt yn lawnt lefn unwaith eto fel yn nyddiau'r Tywysog Dafydd ap Llywelyn a'i wraig Isabela. Nid oedd yno blant yn chwarae ar y lawnt bryd hynny mae'n wir... ond yr oedd Dafydd ap Llywelyn wedi sicrhau gwraig o blith y Normaniaid. Hynny hefyd a wnâi Dafydd y brawd iau yn y man.

Yna fe deimlodd yr hen wendid dros ei galon... Os ei dynged fyddai marwolaeth ddisyfyd, yna hwyrach mai plant Dafydd a'i wraig o Normanes a ddôi i chwarae ar y lawnt lefn. Ond fe giliodd y gwendid mor ddisymwth ag y daeth ac i ganol y darlun fe ddaeth y ferch ifanc Elinor de Montfort, merch Iarll Caerlŷr. Gallai hon dyfu i fod yn Dywysoges hardd mewn gwisg laes at ei thraed a thorch o aur am ei gwddf a phenwisg o ddiamwntiau. Roedd o eisoes wedi gweld y ferch fach. Byddai priodas â theulu Symwnt Mymffwrdd yn fanteisiol ond rhaid oedd yn gyntaf gael caniatâd ei hewythr, y brenin Harri Tri...

Pylodd y breuddwyd yr un mor ddisymwth eto a chyffrowyd ei ymennydd gan leisiau yn blith draphlith...

A fodlonai Iarll Symwnt, un o'r Ffrancwyr mwyaf dylanwadol yng ngorllewin Ewrob i drosglwyddo'i ferch iddo mewn cytundeb priodasol? A fodlonai'r brenin Harri Tri ar gytundeb parhaol o heddwch a'i gydnabod yntau yn 'Princeps Wallie'? Ai doeth fyddai iddo yntau, Llywelyn, ddilyn awgrym y Crebach a ddaethai o enau'r Ymennydd Mawr ac ochri gyda phlaid y Barwniaid yn erbyn brenin Lloegr?...

Roedd ei feddwl yn dryfrith o hunllefau.

Treuliodd yr oriau ac o'r diwedd fe oerodd yr haul a chilio tua'r môr dros y Carneddau ac fe gollwyd golwg ar y Tywysog. O'r diwedd darganfu milwr o yn yr encil yn y Garthau a thybio ei fod yn cysgu'n drwm. Ar hynny clywyd lleisiau cyffrous hyd y lle.

'Mae'r T'wysog mewn llewyg... mae'n T'wysog yn farw!'

Galwyd am Rhisiart Arawn y ffefryn o'r osgordd ac eto yn dynn wrth ei sawdl fe ddaeth yr hen hen feddyg yn cario cyffur mewn cwpan crynedig. Rhedodd Rhisiart Arawn ar draws y Garthau a gafael yn dyner yn ysgwyddau'i arglwydd a cheisio'i ddeffro. Na, nid oedd yn farw fel y tybiodd rhai ond nid hwn oedd y tro cyntaf iddo ganfod ei Dywysog mewn llewyg.

'F'arglwydd! F'arglwydd!' llefodd. 'Ydach chi yn fy nghlywad i?' Yn yr hanner gwyll oedd bellach yn crynhoi medrodd weld yr wyneb ac fe ddaeth y llais mor awdurdodol ag erioed.

'Rhisiart Arawn! Ti sydd yna fel merchetan drafferthus... Mae yna faterion gwlad i'w trafod efo'r Crebach. Ymhle mae hwnnw sgwn i? Sefyllfa gwŷr Maelienydd o dan fygythiad Rhosier Mortimer.'

'Ond f'arglwydd,' llefodd Rhisiart Arawn.

'Llai o f'arglwydd yna, y llanc, a thitha'r hen ŵr efo'r cwpan cyffur yna yn crynu fel dail yr aethnen, dos adre i dy wely! Mae yna fwy o wenwyn nag a wêl llygad yn y cwpan yna!'

Ciliodd y gweddill o'r osgordd a'r hen feddyg yn sigledig wrth eu sodlau yn cyhoeddi fod y Tywysog eto'n fyw. Erbyn hyn roedd y Crebach hefyd wedi mentro allan o'r gell gudd ac yn dawnsio ogylch ei arwr fel dyn o'i go'.

'Y Crebach! Mi fedri ditha' noswylio oblegid 'fory mi fydd angan i ti groniclo hynt yr amseroedd a gosod trefn ar fy meddyliau. Dos i'th wâl.'

Diflannodd y Crebach yr un mor ddisymwth heb adael neb ond Rhisiart Arawn yn aros yn yr encil.

Wedi cael cefn ar y garfan fusneslyd cydiodd Llywelyn yn serchus yn llaw ei ffefryn â'i fryd ar rannu cyfrinach ag o.

'Drennydd fe awn ni i weld dy fam, Rhisiart Arawn, i gastell Dolwyddelan. Fedar neb ond dy fam gynnig cyffur i mi bellach a rhyw fymryn o gysur. Cysur gwraig i ŵr blinedig.'

Arweiniodd Rhisiart Arawn ei Dywysog i'w stafell yn ŵr claf ac yr oedd ei galon ifanc yntau yn llawn gofid. O leiaf fe ddôi siawns iddo yntau weld ei fam Gwenhwyfar unwaith yn rhagor a chael cip ar ei chwaer Mererid. Chwyddo fel caseg eira a wnaethai'r sibrydion amdani hi.

Ond y nos honno bu Rhisiart Arawn yn pendroni'n hir a chofio fel y dwedodd ei Dywysog wrtho mai yng nghastell Dolwyddelan y digwyddodd pob geni a marw o bwys. Teimlodd y llanc ias yn treiddio i'w fadruddyn. Tybed a oedd Tynged unwaith eto yn chwarae tric creulon?

Drannoeth y digwyddiad yn y Garthau fe dorrodd sibrydion gwyllt hyd y lle.

'Mae'n T'wysog annwyl yn wael iawn... mae o yn marw!'

'Fel hyn y bu farw'r T'wysog Dafydd ap Llywelyn ddeunaw mlynadd yn ôl... ac felly y bydd hi eto... Claddedigaeth yn y Mis Bach oedd hi bryd hynny ond yng nghanol ha' y tro hwn yn Abaty Aberconwy.'

Holi yr oedd pawb heb neb yn cynnig ateb. Lledodd y sibrydion ar draws gwlad fel tân gwyllt a chyn drennydd byddai'r sôn ym Mhowys ac yna Deheubarth. Mewn byr o dro fe ddôi'r cwbl i glustiau'r brenin Harri Tri yn Ffrainc. Drwy drugaredd ni wyddai Llywelyn ddim oll am y sibrydion ac meddai wrth Rhisiart Arawn,

''Fory yn blygeiniol fe fyddwn yn cychwyn am Ddolwyddelan i chwilio am gyffur dy fam Gwenhwyfar.'

XXXI

Tua Dolwyddelan

I osgoi chwilfrydedd y llys fe gychwynnodd y Tywysog a mintai fechan o'r osgordd drannoeth ar doriad gwawr. Marchogaeth dros y copäon o Abergwyngregyn. Gwnaeth Llywelyn osgo i godi'i ben yn uchel fel y gweddai i dywysog ond wrth ddisgyn i lawr tua Dyffryn Conwy baglodd y march ac ni fu ond y dim i'r march a'r marchog syrthio i'r llawr. Unig esgus y marchog oedd,

'Haul y bore yn gryf... yn gryf yr amser hwn o'r flwyddyn.' Meddyliodd Rhisiart Arawn mai peth rhyfedd oedd i ŵr a fu yn anterth gwres rhyfeloedd sôn am bwysau gwres y dydd.

Yn ôl arfer y blynyddoedd rhaid oedd tario yn Hen Glas y Betws ac yna dilyn y ffordd droellog rhwng y Betws a'r castell yn Nolwyddelan. Rywle yng nghyffiniau'r Fedw Deg gwyrodd y Tywysog dros ben ei farch ac fe arhosodd yr olaf yn stond mewn moment o syfrdandod llwyr. Wedi hynny rhaid oedd cario'r Tywysog ar astell bob cam i'r castell ac unwaith yn rhagor fe ledodd y newydd fel tân gwyllt dros Fwlch y Gorddinen ac i Uwch Aled fod y Tywysog annwyl yn farw.

Rhyddhad i Rhisiart Arawn oedd canfod ei fam Gwenhwyfar yn aros amdanynt wrth y porth mawr. Aros efo breichiau agored a'i chalon yn gwaedu. Gwelodd y mab yr un penderfyniad diwyro yn wyneb y fam ag a fu yno erioed pan ddôi adfyd heibio. Cipiodd hi olwg cyflym ar y claf. Meddai'n ddistaw,

'Wedi'i lethu mae'r T'wysog efo gwres llawar o ddyddia'... Ewch ag o i stafell y Tŵr!'

Roedd y distawrwydd yn llethol wrth i'r gwŷr gludo'r Tywysog ar draws y neuadd ac i fyny'r grisiau i'r Tŵr. Yno yr oedd popeth yn barod yn llieiniau a dysglau a chyffur. Gorchmynnodd Gwenhwyfar i fechgyn yr osgordd roi eu harglwydd i orwedd ar wely o blu yn y stafell cyn ymadael. Trodd pob un ohonynt ar ei sawdl efo tristwch anaele yn llenwi'r lle.

'Rhisiart Arawn!' meddai. 'Mi fydd yn rhaid i ti fod wrth law. Mae Hywel Tudur ac Eiddon a'r milwyr yn gwylio'r Tŵr... Yma yn gwarchod dy D'wysog y byddi di.'

Roedd si ar led y wlad fod y Distain eisoes wedi gwasgaru'r milwyr dros y cymydau a'r ceyrydd i dynhau'r wyliadwriaeth. Yn wyneb gwaeledd y Tywysog byddai pob gelyn ddyn yn gwylio'i gyfle i ddial. Y mannau ffrwydrol oedd y castell yn Nolwyddelan, y gaer yng Nghricieth lle roedd y carcharorion yn dihoeni er adeg brwydr Bryn Derwin a chilfachau anhygyrch Eryri a Mawddwy. Rhyw garfan fechan benboeth o Wylliaid oedd yn cyfanheddu'r tir yn y cilfachau uchel hyn yn y mynyddoedd.

Ond yn y castell yn Nolwyddelan roedd Gwenhwyfar yn llwyddo i gadw gradd o hyder ynghanol berw'r lle. Cyfrifoldeb y byw wedi'r cwbl oedd gweini mewn gobaith. Oedd, yr oedd ei mab Rhisiart Arawn yn deall yn eitha' hefyd a'r ddau fel cwlwm- dolen, y naill yn cynnal y llall. Sibrwd yn isel yr oedd ei fam,

'Mi leiciwn i feddwl mai wedi blino y mae Llywelyn... Tawelwch a llonyddwch... ac mi ddaw tro ar wella yn y man. Mi wnawn a fedrwn. Caiff Duw a Mair wneud y gweddill!'

Eto, nid oedd y fam hon yn sicr o ddim. Daliodd Rhisiart Arawn hi yn syllu ar wyneb y claf, yn syllu heb symud amrant ar yr wyneb gwelw oedd wedi meinhau cymaint dros y misoedd diwethaf. Gofalodd Gwenhwyfar hefyd fod ei merch Mererid yn glòs wrth ei hochr ac o'r stafell gyferbyn gellid clywed sŵn plentyn yn crio. Yno efo'i riant-maeth, y Fudw o'r Fedw Deg roedd y plentyn Gruffudd. Mynnodd gadw'r Fudw yn ogystal wrth law oblegid un dda am weini claf oedd hi.

'Mae gwres y claf yn uchal... uchal iawn,' oedd sylw Gwenhwyfar. Bu'r dasg yn anodd wrth iddynt ddyfal wasgu'r llieiniau o'r dŵr oer a'u pwyso'n ysgafn ar dalcen y claf a gwrando yr un pryd ar guriad y gwaed.

'Y pen ydy'r drwg, Mererid. Y gwres yn y pen. Rhaid i ni oeri'r pen.'

Sawl gwaith y dywedodd Gwenhwyfar hynny ond rhyddhad oedd gweld nad oedd yno arlliw o felyn o dan y croen nac ychwaith arwydd o ddiffrwythdra yn y fraich a'r goes. Ond yr oedd y salwch hwn yn peri dryswch iddi.

Digwyddodd gofio fel y byddai Llywelyn yn blentyn yn cael yr hunllefau rhyfeddaf ac yn gweiddi ganol nos nes bod ei mam Huana yn bygwth gwrach Pont y Coblyn arno. Gallai fod rhyw hen wendid felly wedi gafael ynddo. Neu a oedd rhyw bla hyd y wlad? Os felly, byddai'n gafael ym mhawb ohonynt. Na, clefyd y Tywysog yn unig oedd hwn beth bynnag ydoedd.

Fe arhosodd Gwenhwyfar yn ddisymud wrth wely'r claf awr ar ôl awr, ei llaw weithiau o dan ei ben neu ynteu yn dal ei fraich i gyfrif curiad y gwaed. Dro arall gwlychu pluen mewn glasdwr a rhwbio'i wefus wrth geisio llithro diferyn ohono rhwng y genau. Roedd y cwbl mor drist... mor ofnadwy o drist ac anadl einioes cenedl yn hongian wrtho. O bryd i'w gilydd byddai Gwenhwyfar yn sibrwd yn isel,

'Llyw! Llyw!... Wyt ti'n fy nghlywad i?... Llyw! Gwenhwyfar sy' 'ma. Tria agor dy lygad, Llyw!'

Ac felly y bu ddydd ar ôl dydd a phan nad oedd Gwenhwyfar wrth yr erchwyn byddai Mererid yno yn ei lle. Meddai'r fam,

'Dal dy fys ar y curiad yn y garddwrn, Mererid. Tasa'r curiad yn gwastatáu fe fyddai yna droi ar wella.'

Prin yr oedd archwaeth bwyd ar neb ohonynt o fewn y castell. Edrych fel delw yr oedd pawb ar Gwenhwyfar wrth iddi gerdded i fyny ac i lawr grisiau'r Tŵr. Pawb yn aros am newydd a phawb yn ofni clywed y gwaethaf.

Rywdro yn gynnar y trydydd dydd fe ysgydwodd y gŵr gwael ei ben y mymryn lleiaf. Un symudiad cyn llithro'n ôl i'r llonyddwch syfrdan.

'Pan ddaw'r nawfed dydd... fe dry er gwell neu er gwaeth,' ocheneidiodd Gwenhwyfar.

Bron na theimlodd Mererid a Rhisiart Arawn yn ystod y dyddiau hynny fod y claf yn sugno nerth eu mam ac mai'r cynnwrf bywiol hwnnw oedd yn ei gadw'n fyw. Prin y gadawodd hi erchwyn y gwely.

Llanwyd y castell â chwmwl trwm du nes bod sibrydion a lleisiau hyd y lle. Lleisiau Llywelyn ab Iorwerth o ddaear Aberconwy... Gruffudd ei fab gordderch o'r Tŵr yn Llundain Fawr. Awyrgylch o hofran rhwng deufyd a rhwng byw a marw oedd yno am fod y ffin yn denau a'r byw yn gyndyn i ollwng y Tywysog o'u gafael. Er ei bod yn ganol haf, eto roedd canol nos yng nghysgod Moel Siabod fel syllu i'r affwys mawr a hwnnw yn ei dro yn teneuo anadl y byw. 'Doedd ryfedd bod golau cyntaf y wawr yn rhywbeth i'w groesawu.

Ond os oedd tawelwch yn Nolwyddelan yr oedd y wlad yn ferw o gynnwrf o Arllechwedd i'r Bere ac i'r Berfeddwlad. Crynhôdd llu o bobl ogylch godre'r castell yn Nolwyddelan — begeriaid yn chwilio am elusen, gwŷr a gwragedd yn gweddïo ar i Dduw a Mair arbed y Tywysog iddynt a charfan gudd o sbïwyr yn ddilynwyr Owain Goch a'r Gwylliaid. Roedd yno rai yn casáu'r Norman â chas perffaith. Prin bod dianc rhag y Norman bellach. Tybed a oedd dianc rhag angau?

XXXII

Dolwyddelan

Tra oedd y claf yn brwydro am ei fywyd yr oedd hadau gwrthryfel ar gerdded ymysg carfan fechan benboeth o wrthwynebwyr y Tywysog. Y Gwylliaid hyn oedd yn gyfrifol am losgi coelcerthi ar y copäon o'r Eifl i ben yr Wyddfa ac ar y Rhinogydd yn Ardudwy. Torrwyd i mewn i garchar y gaer yng Nghricieth a lladd dau warchodwr drwy wthio saeth drwy eu calon a hongian y cyrff rhwng dwy goeden yn llwybr y gaer. Mae'n wir bod rhyw lond dwrn o gefnogwyr Owain Goch wedi bod yn madru yng ngharchar y gaer er adeg brwydr Bryn Derwin chwe blynedd cyn hyn. Llwyddodd y ddau grwmffast Castan Ddu a Iori ei frawd i ffoi i'r mynyddoedd ond digon prin oedd grym y Gwylliaid bellach. Byddent yn dwyn y da a dwyn yr ŷd a throi ambell goedlan a thrigfan arglwydd yn wenfflam o bryd i'w gilydd. Collodd y Gwylliaid arweiniad yr Ymennydd Mawr am fod hwnnw bellach mewn cytgord â'r Tywysog.

Ond gŵr doeth oedd Gronw ab Ednyfed y Distain ac ar fyr o dro yr oedd o a'r brawd iau Dafydd ap Gruffudd yn gwarchod y cadarnleoedd gyda chymorth swyddogion a milwyr. Mae'n wir bod y newydd am y Tywysog wedi lledu fel tân gwyllt a chyrraedd y brenin Harri Tri dros y dŵr yn Amiens a'r mab o dywysog Edward yng ngwlad Gasgwyn.

Un bore fe redodd y milwr Hywel Tudur i fyny grisiau'r Tŵr yn Nolwyddelan yn rhybuddio'r gwragedd fod y Distain a'r brawd iau Dafydd a'r milwyr yn dynesu tua'r castell drwy Ddyffryn Lledr. Ond fe gynhyrfwyd y bobl yn fwy gyda'r mân sibrydion oedd yn fyw drwy'r lle.

'Mae Harri Tri yn gorfoleddu yn nhir Ffrainc am fod ein Tywysog annwyl ni yn marw!'

'Does dim etifedd gan ein Tywysog ond mi fedrai Dafydd ap Gruffudd fod mor rymus ag yntau tae o'n cael dilyn yr olyniaeth.'

'Ond mae Harri Tri am ollwng Owain Goch allan o garchar castell Dolbadarn er mwyn creu gelyniaeth rhwng y brodyr a rhwygo'r Dywysogaeth.'

'Barwniaid y Gororau fydd yn rheoli'r Dywysogaeth wedyn a'r cena' Rhosier Mortimer fydd ben ar y rheini!'

Ar y pryd nid oedd hyn oll o unrhyw werth i Gwenhwyfar. Nid oedd cynllwyn gwlad o bwys iddi ond gynted ag y clywodd fod y Distain a Dafydd ap Gruffudd wedi cyrraedd y neuadd gadawodd wely'r claf. Gorchmynnodd i Mererid wylio yn y fan honno efo Rhisiart Arawn ei brawd.

Daeth sŵn mwstwr y dyrfa o'r neuadd a cherddodd Gwenhwyfar yn benuchel o'r Tŵr i'w canol. Daliodd ei sylw ar Dafydd ap Gruffudd ac edrychiad ei llygad fel trawiad saeth. Parodd hynny i gannwyll llygad y gŵr gyffroi y mymryn lleiaf. Erbyn hyn roedd mân swyddogion ac arglwyddi wedi casglu ynghyd a phenbleth yn llanw'r lle. Wrth iddi roi troed ar lawr y neuadd mi glywodd y sylw,

'Duw a'n gwaredo ni rhag i Owain Goch ddwad i'n harwain ni! Mi fyddai cochni hwnnw yn dân gwyllt ar ein croen ni!'

Ond y sylw nesaf a gyffrôdd Gwenhwyfar.

'Mae cystal dyn bob tamad yn yr arglwydd Dafydd ap Gruffudd ag sy'n y Tywysog!'

Ni fedrodd hithau ddal ei thafod wedi hynny. Mynnodd eu sylw a chododd ei llais uwch dwndwr y gwŷr. Gwyddent fod gan hon rywbeth i'w ddweud am y claf ac eto roedd hi mor egwan wedi gwyliadwriaeth gyson y dyddiau a aethai heibio. Meddai yn y tawelwch mawr hwnnw,

'Dydy'r Tywysog ddim yn marw! Mi 'sgydwodd ei aelia' y mymryn lleia' y bora yma. Does dim pla na diffrwythdra ar y Tywysog. Wedi blino ar ôl y rhyfeloedd y mae o ac eisiau gorffwyso.'

Mae'n wir nad ei lle hi oedd cyhoeddi'r fath newydd i arglwyddi gwlad ond doedd hynny yn mennu dim arni. Mae'n wir hefyd bod mawr sôn ar led am ei gallu fel llysieuwraig a bod ei merch Mererid cystal onid gwell na hithau.

Menter ar ei rhan oedd cyhoeddi'r newydd gan nad oedd gormod o sail i hynny ar y pryd. Daethai rhyw gythreuldeb heibio iddi wrth weld yr olwg foddhaus ar wyneb Dafydd ap Gruffudd yn wyneb cystudd y Tywysog. Pan drodd Gwenhwyfar ar ei sawdl o'r neuadd y bore hwnnw bron nad oedd ochenaid o ryddhad yn torri drwy'r dyrfa.

I fyny yn stafell y claf yr oedd Mererid wedi synhwyro perygl hefyd. Gwaeddodd ar Hywel Tudur oedd newydd ddychwelyd i'w wyliadwriaeth yn y Tŵr.

'Hywel Tudur!' Tyrd gyntad ag y medri di! Mae gen i eisiau dianc efo'r babi am y Fedw Deg... Dos i gyfrwyo'r march!'

Fel yr oedd y fam yn dringo'r grisiau yn ôl i'r Tŵr daeth Mererid yn wyllt i'w chyfarfod yn cario'r plentyn Gruffudd yn fwndel mewn siôl. Cythruddodd y fam.

'I ble rwyt ti'n mynd?... Rwyt ti wedi gadael gwely'r Tywysog!'

Ond nid oedd y ferch am aros i wrando. Diflannodd i'r Garthau drwy ddrws dirgel yng ngwaelod y Tŵr ac ymhen dim roedd hi a Gruffudd a Hywel Tudur a'r march yn cyflymu am y Fedw Deg ac o olwg y castell.

O'r diwedd fe sylweddolodd Gwenhwyfar beth oedd achos yr holl helynt. Onid oedd Dafydd ap Gruffudd wedi dod i'r castell? Y bore hwnnw fe welodd hithau arwydd o fuddugoliaeth ar wyneb y brawd iau uchelgeisiol ac aflonydd.

Wrth gerdded i mewn at Rhisiart Arawn i stafell y claf fe addunedodd hithau y byddai hi'n cadw'r Tywysog yn fyw costied a gostio. Mae'n wir fod y claf wedi ymateb y mymryn lleiaf iddi wrth iddi yngan yr enw 'Llyw'. Hwn oedd yr enw anwes arno yn nyddiau plentyndod Dolwyddelan ers talwm.

Mater i arglwyddi gwlad oedd gweinyddiad y Dywysogaeth. Gweini ar y Tywysog claf oedd ei swyddogaeth hi.

XXXIII

Tuag Abergwyngregyn

Ar nawfed dydd y salwch fe ddaeth y troad a Gwenhwyfar yn haeru mai yn ôl ei hadduned hi y bu i'r Tywysog ddechrau troi ar wella. Yn raddol mae'n wir y digwyddodd hyn ond gwella serch hynny. Mynnodd Gwenhwyfar fod gormod o ruddin y tywysogion yn ei waed i'r claf farw. Bu mawr y gweini a'r gofal. Cwestiwn cyntaf y Tywysog oedd,

'Ble mae'r hogyn bach yna?... Ble mae Gruffudd?'

Syllodd y gwragedd mewn syfrdandod y naill ar y llall.

'Ble mae'r hogyn bach?' gofynnodd y gŵr gwael wedyn.

'Mae o efo'r Fudw yn y Fedw Deg,' oedd yr ateb.

'Mi oedd o'n crio yn y Tŵr,' meddai'r claf.

Amheuodd Gwenhwyfar fod y Tywysog yn dechrau clwyfo drachefn. Y ffaith iddo holi am y plentyn fel tase hwnnw'n bwysicach na materion gwlad oedd y drwg. Meddai'r Tywysog wedyn,

'Mi roedd o'n crio yn y Tŵr.'

Edrychodd Gwenhwyfar yn syfrdan arno y tro hwn.

'Ond roeddat ti'n rhy sâl i'w glywad o.'

'Na... mi oedd y plentyn yn crio fel y byddwn inna' ers talwm. Tyrd ag o yma i godi calon dyn!'

'Mae o'n ffwndro, Mererid,' meddai hithau mewn llais isel.

'Ffwndro... dim o'r fath beth,' meddai'r claf mewn llais mor dawel â hithau.

'Ond roeddat ti'n rhy sâl i glywad y plentyn...'

Trechodd y gŵr claf Gwenhwyfar yn lân a daethpwyd â'r Fudw a'r plentyn Gruffudd i dario dros gyfnod y gwellhad yn y castell yn Nolwyddelan. O'r cyfarfyddiad cyntaf hwnnw rhwng y Gruffudd bach a'r Tywysog fe dyfodd dealltwriaeth cyfrin.

Yn y cyfnod o adennill ei nerth dros weddill wythnosau diwedd haf mynnodd Llywelyn gael y plentyn gerllaw iddo. Weithiau yn ei grud ar lawnt y Garthau yn haul y pnawn, weithiau yn y neuadd a thro arall yn stafell y Tŵr. Daeth y plentyn Gruffudd i fod yn swcwr parhaus iddo.

Yn gynnar ym Medi fe gyrhaeddodd newyddion dieithr eraill y castell o dir Ffrainc y tro hwn. Roedd clefyd dirgel wedi lladd dwsinau o swyddogion y brenin Harri Tri ac fe glafychodd y brenin hefyd o hen wendid oedd yn ei boenydio'n barhaus. Nid Tywysog y Cymry felly oedd yr unig un a fu'n glaf yr haf hwn.

Ond yr un pryd fe ddaeth i glyw Llywelyn holl gynllwynion dichellgar Harri Tri yn erbyn y Dywysogaeth ar amgylchiad ei farwolaeth ef yng Ngwynedd. Cynllwyn dieflig i ddarnio'r Dywysogaeth a feithrinodd ef mor ofalus. Efo'r newydd hwn fe ffrwydrodd egin newydd o fewn Tywysog Cymru. Aros ei amser i lwyr adennill ei nerth yr oedd a digon prin y dôi egwyl fel hon i'w ran eto.

Hyd yma nid oedd yr ias i fod ar gerdded wedi ailafael ynddo ond fe ddôi yn ddigon siwr. Bryd hynny nid digon fyddai gwarchod ffiniau'r Dywysogaeth ond rhaid oedd ymestyn hyd y Gororau i borfeydd y Norman bob cam o Degeingl i Went yn eithaf de-ddwyrain y wlad. Eisoes yr oedd breuddwyd Llywelyn ap Gruffudd yn ehangach na breuddwyd y taid, Llywelyn ab Iorwerth.

Cyn diwedd mis Medi y flwyddyn honno roedd Llywelyn yn ôl yn y llys yn Abergwyngregyn unwaith yn rhagor a rhyw gyffro mawr o orfoledd hyd y lle am fod y Tywysog yn fyw wedi'r cwbl. Oedodd y beirdd yn ddisgwylgar yn y llys ac yn eu plith y bardd ifanc Llygad Gŵr a disgyblion Einion Wan o Bowys bell a mân feirdd Môn.

Ond am y Crebach druan, bron nad oedd wedi crebachu'n ddim am na pheidiodd ag wylo am wythnosau hir am fod ei Dywysog yn wael. Torrodd i lawr yn genlli o ddagrau yng ngŵydd ei arglwydd ond wrth i'r claf osod llaw ar ei ysgwydd fe deimlodd wefr fel trydan byw yn adnewyddu'r hen berthynas glòs rhyngddynt. Roedd ei Dywysog eto'n fyw!

Meddai'r olaf mor frwdfrydig ag erioed,

'Hai ati hi, efo'r cwilsyn a'r memrwn, y Crebach, cyn i'r rheini sychu'n grimp... a pheidied y bobl â chamsynied oblegid mae'r Tywysog yn iach fel y gneuen ac fel cawr yn barod i wynebu her ar y Gororau. Hai ati hi, y Crebach!'

Oedd, yr oedd cyfnod newydd arall ar ddechrau.

Rhan II
Tua Threfaldwyn
1262 — 1269

I

Abaty Aberconwy
Hydref 1262

*1259 — Llywelyn ap Gruffudd yn ei alw'i hun yn 'Princeps Wallie',
Tywysog Cymru, ac yn derbyn gwrogaeth yr arglwyddi.*
    *Yn hydref Rhisiart, esgob Bangor, yn cyfryngu ar ran y Tywysog
efo'r brenin Harri Tri am Gytundeb o heddwch.*
    *1260 — Yn Ionawr byddin y Tywysog yn ymgyrchu yn erbyn
arglwyddiaeth Buellt er cael troedle ym Mrycheiniog.*
    *Yng Ngorffennaf byddin y Tywysog yn dinistrio castell Rhosier
Mortimer ym Muellt.*
    *1261 — Y Cymedrolwyr yn ymgynnull ger Rhyd Chwima ar Hafren er
sicrhau Cadoediad efo brenin Lloegr.*
    *1262 — Y Tywysog yn clafychu a'r Dywysogaeth mewn tywyllwch
gydol yr haf.*
    *Yn hydref gwŷr Maelienydd yn anniddigo o dan ormes Rhosier
Mortimer...*

Yr Ymennydd Mawr oedd yn croniclo yn y memrwn yn y
Scriptorium yn Abaty Aberconwy. Yn ddiweddar fe gafodd y gŵr
hwn fodd i fyw efo dyfodiad y Brawd ifanc Flavius i'r Abaty. Fe
ddaeth yr olaf yn nechrau haf y flwyddyn honno o lygad y ffynnon
megis — o Citeaux yn Ffrainc lle roedd dechreuad Urdd y
Sistersiaid. Mae'n amlwg bod hwn yn gynnyrch newydd y Dadeni
Dysg oedd wedi gafael yn y cyfnod hwn mewn gwŷr llên yn Ewrob.
Diferodd sêl y gŵr ifanc ar ei ganfed dros yr Ymennydd Mawr oedd
yn hiraethu am gael crwydro gwledydd Cred unwaith yn rhagor.
Ond efo Braint, y gŵr dall, fel maen melin am ei wddf prin y medrai
sylweddoli'r breuddwyd hwnnw. Porthi athrylith y naill a'r llall yr
oedd y gŵr ifanc Flavius a'r Ymennydd Mawr bellach. Yn gorwedd
o'u blaen y bore arbennig hwn yn yr hydref yn Aberconwy yr oedd
Beibl Lladin Sierôm.
    Onid oedd gwŷr eglwysig trwy Ewrob yn copïo hen lawysgrifau
ac yn eu trosglwyddo ar femrwn o un ddinas i'r llall? Cynyddodd
maint y llyfrgelloedd ac fe ymrôdd gwŷr llên i gyfieithu rhannau

o Feibl Sierôm i ieithoedd y gwledydd. Gynted ag y cyrhaeddodd Flavius yr Abaty dechreuodd hewian ar i'r Ymennydd Mawr drosi Gwasanaethau'r Eglwys i iaith y Cymry. Felly'n unig, meddai, y gellid achub eneidiau'r bobl. Un diog oedd yr Ymennydd Mawr ar y gorau ond fe borthwyd ei falchder unwaith y dechreuodd Ieuan Fwyn yr Efengylydd lafar-ganu a dysgu ar gof y darnau hynny a droswyd ganddo.

Rhwng popeth gellid tybio bod rhyw gynyrfiadau mawr ar droed yn yr Abaty y dyddiau hynny. Yno y byddid yn derbyn sêl ar bob neges o bwys a anfonid yn yr iaith Ladin o'r llys yn Abergwyngregyn.

Gwelodd yr Ymennydd Mawr sefydlu Llywelyn ap Gruffudd yn *Princeps Wallie'* a chydag adferiad y Tywysog yn niwedd yr haf hwnnw o afaelion angau, hawdd oedd tybio fod Rhagluniaeth yn gwenu ar genedl y Cymry.

Adeg Gŵyl Fair yn nechrau mis Medi ymwelodd y Crebach o'r llys â'r Abaty. Cynllwynio efo'r Ymennydd Mawr y byddai hwnnw cyn trosglwyddo'r cwbl yn botes eildwym i'w Dywysog. Llwyddodd y Crebach i anwybyddu'r gŵr ifanc Flavius, yn rhannol o genfigen ac yn rhannol am nad oedd yn deall ei iaith.

Wyneb fel merch oedd i'r Flavius hwn a chroen ei wyneb yn llyfn. Eto, tanbeidrwydd gŵr oedd yn ei galon ac ymennydd gŵr yn ei ben yn ôl y Brodyr. Credai rhai mai angel oedd y gŵr wedi'i anfon oddi wrth Dduw o'r tiroedd pell ac yr oedd yn hyddysg yn ieithoedd Cred ac yn medru amlinellu canolfannau dysg a thirwedd y gwledydd ar femrwn. Yn y man gallai'r Flavius hwn fod yn llysgennad effeithiol dros y Tywysog yng ngwledydd Cred.

Un bore barugog oer yn niwedd yr hydref hwn fel yr oedd y dail yn syrthio o'r coed a niwl yn drwchus dros afon Gonwy, fe ddaeth Llywelyn ap Gruffudd a'r Distain a charfan fechan o'r osgordd drwy borth yr Abaty. Dod yn ddirgelaidd rhag tynnu sylw gwerin gwlad. Hyd yma nid oedd y Tywysog wedi rhoi gormod o bwyslais ar fater enaid. Eto, mae'n amlwg bod yr Abad yn disgwyl y fintai ar y bore arbennig hwn.

Wedi dad-luddedu a derbyn ymborth a chysur y Ffreutur cyrchodd y fintai yr eglwys i sŵn llafarganu'r mynaich a gorfoledd y lleisiau trymion hynny yn esgyn hwnt i'r allor a heibio i'r arogldarth nes cuddio wyneb y Forwyn. Mor drydanol oedd y cwbl! Am un foment ysbrydoledig syrthiodd pelydr o haul hydref ar yr allor gan oleuo'r holl le. Onid oedd y Tywysog eto'n fyw? Onid awr o ymgysegriad oedd am y waredigaeth a'i cadwodd i genedl y Cymry?

Penliniodd Llywelyn ap Gruffudd yn y fangre gysegredig honno a thyngu llw o ffyddlondeb i Dduw ac i'w bobl. Ciliodd y Tywysog o'r diwedd wrtho'i hunan a throi ymysg y beddau ym mynwent yr Abaty a sefyll wrth feddfaen y rhyfeddol Dywysog Llywelyn ab Iorwerth. Hwn oedd y tywysog a aeth bellach yn rhan o chwedloniaeth gwlad ac a elwid yn Llywelyn Fawr!

Wrth i'r Tywysog iau sefyll yn y fan honno ger y beddfaen cododd ei ben yn uchel fel pe bai'n astudio'r sêr yn eu graddau ac yno eto roedd yr haul yn pelydru drwy'r niwl cynnar ac yn ymestyn yn waywffon nes cyrraedd mur yr Abaty.

Roedd blaen y waywffon honno yn cyrraedd hyd at fynwes gŵr tal yn gwisgo urddwisg. Yr Ymennydd Mawr oedd hwnnw yn pwyso yn y dirgel ar fur yr Abaty heb symud na llaw na throed — yn sefyll yn union yn ffordd pelydr yr haul a ddaethai yn ffordd y Tywysog. Wrth i haul isel yr hydref wanhau taflwyd cysgod yr Ymennydd Mawr dros y lawnt werdd. Pa un a wybu'r Tywysog am y cysgod hwnnw ni wyddai'r Ymennydd Mawr ond yno yr oedd o ac fe dyngodd yr olaf y byddai o'n swcwr i'r Tywysog drachefn a thrachefn. Nid o gribau'r mynyddoedd fel yn nyddiau Gwgon Gam y Cripil ond o'r gwastadedd ar yr arfordir ar lan afon Gonwy o hynny allan. Meddyliodd yr Ymennydd Mawr mai rhy ryfedd oedd trefn Rhagluniaeth iddo ef ddeall yr holl ddirgelwch ond o'r bore hwnnw allan daeth iddo orfoledd newydd dros genedl y Cymry.

Bellach roedd hi'n tynnu at Glan Gaea' a newyddion eraill ar droed sef bod anniddigrwydd ymhlith gwŷr Maelienydd a'r sôn bod y Tywysog a'r Distain yn ymgynnull gwŷr i ryfel drachefn. Roedd hi'n amser yr Awr Weddi yn eglwys yr Abaty ac fe giliodd y Brawd ifanc Flavius wrth sŵn y gloch. Ond parhau i syllu ar y memrwn yr oedd yr Ymennydd Mawr.

Aros am sŵn clipi-di-clop ffon wen y gŵr dall yr oedd yr olaf ar y palmant oddi allan. Siawns na fyddai Braint wedi taro ar Wali fab

Matilda ger y Cei ac y câi yntau wybod rhywbeth am weithrediadau caer y Norman dros y dŵr yn Negannwy. Yn awr gan fod Tywysog y Cymry yn fyw yr oedd sibrydion fod y gelyn yn atgyfnerthu eu hamddiffynfeydd gyda'r glannau o gyfeiriad Caerlleon Fawr. Ond yr oedd y gŵr dall yn hir yn dod ac amynedd yr Ymennydd Mawr yn pallu.

II

Dyffryn Conwy
Ceg yr Afon

Ar y bore arbennig hwn roedd y gŵr dall wedi cymryd hoe hyd rodfa'r Abaty ac i lawr efo'i ffon wen at y Cei ger Afon Gonwy. Dôi'r gaeaf yn chwap a digon prin y medrai gŵr dall ymlwybro hyd y llwybrau cyfarwydd ar ddrycin a phan oedd y rhew dan droed. Ond rhwng popeth roedd pethau wedi sionci ogylch yr Abaty yn ddiweddar efo dyfodiad y nofis ifanc a elwid Flavius. Llwyddodd y gŵr ifanc hwn oedd yn drwm o dan ddylanwad athrawiaeth Sant Bernard o Clairvaux i estyn cysur i'r gŵr dall a meirioli peth ar yr awyrgylch rhyngddo a'r Ymennydd Mawr. Oedd, roedd peth melyster o hyd mewn bywyd hyd yn oed i Braint am fod y Flavius hwn yn siarad iaith y Norman a bod cyfle yn yr Abaty i finio meddyliau a thrafod materion gwledydd Cred.

O'r niwl trwchus uwch ben y Cei y bore hwnnw fel yr oedd sŵn taro'r ffon wen ar garreg daeth y llais yn isel, isel.

'Braint! Braint!'

Yna fe ddaeth y llais yn daerach wedyn. Yn wir roedd mor isel fel mai prin y medrodd y gŵr dall ei hunan ei glywed. Eto, roedd o'n adnabod y llais.

Wali fab Matilda oedd yno efo'i gwch pysgota ond nad ar ddal pysgod yr oedd bryd y llanc ar y bore arbennig hwn. Siarad mewn sibrydion o'r niwl yr oedd.

'Braint!... Ty'd yma... mae arna' i dy isio di!'

'Ond fachgen, fachgen, ble'r wyt ti? Mae'r niwl yn cydio yn f'ysgyfaint. Aiff yr un dyn byw i bysgota ar fore fel hwn.'

Erbyn hyn yr oedd Wali wedi dringo i fyny grisiau'r Cei gan arwain y gŵr dall gerfydd ei ysgwyddau i lawr i'r cwch. Ni fedrai ddianc o ewynnau caled y llanc a'r bore hwn yr oedd rhyw daerineb rhyfedd yn osgo Wali. Nid cynt y rhoddodd Braint ei droed yn y cwch nad oedd y cwch yn symud.

'Ond i ble'r ei di â gŵr dall?' gofynnodd Braint yn wyllt.

'I geg yr afon... tra bo niwl yn ein cuddio ni!'

Mae'n amlwg bod cynllwyn yn cyniwair ym meddwl Wali ac fe wyddai Braint fod y pysgotwr, er rhyfedded oedd, yn adnabod arwyddion y llanw a'r elfennau yn aber afon Gonwy.

'Yli,' meddai Wali yn y man efo trwch mwy nag arfer yn ei lefaru, 'efo'r niwl yma mi fedrwn ni fynd nesad ag y medar yr un Cymro fyth at draeth Degannwy... Mi wela's ambell i Norman ddiawl yn boddi wrth fentro allan mewn niwl fel hwn.'

'Llai o'r rhegi yna, Wali!'

'Y Norman ddiawl yna ddeuda's i. Mae'r cythril Norman yna oedd yn dwad at Matilda wedi mynd i gwarfod byddin y brenin tua Chaerlleon Fawr... ac os na watsiwn ni mi fyddwn ninna'n llanast dan eu dwylo nhw. Mi ddeudodd yr hen frenin yna y tro dwaetha y buo fo yma y dôi o yn ôl cyn sicrad â bod yr haul yn codi!'

'Ond Wali, beth yden ni'n 'neud allan yn y môr a hithe mor oer?'

'Rwyt ti yr un fath yn union, Co, â dynion yr Abaty i gyd. Y cwbwl yn byw mewn gwlanan ac ofn i'r gwynt fynd i fyny eu ffera' nhw.'

Yna bu tawelwch a Wali mae'n amlwg yn nesu'r cwch i gyfeiriad traeth y gelyn. Yna saib a Wali yn sibrwd siarad.

'Braint! Be' glywi di?'

Mae'n wir na fedrai'r gŵr dall weld dim oll ond yr oedd y sŵn mor glir fel y medrai weld y darluniau'n gwibio drwy'i ymennydd. Sŵn morthwylion cyflym cadarn a llefaru estron gwyllt. Ni fedrodd glywed y geiriau ond yr oedd rhythmau'r iaith yn perthyn i'r Norman a adwaenai yn Llundain Fawr slawer dydd.

'Gwranda di'n astud,' sibrydodd Wali wedyn.

Fe symudodd y cychwr y cwch yn araf yn gyfochrog bron â thraeth y gelyn. Meddai wedyn,

'Dwed wrtha i Braint ble mae'r sŵn gryfa' ac os medar dyn leoli sŵn mewn niwl mi fedar 'nelu amdano fo wedyn tasa hi'n dywyll fel bol buwch.'

Bu Wali yn rhwyfo'r cwch yn ôl ac ymlaen bron yn yr unfan am ysbaid wedi hynny ac yna'n sydyn yr oedd y niwl yn dechrau codi. Unionodd y cwch ar fyrder i ganol ceg yr aber fel bod rhimyn da o ddŵr rhyngddynt a'r lan yn Negannwy. Chwarddodd Wali ar hynny.

'Rwan ta, hwyrach y medrwn ni fachu mecryll i wŷr yr Abad. Mae gan hen Gymro hawl i bysgota, siawns, yn ei fôr ei hun!'

Yna daeth cwestiwn nesaf Wali mewn llais uchel gan eu bod bellach ymhell o'r lan.

'Faint ddwedat ti o ddynion oedd yn yr hen gaer, Braint?'

Meddyliodd y gŵr dall yn hir cyn ateb.

'Ugen hwyrach... neu ddeg ar hugen.'

'Gormod. Gormod o'r hannar. Mi ddeudodd y Co Norman wrth Matilda y bydd yna giant cyn y diwadd. Fasa ddim gan y diawliaid luchio gwaywffon i gorff dyn tasan nhw wedi'n gweld ni — mi gafodd Ned Tŷ Cregyn waywffon yn ei frest does fawr yma am iddo fo 'sgota yn rhy agos i dir y brenin yn ochra'r Creuddyn... Doedd yna ddim o Ned ar ôl ond gwaed ar wyneb y llanw... ac unwaith y bydd yna sŵn morthwylio o'r hen gaer estron yna mi fydd yn arwydd fod yr hen frenin yn dwad yn ôl i daro. Felna y bydd yr hen drigolion yn deud, Braint.'

Gadawodd yr olaf i Wali bydru ymlaen efo'i siarad. Gofynnodd o'r diwedd,

'Dwed i mi, Wali, pwy sy'n adrodd yr holl bethe wrthat ti?'

'Y 'sgotwrs. Maen nhw'n clywad y cwbwl ac yn gwylio ddydd a nos. Ond i Braint yr oedd pob dydd yn nos ac eto fe ddôi rhyw fymryn o gyffro i dorri ar ddiflastod ei fyw.

Meddai Wali wedyn,

'Mi ddeudodd y Norman... Co Matilda fod yr hen frenin yn gwegian o salwch a henaint. Fu ond y dim iddo drengi yn Ffrainc does fawr yma ac mi fuo dega' o'i ddynion o farw o'r clefyd. Pan fydd yr hen frenin farw mi fydd yr hogyn Edward yna yn ei le fo ac mae hwnnw yn grwmffast o hogyn yn ôl Co Matilda. Pan ddaw hwnnw i reoli mi fydd wedi cianu arnon ni medda'r Co... Cofia di, mae'r Co wedi addo i Matilda y bydd o yn ei chario hi drosodd i'r ochor draw i dir y gelyn os daw hi i hynny ond mae'n debycach y bydd y Co wedi hen hel 'i draed erbyn hynny!'

Tybiodd Braint mai gwrando ar Wali oedd orau iddo gan fod clust y pysgotwr hwn yn agos at y ddaear. Meddai Wali,

'Wyddost ti, Braint, mi faswn i wedi fy nhaflu fy hun i'r môr tasa'r T'wysog wedi marw o'r clefyd... ond mi glyw'is gan y 'sgotwrs y basa Dafydd ei frawd o wrth ei fodd tasa'r T'wysog wedi'i gloywi hi... Fasa ddim gan hwnnw ochri efo'r brenin... Mae'r 'sgotwrs wedi gweld petha' rhyfadd hyd y glanna' yma yn ddiweddar. Mi allsai fod yn waed y Co Norman am a ŵyr Matilda ond tra bo dyn yn y t'wyllwch waeth heb na phendroni.'

Ie, yn y tywyllwch, meddyliodd Braint y gŵr dall. Gwyn fyd y gŵr a fedrai weld y cread ar doriad gwawr!

Ennyd arall ac yr oedd Wali yn lluchio rhwyd i'r môr a rhywfodd yng nghwmni'r pysgotwr hwn fe ddaeth y gŵr dall i deimlo tawelwch cysurlon o ddal pysgod yn ei law. Efo cyffyrddiad llaw medrai adnabod rhywogaeth y pysgod erbyn hyn a maentumiodd Wali fod Braint yn 'gwtrin o 'sgotwr da'. Daethai Braint i arfer hefyd efo iaith agored pobl cwmwd Arllechwedd a glannau'r môr. Trwy lygaid Wali y medrai'r gŵr dall weld bellach ac yr oedd yn yr olaf gynneddf arbennig i fywhau pob golygfa yn ei feddwl yntau. Gormodiaith oedd arf pennaf Wali.

Y bore hwn nid oedd Wali yn wahanol i un dydd arall. Roeddynt yn rhywle tua chanol yr aber pan oedodd Wali a throi'n syfrdan i edrych ar y gaer yn Negannwy.

'Braint!' meddai. 'Mae o'n beth rhyfedd i'w ddeud ond fydda' i ddim yn licio bod yr hen gaer acw yn wag a phan fuo dynion llys Abar yn stwyrian yno doedd gan y rheini ddim blas at y lle 'chwaith. Deud yr oeddan nhw fod ogla brenhinoedd Lloegar yn drewi hyd y fan a doedd ar neb ohonyn nhw eisiau claddu cyrff y Norman.'

Trodd Wali wedyn yr un mor syfrdan i edrych ar y gŵr dall a cheisio darllen ei feddyliau yn y ddau lygad noeth. Saib arall cyn i Wali ddechrau traethu rhyw wirioneddau mawr oedd ynghudd yn ei ymennydd.

'Choeliat ti ddim, Co, ond mi fydda'n well gen i weld yr hen elyn yn cerddad o gwmpas y gaer yn Negannwy na bod y lle fel mynwant. Mi fedar dyn sticio gwaywffon i gorff gelyn ond mi aiff honno drwy ysbryd ac mi rydw i wedi gweld ysbrydion yn cerddad i lawr at y dŵr... ysbrydion yn golchi'u dwylo a'u gwaed nhw yn y dŵr. Wedyn diflannu. Mi fydd arna' i fwy o ofn ysbryd y Norman nag ysbryd Cymro... Wyt ti'n meddwl fy mod i'n sbïwr, Braint?'

Daeth y cwestiwn olaf fel saeth o rywle nes taflu'r gŵr dall oddi ar ei echel bron.

'Mi allat fod yn sbïwr, Wali,' oedd yr ateb prin.

Cynhyrfodd hynny Wali a chwipiodd y dŵr yn ffyrnig ogylch y cwch.

'Hai! Fachan!' llefodd Braint gan gydio'n dynn yn ochr y cwch. 'Fyddet ti ddim am adel i ŵr dall foddi fyddet ti?'

Tawelodd a sobrodd Wali ac meddai.

'Maen nhw'n lladd sbïwyr medda'r hogia'... ond 'rwyt titha', Braint, yn sbïwr hefyd on'd wyt ti?... Mae'r 'sgotwrs i gyd yn sbïwyr... Mi roedd arna' i ofn i'r Co Norman yna oedd gan Matilda brepian amdanon ni achos mae merchaid yn cega' wrth garu.'

Chwarddodd Braint o'r diwedd.

'A phwy ddwedodd hynny, Wali?'

Y 'sgotwrs siwr iawn. Mi glyw'is i Matilda yn siarad yn isel efo'r Co Norman ond mi fyddwn i'n cau fy nghlustia' pan fyddan nhw'n caru go iawn... Does gen i ddim byd i ddeud wrth giaru a phetha felly, Braint.'

Mygodd y gŵr dall ei wên a thaflodd Wali rwyd arall i'r môr. Am y gweddill o'r fordaith y bore hwnnw fe roddodd y gŵr dall ei feddwl ar bethau amgenach na siarad Wali. Roedd newyddion da ogylch y lle efo'r Tywysog yn fyw ac iach a'r fyddin â'i bryd ar goncwest unwaith yn rhagor. Roedd sibrydion hefyd yn Abaty Aberconwy y gallai'r Tywysog chwilio am gytundeb priodas efo merch fechan y Ffrancwr Symwnt Mymffwrdd... Yn rhywle yng nghefn meddwl Braint yn barhaus yr oedd y cof am y ferch o Gymraes a gyfarfu yn y Tŵr yn Llundain Fawr pan oedd yr arglwydd Gruffudd ap Llywelyn yn garcharor yno. Huana oedd ei henw, y dlysaf a'r anwylaf o ferched. Hon a'i dug o yn ôl i wlad ei enedigaeth ac er bod gwahaniaethau mawr rhwng arferion ac iaith gwŷr Deheubarth a gwŷr Gwynedd, fe deimlai o yng nghraidd ei fodolaeth mai hyn oedd trefn Tynged ar ei ran.

Yn nos ei ddallineb fe arhosai'r ferch hon yn fythol loyw. Pe bai ganddo ddau lygad i weld byddai wedi dilyn trywydd merch Huana er bod honno, meddid, yn un ddigon miniog ei thafod ond yr oedd i honno hefyd ferch yr un ffunud â'i nain yn ôl sôn gwlad. Mererid wrth ei henw, yn cuddio'i harddwch yn eithaf Dyffryn Conwy a llaw Tynged yn drom arni eisoes. Clywsai Braint mai gwraig ordderch y Distain Gronw ab Ednyfed oedd Huana mewn gwirionedd ac nid oedd ynddo flas cwrdd â'r corcyn mawreddog hwnnw ychwaith! Torrodd Wali ar draws ei feddyliau efo'r sylw,

'Co! Ti wedi dal yr un 'sgodyn heddiw. Dim ond edrach fel llo a'r môr mawr o dy gwmpas di dros y lle i gyd. Ti wedi gada'l iddyn nhw lithro drwy dy ddwylo di. 'Sgotwr sâl myn diawl i!'

Weithiau fe fyddai geiriau Wali, er mor ddwl oedd hwnnw, yn ei frifo i'r byw ac felly y bu y bore hwnnw. Yn ei ddallineb methodd â gweld rhyfeddod y môr mawr, fel y galwai Wali o. Am ei fod yn ddall yr oedd o hefyd yn teimlo i'r byw.

Trodd Wali ei wyneb draw ar hynny. Cas beth ganddo oedd brifo'r gŵr dall a'i dro ef, Wali, oedd anesmwytho bellach.

'Ti'n meddwl am betha' mawr on'd wyt ti, Braint,' meddai yn ddwys wrtho. 'Mi leiciwn inna' fedru meddwl fel y gwŷr mawr yn yr Abaty.'

Unwaith yn rhagor daeth heddwch rhwng y ddau a meddyliodd Braint mai peth braf oedd bod yn ddwl heb allu teimlo yr un pigiad.

Fel yr oeddynt yn nesu am y lan teimlodd yntau'r môr yn lapio o gwmpas y cwch a rhyw awel ysgafn ar wyneb y dŵr.

'Cythril o le tawal,' oedd sylw Wali wedyn, 'ond mi ddaw dynion y brenin yn ôl yn ddigon buan i'r hen gaer yn Negannwy eto ac mi gaiff Matilda ryw Go newydd o Norman.'

Y ddau yn dod i'r lan o'r diwedd a dringo i ben y Cei. Yna sŵn clipi-di-clop y ffon wen eilwaith ar y palmant a Braint yn dychwelyd i'r Abaty i borthi meddwl yr Ymennydd Mawr â newyddion y dydd.

Drannoeth cyn toriad gwawr gellid arogli mwg ffres o gaer y Norman yn Negannwy. Dymchwelwyd adeiladau a lladdwyd gwŷr. Y nos honno fe fu sbïwyr y Cymry ar waith.

III

Unwaith yn rhagor yr oedd y Tywysog yn ôl yn y llys yn fyw ac iach a'r lle yn ferw gan wŷr o bob parth yn y Dywysogaeth. Amser i ryfel oedd hi drachefn gan fod gwŷr Maelienydd yn dioddef gormes yr hen, hen elyn Rhosier Mortimer a cheyrydd hwnnw yn ymestyn o gaer Cefn-llys ar ffin de-orllewin Maelienydd hyd arglwyddiaeth Henffordd ar y Gororau. Gwaith hawdd oedd ailgynnau'r tân wedi seibiant cymharol yr haf hwnnw. Roedd y gelynion hefyd ar chwâl — y brenin Harri Tri o hyd yn Ffrainc, y mab Edward a'i gymdeithion yng ngwlad Gasgwyn a Rhosier Mortimer yn swyddogaeth y brenin yn Llundain Fawr. Hefyd yr oedd rhwyg rhwng barwniaid y Gororau neu'r Clawdd fel yr hoffai'r Crebach alw'r terfynau hynny o ffiniau Caerlleon Fawr i wlad Gwent. Eisoes anfonwyd negeswyr y llys ar grwydr i ailddarganfod y llwybrau cudd dros Fawddwy a'r Berwyn a Phumlumon ac i adnewyddu cytundebau ag arglwyddi o Ogledd i Ddeheubarth.

Yn y llys yr oedd pob cynneddf ac ewin ar waith ac fe glywid yno acenion Deheubarth a Phowys yn gymysg ag acen dyner y Berfeddwlad. Os gwir y sôn mai dymuniad y brenin Harri Tri fyddai gweld eu Tywysog yn farw fe gâi hwnnw wybod yn y man fod grym amgenach nag o'r blaen yng ngwythiennau Llywelyn ap Gruffudd. Prin oedd geiriau'r Tywysog ei hunan ond yr oedd y Distain Gronw ab Ednyfed yn uchel iawn ei gloch. Cafodd fodd i fyw gydag adferiad y Tywysog ond nid oedd y Crebach ymhell o'i le ychwaith o sylwi fod amser yn erydu ysgwyddau'r Distain hefyd. Pwysodd gwaeledd y Tywysog yn drwm arno ond fe roddid bri mawr ar ei strategaeth mewn rhyfel ac yng ngweinyddiad gwlad. Yn ystod gwaeledd y Tywysog yr haf hwnnw fe fu yntau a'r Crebach yn cynllunio sut y gellid arbed y Dywysogaeth ped âi Llywelyn ap Gruffudd i'w dranc. Penderfynodd Gronw ab Ednyfed nad oedd dim ar ddaear Duw a fedrai ddad-wneud aberth y tadau yn nyddiau Llywelyn ab Iorwerth a'i dad yntau, Ednyfed Fychan. Pe digwyddai tranc Llywelyn, yna rhaid oedd i'r olyniaeth syrthio ar y brawd iau

Dafydd ap Gruffudd gan fod digon o ddeunydd arweinydd yn hwnnw hefyd.

O flaen cynulliad o arglwyddi gwlad adeg Calan Gaeaf y flwyddyn honno yr oedd y Distain yn huawdl fel tae grymusterau mawr wedi cydio ynddo a bod ei fryd ar arbed ei Dywysog yn yr ymgyrch oedd ar ddod.

Ar fur y gell yn y llys marciwyd patrwm yr ymgyrch yn ofalus a'r Crebach druan heb gwsg ers nosweithiau lawer yn ceisio boddhau'r Tywysog a'r Distain a nerfau'r rheini fel dannedd miniog. Meddai'r Distain wrth yr arglwyddi,

'Mi fydd gwŷr y Berfeddwlad o dan Iorwerth ap Gwrgunan yn gwthio dros y Berwyn hyd lannau Tanat ac ymylon tiroedd Gruffudd ap Gwenwynwyn tua'r Canolbarth... carfan o wŷr Arfon, Eifionydd a Meirionnydd yn gwthio tua Mawddwy ac eraill at gastell y Bere a thrwy ddyffryn Dyfi tua Hafren... a gwŷr Ceredigion o dan Maredudd ab Owain yn ymdaith heibio i Ystrad Fflur a thrwy gwmwd Arwystli... a gwŷr dyffryn Tywi yn ymdaith tuag afon Wysg a'r Fenni... ond fe fydd cnewyllyn byddin y Tywysog yng Ngwynedd yn gwylio'r ffiniau rhag i'r brenin daro'n ddiarwybod dros Forfa Rhuddlan neu i'r Gwyddyl lanio dros y môr ym Môn.'

Eto, cyndyn oedd y Distain o amlygu manylion y siwrnai i'r arglwyddi hyn. Pwyll oedd piau hi rhag bod sbïwyr yn eu plith. Ni soniodd fod cael troed gadarn ar dir Maelienydd, yn nhiroedd y gelyn Rhosier Mortimer, yn hanfodol i ddiogelwch y Dywysogaeth a bod cadw heddwch yn arglwyddiaethau Ceri, Cedewain a Gwerthrynion yn hanfodol i warchod y Gororau rhag y gelyn o'r gaer yn Nhrefaldwyn. Ni soniodd ychwaith fod bryd y Tywysog ar ymgyrchu i wlad Gwent a meddiannu tri chastell y Norman yn y fan honno — Ynysgynwraidd, Grysmwnt a'r Castell Gwyn. Ffolineb i rai fyddai i'r Tywysog fentro belled â hynny. Haerllugrwydd a rhysedd efallai ond yn rhan serch hynny o freuddwyd cudd y Tywysog. Ni fedrodd y taid Llywelyn ab Iorwerth goncro'r mannau hynny ond oni fedrai'r ŵyr ragori ar goncwest y gŵr mawr hwnnw? Pe gwireddid y breuddwyd byddai enw Llywelyn ap Gruffudd goruwch enw pob tywysog a droediodd ddaear Cymru erioed.

Ond fe fynnodd y Distain bwysleisio peryglon yr ymgyrch ar dir Maelienydd. Bellach rhaid oedd i'r Cymry wynebu dulliau diweddaraf Ewrob ar faes brwydr — y porthcwlis efo'i ddannedd miniog a fyddai'n disgyn fel pared a chau'r ymosodwr o fewn caer y gelyn dros byth; y bolltiau a'r balistau... yr olew poeth a'r meirch marw a gâi eu gollwng i wersyll yr ymosodwr.

Eto, nid oedd am iddynt golli gobaith. Meddai,

'Fe wyddom ni wŷr yr uchelderau sut i ddefnyddio'r bwa saeth ac fe ŵyr gwŷr Ardudwy yn rhy dda sut i drin y bwa hir ac fe allwn ninnau drin meirch yn y rhyfel... a chynnau tân. Fe fedrwn ni losgi'r gelyn a'i eiddo yn ulw... Ond, mae'n rhaid wrth bwyll oblegid fe all rhysedd golli brwydr. Mae antur arbennig o'n blaenau a'r rheswm pennaf ydy peri anesmwythyd i'r brenin Harri Tri gan hawlio Cytundeb o Heddwch a chydnabod Llywelyn ap Gruffudd yn wir Dywysog ar holl Gymru a'i gydnabod yn ddeiliad i'r brenin.'

Curwyd traed mewn cymeradwyaeth ond gwyddai'r Distain yn rhy dda fod yno anniddigrwydd ar yr ymylon. Yno y bore hwn yr oedd y brawd iau, Dafydd ap Gruffudd, y tybiodd rhai iddo chwerwi am fod y Tywysog, y brawd hŷn, eto'n fyw. Eisoes rhoddodd ei fryd ar ennill y Dywysogaeth a dyn a wyddai beth fyddai ei gamre nesaf.

Roedd yno eraill yn credu na ddylid agor yr hen friw ar y Gororau ac ymyrryd mewn tiroedd dieithr. Ond y garfan herfeiddiol oedd honno na fynnai ar unrhyw gownt wneud gwrogaeth i frenin y Norman!

Wrth i'r arglwyddi ymadael o'r llys wedi'r cynulliad hwnnw yr oedd geiriau olaf y Distain yn parhau i atseinio yn eu clustiau. 'Ni biau'r hawl ar y mynyddoedd a ni biau'r hawl ar y dyffrynnoedd oddi yma hyd lannau Hafren ac i gyrion Deheubarth. Ni biau'r llwybrau... ni biau'r hawl ar ddaear Cymru er gwaethaf pob barwn Normanaidd ar ei ffiniau.'

Yn wahanol i bob Calan Gaeaf arall nid oedd odid smatrin o eira wedi disgyn yn Eryri ac o'r herwydd medrai'r milwyr symud yn weddol ddidramgwydd hyd y bryniau a'r llechweddau. Ceid dywediad yn Eryri y byddai eira Tachwedd yn aros hyd fis Mai ond ni ddaeth yr eira hyd yma. Felly yr oedd yr hin yn argoeli'n dda i fyddin Llywelyn ap Gruffudd a'r hogiau yn dyheu am antur. Siawns na chaent ddychwelyd at amser aredig.

Y nos cyn i'r Tywysog adael y llys mynnodd y bardd Llygad Gŵr ganu ei glod i'r 'Arglwydd Llywelyn' a oedd yn dywysog ar dair talaith, 'Aberffraw, Mathrafal a Dinefwr'. Mynnodd hefyd i Frenin Nef arbed y gŵr oedd yn sefyll yn y rhyfel 'rhag estron genedl'.

Ac felly y ffarweliwyd unwaith yn rhagor â'r llys yn Abergwyngregyn.

IV

Dyffryn Lledr
Hydref 1262

Yn union wedi adferiad y Tywysog yn niwedd yr haf hwnnw fe ledaenodd y si ar led mai gwyrth oedd, ac i Dduw a Mair alw cenedl y Cymry i ryw ymgyrch olaf yn erbyn y Norman tra oedd y sêr yn eu graddau o'u tu.

Anesmwythodd llawer mam bryd hynny ac felly y digwyddodd yn hanes Nanw Llwyd yn ei bwthyn bach ar ochr y mynydd yn nyffryn afon Lledr. Gwyddai'r wraig fod anian crwydro a milwrio yng ngwaed ei thylwyth a gwaethaf yn ei dannedd ni fedrodd gadw yr un ohonynt yn ardal Nant Conwy am fod galwad y cledd yn drech na swydd bugail a swch arad. Beio agosatrwydd y castell yn Nolwyddelan yr oedd hi. Er dyddiau'r arglwydd Iorwerth Drwyndwn fe fu meibion ei thylwyth yn ymarfer lluchio gwaywffyn a thrin cledd a magu hyder i ryfel ac i arbed câr. Nid oedd dim a allasai eu hatal a mab yn dilyn tad fel ci ei feistr.

Gobeithiodd Nanw Llwyd yn ei chalon na ddôi'r clefyd i anniddigo Ianto bach ond unwaith y clywodd hwnnw fod y Tywysog wedi'i adfer o olwg angau yn y castell yr haf hwnnw, nid oedd dim i'w gadw'n ôl.

'Rydw i'n mynd i'r rhyfel, Mam,' oedd ei sylw cyntaf. Cymerodd hithau ei hanadl heb ddweud dim. Anesmwythodd y llanc.

'Ond, Mam, ydach chi ddim yn falch... cael mynd 'run fath â 'mrodyr... a nhaid!'

Balch yn wir! Roedd Ianto yn rhy ifanc i gofio'r amser pan gollwyd y ddau frawd hŷn ym mrwydrau cynnar y Tywysog ac felly ei daid yn nyddiau'r Hen Dywysog, Llywelyn ab Iorwerth. Ni pheidiodd yr ardal â sôn am aberth y gwŷr yn y rhyfel a pha antur wedi'r cwbl oedd mewn dilyn y preiddiau ar y ffriddoedd a thrin y maes dymor wedi tymor?

Ocheneidiodd Nanw Llwyd eilwaith. Sut yn y byd y medrai hi gyfleu i'w mab y dolur oedd yn bwyta i'w chalon yr eiliad hwnnw? Ei hunig ateb oedd,

'Os wyt ti am fynd... dos di!'

185

Nid oedd un ias o frwdfrydedd yn ei llais. Yna meddai,

'Mae rhyfal yn lladd 'machgan i... Mi laddodd gyfran dda o'r tylwyth.'

Ond nid oedd hyn yn pylu dim ar angerdd y llanc.

'Ia, ond mae'r Distain a'r T'wysog yn deud y byddwn ni'n ennill y tro yma ac na chawn ni mo'n lladd!'

Cryfhau ei dolur efo pob gair yr oedd y bachgen ond sut y medrai hi ei wrthsefyll? Methodd cyn hyn efo'r ddau fab arall. Roedd antur yr ifanc yn drech na phryder mam.

'Ond, Mam, mae'r hogia' i gyd yn mynd y tro yma ddega' ohonyn nhw. Cachgi fyddai'n aros ar ôl a siawns na fyddwn ni'n ôl erbyn y gwanwyn.'

'Ac i ble rwyt ti'n meddwl y byddi di'n mynd, Ianto?' gofynnodd ei fam yn ystyriol o'r diwedd. Bu'r bachgen yn pendroni cyn ateb. Pur freuddwydiol oedd ei eiriau.

'Mynd ymhell... mynd efo byddin y T'wysog.'

Yn amlwg yr oedd Ianto fel eraill o'r hogiau wedi glân wirioni ar y Tywysog a byddai dilyn hwnnw mor ddiogel â bod dafad yn nwylo bugail.

Mor frau oedd bywyd ac mor hawdd i'w dwyllo oedd dyn! Meddai Nanw Llwyd yn y man,

'A pha bryd y byddi di'n mynd efo'r T'wysog, Ianto?

'Gyntad ag y daw'r alwad... Maen nhw'n d'rogan cychwyn cyn G'lan Gaea'.'

'Amsar oer i gychwyn,' sibrydodd y fam, 'lleithdar a niwl a'r barrug yn rhyw ddechra' hel.'

'Ond gwlanan o hogyn fydda'n aros gartra, Mam. Mae'r T'wysog yn galw arnon ni o Lys Abar.'

'Mi fydd angan i ti fynd â gwlanan i'th ganlyn 'machgan i, i wynebu'r gaea'... a beth wneiff dy hen fam wedyn?'

Erbyn hyn yr oedd Nanw Llwyd yn crio'n hallt. Oedodd Ianto ac yna nesu ati a chydio'n swil yn ei siôl.

'Mam bach! Peidiwch â chrio. Mae'r hogia' i gyd yn mynd efo'r T'wysog y tro yma. Fynnwn i ddim bod yn gachgi Nanw Llwyd fel maen nhw'n galw hogia' Now Wennol.'

Trodd Ianto wedyn at Sam y ci defaid oedd yn cwrcwd wrth gadair ei fam. Cyfarchodd y ci ac meddai,

'Rwyt ti'n dallt on'd wyt ti, Sam, bod yn rhaid i dy fistar fynd i ryfal efo'r T'wysog.'

Cyfarthodd y ci yn uchel a phan gynigiodd Ianto roi anwes iddo fe neidiodd yn wyllt tua'r drws.

'Mae'r hen gi yn dallt hefyd... yn dallt yn iawn,' meddai'r fam gan igian crio.'

Ond y bore hwnnw nid oedd swnian crio ei fam na ffyrnigrwydd yr hen gi yn mygu dim ar frwdfrydedd Ianto. Chwislodd ei ffordd dros y buarth tua llwybr y mynydd. Roedd hi'n fore tyner o hydref a'r coed yn llanast o aur a choch a gwinau a'r haul yn cosi'r ddaear cyn dweud ffarwel wrth y tywydd braf.

O'r pellter, yn gymysg â bref anifail, medrai Ianto glywed sŵn y milwyr yn hel yng ngwaelod y dyffryn yng nghyffiniau castell Dolwyddelan gan baratoi i ryfel.

Cael marchogaeth a lluchio gwaywffon oedd y peth a chymysgu efo'r hogiau. Yn wir, ni ddaeth i feddwl Ianto rywfodd y byddai'n orfodol arno ladd y Norman. Cael dilyn yn antur y Tywysog oedd yn bwysig. Hyd yma, er na wyddai ei fam hynny, ni roes Ianto ei air i'r Tywysog yr âi i ryfel. Wedi'r cwbl unig fab ei fam weddw oedd Ianto ac ni ddisgwylid i hogyn felly fynd i ryfel... ond mynd a fynnodd y bachgen.

V

Unwaith yr oedd y cynaeafu drosodd a'r anifeiliaid yn ddiddos dan do neu gerllaw'r tyddynnod fe gychwynnodd yr hogiau tua Phowys a'r De-ddwyrain. Bu'r hydref yn fwyn efo awyr las a chymylau gwynion yn dal i oedi uwch ben a'r gwyntoedd yn gyndyn o chwalu carpedi aur y fforestydd y flwyddyn arbennig honno.

Yr oedd antur yng nghalonnau'r hogiau a'r gaeafau yn ddigon hir eu gwala yng Ngwynedd. I'r frwydr â nhw felly yn hogiau anghyfarwydd efo trin cleddyf — yn hogiau o Nant Conwy ac Eifionydd ac Ardudwy y medrai'r arglwyddi eu hepgor hyd y gwanwyn. Siawns na fyddai rhai ohonynt yn ôl cyn tridiau'r deryn du a dau lygad Ebrill. Roedd y mwyafrif o'r hogiau yn fwy cyfarwydd efo trin gwellaif a throsol a chaib nag offer rhyfel. Yn fwy cyfarwydd efo lladd nadredd a llygod mawr a thyrchod daear nag efo lladd dynion. Gelyn oedd gelyn i'r mwyaf twp ohonynt pa un a oedd yn Gymro o Ddeheubarth neu yn ŵr o Norman o'r Gororau. Ond i hogiau fel Ianto Llwyd o ddyffryn Lledr cael dilyn traed y tadau oedd yn bwysig.

Fe adawodd y Tywysog a'r Distain farchogion glew yn gwarchod cwmwd Arllechwedd rhag i'r brenin daro'n annisgwyl o ochrau Caerlleon Fawr. Yn gefn i'r rheini roedd gwŷr y Berfeddwlad oedd wedi hen ddygymod ag ymgyrchoedd yn erbyn y Norman.

Ac felly yn llawn asbri wedi Calan Gaeaf fe gychwynnodd Ianto Nanw Llwyd a'i gyfoedion o Nant Conwy ar fore braf gan ddilyn ymlaen efo cefn y Rhinogydd am diroedd na chlywsent erioed eu henwau. Lolian a chanu i ddechrau dros weundir a thrwy fforestydd hyd at Abaty Cymer lle roedd Urdd y Sistersiaid wedi sefydlu. O'r fan honno yr oedd dyffryn afon Mawddach yn rhyw ddechrau agor allan. Yna troi i'r chwith ac i gaer y Tywysog yn Abereiddon.

Yno am y waith gyntaf fe sobrwyd yr hogiau efo'r olygfa o'u blaen: pob modfedd o'r llethrau yn llawn o bebyll ac o wŷr yn gwau drwy'i gilydd. Daethant yno'n lluoedd wedi'r cynaeafu o Benllyn ac

Ardudwy, o'r Arennig ac ochrau Mawddwy i gasglu'r offer i'r rhyfel ac i wynebu disgyblaeth gwŷr llys.

I'r fangre hon y daeth arglwyddi'r cymydau i dalu eu dyledion i'r Tywysog mewn dynion ac arian a da a'r cwbl i gynnal yr ymgyrch tua'r De-ddwyrain. Daethpwyd â'r haearn a'r dur a'r lledr, y cwareli a'r cerrig-tafl a'r llusgwyr coed i'r fangre. Hefyd yr oedd yno seiri coed a seiri maen yn codi'r blociau yn bentyrrau o offer i'r hogiau. Gosodwyd y cleddyfau a'r gwaywffyn a phob offer lladd ac amddiffyn yn drefnus i'w casglu ac am y waith gyntaf ar y daith hir o Nant Conwy, fe ddaeth Ianto a'i gyfoedion i'r afael â haerllugrwydd a rhegfeydd a llwon uchel- swyddogion.

Buont yn aros yn y gaer am ddyddiau a phan gydiodd Ianto mewn cleddyf newydd aeth cryndod drwy'i gorff. Roedd o wedi hen arfer â thrywanu baedd gwyllt a gweld gwaed yn ffrydio'n boeth ohono ond mater arall fyddai gweld ffrwd o waed dynol. Sylwodd fod llafn y cleddyf yn loyw ddisglair yn haul y bore... Ond na, rhaid oedd bod yn ddewr fel ei hil a mygu pob ofn a hiraeth.

Ond yr oedd dyddiau'r disgyblu yn dod i ben ac fe ddilladwyd yr hogiau o newydd i wynebu'r hin oer oedd ar ddod. Rhoed digon o fwyd yn eu boliau yn ogystal. Swatio'r nos yn y pebyll a wnaent ac ymarfer y dydd nes bod y cymalau'n friwus gloff. I lawr wrth yr afon ger Abaty Cymer ac wrth droed yr hen gaer yr oedd rhes hir o ofaint wrth eu gwaith fel lladd nadredd yn paratoi'r offer i fyddin y Tywysog.

Gwawriodd bore'r cychwyn mawr o'r diwedd a dyma ddringo o'r gaer a Chader Idris fel anghenfil yn y cwmwl uwch ben. Unwaith y daethant i diriogaeth Mawddwy fe ddarganfu Ianto fod rhai o'i gyfeillion eisoes wedi ffoi. Aros yn fud oedd orau iddo yntau a chadw ar y bechgyn. Mae'n amlwg i'r mwstwr paratoi am ryfel a'r newid yn yr hin beri iddyn nhw golli plwc a dianc. Dyn a wyddai beth ddôi ohonynt. Os dychwelent yn ôl i Nant Conwy byddent yn gachgwn dros byth. Efallai mai chwilio am nodded y Gwylliaid yn y mynyddoedd a wnaent.

Teimlodd Ianto loes yn ei galon a'i gysuro'i hun y munud wedyn bod mwy o obaith y câi ddychwelyd dim ond iddo gadw efo'r hogiau. Wedi'r cwbl nid pob milwr oedd yn cael ei ladd ar faes brwydr. Ar hynny, cododd ei ysgwyddau y mymryn lleiaf a theimlo asbri newydd yn ailgydio ynddo.

Na, ni châi neb ddweud bod Ianto Nanw Llwyd yn llwfrgi.

VI

Tua Phowys

Buont am ddyddiau lawer ar y daith honno yn gwersyllu hwnt ac yma a hawlio nawdd arglwydd a thyddynwyr tlawd. Roeddynt wedi hen adael Cader Idris ar y dde iddynt mewn capan isel o niwl ac felly gwlad Aran Fawddwy i'r chwith. Dilyn ymlaen wedyn hyd y llwybrau diarffordd drwy gorsydd a chreigleoedd nad oeddynt yn wybyddus i neb ar wahân i'r brodorion a byddinoedd y tywysogion. O ddyddiau Rhodri Mawr fe fu gwŷr Gwynedd yn tramwyo'r mannau anghysbell hyn nes bod awyrgylch y cenedlaethau wedi cydio yn y lle. Gyrrid yr hogiau ymlaen gan ryw rym goruwchnaturiol yn y gwynt a'r glaw gydag ambell lygedyn o haul gwan yn treiddio o bellter y ffurfafen.

Daeth blinder dros yr hogiau ac o'r diwedd yr oedd swigod dolurus hyd sodlau Ianto Nanw Llwyd a'r wlanen o'r sanau yn rhwbio'n llaith arnynt. Bron nad oedd bysedd ei draed yn gwthio allan o drwyn ei lopanau. Fe roisai'r byd am fedru crio ei galon allan ac ar awr felly fe ddaeth newyddian o hogyn o Bowys ar ei rawd gan rythu mewn syfrdandod ar draed Ianto. Meddai'r Powysyn,

'Mae dy drêd di yn socen wlyb 'ngwês bech i... fydde cystal i ti fynd yn nhrêd dy sane efo'r llopane rhacse 'ne.'

Erbyn hyn yr oedd traed Ianto yn merwino o boen ac nid oedd yn deall gair a ddywedodd y llanc. Serch hynny, hwn oedd y cyntaf i ddangos unrhyw fath o serchowgrwydd tuag ato er y bore y gadawyd y gaer ger Abaty Cymer. Wrth ei ddilyn fel ei gysgod a sylwi bod Ianto druan yn arafu efo pob cam cydiodd y Powysyn yn chwyrn yn ei ysgwydd.

'Hei! Gwrando arna' i, 'ngwês bech i ne' mi fyddi wedi trengi ar dy drêd,' meddai.

Wrth weld Ianto yn edrych yn syfrdan arno pwyntiodd at ei draed a gwawriodd ar feddwl y llanc o ddyffryn Lledr fod rhywun yn cynnig cymorth iddo. Eto, nid oedd ym mwriad Ianto oedi ar y daith rhag iddo golli trywydd y garfan mewn gwlad ddieithr. Roedd eraill wedi diffygio eisoes ar y siwrnai ond nid felly Ianto Llwyd.

Sibrydodd y Powysyn yn ei glust wedyn ac fe ddechreuodd Ianto amgyffred rhywfaint ar drywydd ei sgwrs.

'Aros di! Mi awn i'r wtre fech acw lle mae 'ne nant o ddŵr glên i ti giel golchi dy drêd dolurus. Mi wn i'r ffordd weldi. Un o'r lle yma ydw i, o ardal Caereinion, ac fe dorrwn ni drews gwled a dal y garfan cyn iddyn nhw godi'r gwersyll. Mae 'ne awel fech o wynt yn codi ac fe gei di daenu dy sane ar y perthi i sychu. Mi neith fyd o les i ti drochi dy drêd yn y dŵr glên.'

O'r foment honno fe dyfodd rhyw ddealltwriaeth ryfedd rhwng y ddau am gryn lawer o'r siwrnai — y llanc o Nant Conwy a'r crwt o Bowysyn. Yn raddol daeth Ianto i ddygymod efo llediaith od yr olaf a theimlodd fod hwnnw yn adnabod y wlad o gwmpas ac yn gwybod yr enwau ar ei gof. Ac felly yn wir yr oedd, o Fathrafal i Gyfeiliog ac Arwystli ac i ben draw byd am a wyddai Ianto. O leiaf fe deimlodd yn ddiogel yng nghwmni'r llanc a gadawodd iddo'i arwain yn llechwraidd i gysgod llwyn ar lan afon fechan.

Dyna braf i Ianto yn y fan honno oedd teimlo'r dŵr oer yn falm ar ei draed a gadael i'r awel eu sychu wedyn. Aeth y llanc ati i wasgu'r sanau a'u gosod i hongian ar ddarn o lwyn ac yna fe gerddodd draw i gyrchu gwialen fain.

'Cyn mynd,' meddai'r Powysyn, 'mi rown dy sane di i hongien wrth y tipyn gwialen yma ar dy 'sgwydde iddyn nhw giel sychu yn y gwynt. Mi fydd dy drêd di y siort ore erbyn fory bore, gei di weld, 'ngwês bech i.'

Ond nid oedd y llanc wedi gorffen eto ac estynnodd gwdyn lledr a'i osod ar y ddaear. Meddai,

'Mi ddyle dy drêd di fod yn sych erbyn hyn ac mi rydw i am rwbio tipyn o'r halen yma iddyn nhw er mwyn i'r cnawd gledu.'

Gwingodd Ianto efo'r driniaeth a sylweddoli fod gan y llanc law fel llaw mam i drin briw ond yr oedd yr olaf yn siarad cymaint fel na chafodd y claf gyfle i ocheneidio llawer. Chwarddodd y llanc.

'Pinsied dde o halen wedi'i ddwyn o bylle'r Gorore, y peth gore at giedw clwyf yn lên. Wedi i ti ddiodde mymryn fe fyddi di y siort ore ar dy drêd, 'ngwês bech i. Ond aros... dydw i ddim wedi gorffen efo ti eto...'

Dychwelodd yn y man efo llond dwy law o wellt gan ei wthio i'r llopanau bregus oedd gan Ianto.

'Dene ti,' meddai, 'mi fyddi'n gwichian mynd am dy hoedl bellach fel tae gen ti 'sgidie newydd.'

Meddai ymhen y rhawg wedyn,

'Mae hi'n codi'n bref heddiw pnawn ac os ewn ni ar drews y caea' fe ddewn at fwthyn Siôn Melinydd. Siawns na chewn ni fwyd yn ein bolie gen i wrêg o. Mi wnewn ni o'r gore wedyn.'

Efo'r esmwythâd yn ei draed a'r sôn am fwyd bywiogodd Ianto drwyddo a chyda'r Powysyn yn dynn wrth ei sodlau, fe herciodd ymlaen a'r sanau gwlân yn hongian wrth ei ysgwydd ar wialen. Erbyn meddwl nid oedd Ianto wedi yngan gair o'i ben bron gydol yr amser. Tybed a oedd o yn fud a byddar, meddyliodd y Powysyn? Mentrodd yr olaf o'r diwedd,

'Wn i mo d'enw di, llanc!'

'Ianto,' meddai'r llall ar un anadl bron. O'r diwedd yr oedd yr iâ wedi'i dorri rhwng y ddau.

'Ianto,' meddai'r Powysyn wedyn yn ei oslef ei hun a chynhesodd calon Ianto fwyfwy am fod rhywun yn gwybod ei enw bellach yn y fro ddieithr ddiffaith hon.

Magodd Ianto hyder newydd.

'A be' ydy d'enw di?' gofynnodd i'r Powysyn.

'Hal,' oedd yr ateb swta ac ni phoenodd Ianto ef ychwaneg ynglŷn â hynny.

Fodd bynnag fe fu Hal cystal â'i air ac yn nhŷ'r Melinydd cafodd y ddau fowlenaid o frwes bara ceirch mewn potes twym. Rhoddodd Hal winc lydan ar Ianto fel tae'n dweud y câi dyn unrhyw beth ganddynt o adnabod eu tafodiaith. Amheuthun o wledd oedd hon ar stumog wag a chyn bod y nos yn eu dal yr oeddynt ynghlwm wrth y garfan heb i'r un enaid byw ddarganfod eu colli. Fe fu deuddydd arall o niwloedd a glawogydd trwm hyd yr esgyrn nes cyrraedd y fan lle'r oedd y ffin rhwng cymydau Arwystli a Chedewain. Yn y cyfamser cafodd Ianto gyfle i astudio'i gyfaill newydd. Llefnyn tal tenau ydoedd, y byddai pwff o wynt egr yn ei chwythu oddi ar ei drywydd. Deallodd mai creadur amddifad oedd ac mai ar orchymyn arglwydd gwlad y gyrrwyd Hal i'r rhyfel.

193

VII

Tua Maelienydd

Wrth i'r hogiau ddisgyn i lawr i'r gwastadeddau yn Ne Powys fe'i cafodd Ianto ei hun ynghanol acenion dieithr. Bron nad oedd llefaru agored ei wlad o wedi peidio yn y mwstwr a'r Gymraeg yn odiach yma rywsut. Oherwydd garwedd y tywydd a blinder corff yr oedd yr hogiau bellach ar eu cythlwng a'r amynedd yn pallu. Cydiodd yr elfen gyntefig yn y garfan heb barch i ddyn nac anifail. Gynted ag y daethant o fewn cyrraedd y tyddynnod ar ffin Maelienydd aethant ati i hawlio bwyd a diod a lloches ac ni feiddiodd neb warafun dim oll i filwyr y Tywysog.

Y nos gyntaf fe'i cafodd Ianto ei hun efo Hal yn swatio yn y gwair mewn sgubor lawn. Wedi'r cwbl yr oedd yma dir ffrwythlon. Rhedodd y llygod mawr dros eu traed a'u hwynebau ond nid oedd neb ohonynt yn hidio oherwydd maint y blinder. Bwydodd y llygod ar yr ychydig grystiau sych oedd yn sbâr yn y sgrepanau a rhwng hewian y llygod mawr a chwyrnu trwm yr hogiau gellid tybio bod yr Armagedon ar dorri.

Drannoeth yn blygeiniol aeth y mwyaf beiddgar a barus o'r criw i ddwyn yr wyau o nythod y tyddynwyr a dwyn bara a chaws a chigoedd o'r ceginau. Ymataliodd Ianto a Hal am iddynt gael y brwes bara ceirch yn nhŷ'r Melinydd y diwrnod cynt. Meddai Hal yng nghlust Ianto,

'Hidia di befo 'ngwês i. Fyddwn ni ddim ar ein cythlwng. Dim ond i mi siarad yr un feth â nhw ac mi ge' i bryd de o fwyd i'r ddau ohonon ni eto ymhen rhyw wtre neu'i gilydd ar y gwastadedde yma.'

Yma ym Maelienydd yr oedd gafael y prif elyn Rhosier Mortimer yn gryf ar y ceyrydd ac ni wyddai neb o'r hogiau ymhle yr oedd pen y siwrnai iddynt. Ar y ffordd i lawr i'r gwersyll sylwodd Ianto ar grwyn defaid wedi'u noethi am fod gwŷr ar gythlwng wedi lladd y da. Mae'n amlwg fod cistiau'r trigolion yn wag o flodiau a'r gwartheg wedi'u godro'n sych. Hwnt ac yma gellid gweld olion tân ac esgyrn lle bu rhywrai yn gwledda'n fras. Rhyfedd na fu yno hefyd dreisio merched. Weithiau deuent ar draws merlen unig yn ceisio dilyn ei greddf i ddychwelyd adre at ei meistr wedi i ryw gnaf ei marchogaeth ran o'r siwrnai. Ond dyddiau blinderus oedd y rhain i'r hogiau yn wyneb ffyrnigrwydd y tywydd a thostrwydd traed ac ymysgaroedd.

Unwaith y cyrhaeddwyd y gwersyll caed dyddiau o ddad-luddedu gyda digonedd o fwyd maethlon a dillad cynnes. Collwyd rhai ar y daith a dihangodd eraill gan ofn ac ansicrwydd. Ond yno o hyd yr oedd Ianto am fod antur ei hil yn y gwaed yn gwrthod ildio. O leiaf, o fewn y gwersyll fe gaed daear sych oddi tanynt a dyna pryd y dechreuodd Ianto synfyfyrio ac y dechreuodd Hal siarad o ddifrif. Meddai,

'Mae gen ti fem on'd oes, Ianto?'

Sobrodd yr olaf.

'Sut y gwyddet ti, Hal?'

'Ond roet ti'n gielw arni hi yn dy gwsg!'

'Wyddwn i ddim.'

'Na wyddet. Roet ti'n cysgu'n rhy drwm er bod y llygod mawr yn rhedeg drews dy drêd di.'

Ychwanegodd Hal wedyn,

'Does gen i ddim mem na thed a dene pam rydw i yn y rhyfel. Eiddo arglwydd gwled ydw i.'

Llwyddo i ddwysáu'r hiraeth yng nghalon Ianto yr oedd pob gair o eiddo'i gydymaith. Trodd Ianto ei ben i ffwrdd gan esgus cau ei lygaid.

Unwaith eto yr oedd yn ôl yng nghegin y tyddyn efo'i fam Nanw Llwyd. Hithau yn estyn y cig moch o'r bachyn ar y distyn, yn ei dorri a ffrio'r cig ar y rhadell efo darn o fara-saim ym mhen hwnnw. Ogla cig poeth yn llenwi'r bwthyn ar y Sul. Y tân mawn yn gynnes a'i fam yn slwmbran cysgu ar y setl fach. Y caws wedyn yn rhostio ar y stôl haearn o flaen y tân. Caws wedi crimpio hyd ei ymylon a gweflau Ianto yn troi o'i gylch. Oedd, roedd bwyd ei fam bob amser yn flasus. 'Wnei di ddim o ddim,' fyddai ei geiriau'n wastad, 'ond fe wnei rywbath os cei di beth.'

Yna anesmwythodd Ianto y mymryn lleiaf. Ar beth tybed yr oedd ei fam yn byw y dyddiau hyn ac yntau mor bell... mor bell i ffwrdd? Eto, roedd rhyw lais bach yn gwrthod ildio ynddo.

'Dod i frwydro dros y T'wysog wnest ti, yntê Ianto? Peth llwfr fyddai i ti wrthod yr alwad!'

Ar bob cyfrif rhaid oedd ufuddhau i arglwydd gwlad ond parhau i atseinio yn ei glustiau yr oedd geiriau olaf ei fam,

'Fy nghyw melyn bach i, brysia'n ôl at dy hen fam... fyddai dim rhaid i ti fynd i'r rhyfal a thitha' yn unig fab dy fam weddw!'

Tybed a gâi o ddychwelyd adre at y Dolig? Digon prin bellach. Eisoes roedd y flwyddyn wedi teithio ymhell... Gallai fod ei fam yn prysur fwydo'r ceiliog coch i roi tro yn ei wddf erbyn yr Ŵyl. Fe gadwai hi afalau wedi gwysno i'w rhoi yn y pwdin berw efo blawd peilliad a saim mochyn. Doedd dim yn well na hynny gan Ianto.

Ond efo'r sŵn yn y gwersyll fe ddaeth atalfa ar feddyliau'r llanc am y tro. Cyhoeddwyd fod yr uchel-swyddogion ar gyrraedd ac yn eu plith y Distain a'r Tywysog ei hunan. Efo'r sôn hwnnw cododd Ianto ei ysgwyddau y mymryn lleiaf a chododd ei galon wrth glywed acenion gwŷr Gwynedd hyd y lle.

Oedd, yr oedd cynnwrf yn y fangre o'r diwedd a'r daith hir o Nant Conwy yn werth y drafferth bob milltir ohoni. Coron ar y cwbl fyddai clywed llais y Tywysog, a hyn yn peri i Ianto deimlo yn sicr iawn o'i siwrnai.

Y nos honno yn y gwersyll cysgodd yn dawel am y waith gyntaf er cychwyn y daith. Bron na fedrai glywed trigolion dyffryn Lledr yn dweud yn y bore bach,

'Dyna'r Ianto Nanw Llwyd yna eto fel ei ddau frawd a'i daid o'i flaen yn arwr ym myddin y T'wysog!'

Deunaw oed oedd Ianto.

VIII

Ar ffiniau Maelienydd
Diwedd Tachwedd 1262

Ar noson yr wythfed dydd ar hugain o fis Tachwedd y flwyddyn honno yr oedd cyffro yn y gwersyll ar ffiniau Maelienydd. Galwyd yr uchel-swyddogion gan y Distain i babell y Tywysog. Yn ôl rhai, ymgyrch fawr y Distain oedd hon tua'r De-ddwyrain oherwydd gwaeledd dwfn y Tywysog yr haf hwnnw. Cadw yn y cysgodion yr oedd yr olaf, meddid. Ond yr oedd rhyw rym mawr yn perthyn i'r Distain yn ôl y sôn. Y gŵr hwn a dyngodd na ddôi unrhyw anhap i ran ei Dywysog tra byddai o byw ar ddaear ei wlad. Pa un bynnag, roedd galwad ar i'r Tywysog warchod cwmwd Arllechwedd a thir y Berfeddwlad rhag lluoedd brenin Lloegr pan ddychwelai hwnnw adre o Ffrainc.

Mater o frys hefyd oedd galwad gwŷr Maelienydd ar i wŷr Gwynedd a holl Gymru ymgynnull yn y fangre hon ar yr amser penodedig hwn.

Apeliodd y Distain ar i'r uwch-swyddogion arbed gormod o wrthdaro a thywallt gwaed. Yr oedd angen doethineb ac ymatal rhag i'r ymgyrch ym Maelienydd ddinistrio'r Cytundeb o Gadoediad ar y Gororau. Meddai,

'Fe fu gwŷr Maelienydd yn gaeth o dan iau y Norman am hir amser, yn anniddigo o dan y baich. Bellach apeliwyd ar i'r Tywysog Llywelyn ap Gruffudd eu gwared... Ond, cofier mai dod yma i ddangos pa mor rymus ei nerth a wnaeth ein Tywysog a thrwy hynny geisio bargen â brenin Lloegr.'

Bu'r Distain yn ofalus rhag enwi Rhosier Mortimer, prif elyn y Tywysog, ond fe wyddai'r cyfarwydd fod hwnnw yn Llundain Fawr yn gweithredu ar ran y brenin Harri Tri. Roedd yr olaf o hyd yn Ffrainc a'r mab Edward yng ngwlad Gasgwyn.

'Rhaid yw ymarfer cyfrwystra a dewrder a doethineb,' meddai'r Distain ymhellach. 'Gwyddom fod castell Buellt wedi'i ddymchwel i'r llawr gan Rhys Fychan a'i wŷr ers dwy flynedd bellach. Mae Elfael Uwch Mynydd yn ein meddiant a chwmwd Ceri ac wedi marwolaeth Owain ap Maredudd fe roed tir Cedewain o dan adain ein Tywysog.' Daeth tynerwch i lais y Distain wrth iddo sôn am adferiad y Tywysog o borth angau yr haf hwnnw ac am hynny rhaid oedd dial ar y ddraenen yn ystlys y Dywysogaeth ar y Gororau. Rhosier Mortimer oedd y ddraenen honno a chadwyn ei geyrydd yn ymestyn o Gefn-llys ar ffin de-orllewin Maelienydd hyd eithaf y Gororau yn Wigmor ac arglwyddiaeth Henffordd.

Daethai'r Mortimeriaid hyn dros y ffin yn gynnar iawn efo dyfodiad y Norman gan godi'r ceyrydd ar eu rhawd. Roedd Gwladus Ddu ferch Llywelyn ab Iorwerth yn fam i'r Rhosier Mortimer hwn, y gelyn pwerus oedd mor glòs yn llawes Harri Tri. Medrai hwn honni fod ei hawl, os rhywbeth, yn gryfach i Dywysogaeth y taid Llywelyn Fawr nag eiddo Llywelyn ap Gruffudd!

Ar y noson gyffrous hon yn y gwersyll roedd Hal a Ianto Llwyd a'r hogiau yn hofran ar y cyrion ac yn glustiau i gyd. Cydiodd Hal yn dynnach nag arfer ym mraich Ianto a'i dynnu at babell y Distain.

'Tyrd Ianto! Mae gynnon ni'r hawl i wrando, achos ma'r Crachach am ein gwêd ni ond mi gien nhwthe eu lledd hefyd. Ni, hogie'r werin fydd yn claddu'r meirw a chario carthion ond ar boen bywyd y bydden nhw'n colli'r marchogion medde fe... ond tyrd di Ianto bech i ti giel clywed yr hen ddyn rhyfedd yne'n traethu yn y babell. Ma'r Distain wedi tawelu a phawb yn syllu ar yr hen ŵr fel tase Rhodri Mawr ei hun wedi atgyfodi!'

Ychydig a wyddai Ianto mai hwn oedd y Mab Ystrwyth a fu gynt yn teithio i'r llys yn Abergwyngregyn ar ran gwŷr Powys ac yn gosod breuddwyd o Dywysogaeth gyflawn gerbron y tywysogion o Fôn i Ddyfed a hyd y Gororau. Bellach yr oedd y Mab Ystrwyth yn hen a digon prin y byddai'n teithio hwnt i ffiniau Maelienydd mwyach.

Ond parhau i dynnu ym mraich Ianto yr oedd Hal ac nid oedd hynny wrth ei fodd. O bryd i'w gilydd fe fyddai'r Powysyn yn glynu wrtho ac yn gwrthod gollwng. Clywsai Ianto enw rhyfedd am hogiau felly yn Nyffryn Lledr ond hwyrach nad hogyn felly oedd Hal. Gwthiodd y ddau fachgen o'r diwedd i gysgod ymyl y babell ac erbyn hyn roedd yno dyrfa wedi casglu ac yn llygaid a chlustiau i gyd.

'Hei, Ianto, tyrd! Ma'r gwŷr mowr i gyd yn dechre chwalu — pob un i arwen yr hogie i ryfel wrth orchymyn y Disten ond mi ewn ni i wrando ar yr hen ŵr rhyfedd ene yn traethu.'

Ac yn wir, felly yr oedd a thyrfa newydd wedi ymgasglu yn y babell — rhai am gysgod, rhai am wres y tân coed llachar a rhai i wrando ar yr hen ŵr rhyfedd oedd yn traethu gydag acen hyfryd y Bowyseg. Yr oedd carthen o wlân ar y fantell dros ysgwydd yr hen ŵr a hwnnw mae'n amlwg yng nghanol araith go arbennig. Siarad gydag angerdd y byddai'r Mab Ystrwyth yn wastad gan bwysleisio pob gair yn ofalus rhag bod undyn yn colli gair a ddywedai. Sôn yr oedd am ei wlad ei hun ym Maelienydd.

'Fe fu gwŷr Maelienydd, fy ngwŷr fy hunan, yn goddef iau yr estron ers llawer cenhedlaeth a bellach y mae gormes y cleddyf yn ailgodi'i ben a'r trethu trwm yn llethu'r trigolion. Gwelsom ddifa ein treftadaeth ac fe aed â'n plant dros y Gororau i briodi efo'r Norman ac i frwydro mewn gwledydd dieithr dros y Norman hwnnw. Cofiwch nad oes i'r gelyn fyth dosturi at wŷr ein gwlad ac yn sgîl ei iaith a'i arferion llwybreiddiodd syniadau estron drwy Faesyfed hyd Werthrynion a Maelienydd a Cheri... Rydym ni, y Cymry ar y Gororau, yn barhaus o dan lygad barcud y gelyn o'r gaer yn Nhrefaldwyn drwy Fuellt i'r Fenni a chyrion Gwent.'

Yna cymerodd yr henwr saib. Gŵr dewr a fu'r Mab Ystrwyth erioed, yn mynegi ei neges heb flewyn ar dafod. Gorau'n y byd os oedd sbïwyr yn y gynulleidfa i gario clecs am falchder y Cymry i wersyll y gelyn! Meddai yn y man,

'Gwn fod fy nyddiau wedi'u rhifo ar y ddaear hon. Ceisiais drosglwyddo i'm cenhedlaeth y weledigaeth a roes Duw i mi. Duw a faddeuo i mi yn Nydd Barn am yr hyn a esgeuluswyd gennyf ac fe ddaw cenhedlaeth newydd o Gymry a fydd yn dannod ddarfod i ni fwyta grawnwin surion a gadael dincod ar ddannedd ein plant.'

Saib arall cyn i'r henwr draethu ar ragoroldeb y Tywysog Llywelyn ap Gruffudd. Llwyddodd hwn, meddai, i adfer y Dywysogaeth drwy rym, antur a beiddgarwch anghyffelyb. Prawf ar y Tywysog da ymhob cenhedlaeth oedd ei allu i ymgynnal a sefydlu llywodraeth gadarn a fyddai'n edmygedd ei ddeiliaid yn arglwyddi a gwrêng. Fe fu Llywelyn ap Gruffudd eisoes yn batrwm o Dywysog mewn rhyfel ac ym mater gweinyddiad gwlad... Pwy yn nyddiau'r taid, Llywelyn ab Iorwerth, a fedrai rag-weld y fath orchest â hon? Llaw Rhagluniaeth a barodd fod y Llywelyn hwn drwy hap a damwain ei hil wedi llithro i mewn i gadwyn y tywysogion...'

Ar y gair rhoes Hal bwn i Ianto yn ei fraich ac meddai'n dawel, 'Edrych dros dy 'sgwydde at y drws. Weli di'r gŵr tal ene â'i lygade' yn poeri tên? Dyna i ti yr arglwydd Dafydd ap Gruffudd, brawd y Tywysog, wedi gwthio i mewn heb ei ofyn fel ninne. Ma' nhw'n deud 'i fod e' yn wyllt i wala am fod y Tywysog wedi'i arbed o'r salwch yn yr he. Roedd o ishie bod yn Dywysog yn ei le. Ma' nhw'n deud y medre hwnnw werthu'i frawd i'r gelyn, Ianto bech!'

Ond parhau i areithio yr oedd y Mab Ystrwyth ac fe ddeallodd Hal a Ianto fod yr antur o'u blaenau yn llawn peryglon. Roedd tactegau'r gelyn hefyd wedi newid. Mewn brwydrau bellach byddai mwynwyr yn tyllu o dan seiliau'r cestyll i'w dymchwel i'w sail ac yn llenwi a gwastatáu'r ffosydd. Roedd magnelau ar gael a thrawstiau-taro i ddymchwel muriau a'r cerbydau trillawr ar olwynion yn cario milwyr yn ddirgel i'r gaer...

Ond yr oedd y Tywysog ei hunan wedi cyrraedd ac ar amrantiad llithrodd y gŵr tal a safai ger y drws allan i'r nos. Pwniodd Hal yr hogyn Ianto.

'Y Tywysog! Ianto bech, y Tywysog ar y gair!... ac ma'r brawd iau Dafydd ap Gruffudd wedi sleifio i'r nos. Fe ddwede gwŷr yr Eglwys 'i fod e'n Iwdas o ddyn... ond hidia di befo, Ianto bech, ryden ni ar ben ein digon am fod y Tywysog wedi cyrredd ac mi feder yr hen Gymro ymladd cystal â'r un Norman!

Gyda dyfodiad y Tywysog Llywelyn ap Gruffudd fe dawelodd y Mab Ystrwyth gan godi'n llesg a moesymgrymu o flaen ei arglwydd. Ond mae'n amlwg nad oedd y Tywysog am annerch y dorf y nos hon. Eto fe roes ei bresenoldeb yn eu plith wefr o ysbrydoliaeth i'r bechgyn. Sylwodd Ianto nad oedd y Tywysog mor dal â'i frawd iau Dafydd ap Gruffudd. Roedd o hefyd yn tueddu i gwmanu peth efo ffyrnigrwydd yr amserau. Er bod peth gwelwder yn ei wedd, eto, yr oedd ei ddau lygad yn fflachiadau tân byw a'i holl ewynnau yn dynn yn y corff heb arwydd o lacio yn unman wedi gwaeledd yr haf hwnnw. Meddai'r hogyn Hal ar hynny,

'Gwell i ni fynd Ianto bech! Ma'r cadfridog yn gielw arnon ni. Mi fydd eisie cysgu arnon ni a Duw a'n helpo ni fory bore... Gyrru hogie fel ti a fi, Ianto, i dyllu pridd a chlirio llwybre i'r gŵyr mowr. Rhei fel ti a fi fydd yn cê'l 'u lladd mewn rhyfel.'

Trodd y ddau fachgen eu cefn ar y babell ac o'u cylch fe glywent siarad cynhyrfus y milwyr y daethai enwau barwniaid y Gororau bellach yn ail natur iddynt — John Lestrange, John fitz Alan, Philip Basset, Walter Clifford a James Audley. Roedd braw yn gymysg â chasineb iddynt yn enwau'r gŵyr hyn.

Ond er gwaethaf popeth fe gafodd Ianto fodd i fyw y nos honno yn y babell. Fe roes geiriau'r henwr, y Mab Ystrwyth, arial newydd yn ei waed ond yn fwy na'r cwbl fe welodd y Tywysog ei hunan — Llywelyn ap Gruffudd. Breuddwyd mawr ei fywyd oedd cael bod yn rhan o fyddin y gŵr mawr hwnnw. Gwyddai Ianto fod pob yfory wedi'i lapio mewn dirgelwch ac mai ei fusnes o oedd byw pob dydd fel y dôi heibio.

Fe'i cysurodd Ianto ei hun mai hogyn llwfr fyddai'n cysgodi gartre' yn nyffryn Lledr pan oedd y Tywysog yn galw'r hogiau i'r frwydr! Ni wnaethai o yn wahanol i neb o'i hil cyn hyn a'r nos honno cysgodd yn dawel ar lawr y gwersyll heb boendod yn y byd, gellid tybio.

Tawelwch o flaen storm fyddai peth felly i'w fam Nanw Llwyd ond gŵr ifanc oedd Ianto.

IX

Maelienydd
Diwedd Tachwedd 1262

Drannoeth y bore ymhell cyn toriad gwawr roedd carfan gref o fyddin y Tywysog wedi amgylchu'r gaer fechan yng Nghefn-llys ar ffiniau Gwerthrynion ar lan afon Iddon. Eisoes gorweddai rhai o'r gwarchodwyr yn gelain hyd ochrau'r gaer ond nid oedd ym meddwl y Distain ladd y ceidwad Hywel ap Meurig a'i dylwyth y bore hwnnw. Y pwrpas oedd darostwng gwŷr y gaer nes y dôi'r arglwydd Rhosier Mortimer at ei goed.

Yn y llwyd-dywyll ac fel yr oedd y wawr yn torri drwy niwl mis Tachwedd gellid gweld Hywel ap Meurig y ceidwad a'i dylwyth yn chwilio am nodded yn stafelloedd y Tŵr. Anfonodd y Distain ei negesydd i gyhoeddi gorchymyn dros yr holl wlad.

'Hywel ap Meurig! Ti a'th dylwyth, dowch i lawr o'r Tŵr! Yn enw Llywelyn ap Gruffudd, Tywysog Cymru, cyhoeddwn na fydd anaf i'r un ohonoch, dim ond i chi ddisgyn o'r Tŵr yn dawel. Fe'ch cymerir yn wystlon yn enw'r Tywysog ond, tra byddwch yn heddychlon, ni chamdrinir neb ohonoch.'

Araf iawn oedd y tylwyth i symud a gorfodwyd i'r negesydd gyhoeddi'r un ddedfryd drachefn.

'Hywel ap Meurig! Tyrd yn ddiymdroi gan y bydd angen i ti ymgynnull efo gwŷr y brenin ar fyrder ger Rhyd Chwima ar fater Cytundeb o Heddwch efo'r Tywysog Llywelyn ap Gruffudd!' Droeon cyn hyn fe fu Hywel ap Meurig, ceidwad Cefn-llys, yn bargeinio o du'r brenin yn y *Parliamenta* efo'r Tywysog. Na, roedd hwn yn ŵr rhy werthfawr i'w boenydio!

Fel yr oedd milwyr y Tywysog yn estyn y cadwyni ogylch y gwystlon wrth odre'r gaer, ni throdd Hywel ap Meurig unwaith i wynebu'r Distain Gronw ab Ednyfed. Oedodd y fam gan gylchu ei thri phlentyn yn ei breichiau ac am un eiliad byr daliodd y Distain ar yr olwg drist ar ei hwyneb. Tristwch dwfn oedd yno a phryder yn hytrach na dicter. Gorchmynnodd y Distain i'w wŷr ei hebrwng hi a'i thri phlentyn i ddiogelwch nes y rhyddheid y gwystlon.

Un meddal oedd Gronw ab Ednyfed yn y bôn er mai amser i ryfel ydoedd. Gwelodd yr union olwg ar wyneb y wraig hon yng Nghefn-llys ag a welodd flynyddoedd cyn hynny yn llygaid ei wraig-ordderch. Huana fam Gwenhwyfar oedd y wraig-ordderch honno. Ar ffiniau tref y 'Mwythig y gwelodd o Huana olaf yn ffarwelio cyn cychwyn am ddinas Llundain Fawr i warchod plant yr arglwydd Gruffudd ap Llywelyn. Ni welodd o mohoni wedyn ac yn Nhŵr y Norman y bu hi farw — yr unig gariadferch wirioneddol a adnabu erioed. Oedd, yr oedd llygaid y wraig hon yn y gaer yng Nghefn-llys yn llefaru wrtho fel tae Huana ei hunan yn ymbil drosti.

Nid oedd yr ymosodiad ar Gefn-llys ond megis dechrau'r ymgyrch fawr yn y De-ddwyrain yn niwedd y flwyddyn honno. Sgubodd byddin y Tywysog ymlaen drwy Faesyfed gan falurio'r ceyrydd ym Mleddfa, Cnwclas, Trefyclawdd a Llanandras. Pan gynullodd milwyr Rhosier Mortimer a'r barwn Humphrey de Bohun o'r diwedd ar y Gororau fe syrthiodd yr hogiau o'r ddeutu wrth y cannoedd a chyn diwedd mis Rhagfyr dychwelodd y brenin Harri Tri o Ffrainc. Ond eisoes roedd cyfran helaeth o diroedd Mortimer ym meddiant Llywelyn ap Gruffudd. Ond ymgyrch y Distain Gronw ab Ednyfed oedd hon yn anad dim ac yn raddol, ymdeithiodd byddin y Cymry o ffiniau Henffordd tua gogledd Gwent. Yn y fan honno roedd gwlad y tri chastell, Ynysgwnwraidd, y Grysmwnt a'r Castell Gwyn, ym meddiant y Norman. Rhoisai Llywelyn ap Gruffudd y byd am gael y rheini i'w feddiant ac fe aeth si ar led fod holl Gymry ardaloedd y Fenni ym mhlaid y Tywysog. Yn y maes yr oedd yr arglwyddi Maredudd ab Owain o Geredigion, Maredudd ap Rhys Gryg a Rhys Fychan o lannau afon Tywi a'r disgwyliad am ymosodiad mawr unwaith y byddai gŵyl y Nadolig drosodd.

Ond fel yr oedd yr Ŵyl yn nesáu digon trist oedd y milwyr a chodwyd gwersyll yn rhywle i'r gogledd o'r Fenni. Ar nos cyn yr Ŵyl syrthiodd yr eira yn drwm ac mewn byr o dro yr oedd yr holl wlad yn wyn dan droed. Draw yn y pellter gellid clywed sŵn clychau eglwys yn canu i groesawu'r Ŵyl. Daeth saib yn y brwydro.

Hyd yma ni chafodd Ianto Llwyd ran yn y brwydro ond yn hytrach fe'i gorfodwyd i ddilyn yng nghefn y fyddin a chwilota am y celaneddau a'u claddu yn bentyrrau yn y ddaear. Yn yr un modd fe gleddid y meirch gan hogiau fel Ianto ac nid oedd hynny wrth ei fodd. Torrodd si drwy'r gwersyll fod y brenin Harri Tri yn ceisio Cytundeb efo'r Tywysog ac y trefnid Cadoediad yn rhywle tua Chroesoswallt. Os gwir y gair fe gâi Ianto Llwyd ddychwelyd erbyn tymor yr aredig ond nid arwr a fyddai gŵr ifanc a adawyd i gladdu'r meirw ar faes brwydr. Dod bob cam o Ddyffryn Lledr i frwydro ym myddin y Tywysog a wnaeth Ianto a hyd yma nid oedd clwyf arno. Medrai, fe fedrai yntau ladd gelyn cystal â neb ond fe'i cadwyd o a Hal a'u tebyg yn trin caib a rhaw a thrafod y meirw. Ac felly ar noswyl Nadolig fe deimlodd Ianto gyfog gwag yn ei stumog.

Ar noswyl Nadolig hefyd fe gydiodd Hal yn dynn yn ei fraich a gofyn gyda rhyw daerineb mawr,

'Dwed i mi Ianto, sawl corff wyt ti wedi'i gladdu yn y lle diffeth yma?'

Nid oedd gan Ianto y syniad lleiaf a gwell oedd anghofio eithr fe ddechreuodd Hal gyfrif ar ei fysedd yn ôl ac ymlaen drosodd a throsodd. Deg... deuddeg... tri-ar-ddeg... ugain... deugain. Yna rhoes y bachgen sgrech uchel yn diasbedain drwy'r gwersyll gan barhau i gydio'n dynn ym mraich Ianto a lluchio cwestiynau ato. Cwestiynau oedd yn ei frifo.

'Be' fyddet ti'n giêl i ginio 'Dolig gen dy fem, Ianto?'

Ocheneidiodd Ianto. Digon prin, meddyliodd, y byddai ei fam yn lladd y ceiliog coch wedi'r cwbl a chystal iddynt ei gael ill dau pan ddychwelai o yn y gwanwyn.

'Be fyddet ti'n giel yn anrheg gen dy fem, Ianto?'

'Pâr o sana' gwlân.' Ffrwydrodd y geiriau dros enau Ianto ac yna torrodd allan i feichio crio. Cydiodd y llanc Hal yn dynn ynddo gan geisio'i gysuro. Yn sydyn roedd y llanc yn tynnu'i law drwy wallt Ianto gan weithio'i fysedd hyd groen ei wddf. Neidiodd Ianto ar ei draed a rhoi cic gïaidd i'r llanc. Llefodd,

'Dos at dy debyg!... Dacw i ti un yn cwtsio yn y fan acw yn aros am dy gofliad di. Y llanc budur i ti, cadwa dy ddwylo oddi wrtha i!'

Pan drodd Ianto i edrych wedyn fe welodd fwy o artaith yn llygaid y llanc nag a welodd yn llygad milwr ar faes brwydr. Trodd Ianto i'w ffordd a cheisio anadlu'r awyr iach ond yr oedd ei gorff yn flinedig a'i ysbryd yn swrth. Pe gwyddai'r ffordd fe fentrai ddianc adre bob cam i Nant Conwy dim ond i flasu cig moch ei fam a theimlo llyfiad Sam y ci ar gefn ei law.

Osgoi Hal a fu hanes Ianto wedyn ac o bryd i'w gilydd fe'i clywai yn cwyno,

'Ro'n i'n meddwl fy mod i wedi ciel ffrind de yn yr hogyn Ianto 'ne ond hogyn 'i fem ydy o. Eisie maldod 'i fem.'

Dyna pryd y daeth y Distain ar draws yr hogyn Ianto a'i gael efo'i ben yn ei blu ac yn cadw ar wahân i'r hogiau. Roedd y Tywysog ers tro byd wedi dychwelyd i Arllechwedd ac yn dal cyswllt efo'r brenin. Ond Cytundeb neu beidio, mae'n amlwg mai bryd y Distain oedd taro hyd y diwedd gynted ag y dôi Ionawr heibio. Roedd tir Gwent yn rhy werthfawr i'w golli a gwlad y tri chastell yn ddraenen rhwng y Cymro a'r Norman yng nghyffiniau'r Fenni.

Meddai'r Distain wrth Ianto,

'Ianto ydy d'enw di, yntê?'

Hanner gododd Ianto ei ben.

'Ia.'

'Mae gen ti hiraeth on'd oes? Hiraeth mawr. Mi wyddon ni i gyd be' ydy hiraeth weldi.'

Mentrodd Ianto ofyn cwestiwn o'r diwedd.

'Ydan ni'n debyg o ga'l mynd adra'n fuan?

'Amsar a ddengys... amsar,' oedd yr ateb myfyriol.

'Mae gen i ishio mynd adra at 'redig.'

'Ac mi ddylsat titha' fod wedi meddwl am hynny cyn ymuno â'r fyddin.'

'Ymuno efo'r fyddin wnaeth fy mrodyr a nhaid...'

'Ia, mi wn i 'machgan i ac mae o yn dy waed ditha' hefyd... Rhaid i ni fyw mewn gobaith... gobaith y daw petha'n well.'

Pan sylweddolodd Ianto fod y Distain yn adnabod ei dylwyth fe aeth yn hyfach arno. Meddai,

'Ishio bod yn filwr go iawn oedd arna' i. Nid dwad yma i gladdu cyrff wnes i!'

Meddyliodd y Distain yn hir cyn ateb. Meddai toc,

'Wel, os wyt ti am fod yn filwr go iawn fe gei di fynd i flaen y frwydr. Rhyw deimlo yr oeddan ni y byddat ti'n debycach o gael dy

arbad i dy fam weddw wrth iti beidio â mynd i ganol y rhyferthwy.'
Fe wyddai'r Distain yn iawn mai'r hyn oedd yn mynd drwy feddwl
yr hogyn oedd nad arwr oedd y sawl oedd yn claddu cyrff y meirw.
Yn hytrach, arwr oedd y dyn a gâi wthio gwaywffon i ladd gelyn.
Unig sylw y Distain oedd,

'O leiaf mae ysbryd arwr ynot ti ac os milwr y mynni di fod, yna
milwr fyddi di. Fe gawn weld beth fydd gan y flwyddyn newydd i'w
gynnig i ni!'

Wedi'r cyfarfod efo'r Distain yr oedd Ianto yn rhyfeddol o ysgafn
ei galon. Os hogyn hogiau oedd Hal, yna gwynt teg ar ei ôl!

Fe fynnai o fod yn filwr go iawn!

X

Glannau Afon Wysg
Ar ddechrau 1263

Do, fe ddaeth yr Armagedon efo mis cyntaf y flwyddyn newydd. Yn fuan wedi Gŵyl y Nadolig cynullodd gwŷr y brenin gan ymdeithio o Went i ffiniau'r Fenni a glannau afon Wysg. Llwyddodd y rheini i rydio'r afon i'r gogledd o'r Fenni a dal carfan o wŷr y Tywysog ar herw i'r de o'r afon honno. Yn eu mysg yr oedd Ianto Nanw Llwyd.

Efo'r gwŷr traed yr oedd Ianto a saeth ar annel a'i clwyfodd yn ei ysgwydd, a'r tro hwn nid oedd yr hogyn Hal yno i'w ymgeleddu. Wedi dyddiau o oedi mewn cilfach yn y fan honno i'r de o afon Wysg, fe lwyddodd yr hogiau o'r diwedd i groesi'r rhyd yng nghyffiniau Crucywel. Yna ymlwybro'n llechwraidd o'r fan honno i gyfeiriad y Cwm Du yng nghesail unig y mynyddoedd.

I'r de o'r gwersyll fe godai cribau'r Mynydd Du yn fygythiol ond prin y medrid eu gweld gan y cymylau oedd yn toi o'u cylch. Yna, un nos yn ddisymwth fe ddisgynnodd yr eira drachefn ar lawr y Cwm.

Digon dywedwst oedd Ianto a hyd yma nid oedd wedi rhoi llawer o sylw i'r clwyf ar ei ysgwydd. Yn raddol yn yr oerni fe ddechreuodd brocio'n ffyrnig.

Y pryd hwnnw fe ddaeth yr hogyn Hal y bu ef yn ei osgoi er noswyl Nadolig ar ei draws. Fe ddaeth Hal a sefyll uwch ei ben a dweud,

'Ianto! Mi rydw i wedi dysgu rhywbeth am drin clwyf efo'r milwyr ac mi wn fod gen ti glwyf. Hwde, mae gen i olew yn y gostrel yma at drin clwyf a dŵr glên yn y ddesgl a llien main. Mi fydde hynny yn lleddfu'r boen i ti, Ianto bech.'

Ceisiodd Ianto godi ar ei eistedd ond yr oedd ei gorff yn gwegian. Gorweddodd yn ôl a gadael i Hal geisio rhwygo'r llawes oddi ar y fraich friwedig. Penliniodd Hal wrth ei ochr a gwasgu'r lliain yn dyner uwch ben y toriad oedd wedi hen geulo. Ni ddwedodd Hal ddim ond medrai Ianto synhwyro fod gan hwn ddwylo i drin claf. Hwn oedd yr union hogyn y mynnodd o ei fwrw oddi wrtho noswyl Nadolig. Mor od oedd trefn Rhagluniaeth!

Wedi golchi'r clwyf orau y medrai tywalltodd Hal olew iddo a rhwymo'r fraich mewn darn o liain glân. Wedyn cyrchodd ddiod o fetheglyn iddo a dweud,

'Ianto bech! Yf di hwn i ti giêl cysgu. Fe fyddi di'n well wedi tipyn bech o gwsg... Fory bore mi awn â thi i dŷ'r tyddynnwr wrth droed y Foel ac mi gaiff y gwragedd yno dy ymgeleddu di.'

Drannoeth mewn storm o eira cariwyd Ianto ar styllen i dŷ'r tyddynnwr a'i osod i orwedd yn y siamber efo dau filwr clwyfedig arall. Roedd yno aroglau briwiau a marwolaeth ond ni pheidiodd y wyliadwriaeth na dydd na nos. Tybiodd Ianto fod yno eneth ifanc yn plygu uwch ei ben ac yn ei gyfarch o bryd i'w gilydd. Roedd o'n siwr fod yr eneth honno â'i bryd ar ei wella mewn rhyw fodd neu'i gilydd. Weithiau byddai yntau yn llwyddo i ddweud gair neu ddau wrthi ond dro arall ni ddôi gair o'i enau. Hwyrach mai breuddwydio yr oedd o mewn gwirionedd ond gallai daeru fod gan yr eneth doreth o wallt du cyrliog a'i gwefusau trwchus ar groen ei wyneb. Gallai daeru iddo ei chlywed yn siarad hefyd.

'Bachgen glân on'tefe, Mam... trueni na fydde fe'n troi ar wella.'

'Hw'rach nad oes gwella i fod, Meleri. Ma'r clwyfedig yn aml yn marw yn y rhyfel.'

'Ydech chi'n cretu bod ganddo fe fam yn rhywle?'

'Siwr o fod ac wedi teithio 'mhell o gartre i ddilyn y T'wysog.'

Yn raddol pellhaodd geiriau'r eneth er yr âi Ianto ar ei lw ei bod hi yno o hyd yn hofran o gwmpas ei wely. Doedd arno fo ddim archwaeth bwyd ychwaith ac nid oedd arno boen. Yna dôi'r lleisiau.

'Mae'r cyffur yn lladd y bo'n yn eitha da...'

'Ydy 'sbo. 'Dyw e'n gwpot dim oll ac fe fydd e'n diffodd fel gole cannwyll.'

'Piti na fydden ni'n nabot 'i deulu e hefyd.'

'Na... gŵr dierth yw e, Meleri, ac fe fydd e'n marw mewn lle dierth.'

'Ond ma' fe'n etrach yn hapus, Mam... yn union fel tae concwest yn 'i wa'd e.'

'Felly y bydd milwr, Meleri.'

Am ei fod yn ŵr ifanc cryf o gorff fe fu Ianto Nanw Llwyd byw hyd at ddiwedd y Mis Bach. Bu farw yn blygeiniol un bore cyn i'r haul ddechrau codi.

Daeth Hal wedyn a gosod ei gorff yn y ddaear. Wrth iddo godi'r pridd dros y bedd a gweld merch y tyddynnwr yn crio fe ddwedodd Hal air o Weddi a diolch i Dduw a'r Forwyn ddarfod iddo adnabod 'Ianto bech yr hogyn o Nant Conwy oedd eisie bod yn arwr.'

Edrychodd Hal wedyn ar ei ddwylo meinion ei hun a diolch i Dduw a'r Forwyn am iddo ddarganfod fod ynddo ddawn newydd o drin y clwyfedigon ar faes brwydr. Dysgodd y grefft galed honno dros wythnosau hir rhwng Maelienydd a Dyffryn yr Wysg. Cofiodd iddo glywed yr hen ŵr hwnnw yn y gwersyll, y nos cyn yr ymosodiad ar gaer Rhosier Mortimer yng Nghefn-llys, yn sôn am ddyletswydd pob dyn byw. Y Mab Ystrwyth oedd yr hen ŵr hwnnw a ddywedodd y dôi barn Duw ar y sawl na fynnai drosglwyddo i'w genhedlaeth o'r ddawn a'r weledigaeth a roed iddo. O leiaf, tybiodd mai rhywbeth i'r perwyl hwnnw oedd geiriau'r hen ŵr.

Penderfynodd Hal yn y fan a'r lle y byddai o bellach yn dilyn milwyr y Tywysog fel y câi drin doluriau'r clwyfedigon oblegid peth felly oedd rhyfel. Roedd yr hen gyfaill 'Ianto bech' yn farw ond rhaid oedd iddo ef, y Powysyn amddifad, bydru ymlaen i geisio byw!

Pan gaeodd Ianto Nanw Llwyd ac eraill o'r hogiau eu llygaid am y tro olaf yn y Cwm Du yn arglwyddiaeth Ystrad Yw, fe fu raid i fyddin y Cymry o dan arweiniad y Distain Gronw ab Ednyfed gilio o'r maes. Dydd du oedd hwn i'r Distain am iddo fethu â choncro gwlad y tri chastell yng Ngogledd-ddwyrain Gwent i'w Dywysog. Chwennych y cestyll Ynysgwnwraidd, y Grysmwnt a'r Castell Gwyn yr oedd ac yn enwedig yr olaf a oedd fel barcud yn uchel uwch dyffryn yr Wysg ger y Fenni. Ie, gwlad dirion i'w rhyfeddu oedd honno yng nghyffiniau afon Mynwy cyn iddi ymuno ag afon Gwy. Roedd y clawdd hefyd, fel y gelwid o gan y Cymry, yn gwthio'i ffordd yn betrus drwy'r ardal honno. Eto, hwyrach mai saib dros dro oedd y cwbl gan fod yr ysbryd Cymreig yn ferw ymysg pobl y 'de lingua Wallensica' fel y gelwid hwy gan y Norman yn ardaloedd Brycheiniog ac Elfael hyd Ystrad Yw ar ffiniau'r Fenni. Dôi, fe ddôi byddin y Tywysog yno drachefn ond gŵr blinedig oedd y Distain ac ôl traul y blynyddoedd ar ei gorff a'i ysbryd. Does dim mor drist â'r methiant i ddwyn breuddwyd oes dyn i ben ei siwrnai. Ond am y Tywysog, roedd ef unwaith yn rhagor yn cynghreirio efo Harri Tri!

XI

Dyffryn Lledr
Diwedd y Mis Bach 1263

Huddodd Nanw Llwyd y tân yn ei bwthyn ar ochr y mynydd yn nyffryn afon Lledr. Aeth y stafell yn dywyll a swatiodd hithau o dan gwrlid y gwely peiswyn ond ni ddaeth cwsg. Yn wir, ni ddaethai hwnnw ers wythnosau lawer.

Eleni roedd yr eira yn gyndyn o aros yn nechrau'r gwanwyn cynnar er bod trwch gwyn ers rhai dyddiau ar y llethrau. Fe ddôi cynhesrwydd yr anifeiliaid i'w chynhesu hithau. Y fuwch goch yn y beudy, y mochyn yn y cwt, yr ieir yn domen frown o blu a'r ci a'r gath. Roedd y gath ddu yn gyrlen gynnes o flaen y tân ond troi o gwmpas drws y bwthyn, yn gwrando ac yn anniddig ei wala fel hithau yr oedd Sam y ci. Roedd meddwl Sam a hithau ar Ianto. Ianto, cyw y nyth a channwyll llygaid ei fam...

Yn yr oriau mân fe glywodd sŵn y llygod bach yn rhedeg uwch ben y distiau ond ni wnaent ei phoeni am fod y gath ddu yno. Fe wyddai Nanw Llwyd rywbeth am ddyffryn Mara am iddi fod yn gynefin â dolur gydol ei bywyd.

Treiglodd yr oriau'n ddidostur hefyd ac ni ddaeth cwsg ar ei chyfyl hithau. O'r diwedd fe syrthiodd Sam y ci i gwsg trwm a'i chwyrnu uchel fel cylchdro olwyn yn rhyw grafu troi. Rywdro yn y bore bach, syrthiodd hithau i gwsg ysgafn ond gynted ag yr anesmwythodd yr anifeiliaid roedd hithau'n llwyr ar ddi-hun.

Gydol y misoedd y bu Ianto yn y rhyfel sylweddolodd Nanw Llwyd mai gwaith anodd oedd iddi ymdopi wrthi'i hun yn y tyddyn. Cyn hir fe fyddai diwrnod arall yn gwawrio ar y dyffryn ac yr oedd si ar led fod y Tywysog eisoes yn ôl yn y llys yn Abergwyngregyn. Dywedid ei fod yn ymgynnull llu o newydd rhag i wŷr y brenin Harri Tri daro'n ddirybudd o gyfeiriad Caerlleon Fawr. Nid oedd Nanw Llwyd yn deall pethau felly ond fe wyddai am y tristwch o adael i Ianto fynd i'r rhyfel.

Y nos honno hefyd yr oedd Ianto yn glwyfedig glaf yn ymladd am ei fywyd mewn bwthyn pellennig yn y Cwm Du yn Ystrad Yw yng nghyffiniau'r Fenni. Wrth i'r wawr dorri fe dybiodd ei fam, Nanw

Llwyd, yng nyffryn afon Lledr iddi glywed sŵn troed ar y buarth. Cyfarthodd Sam y ci yn uchel a neidio'n wyllt oddi mewn i'r ddôr. Baglodd Nanw ei ffordd at y drws gan geisio tawelu'r ci.

'Sh! Sh! Sam bach. Bydd yn dawal! Hwyrach fod Ianto wedi cyrra'dd adra! Wedi dwad yn ôl adra o'r diwadd! Sh! Sam bach!'

Rhiglodd hithau agor y ddôr o'r diwedd a syllu allan i'r hanner gwyll. Oedd, yr oedd Ianto yno wrth y glwyd a'i wyneb yn loyw o wên. Neidiodd Sam y ci i'w gyfarfod.

'Dal 'nôl, y ci! Dal 'nôl!' llefodd Nanw.

Yna fe glywodd hi sŵn clepian y giât ac fe beidiodd Sam â chyfarth.

'Ianto! Ianto! Ble'r est ti?... Roeddat ti yma funud yn ôl mor glir â'r wawr ac yn wên i gyd, fy ngwas bach i... Ianto, wyt ti yn fy nghlywad i?'

Ymhen y rhawg dychwelodd y ci dros y rhiniog a swatio'n ôl yn y fan honno gan droi dau lygad gwaedlyd i syllu arni. Rhoddodd y ci un ochenaid fawr wedyn a gwyro'i ben rhwng ei goesau. Erbyn hyn yr oedd Nanw yn un cryndod o'i chorun i'w sawdl. Llusgodd ei chorff yn llesg at y setl bren. Pwniodd y tân i loywi a thynnodd y crochan dŵr hyd y gadwyn uwch ei ben a bachu'r handlen wrth y ddolen. Ianto a osododd y gadwyn honno yn ei lle iddi. Dechreuodd y dŵr yn y crochan hymian canu i'r berw. Bron na chlywodd lais Ianto o'r tu cefn iddi. 'Diod gynnas, Mam. Hynny fyddai ora'. Diod gynnas dros y galon.' Felly y byddai'r bachgen yn ei chysuro pan ddôi ias o ysgafnder dros ei chalon. Byddai ar Ianto ofn am ei fywyd i'w fam farw! Hogyn ei henaint hi oedd o. Ei eiriau fyddai,

'Fedra' i ddim byw hebddoch chi, Mam... rhaid i chi orffwyso i drio byw.'

Roedd Nanw Llwyd yn sicr yn ei chalon y bore hwnnw fod Ianto wedi marw. Wrth iddi sipian y dŵr cynnes fe'i darn-gysurodd ei hun na fyddai raid i Ianto fyw heb ei fam mwyach.

Er i'r Tywysog a rhai o'i farchogion ddod yn ôl i'r llys ers tro byd a bod si ar led fod llawer o'i wŷr wedi syrthio neu wedi'u clwyfo ar faes y gad, ni ddaeth yr un newydd i glyw Nanw Llwyd. Anaml y byddai hi yn mentro belled â gwaelod y dyffryn. Ond y bore hwn yn y bwthyn yr oedd rhyw reddf yng nghalon y fam eisoes wedi dwyn newyddion iddi am yr hogyn Ianto. A'r un modd y ci. Syrthiodd hwnnw i gwsg anesmwyth ger y ddôr fel tae'n gwylio bodau afrifed yn gwibio heibio iddo. Gwibio'n ôl ac ymlaen yr oedd meddwl Nanw Llwyd hefyd — weithiau'n sur ac weithiau'n dyner.

'Ianto! Pa hawl oedd gen ti i adael dy hen fam wrthi'i hun yn Nant Conwy a hel dy draed i farw mewn gwlad ddiarth? Roedd yn well gen ti y T'wysog na'th hen fam... Chymeraist ti mo'r amsar i feddwl... dim ond boddhau chwant dy dylwyth am antur a lladd fel dy frodyr ac fel dy daid o'th flaen yn amsar Llywelyn ab Iorwarth.'

Ar hynny, deffrôdd y gath ddu a neidio i'w harffed. Efo greddf y blynyddoedd tynnodd Nanw Llwyd ei llaw esgyrnog hyd esmwythder pen y gath ac meddai,

'Ianto! Gen ti oedd yr hawl ar dy fywyd wedi'r cwbwl. Hogyn da i dy fam fuost ti erioed a phan est ti oddi yma, roedd o fel tae yna alwad arnat ti i fynd. Ia, ca'l dy alw wnest ti, Ianto, a fedrat ti ddim gwrthod yr alwad. Hogyn da i'th fam...'

Syrthiodd marworyn o'r tân ar yr aelwyd a gwyrdroi ei meddwl drachefn.

'Ianto! Y cnaf bach i ti! Cnaf fuost ti erioed. Mynd i gyfarfod Angau efo dau lygad yn llydan agorad a'r cwbwl er mwyn clod i'th deulu meddat ti. Cadw enw da yr hil yr oeddat ti. Hen esgus gwael, Ianto, er mwyn ca'l lluchio gwaywffon a bwa saeth... ac eto, hogyn dy fam oeddat ti yn disgwyl dwad yn ôl erbyn amsar aredig.'

Torrodd hithau i feichio crio bellach. Cynhyrfodd y gath a neidio allan o'i harffed. Wylodd yn hallt a holi beth tybed a wyddai ei hogyn hi am ryfela wedi'r cwbl. Y fo a fyddai'n hel at ei fam efo'r clwyf lleiaf ac yn mynnu gwlanen ar ei frest am fod yr annwyd yn troi'n beswch yn y Mis Bach.

Dadebrwyd hi o'i hunlle o'r diwedd efo sŵn y fuwch yn anniddigo yn y gadwyn ogylch ei gwddf, y mochyn yn rhochian yn y cwt a'r ieir yn clwcian am eu bwyd. Yna fe ddaeth Sam y ci yn dawel oddi wrth y ddôr a gosod ei bawen yn soled ar ei glin. Gwyrodd y ci ei ben i dderbyn ei hanwes. Meddai hithau,

'Tybad a fuon ni'n breuddwydio, Sam bach... breuddwydio bod Ianto wedi cyrra'dd adra o'r diwadd... hwyrach ei fod o wedi cyrra'dd adra o ran hynny ymhell bell o sŵn y rhyfal. Peth rhyfadd ydy greddf, Sam bach, ond mi wyddost ti a minna' y gall fod Ianto tu hwnt i berygl erbyn hyn.'

Pwysodd Nanw Llwyd ei chorff a nesu at glust Sam.

'Cyfrinach, Sam bach, rhyngon ni'n dau. Ddwedwn ni yr un gair wrth neb byw am y bora yma ac os ydy o yng ngofal Duw a'r Forwyn, mi fydd raid i ni ymdopi ora' y gallwn ni o hyn allan.'

Pan safodd Nanw Llwyd a Sam y ci o'r diwedd ar y rhiniog roedd y wawr wedi hen dorri yn nyffryn Lledr a'r anifeiliaid o hyd yn aros am borthiant. Mae'n amlwg iddi fwrw eira yn drwm dros nos ac er i'r ddau ohonynt chwilio'n ddyfal am ôl troed wrth y llidiart nid oedd yno ddim oll.

Yn ystod y dyddiau dilynol fe dorrodd si drwy'r ardal fod byddin y Tywysog o dan arweiniad y Distain Gronw ab Ednyfed wedi'i gwthio'n ôl ger y Fenni. Roedd mawr sôn am golledion yn y frwydr honno pan ddaeth byddin y Norman dros y rhyd yn nyffryn afon Wysg yn gynnar wedi Gŵyl y Nadolig o dan y barwniaid Normanaidd. Roedd nifer o hogiau Gwynedd, meddid, ymysg y colledigion. Mentrodd rhai ddweud mai dim ond sibrydion oedd y cwbl a chyhyd ag y cedwid y newyddion drwg draw yr oedd gobaith o hyd yn y galon. O leiaf fe roddai hynny hoe i ddynion baratoi eu meddyliau erbyn y dôi'r newydd drwg o'r diwedd. Wedi'r cwbl rhaid oedd i ddyn ac anifail wrth fwyd a diod ac nid oedd amser i segurdod. Medrai gwaith ladd hiraeth. Ond mater arall oedd hynny yn hanes Nanw Llwyd a'i thebyg.

XII

Abergwyngregyn
Gwanwyn 1263

Roedd yr eira yn dechrau cilio o Eryri ar y bore arbennig hwnnw pan gyrhaeddodd y negesydd y llys yn Abergwyngregyn yn cyhoeddi ddarfod i fyddin y Distain Gronw ab Ednyfed eisoes droi cefn ar ddyffryn afon Wysg. Ers rhai dyddiau fe fuasai Llywelyn ap Gruffudd yn ôl yn y llys yn cynllwynio i gynghreirio o newydd efo'r brenin ar y naill law ac i amddiffyn tiroedd y Berfeddwlad rhagddo ar y llaw arall. Ond roedd bryd y Tywysog yn bennaf bryd hynny ar ymgyrchu yn erbyn caer y Norman yn Nhrefaldwyn lle roedd John Lestrange yn gwarchod buddiannau'r brenin. I'r de o'r gaer honno yr oedd Dyffryn Teifi yn ymylu ar y Gororau a'r Cymry yn y fan honno yn deisyfu am warchodaeth y Tywysog drostynt. Ei freuddwyd mawr oedd meddiannu dyffryn afon Hafren a holl dir y Gororau drwy Bowys Wenwynwyn ac ymlaen drwy Faelienydd, Maesyfed ac Elfael hyd flaenau gwlad Gwent. Ar y bore arbennig hwn yn y llys fe aethai'r breuddwyd i'w golli ar gyrion y teirtref yng ngogledd-ddwyrain Gwent ysywaeth. Na, yn sicr nid oedd y sêr yn eu graddau o'i blaid bryd hyn. Arferiad y Tywysog pan syrthiai ambell seren o ffurfafen ei freuddwydion oedd taflu'i gorff ar y fainc o bren derw yn y gell a'i ddwy law yn bleth o dan ei ben. Yna syllu i'r nenfwd heb ddweud prin air a gadael i'r Crebach siarad ei feddyliau drosto. Llefarodd yr olaf toc gan lusgo'i eiriau'n grintachlyd o frest gaeth gan na welodd olau dydd er ei ymweliad diwethaf ag Abaty Aberconwy. Bron nad oedd yn feiddgar y bore hwn. Edrychodd i fyny ar fur y gell gan syllu ar y map yn llawn o'r llinellau pwynt-golosg.

'F'arglwydd,' meddai, 'roeddwn i wedi ymestyn ffinia'r Gorora' drwy Faelienydd drwy dir Deheubarth hyd at ffinia' Gwent. Dyna oedd y nod.'

Tawelwch wedyn ac meddai'r Tywysog o'r diwedd,

'Haerllugrwydd... mi fedri chwalu'r cwbwl bellach efo rhecsyn a dŵr.'

215

Caeodd Llywelyn ap Gruffudd ei lygaid yn dynn ar hynny yn esgus cuddio'r byd oddi wrtho. Eto, fe wyddai'r Crebach mai rhyw sioe o dristwch oedd y cwbl. Nid un i dorri calon ar chwarae bach oedd ei Dywysog mawr o. Chwiliodd y Crebach ei ymennydd am y gwirioneddau a allai fod ynghwsg y foment honno ym meddwl ei Dywysog.

'Fedar neb chwalu gwaed gwŷr efo rhecsyn a dŵr,' oedd sylw'r Crebach, 'am fod yna gannoedd o hogia' glân gloyw wedi marw ar dir Maelienydd a Brycheiniog a Dyffryn afon Wysg er diwadd y llynadd.'

Anniddigodd Llywelyn y mymryn lleiaf ar y fainc dderw a dweud yn chwyrn,

'Dal dy dafod, y Crebach!'

Eto fe wyddai'r Crebach yn rhy dda am arferion ei arglwydd mewn munudau o'r fath. Brysiodd i godi calon y gŵr mawr hwnnw.

'Nid da bod dyn yn ennill bob tro. Colli i ennill y bydd y T'wysog a fynn arwain ei bobol.'

Mentrodd sylw bachog arall wedyn.

'Hwyrach y byddai'n well i'r T'wysog warchod y Ffin ger Rhyd Chwima a gwylio'r gaer yn Nhrefaldwyn yn lle ymestyn i diroedd anghyfarwydd yng ngwlad Gwent... a beth am yr hen gaer honno yn Nolforwyn y bu'r T'wysog yn ei chwennych cyhyd?'

'Dal dy dafod, y Crebach!' gwaeddodd ei feistr eilwaith. Bu'r tawelwch yn feithach y tro hwn a'r Tywysog yn anesmwytho i godi oddi ar y fainc. Cododd o'r diwedd ar bwys ei arddwrn de a syllu'n hir ar yr Ysgrifydd. Meddai,

'Beth sydd ar dy feddwl di, y Crebach?'

'Mae rhai doethion yn maentumio...'

'Maentumio beth?'

'Mai doethach fyddai cadw at yr hen ffinia' a chadw rhag y mannau anghyfarwydd... Mae gwŷr y tri chastall yng Ngwent wedi hen arfar â gwneud gwrogaeth i'r Norman. Fedrai *Princeps Wallie*, T'wysog y Cymry, fyth ddisgwyl gwrogaeth y rheini.'

Ar hynny fe saethodd meddwl y Tywysog yn ôl at drigolion yr ardaloedd hynny ar lawr dyffryn afon Wysg — Cymry Cymraeg eu hiaith y byddai'n dda ganddo gael eu gwarchod. Yno fe siaredid y Gymraeg yn felys odiaeth.

Ond fe ellid synhwyro fod yno fwy o anesmwythyd yn y gwynt rywfodd y bore hwnnw.

'Rwyt ti'n cadw rhywbeth arall o dan dy gopa on'd wyt ti, y Crebach,' sylwodd Llywelyn ap Gruffudd.

'Dafydd...' sibrydodd yr Ysgrifydd o'r diwedd yn hanner esgusodol.

'Ie, Dafydd... y brawd iau anniddig ag o,' meddai'r llall yn union wedyn a swn tristwch yn ei lefaru.

'Mi all y brawd iau fod yn sbïwr ym mhlaid brenin Lloegar!' ychwanegodd y Crebach.

Cododd Llywelyn yn wyllt ar ei draed a cherdded yn hanner gwallgof hyd lawr y gell. Na, nid oedd y wybodaeth yma yn syndod iddo mewn gwirionedd. Fe fuasai Dafydd yn styfnig ryfeddol yn y gwersyll y nos honno ym Maelienydd yn niwedd mis Tachwedd. Ei esgusodi ei hunan yn barhaus a wnâi Dafydd. Torrodd y Crebach ar draws ei feddyliau drachefn.

'Chwilio am fargian briodas efo un o dylwyth Harri Tri y mae Dafydd ap Gruffudd a chael ffafr gan y brenin.'

'Pa ffafr?' gofynnodd y Tywysog yn ddiamynedd. Oedodd y llall cyn ateb ond fe ddaeth o'r diwedd.

'Ca'l bod yn D'wysog yn lle ei frawd hŷn! Sicrhau'r olyniaeth i'w etifadd!'

Yr oedd y geiriau fel tân llosg ar groen Llywelyn ap Gruffudd. Mater yr etifedd. Nid oedd ganddo fo yr un etifedd i'w gynnig i'r Dywysogaeth a hyd yma prin y medrodd roi sylw i'r peth gan yr angerdd i feddiannu tir a theitl. Ond yn ddistaw bach byddai llais yn ei gyhuddo'n ddiweddar o bryd i'w gilydd.

'Llywelyn! Y llwfrgi! Mae gen ti ofn chwilio am ferch on'd oes? Rwyt ti'n hapusach yn trin cledd ar faes brwydr... Ond beth am y ferch fach yna sydd gan Symwnt Mymffwrdd? Mae honno yn perthyn i'r brenin Harri Tri ac yn ferch i'r Ffrancwr, arweinydd mawr y barwniaid yn erbyn y brenin... Cystal i ti frysio, Llywelyn ap Gruffudd, rhag i'r werin ddechrau edliw dy fod yn ddiffrwyth...

Maen nhw eisoes yn cwyno fod gwŷr Gwynedd yn talu cost brwydrau'r Tywysog ym Maelienydd a thiroedd Deheubarth.'

Gan fod yr iâ wedi'i dorri yr oedd gwaeth i ddod.

'Mi glyw'is siarad,' ychwanegodd y Crebach, 'y gallai Dafydd ap Gruffudd fod yn cynllwynio efo'r brenin i ryddhau Owain Goch o garchar Dolbadarn... '

'Digon yw digon, y Crebach!' tarannodd y Tywysog ar ei draws. 'Ffei i'r fath glebar!'

Camodd Llywelyn ar hynny at fur y gell gan syllu'n hir ar linellau'r pwyntil-golosg hyd y Gororau. Meddai,

'Fe elli di ddefnyddio rhecsyn a dŵr wedi'r cwbl, y Crebach, i dacluso'r Ffiniau ond y tro hwn gofala di osod y pwyntil yn drwm ar safle'r hen gaer yn Nolforwyn uwch ben Hafren gogyfer â chaer y Norman yn Nhrefaldwyn!'

Nid cynt y llefarwyd y geiriau hynny nad oedd y Tywysog yn dyrnu dôr y gell ar ei ôl.

XIII

Dolwyddelan

Ar yr union fore hwn yr oedd Dafydd ap Gruffudd a'i osgordd fechan yn troi ogylch y castell yn Nolwyddelan. Nid byth yr âi o i'r llys yn Abergwyngregyn. Roedd ynddo ormod o elyniaeth at y brawd hŷn i osod ei droed yn y fangre honno. Eto yr oedd rhywbeth fel magned yn ei dynnu i Ddolwyddelan ond prin y gwnâi o gydnabod mai'r ferch efo'r llwyth o wallt gwinau a'r ddau lygad du oedd wedi ei rwydo'n lân. Nid da oedd i arglwydd gwlad gydnabod wrth undyn byw y gwendid hwnnw!

Unwaith y rhoddai ei droed ar ddaear Dolwyddelan fe ddôi yr hen hen angerdd yn genlli drosto. Mae'n wir bod ganddo gynllwyn i briodi â Normanes o dylwyth Harri Tri ond fe roddai'r byd yn grwn am gael meddiannu'r ferch o'r castell unwaith yn rhagor. Eto, fel y Dywysogaeth a wrthodwyd iddo fe gododd y ferch hon hefyd bared yn ei erbyn. Bob tro y dôi ef o fewn cyrraedd y lle codid ei obeithion drachefn a thrachefn i'w dymchwel yn chwalfa o ludw llwyd. Ar y bore arbennig hwn fe ddaliodd y ferch wrth odre'r Tŵr ar risiau ei hystafell. Cydiodd ynddi gan afael yn dynn yn ei hysgwyddau. Gwingodd hithau ac yr oedd ar fin rhoi gwaedd pan roddodd yntau ei law ar ei gwefus.

'Nid mor wyllt, y fechan... nid mor wyllt. Pam rwyt ti'n fy mhoenydio i'n barhaus? Rwyt ti'n dân ar fy nghroen ac yn mynnu fy ngadael yn oer. Mererid! Gwrando arna' i! Fe syrthais mewn cariad efo ti fel nag a wnes i efo'r un ferch erioed. Wyt ti ddim yn deall, dwed?'

Er ei gwaethaf sylweddolodd Mererid fod dwy ffrwd o ddagrau yn cronni yn ei llygaid. Wrth weld ei hartaith fe laciodd yntau ei afael arni.

'Na... Dafydd ap Gruffudd... Na... byth!' llefodd yr eneth. Camodd yntau'n ôl ar hynny a dweud,

'Chymerwn i mohonat ti yn groes i'th ewyllys, Mererid... ond yr oeddat ti'n ddigon bodlon ers talwm.'

Sibrydodd hithau ei phoen wrtho.

'Ifanc oeddwn i... a gwirion.'

'Ifanc hwyrach... ond nid gwirion.'

Daeth sŵn traed y gwyliwr o ben grisiau'r Tŵr am i hwnnw synhwyro fod rhyw ddrwg ar gerdded. Meddai'r arglwydd Dafydd,

'Sŵn traed Hywel Tudur, yr oen llywaeth, mi gymraf fy llw! Rhed ato iddo gael llaeth ei fami!'

Ond ni fedrai Mererid oddef i neb luchio gwawd ati. Ar hynny trawodd ef yn ei wyneb efo'r fath rym nes i ewin ei llaw dde dynnu gwaed o'i wefus. Cwpanodd yntau ei wyneb yn ei ddwylo ac meddai,

'Y faeden! Mi gei di dalu am hyn eto!'

Roedd gan Mererid hefyd ei hateb parod.

'Rydw i wedi talu eisoes, Dafydd ap Gruffudd, ac mi fydda' i'n talu hyd Ddydd Barn.'

Rhedodd hithau i fyny grisiau'r Tŵr ar hynny yn un cymysgedd o deimladau. Un foment yr oedd hi yn ei gasáu ond yr eiliad nesaf fe wyddai na allai hi byth garu yr un gŵr arall efo'r un angerdd ag y carodd hi Dafydd ap Gruffudd. Erbyn meddwl nid oedd yr arglwydd gwlad hwn yn cymryd y sylw lleiaf o'r bachgen Gruffudd yn y Fedw Deg. Roedd hwnnw yn ffefryn ei ewythr, y Tywysog, meddid, ond ni welodd y brawd iau, Dafydd, fod angen iddo ef dderbyn tadogaeth y bachgen. Gallai fod yn epil i werin gwlad am a wyddai o.

Yn ŵr siomedig am nad oedd iddo ddaear y gallai ei galw yn Dywysogaeth iddo'i hun ac yn wrthodedig gan yr eneth ryfedd hon o'r castell fe drodd Dafydd ap Gruffudd ei gamre o Ddolwyddelan. Roedd o hefyd yn troi cefn ar Gymru ac yn cychwyn ar daith ddirgel i wlad y Norman. Addawodd y Norman y dôi pob math ar fanteision i'w ran o ochri efo'r brenin Harri Tri ac onid oedd si y gallai'r brawd o Dywysog ochri efo'r barwniaid unwaith y dychwelai'r Ffrancwr Symwnt Mymffwrdd i'w harwain? Hwn oedd ei gyfle ef, Dafydd ap Gruffudd, ac odid na châi ddychwelyd ryw ddydd i adennill tir ei dadau iddo ef a'i ddisgynyddion a rhyddhau'r brawd mawr, Owain Goch, o'i garchar blin yn Nolbadarn.

Fel yr oedd Mererid yn dringo'r grisiau i stafell y Tŵr fe gamodd Hywel Tudur i'w llwybr. Roedd hwn fel cysgod ar ei hôl yn barhaus. Gallai fod wedi'i daro yntau ond ni fedrai. Rhyw ddiwrnod, efallai, fe gymerai hi Hywel Tudur yn ŵr... ond ni fynnai hi fod yn fam i'w blant. Mae'n wir ei bod hi wedi cau ynddi ei hun fel blwch a phan oedd ei mam, Gwenhwyfar, yn y llys yn Abergwyngregyn neu yn gwylio na ddôi'r un cam i Owain Goch yn y castell yn Nolbadarn, ymroi i gadw gwastrodaeth ar y castell yn Nolwyddelan y byddai hi. Âi allan hefyd i gasglu llysiau'r maes yn feddyginiaeth i ddyn ac anifail. Dysgodd Mererid bod ymwneud â'r manion bethau yn gallu llanw bywyd dyn.

XIV

Y Clas-ar-Ŵy
Mehefin 1265

Treuliodd yr amser ymlaen i wrêng a bonedd fel ei gilydd a bellach yr oedd hi'n Rhyfel Cartref yng ngwlad Lloegr a'r ymgyrchu ffyrnicaf tu draw i'r Clawdd ar y Gororau. Yno roedd nifer o'r barwniaid Normanaidd yn chwarae'r ffon ddwybig rhwng plaid y brenin ar y naill law a phlaid y barwniaid ar y llall o dan arweiniad y Ffrancwr blaengar, Simon de Montfort. Gelwid yr olaf gan y Cymry yn Symwnt Mymffwrdd.

Ond fel yr oedd y rhyfel yn ffyrnigo yng ngwlad Lloegr yr oedd y Tywysog Llywelyn ap Gruffudd yn prysur rymuso'i Dywysogaeth. Atgyfnerthwyd y ffiniau o Benarlâg yn y Gogledd drwy Ddyffryn Maelor hyd at eithaf Brycheiniog. Roedd cymydau Ceri, Cedewain a Gwerthrynion i gyd yn cefnogi'r Tywysog a gŵyr y mannau hynny ym mlaen y gad. Fe gollwyd rhai o blith y Cymry ym mrwydr Lewes ym mis Mai 1264 ac eisoes roedd Llywelyn ap Gruffudd mewn cynghrair â Symwnt Mymffwrdd. Ers blwyddyn a mwy yr oedd y brenin Harri Tri a'r mab Edward yn garcharorion a llywodraeth y wlad yng ngofal y Ffrancwr. Hwn oedd cyfle euraid Llywelyn ap Gruffudd. Eto yr oedd yr hen elyn Rhosier Mortimer yn ddraenen yn y cnawd ac yn fygythiad parhaus ar y Gororau. Ni fethodd Mortimer unwaith yn ei deyrngarwch i'r brenin Harri Tri a'r mab Edward. Draenen arall oedd yr hen gaer a gododd yr Ustus Hubert de Burgh slawer dydd ar y graig uwch ben Trefaldwyn ger afon Hafren. Gwyddai Llywelyn ap Gruffudd na fyddai ei Dywysogaeth byth yn gyflawn tra byddai'r gaer hon yn sefyll fel aderyn ysglyfaeth gogyfer ag olion yr hen hen gaer Gymreig yn Nolforwyn. Er y dyddiau cynnar pan fu o yng nghwmni'r Mab Ystrwyth yn dringo ochr y gaer honno ni pheidiodd Llywelyn â breuddwydio am ailgodi'r muriau yn Nolforwyn. Heb hynny ni fyddai'r Dywysogaeth byth yn gyflawn!

Ar y dydd arbennig hwn ym Mehefin 1265 codwyd gwersyll i'r Tywysog ger y Clas-ar-Ŵy nid nepell o'r Gelli Gandryll a gwysiwyd yno yr arglwyddi o Wynedd a Phowys a Dyfed. Ni

welwyd erioed y fath gynulliad â hwn! Ochr yn ochr â Hywel ap
Maredudd, yr arglwydd alltud o Forgannwg, yr oedd Hywel ap
Rhys Gryg o Ddyffryn Tywi a Gruffudd ap Madog, arglwydd
Powys Fadog, ochr yn ochr â'r hen hen elyn Gruffudd ap
Gwenwynwyn o Dde Powys. O'i anfodd y daethai'r olaf yn
ddiweddar i gorlan y Tywysog. Trodd ei gefn ar frenin Lloegr efo'r
addewid y dychwelid iddo hen drefedigaethau ei dylwyth o
Fawddwy hyd Fochnant-uwch- Rhaeadr.

Paratowyd y gwersyll ger y Clas-ar-Ŵy i dderbyn negeswyr Simon
de Montfort mewn Cytundeb o Heddwch yn enw'r carcharor o
frenin. Huliwyd y llwybr drwy ganol y babell â charped o ddeunydd
porffor ac ar gadair o dderw pur a'i haddurn yn gyfrodedd o
batrymau ffrwythau'r maes fe eisteddodd Llywelyn ap Gruffudd. Ni
welwyd arno yntau erioed y fath urddas â hwn. Hon oedd ei awr
fawr! Ei gorff gosgeiddig heb fod mor syth â chynt mewn mantell o
borffor tywyllach a chyfoethocach na'r carped hyd yn oed ac ar ei
ben goron o aur. Petai'r Crebach yno yn gweld ei Dywysog fe haerai
ei fod yn olyniaeth Rhodri Mawr a gweddill Tywysogion Gwynedd.

I ganol y rhwysg cyrhaeddodd negeswyr y Ffrancwr yn cario
dogfen o dan sêl y brenin Harri Tri. Daeth negeswyr Plaid y
Barwniaid ar frys o Henffordd gan gyflwyno'r sgrôl holl bwysig hon
i Lywelyn ap Gruffudd, Tywysog y Cymry.

Estynnwyd i Lywelyn ap Gruffudd yr hawl:

I'w alw'i hun yn ben y Dywysogaeth; i dderbyn gwrogaeth yr holl
arglwyddi, sef y 'magnates Wallie'; i drosglwyddo'i etifeddiaeth i'w
ddisgynyddion gan wyrdroi unrhyw gytundeb blaenorol rhwng
y Cymry a brenin Lloegr; i dderbyn cymorth i oresgyn y gaer
elyniaethus yn Nhrefaldwyn a godwyd gan yr Ustus Hubert de
Burgh.

Addawodd Llywelyn ap Gruffudd:

Y byddai'n gwneud gwrogaeth i frenin Lloegr; y byddai'n talu
swm o ugain mil o bunnoedd dros gyfnod o ddeng mlynedd i frenin
Lloegr.

Ond i wrêng a bonedd fel ei gilydd, gellid tybio bod rhywbeth
mil pwysicach na'r Cytundeb o Heddwch hwn wedi digwydd yn y

Clas-ar-Ŵy. Mae'n wir nad oedd neb yn siwr o ddim ac eto gellid dadlau nad oes byth fwg heb dân.

Lledodd y si ar led y Dywysogaeth fod y Tywysog a gydnabyddid bellach yn Dywysog holl Gymru i briodi ag Elinor ferch y Ffrancwr Symwnt Mymffwrdd, arweinydd Plaid y Barwniaid yn erbyn y brenin. Hon oedd nith y brenin Harri Tri. Os felly fe ddôi heddwch parhaol rhwng y Dywysogaeth a gwlad Lloegr.

Yn ben ar y cwbl lledodd stori arall dros y Dywysogaeth sef i'r Tywysog Llywelyn ap Gruffudd drosglwyddo modrwy fechan ac arni sêl Tywysog Cymru i'w chyflwyno i'w gariadferch. Os felly, amgylchiad i'w drysori oedd hwn yn y Clas-ar-Ŵy ym mis Mehefin y flwyddyn honno.

XV

Gorfoledd Gwynedd

Ar fyrder roedd y newyddion gwyllt hyd y wlad a phobl Gwynedd yn gorfoleddu ddarfod i'w Tywysog gael cariadferch o'r diwedd. Ni pheidiwyd â sôn am rinweddau'r ferch ifanc Elinor de Montfort. Un bore fe hwyliodd y cychwr Wali allan i'r môr mawr o geg afon Gonwy gan lusgo Braint y gŵr dall i'w ddilyn. Nid oedd pall ar frwdfrydedd Wali.

'Unwaith y daw Symwnt Mymffwrdd i Wynadd mi fydd yn rhaid i'r Co Norman droi ar ei sodla' ac mi fydd gofyn i Matilda chwilio am ryw Go arall, Braint. Co o Gymro y tro yma achos mi fydd raid i ddynion yr hen frenin Harri Tri ei heglu hi o Ddegannwy... Mi gawn ni yr hen gaer yn Negannwy yn ôl fel yr oedd hi 'slawer dydd... ac mi fydd gan y T'wysog dyaid o blant, gei di weld, Braint!'

Pa un bynnag nid oedd y gŵr dall yn debyg o weld yr un o dylwyth y Tywysog ac meddai,

'Gwell peidio â chyfri'r wye cyn iddyn nhw ddeor, Wali!'

Ond nid oedd ei eiriau yn oeri dim ar frwdfrydedd Wali y bore hwnnw.

Yn y llys yn Abergwyngregyn yr oedd y merched hefyd yn gorfoleddu.

'Mi rydd y briodas daw ar dafod Gwenhwyfar a pheri iddi blygu i'w gwell.'

'Hogan fach dlws meddan nhw... Normanas go iawn fel Isabela ac mi roeddan ni i gyd yn licio Isabela.'

'Ond yn fawr mwy na hogan a'r T'wysog yn heneiddio. Mae amsar yn hedag... Mistar brwnt ydy amsar!

Rhyw ddamcaniaethu yr oedd pawb ynglŷn â'r peth heb wybod dim yn iawn. Oedodd yr Ymennydd Mawr groniclo dim yn y memrwn yn Abaty Aberconwy a'r Crebach yr un modd yn y gell yn y llys yn Abergwyngregyn.

Ac fel yr oedd yr haf yn cerdded ymlaen fe ddaeth newyddion gwahanol o wlad Lloegr.

'Mae plaid y barwniaid wedi chwalu ac mae ar y bobol eisiau'r brenin. Fydd y bobol byth yn anghofio'u brenin!'

A gwir y darogan hwnnw oblegid ar y pedwerydd dydd o fis Awst y flwyddyn honno y bu brwydr Evesham pan oedd Montfort a'i lu yn dychwelyd o Lundain Fawr. Ar lan yr Avon yn y fan hon fe amgylchynwyd ei wŷr gan fyddin y brenin a'r Tywysog Edward. Syrthiodd y Ffrancwr a'i holl obeithion i'w ganlyn yn y frwydr honno a charfan o'r Cymry yn ogystal, yn wŷr-traed gan mwyaf.

Eto ni thristawyd Llywelyn ap Gruffudd yn ormodol. Wedi'r cwbl yr oedd y Dywysogaeth yn ei enw o Ynys Môn i ffiniau gwlad Gwent yn y dwyrain a Dyfed yn y gorllewin. Hefyd yr oedd Cytundeb y Clas-ar-Ŵy yn y mis Mai blaenorol yn aros o dan sêl y brenin Harri Tri. Os rhywbeth fe roes yr amgylchiad benderfyniad newydd yng nghalon Llywelyn ap Gruffudd. Gŵr felly oedd o.

Fel yr oedd gwŷr Lloegr yn tyrru'n ôl at Harri Tri a'r Tywysog Edward fe ymroes Llywelyn ap Gruffudd i rymuso'i deyrnas. Gwarchododd hi efo crib fân o lannau Dyfrdwy hyd lannau Wysg ac yn y cyfamser yr oedd yr ymadawedig Symwnt Mymffwrdd yn troi'n sant ym meddyliau'r bobl. Tyrrai'r pererinion at ei fedd i'r man lle claddwyd o gan y mynaich o Evesham. Pan ddaeth i glyw Llywelyn ddarfod i wŷr y brenin dorri pen yr Iarll a'i ddwyn i gastell yr arch elyn Rhosier Mortimer ar y Gororau, fe addunedodd y byddai'n gwrthwynebu'r olaf hyd at y filfed waith. Hefyd yr oedd llygad y Tywysog fel llygad barcud yn gwylio'r gaer yn Nhrefaldwyn. Un peth yn unig a fedrai wrthsefyll y bygythiad hwnnw fyddai iddo yntau godi caer nerthol ar yr ochr orllewinol i afon Hafren ond tasg anodd fyddai hynny am fod pŵerau gwrthnysig hyd y lle.

Digon simsan oedd y sefyllfa yng ngwlad Lloegr a briwiau'r rhwyg rhwng gwŷr y brenin a'r barwniaid heb ddechrau creithio. Roedd sôn fod cennad y Pab, y Cardinal Ottobuono eisoes wedi cyrraedd i gynghreirio rhwng y ddwy blaid ac i adfer heddwch yn y deyrnas. O leiaf, yn wleidyddol fe roddai hyn hoe i Lywelyn ac onid oedd yr hen frenin wedi'r cwbl yn ddigon trwsgl ar ei draed? Hyd yma nid oedd neb o blith y Cymry, ar wahân i'r Crebach efallai yn y gell yn y llys yn Abergwyngregyn, wedi ceisio rhagweld beth a ddôi i'w rhan pan ddisodlid yr hen frenin gan y Tywysog Edward. Digon oedd i'r diwrnod ei ddrwg ei hun. Heddiw oedd yn bwysig ac fe gâi yfory edrych ato'i hun.

Yn yr hydref hwnnw yn dilyn cwymp y Ffrancwr Symwnt Mymffwrdd fe ddaeth y newydd tristaf oll sef bod y ddyweddi fechan, Elinor de Montfort, wedi'i halltudio dros y dŵr i wlad ei thadau yn Ffrainc. Gyda'r newydd hwnnw fe ddychwelodd y Tywysog i'r llys ac ar ei union at y Crebach i'r gell fewnol. Ni ddwedodd yr olaf air o'i ben ond yr oedd distawrwydd y Crebach yn dwysáu trymder y Tywysog.

Ar hynny cydiodd Llywelyn ap Gruffudd yn dynn yng ngwar yr Ysgrifydd.

'Hai arni hi! Hai arni hi, y Crebach, i groniclo yn y memrwn weithrediadau'r gwersyll yn y Clas-ar-Ŵy! Gwaith... gwaith amdani hi oblegid mae hwnnw yn ymlid i ffwrdd bob craith!'

Trodd y Crebach i edrych i wyneb ei Dywysog a gwenu'r wên ryfedd onglog honno nad oedd yn perthyn i'r un bod byw arall. Fe ganfu'r Crebach hefyd fod llinellau poen ar wyneb ei arwr. Poen oherwydd gohirio'r breuddwyd o weld y ferch ifanc honno, Tywysoges y Cymry, yn troedio'r erwau y bu'r Dywysoges Isabela gynt yn eu troedio. Ond y tro hwn byddai yno nifer o blantos yn chwarae yn y Garthau a sŵn chwerthin rhwng y Carneddau a Chulfor Menai. Gyda'r plantos hynny o gorff y Tywysog ei hun fe ddôi wyrion a wyresau a byddai llinach Llywelyn ap Gruffudd yn ddiddarfod yn hanes y Cymry...

Doed a ddêl fe fynnai o gytundeb parhaol gyda brenin Lloegr ar sail y ddogfen dan sêl Harri Tri a arwyddwyd yn y gwersyll ger y Clas-ar-Ŵy ym mis Mai y flwyddyn honno. Os rhywbeth yr oedd y Ffrancwr Simon de Montfort yn dreiddgarach ei rym iddo yn ei farwolaeth nag yn ei fywyd. Fe fynnai Llywelyn ap Gruffudd droi pob carreg bellach i gyflawni'r breuddwyd o sicrhau merch y gwron hwnnw yn Dywysoges y Cymry.

Elinor de Montfort a'r hen gaer yn Nolforwyn. Hyn oedd ei freuddwyd.

XVI

Cwmwd Ceri
Diwedd Hydref 1267

Wedi'r cyfarfyddiad efo'r Crebach yn y gell gudd yn y llys yn
Abergwyngregyn ni phylodd breuddwyd Llywelyn ap Gruffudd
ddim. Mae'n wir bod yr hen elyn Rhosier Mortimer yn aflonyddu
unwaith yn rhagor ar y Ffin ym Mrycheiniog a bod gŵr arall yn
codi'i ben ym Morgannwg o'r enw Gilbert de Clare. Ond ymhen
dwy flynedd wedi brwydr Evesham yr oedd y Tywysog drachefn ar
ben ei ddigon ym materion gwlad. Cyfarfu ag uchel-swyddogion
y brenin o dan arweiniad Ottobuono, cennad y Pab, ger Rhyd
Chwima ar Hafren yng nghysgod y gaer yn Nhrefaldwyn. Yno yr
arwyddwyd Cytundeb Trefaldwyn ar y nawfed dydd ar hugain o fis
Medi y flwyddyn honno pan gadarnhawyd i Lywelyn ap Gruffudd
addewidion Cytundeb y Clas- ar-Ŵy o dan sêl y brenin efo Simon de
Montfort.

Bellach cyrhaeddodd y Tywysog binacl ei yrfa gyda'r hawl i
dderbyn gwrogaeth yr holl arglwyddi am daliad o ugain mil yn arian
y brenin dros gyfnod o flynyddoedd. Yn ei dro fe fyddai yntau,
Llywelyn ap Gruffudd, yn gwneud gwrogaeth i frenin Lloegr am
yr hawl i lywodraethu dros holl Wynedd a Phowys a rhannau
helaeth o'r Deheubarth. Trosglwyddwyd iddo hefyd yr hawl yn y
Berfeddwlad a thros y Ffin yn ardaloedd y Dre-wen ac Elsmer.

Wedi goruchafiaeth fawr Cytundeb Trefaldwyn y flwyddyn
honno fe ddylai Llywelyn ap Gruffudd fod ar ben ei ddigon ond
ysywaeth nid yw dyn byth yn fythol hapus.

Dau beth oedd yn peri blinder iddo. Yn wleidyddol yr oedd
o bellach wedi sylweddoli breuddwydion y dyddiau cynnar hynny
pan drechodd ei frodyr Owain Goch a Dafydd ap Gruffudd ym
mrwydr Bryn Derwin ar ffiniau Eifionydd. Ond fe ddysgodd fel pob
tywysog arall o Gymro na fedrai fod yn siwr o ddim oll pan oedd
barwniaid y Norman fel bleiddiaid hwnt i'r Clawdd.

Ond mater arall oedd yn peri'r pryder mwyaf iddo. Onid oedd ei
ddyweddi fechan, Elinor de Montfort, o hyd yn alltud yn Ffrainc?
Hyd yma ni wireddwyd y Cytundeb priodasol hwnnw o dan law

y brenin a gyflwynwyd iddo ger y Clas-ar-Ŵy. Roedd ynddo rwystredigaeth corfforol bellach yn codi o'r dyhead llosg oedd yn ei gnawd o allu sicrhau'r olyniaeth yn ei had ei hun.

Wedi cadarnhau ei afael ar dir y Gororau gyda Chytundeb Trefaldwyn gellid tybio y byddai Llywelyn ap Gruffudd yn marchogaeth yn ôl i'r llys yn Abergwyngregyn yn ddiymdroi yn ôl arfer y blynyddoedd. Ond nid felly y bu. Mynnodd oedi'n hir yn y Clas yng Ngwern-y-go' efo rhan fechan o'i osgordd er mwyn cadw llygad ar leoliad yr hen gaer yn Nolforwyn. Prin y byddai brenin Lloegr a barwniaid y Gororau yn caniatáu iddo godi caer yn y fan honno ar lannau Hafren.

Ond fe ddwedid fod rhyw bŵerau dieflig ogylch yr hen gaer yn Nolforwyn. Eto, byddai Llywelyn ap Gruffudd yn barod i herio Ffawd o bryd i'w gilydd.

Wrth odre'r hen gaer hon yn Aber-miwl gwelwyd sawl brwydr ffyrnig ac fe ddwedid i un barwn Normanaidd losgi celaneddau ei filwyr yn y lle yn ei frys i gladdu'r meirw cyn i'r Cymry gyrraedd. Maentumiai gwŷr Cedewain a Cheri fod drewdod y cyrff yno o hyd.

Efo'i filwyr o gwmpas y tân yn y gwersyll gerllaw Clas Gwern-y-go' y clywodd Llywelyn gyntaf yr enw Marigena. Cododd ei glustiau i wrando ar wŷr Cedewain a Cheri.

'Mae Marigena yn disgyn o hil tywysogaeth yr Hen Bowys medden nhw. Ei thed hi yr ole i berchenogi adfeilion yr hen gaer yn Nolforwyn a hithe'n gwarchod y lle fel y gelen. Yr hogyn Penbwl ene yn ei dilyn hi fel 'i chysgod ond pan fydd hi'n marchogaeth. Feiddith y Penbwl ddim bryd hynny achos bod Marigena fel bleiddiest ar gefn y ceffyl gwyn.'

'Feiddith yr un dyn arall fynd ar gyfyl Marigena 'chwaith,' mentrodd rhywun arall o'r gwŷr. 'Mi fedre ga'l 'i lyncu efo'i thrachwant hi... Meb llosgach ydy'r Penbwl... meb 'i thed hi. Hanner yn hanner ydy o. Mae daear yr hen gaer yn Nolforwyn yn sanctedd medde hi a gwae yr un dyn rydd 'i drêd yno!'

Chwarddodd rhai o filwyr yr osgordd yn llawen efo'r sôn am Marigena a'r Penbwl o'r gaer. Ond yr oedd ei henw yn atseinio yng nghlust Llywelyn... Mari-gena... Mari-gena... Mari- gena.

Yn ystod y nosweithiau hynny methodd Llywelyn yn lân â chysgu ar lawr y gwersyll ger Gwern-y-go'. Yn arferol materion gwlad fyddai yn ei boeni a'i gadw ar ddi-hun ond nid felly y tro hwn. Roedd hi'n lleuad lawn a sêr bychain yn pefrio hwnt ac yma yn yr awyr. Y cwbl yn creu hunllefau a gyrru'r meddwl i gerdded heibio i'r naill ddrychfeddwl ar ôl y llall.

Ar y ferch Marigena yna yr oedd y bai!

Cofiodd yntau yn ôl i ddyddiau plentyndod Dolwyddelan pan oedd Huana yn edliw iddo ei fod yn gweiddi yn ei gwsg. Felly yr oedd pan alwodd y Tywysog Mawr ei hun, Llywelyn ab Iorwerth, yn y castell a'r taid hwnnw wedyn yn edliw ei fod yn gyrru'r gwrachod i gerdded wrth Bont y Coblyn...

Eto yr oedd yno nosweithiau braf ar ganfas y cof. Y nosweithiau hudolus hynny yn Llys Abergwyngregyn uwch ben Culfor Menai pan âi o efo'r Dywysoges Isabela, gwraig y Tywysog Dafydd ap Llywelyn, hyd y llethrau ar y Carneddau. Aroglau lafant ei gwisg a düwch eboni ei llygaid... Tybed a fyddai ei ddyweddi, Elinor Mymffwrdd, fel y Dywysoges Isabela a düwch eboni yn ei llygaid?

Roedd yna nos arall hefyd yn llusgo yn y cof, y nos olau leuad ar y maes efo'r milwyr yn Is-Conwy cyn eu bod drannoeth yn wynebu lluoedd Harri Tri ar Forfa Rhuddlan. Y pryd hwnnw roedd y cymylau yn marchogaeth yr awyr uwch ben afon Gonwy ar ffurf mil o wynebau...ond bellach yr enw Marigena...Marigena ar y march gwyn oedd yn aflonyddu arno. Marigena a'r hen gaer yn Nolforwyn. Yn hen chwedl y Cymry fe fu Pwyll yn dilyn y ferch ar y march ac o'r diwedd fe'i goddiweddodd. Ie, Dolforwyn oedd Marigena a Marigena oedd Dolforwyn iddo. Ni fedrai wahaniaethu rhyngddynt.

Flwyddi maith cyn hyn fe roes Llywelyn ei fryd ar y fangre hon ger Aber-miwl uwch glannau Hafren. Cofiodd ddringo i'r fan yn y niwl yn y bore bach efo'r Mab Ystrwyth a Gethin Fychan y milwr yn y dyddiau pell pan oedd ei dad, yr arglwydd Gruffudd ap Llywelyn, yn tario yn Ne Powys. Drosodd a throsodd wedi hynny fe fu'n cerdded yr un llwybrau ac yn ddiweddar yng nghwmni Rhisiart Arawn, prif filwr ei osgordd.

Fodd bynnag dyma'r waith gyntaf iddo glywed enw'r ferch dal ysgwyddog efo'r gwallt llaes du yn golynnau fel nadredd. Er holi a holi ddydd ar ôl dydd nid oedd neb o'i osgordd o yn adnabod y farchoges ar y march gwyn. Fe ddwedid gan y cyfarwydd mai'r un oedd cylch ei marchogaeth ddydd ar ôl dydd ac y dôi ar yr un amser yn feunyddiol. Gwarchod ei threftadaeth yr oedd, meddent. Er bod tuedd ymysg gwŷr ei osgordd i chwerthin am ei phen, eto yr oeddynt yn llawn chwilfrydedd. Meddent,

'Ddalith neb mo honna yn ôl gwŷr Powys. Cysgod ydy hi.'

'Mi roddith honna gur pen i ryw Bwyll yn rhywla cyn y medar neb roi ffrwyn arni.'

Mae'n wir nad oedd yr hogiau wedi gweld merch yn union fel hon erioed.

'Tasa hi'n ddyn mi fedrai ymladd mewn rhyfal,' meddai'r llanc wedyn.

'Gwrach ydy hi yn dwyn melltith.'

'Mi ofynnwn ni i'r T'wysog,' ychwanegodd un mwy busneslyd na'i gilydd rhwng dirmyg a chellwair, 'ond prin y gŵyr hwnnw sut i drafod merchaid!'

'Tasa'r hogan fach Elinor Mymffwrdd yna yn dwad adra oddi wrth ei mam o Ffrainc bell hwyrach y byddai'n T'wysog yn dechra' dysgu!' meddai un arall yng nghwt hynny.

Ond yr oedd y ffefryn o blith yr osgordd, Rhisiart Arawn, wedi clywed y cyfan ac fe drawodd y llanciau dirmygus efo'r fath rym nes bod y sêr yn troi yn eu pennau.

'Y lliprynna' brwynan... ' arthiodd Rhisiart Arawn arnynt. 'Does yr un ohonoch chi a fedrai ddal cannwyll i'n T'wysog mawr ni. Hyd yma mi fu'n T'wysog yn ddyn rhyfela a llywio gwlad ond popath yn 'i amsar ddwedwn i... ia, popath yn 'i amsar.'

Cododd y llanciau o'r diwedd gan rwbio'u pennau cleisiog ac fe wyddai Rhisiart Arawn cystal â'r un ohonynt na châi'r Tywysog byth afael ar hen gaer Dolforwyn heb iddo'n gyntaf ddal y farchoges ar y march gwyn. Ond fe fynnodd un o'r llanciau hynny gael y gair olaf y diwrnod hwnnw. Meddai,

'Dynas marchogaeth ceffyla' ydi honna a phrin y bydd hi yn planta!'

Ond yr oedd Llywelyn fel pe bai'n byw yn ei fyd ei hun yn ystod y dyddiau hynny. I ganol chwilfrydedd yr osgordd ac awyrgylch y lle fe ddôi'r ferch Marigena a'r gaer yn Nolforwyn i dynnu arno fel magned. Unwaith yn rhagor yr oedd Tynged ar waith.

Oedd, yr oedd y ferch, meddid, o hil tywysogion De Powys ymhell bell yn ôl a'r mymryn rhuddin o'r dderwen fawr honno wedi'i grynhoi bellach o fewn y sbrigyn hon o farchoges! Ond rhaid oedd dal ar bopeth yn ei bryd a'i amser ac yma yng nghysgod yr hen gaer yn Nolforwyn ni fedrai Llywelyn fforddio gadael un cyfle o'i afael.

Codai pob math o amheuon yn ei feddwl gan droi ar gylchdro... Roedd ei ddyweddi ifanc yn alltud yn Ffrainc a rhwystredigaeth o bob tu am fod ei thad Symwnt Mymffwrdd yn farw. Ni fedrai ei wŷr yntau groesi moroedd i'w chyrchu am fod milwyr y brenin yn gwylio'r porthladdoedd... Prin y medrai yntau a'i osgordd oedi'n hwy ar lannau Hafren gan fod y Dywysogaeth fawr yn galw am y Tywysog.

Anodd oedd i Lywelyn ap Gruffudd ddweud bellach ymhle yr oedd ei gynefin oherwydd ei fynych grwydro rhwng gogledd a de, o Fôn i ffiniau Gwent. Ac eto yr oedd Eryri yn tynnu wrtho. Mor wahanol oedd tir Powys i dir Eryri! Eryri y tir uchel a chreigiog nad oedd iddo fan canol gyda'r llys yn Abergwyngregyn ar eithaf y gogledd iddo. Yna castell Dolbadarn yn garchar o gaer mewn cafn o fynydd ac unwaith y dôi'r fangre honno i'r cof fe fflachiai wyneb Owain Goch o flaen ei wyneb yntau. Y gwallt coch trwchus cyrliog, y brychni haul smotiog, y tafod brathog a'r fflam yn y llygad. Ond yr oedd Gwenhwyfar yn mynnu edliw'n barhaus fod yr holl gochni wedi troi'n wyn, y gwallt wedi teneuo ar y corun a'r brychni haul wedi llwydo. Mae'n wir nad oedd Owain Goch yn dioddef yn ormodol erbyn hyn ac mai mynych ymbilio Gwenhwyfar ar ei ran oedd yn gyfrifol am hynny. Byddai cael Owain Goch yn ei ddwylo yn abwyd i'r brenin Harri Tri ac yn gyfle i'w ddisodli yntau Llywelyn ap Gruffudd. Na, rhaid oedd cadw Owain Goch yn gaeth yng nghastell Dolbadarn. Digon oedd cael y brawd iau, Dafydd, yn hafflau caredig y brenin.

Heb wraig, heb ddisgynyddion, heb gydymaith agos yn unman ar wahân i gymdeithion i lywodraethu gwlad, fe wyddai Llywelyn mai'r unig ddihangfa iddo ef ar yr amser penodedig hwn fyddai codi'r gaer yn Nolforwyn. O'r fan honno medrid gwylio symudiadau'r Norman balch yng nghastell Trefaldwyn. Byddai yntau wedyn yn arglwydd ar lannau Hafren. Rhaid oedd gweithredu ar frys.

XVII

Dolforwyn
Diwedd Hydref 1267

Un bore yn fuan wedyn fe alwodd y Tywysog ar Rhisiart Arawn.

'Rhisiart Arawn! Rydw i am i ti a'r gwas bach yna, Elfyn o Wern-y-go', farchogaeth i ochrau Dolforwyn i chwilio allan gyfrinach y ferch Marigena.'

'Ond, f'arglwydd... '

Roedd wyneb Rhisiart Arawn yn gryndod i gyd.

'Be' sy' arnat ti, y llanc? Oes arnat ti ofn dy gysgod? Nid un felna oedd dy dad, Rhys Arawn, 'slawer dydd. Gŵr dewr mewn brwydr oedd o.'

'Nid ofn brwydr sy' arna' i, f'arglwydd...'

Meddalodd y Tywysog efo'r geiriau hynny.

'Mi wn i 'fachgen... ond mynd sy' raid i ti serch hynny a dwad â newyddion i mi... gwylio symudiadau'r ferch ar y march gwyn.'

Aeth ymlaen wedyn i sôn wrth y llanc am nodweddion y march gwyn.

'Fe fydd gwŷr yr Eglwys yn sôn am y march du a'r march coch ac nad da y rheini! Ond fe all fod cymysgedd o ddrwg a da yn y march gwyn.'

Ac felly yn betrusgar ddigon ar y bore cyntaf y cychwynnodd Rhisiart Arawn ac Elfyn y gwas o'r gwersyll gan ddilyn glannau Hafren. Oedi wedyn yn y coed ger Aber-miwl cyn dringo ochrau'r hen gaer yn y niwl. Oedi wedyn i sŵn crensian y prysgwydd crin ac yna ar amrantiad daeth sŵn traed y march gwyn yn carlamu heibio iddynt a'r farchoges ryfedd ar ei gefn. Ei gwallt yn chwifio'n gynhinion llac dros ei hysgwyddau a hithau'n diflannu i'r niwl. Synau aflafar yn dilyn hynny yn gymysg o lwon a rhegfeydd. Y Penbwl oedd yno yn lluchio cerrig dros ymyl y gaer. Sylwodd Rhisiart Arawn fod wyneb y gwas fel y galchen. Meddai,

'Cystal i ni fynd adra heddiw 'ngwas i! Mi ddown ni'n ôl 'fory... hwyrach y cawn ni well hwyl bryd hynny!'

Nid oedd Rhisiart Arawn yn gwbl sicr o hynny ychwaith a thrannoeth yr oeddynt eto'n ôl yn y gaer ar yr un amser ac yn yr un man pan wibiodd y farchoges heibio ar y march gwyn.

'Un cyfle eto 'ngwas i,' meddai Rhisiart Arawn. 'Pwyll piau hi ac os methwn ni eto cystal i'r T'wysog ei hun roi tro ar y gwaith.'

Yn ôl yn y gwersyll fe apeliodd Rhisiart Arawn ar ei arglwydd o'r diwedd.

'Does dim dal ar y ferch ar y march gwyn f'arglwydd!... Tasa chi yn mynd yno hwyrach y dôi trefn ar betha'... Dim ond awgrym f'arglwydd.'

Edrychodd ei arglwydd yn hir ar bennaf milwr ei osgordd. Meddai,

'Fûm i erioed yn gachgi hyd y tro yma... Cachgi? Ie, dyna ydw i!'

Ac felly drannoeth cyn i'r wawr dorri a phan oedd y gwersyll yn parhau i gysgu cyfrwyodd Llywelyn ap Gruffudd ei farch a marchogaeth yn dawel drwy'r goedlan hyd ochr yr Hafren nes cyrraedd gwaelod y gaer yn Nolforwyn o'r diwedd. Gydol y daith foreol hon fe fu'r lleisiau yn ei geryddu. Llais Gronw ab Ednyfed y Distain oedd gliriaf.

'Y gwirion i ti! Oni wyddost dy fod yn gosod yr hil mewn perygl? Yn dianc ar yr awr gynnar hon heb neb i'th amddiffyn a hynny ar ffin y Gororau. Llywelyn!... fe roddai Ustus Castell Trefaldwyn y byd yn grwn am dy gael yn ei hafflau. Y ffŵl gwirion i ti!'

Eto, mynnodd nad oedd dim i'w atal yn ei ymdrech y bore hwnnw. Gwyddai fod Tynged o bryd i'w gilydd yn gosod prawf ar ddynion er sicrhau buddugoliaeth ac yn y modd hwn, meddid, yr oedd y naill genhedlaeth yn plethu i'r llall.

Marchogodd Llywelyn i'r union fan ag y tariodd Rhisiart Arawn a'r gwas bach dros y tridiau blaenorol. Aros a gwrando! Aros a gwrando!

O'r diwedd fe glywodd sŵn carnau march ac ymhen dim daeth ei farch yntau a'r march gwyn wyneb yn wyneb. Gweryrodd y march gwyn yn herfeiddiol.

Arafodd y farchoges ei symudiad gan blygu'i phen a rhwbio'i llaw yn garuaidd hyd wddf y march gwyn. Sibrydodd wedyn yng nghlust y march,

'Dyna ti fy mab gwyn i!... Rydan ni'n dau o hil tywysogion De Powys ac am hynny does dim rhaid i ni gyfarch y gŵr fel Tywysog. Ryden ni'n frenhinol fel yntau... os rhywbeth yn fwy brenhinol achos does dim gwaed gordderch ynon ni!

Mewn gwaed oer gallai Llywelyn fod wedi ffyrnigo at y geiriau haerllug ond ar y bore arbennig hwn yng nghylch y gaer yn Nolforwyn yr oedd ei galon yntau yn curo fel calon dryw bach.

Am nad oedd yntau yn ymateb iddi nac yn symud na llaw na throed na'i farch ychwaith, fe godod y ferch ei golygon i edrych arno o'r diwedd. Edrych i fyw ei lygaid ac yn wir ni welodd yntau lygaid duach na mwy herfeiddiol na'i llygaid hi. Dangosodd res o ddannedd gwynion glân a'r rheini yn fwy na dannedd y rhelyw o wragedd. Yn ôl a glywsai roedd dannedd y ferch yn ddu fel y muchudd yn arferol ond mae'n rhaid i ryw gyffur o risgl y pren fod ar waith y dwthwn hwn. Ond codi'i phen i gyfarch y Tywysog yr oedd y ferch. Cyfarchodd ef fel hen gydnabod.

'O ble rwyt ti'n meddwl y daeth y march gwyn? Does gen ti mo'r syniad lleiaf yn nac oes? Wel, arwydd o fonedd ydy'r march gwyn... o dylwyth brenhinol De Powys. Os nad wyt ti'n coelio fy mod o waed brenhinol, cystal i ti wrando ar fy sgwrs i. Dwed, a oes unrhyw ferch arall yn siarad cywired Cymraeg â mi?

Dotiodd Llywelyn at yr hunan-hyder oedd wedi meddiannu'r ferch hon. Hyd yma nid oedd o wedi llefaru gair ond parhau i'w gyfarch yr oedd y ferch. Yna'n sydyn fe droes hi yn ymosodol ffyrnig. Neu ynteu ffugio bod felly yr oedd hi? Meddai wrtho,

'Does gen ti, Llywelyn ap Gruffudd mo'r hawl i godi caer yn Nolforwyn. Y fi a'r Penbwl a'r March Gwyn bia' Dolforwyn.' Fe droes hi wedyn i rwbio blaen trwyn y march yn garuaidd. Ar hynny trawodd Llywelyn ei chwip yn anesmwyth drwy'r awyr denau ac i sŵn y swisian hwnnw cododd ei lais am y tro cyntaf y bore hwnnw. Roedd rhywbeth coeglyd yn ei lais.

'A phwy ddeudodd wrthat ti, Marigena, fod ym mryd Llywelyn ap Gruffudd godi caer yn Nolforwyn?'

Wrth glywed ei henw tawelodd hithau'n sydyn.

'A sut y gwyddet fy enw?'

'Dyna'r enw ar y ferch sy'n marchogaeth y march gwyn yn ôl siarad pobl Cedewain a Cheri.'

Y foment nesaf roedd y ferch yn wylo'n hidl — wylo cryf fel wylo gŵr mewn argyfwng. Gwyrodd ei chorff dros fwng y march a'i dagrau yn glynu wrtho. Bellach fe gaed tyndra anarferol yn yr awyrgylch a Duw a'r Forwyn a wyddai beth a ddôi yn sgîl hynny. Tro Llywelyn oedd torri ar y tyndra hwnnw.

'Fyddwn i ddim am ddwyn y gaer oddi arnat ti, Marigena... ond fe hoffwn i weld codi'r gaer yn Nolforwyn i herio castell y Norman balch yn Nhrefaldwyn.'

Unwaith yn rhagor yr oedd y ferch ar ei gwyliadwriaeth a'i dannedd gwynion mawr a'i llygaid duon yn ffyrnigo i daro. Meddai'n chwyrn,

'Nid ar chware bach ac nid heb fargen y codi di gaer ar dir fy nhadau i, Llywelyn ap Gruffudd. Gen i mae cyfrinach lleoliad y gaer... Marigena yn unig a ŵyr gyfraith y tir yn Nolforwyn.' Sylweddolodd Llywelyn fod yma ferch ryfedd ac ofnadwy yn sefyll rhyngddo a pherchenogi'r gaer yn Nolforwyn. Ond fe âi o drwy bob rhwystr i weld codi'r gaer honno a fyddai yn y man yn arwydd o'i awdurdod ar dir y Gororau.

Ond yr oedd y ferch yn gyfrwys ei symudiadau. Paratôdd i ailfarchogaeth y march ac nid oedd y symudiad nesaf o du'r Tywysog yn annisgwyl iddi hithau ychwaith. Meddai Llywelyn,

'Marigena! Ymhle rwyt ti'n cadw cyfrinachau'r gaer?'

Dangosodd y ferch ei dannedd gwynion mawr yn fôr o wên.

'Yn y bwthyn acw.' Nodiodd ei phen yn apelgar i gyfeiriad y llwybr oedd yn arwain at gopa'r bryn. Y foment nesaf syllodd y naill ohonynt ar y llall mewn rhyw ffrwydrad o ddealltwriaeth.

Wrth chwilio'i ffordd i lawr ochr y gaer y bore hwnnw fe wyddai Llywelyn ap Gruffudd na fyddai o byth eto yn rhydd oddi wrth y Dynged nac ychwaith oddi wrth y ferch Marigena. Eisoes roedd gradd o ddealltwriaeth rhyngddynt ond dealltwriaeth anniddig serch hynny.

Marchogodd Llywelyn hyd y ffordd y daeth ac yno'n disgwyl amdano ar ran o gytir filltir a mwy o'r gaer yr oedd Rhisiart Arawn ar ei farch ac Elfyn y gwas o Wern-y-go' gydag o. Prin y cododd pennaeth yr osgordd ei ben i gyfarch ei Dywysog a phan siaradodd o'r diwedd yr oedd ei eiriau yn llawn o angerdd gofidus.

'Ofn y byddwn i wedi'ch colli chi, f'arglwydd, mewn gwlad ddiarth. Sut byth y medrwn i esbonio i fy mam imi adael i chi grwydro i'r hen gaer?'

'Does a wnelo dy fam Gwenhwyfar ddim oll â'r hen gaer... na'r un enaid arall 'chwaith. Cofia di, Rhisiart Arawn, fod ambell i gyfrinach o dan glo gan arglwydd gwlad a'r 'goriad wedi'i guddio dros byth. Cau di dy geg a chuddia dy lygad ac wedyn chei di mo'th frifo. Pan mae Tynged yn cerdded o flaen gŵr does ganddo mo'r dewis. Ni all ond cerdded yn ôl troed y Dynged honno er gwell neu er gwaeth. Dolen o fewn cadwyn ydyw oes dyn a bydd cenhedlaeth arall yn torri neu yn trwsio'r rhwyg... Hai 'mlaen, bennaeth yr osgordd, at fusnes y bore!'

Ac felly heb yngan gair ychwaneg y marchogodd Rhisiart Arawn wrth ochr ei feistr tua'r gwersyll ger Gwern-y-go'.

VIII

Dolforwyn
Cyn Calan Gaeaf 1267

Am ddyddiau wedi'r ymweliad â'r hen gaer yr oedd y Tywysog yn troi mewn tawelwch trwm ac yn fyr ei eiriau. Erbyn hyn yr oedd y dyddiau yn hen dynnu at i mewn a barrug yn gorchuddio'r wlad cyn y bore. Meddyliodd Rhisiart Arawn y medrai berswadio'i Dywysog i ofyn barn y Mab Ystrwyth ar fater yr hen gaer.

'Mae'r Mab Ystrwyth yn rhy hen a'i ymennydd yn pallu,' oedd unig ateb y Tywysog. 'Gwell gadael y Mab Ystrwyth mewn hedd. Fe roes yn helaeth i'w genhedlaeth a phrin fod gŵr o eithaf yr hen genhedlaeth yn medru dehongli angen y newydd.'

Digon gwir, meddyliodd Rhisiart Arawn a gwell oedd gadael yr hen wladweinydd ym myd ei freuddwydion ar ffiniau cwmwd Maelienydd. O leiaf fe gafodd y gwron hwnnw wybod am oruchafiaeth Cytundeb Trefaldwyn. Hwyrach mai esgor ar gyfnod newydd yr oedd mater y gaer yn Nolforwyn ond fe fu Rhisiart Arawn yn arfaethu dweud sawl gwaith wrth ei arglwydd am wylio rhag cael ei ddal mewn rhwyd na allai ddianc ohoni. Ond pwy oedd o, Rhisiart Arawn fab Gwenhwyfar, i estyn cyngor i'r Tywysog Mawr? Yn raddol fe aeth Rhisiart Arawn yn fud hefyd gan ddilyn ei arglwydd fel ci ei feistr.

Un noson niwlog cyn Calan Gaeaf fe'i cafodd ei hun yn hebrwng ei arglwydd hyd lannau Hafren belled â godre'r hen gaer. Y tro hwn nid oedd Elfyn y gwas bach o Wern-y-go' ar eu cyfyl. Ni wyddai Rhisiart Arawn beth oedd ym meddwl ei arglwydd ond yn union wrth droed y gaer yn Nolforwyn fe barodd y Tywysog iddo aros. Meddai,

'Fydd dim rhaid i ti sefyllian o gwmpas, Rhisiart Arawn. Mi fedri droi yn ôl am y gwersyll. Mi wn i y ffordd yn burion.'

Yna fe ellid clywed sŵn carnau'r march yn sarnu ar y prysgwydd hyd y llethr. Y niwl yn crafangio a'r nos yn cau. Hon oedd awr dywyllaf Rhisiart Arawn. Ni wyddai am ei arglwydd!

Wrth ddringo'r llethr trodd Llywelyn un golwg hiraethus i gyfeiriad gwaelod y gaer. Dylai fod digon o synnwyr ym mhen

Rhisiart Arawn i ddychwelyd i'r gwersyll onid e byddai wedi trengi yn y niwl. Ond yr oedd hwnnw yn ei ddilyn fel pry'r gannwyll ac yn ofni i'r gwynt chwythu ar ei Dywysog.

Yno ar ganol y llethr yn y niwl trwchus yr oedd yntau, Llywelyn, yn ŵr rhydd o'r diwedd heb un milwr i'w warchod. Buasai'n dyheu droeon am fod fel y werin dlawd yn rhydd o gaethiwed y gwylwyr a chyfrifoldeb gwarchod y Dywysogaeth. Serch hynny, yn ysbeidiol y dôi'r teimladau hynny heibio iddo. Holl bwrpas ei fywyd mewn gwirionedd oedd dwyn y teitl 'Tywysog Cymru'.

Gadawodd i'r march ddilyn y ffordd rwyddaf i fyny ochr chwith yr hen gaer. Hon oedd yr hen ffordd mae'n amlwg a'r fwyaf cysgodol ac yn gorwedd o olwg gwylwyr y castell dros Hafren yn Nhrefaldwyn. Disgynnodd yntau oddi ar y march gan gerdded wrth ei ochr ac yn raddol wrth iddo yntau ddynesu at ben y gaer fe'i hamgylchynwyd gan awyrgylch y lle.

Yn yr eiliad hwnnw fe ddigwyddodd rhywbeth rhyfedd i'r Tywysog... Bron na theimlodd fod y llwybr gwrymiog oddi tano wedi troi'n balmant llyfn fel yng nghastell y Norman yn Nhrefaldwyn. Colofnau cerrig enfawr oddeutu'r rhodfa. Yna croesi'r bont dros y ffos ddofn ac wele'r porthor yn dynesu efo dwy dorch yn olau a dau gi ffyrnig yn ei ddilyn. Llywelyn ap Gruffudd, Tywysog Cymru, oedd yr ymwelydd bellach a safodd yn stond gerllaw'r porth. I'r dde ac i'r chwith ar lethrau'r cwmwd synhwyrodd fod yno barc ceirw a chynefin adar o bob math. Yna i lawr ar y gwastadedd ger yr Hafren, y dolydd breision yn borfa i afrifed greaduriaid y Tywysog. Nefoedd o fangre a'r gaer yn gadarnle rhag ymosodiad y gelyn. Cytundeb o Heddwch tragwyddol rhwng y Tywysog a brenin Lloegr a'r olyniaeth yn sicr i'w ddisgynyddion...

Wrth i'r cŵn dawelu arweiniodd y porthor oedd yn cario'r ddwy dorch y Tywysog i neuadd y gaer. Unwaith y rhoddodd ei droed o fewn y neuadd fe ddiflannodd y porthor a'r ddau gi i'w ganlyn.

Yng nghornel y neuadd roedd tân cynnes yn llosgi a chododd awyr ffres yn llawn o berarogl i'w gyfarfod. Wrth iddo ddynesu at y tân sylwodd fod yno eisteddle o hyd mainc gyffredin efo cwrlid lliw sgarlad drosti a gobenyddiau o ddeunydd sgarlad ar hwnnw yn loyw yng ngolau'r tân. Neuadd addas i dywysog oedd hon yn sicr. Gerllaw'r eisteddle roedd bwrdd ac arno ddau gwpan a chostrel o win.

Yn sydyn sylweddolodd iddo adael ei farch oddi allan i'r porth gan faint ei chwilfrydedd. Trodd i chwilio am ddrws y neuadd a'i gael dan glo. Y foment honno fe ddaeth y llais.

'Os chwilio am y march yr wyt ti paid â phryderu fy Nhywysog. Fe aeth y porthor â hwnnw at y gwas stabl ac mae'r march yn ddiogel gyda'r march gwyn.

Trodd y Tywysog ei ben a chanfod merch fonheddig yn sefyll gerllaw'r tân. Gwisg laes o liw glas dwfn yn disgyn yn blethiadau o wddf isel a llywethau gwallt yn disgyn yn drwm ar hwnnw. Disgynnodd niwl ysgafn o arogldarth drosto yntau a phe byddai'n hyddysg yng ngeiriau gwŷr yr Eglwys ei gwestiwn fyddai,

'Pwy yw hon sy'n dyfod i fyny o'r anialwch megis colofnau mwg wedi ei pherarogli â myrr?'

Amneidiodd y wraig arno eistedd ar yr eisteddle ysblennydd. Yna fe waeddodd ar y Menestr,

'Fy ngwas tyrd i dywallt y gwin o'r ffiol i'r Tywysog!'

A phan ddaeth y Menestr o'r diwedd o ryw gornel ddirgel o'r neuadd yr oedd dau gi yn dilyn hwnnw fel a ddilynai'r porthor rai eiliadau cyn hyn. A phan orffennodd y Menestr ei orchwyl meddai'r wraig,

'Diolch, y Menestr. Dos di a gadael heddwch rhyngof i a'm Tywysog.'

Pur ymarhous serch hynny oedd y Tywysog i estyn at y cwpan gwin.

'Estyn at y cwpan, fy Nhywysog,' meddai'r wraig yn y man. 'Ni fydd neb yn gwrthod gwin o law arglwyddes... yn enwedig pan fo honno o hil hen dywysogion De Powys.'

Ar yr union foment honno fe deimlodd Llywelyn ryw rym rhyfedd yn ymestyn ei fraich ymlaen ac nid oedd dim i atal y cyffro ymwthgar hwnnw. Cododd y wraig ei llaw ar hynny gan ddangos dannedd gwynion mawr a dweud,

'Na, fy Nhywysog... diferyn ar y tro rhag i'r gwin orffen cyn pryd.'

Cymerodd y Tywysog beth o'r gwin a'i gael yn bleserus i'w flasu. O'r diwedd fe symudodd y wraig ac eistedd yn y gadair gyferbyn ag ef. Roedd gorchudd o ddeunydd sgarlad dros y gadair honno hefyd yr un modd â'r eisteddle.

Yn dilyn fe fu saib hir o dawelwch gyda'r fflamau yn gloywi a'r arogldarth yn dwysáu'r awyrgylch. Estynnodd y Tywysog drachefn a thrachefn at y cwpan gwin oddi ar y ford fechan gerllaw iddo. O'r diwedd fe gododd y ferch a cherdded draw at gist yng nghornel dywell y neuadd. Yn y man dychwelodd yn cario sgrôl yn ei llaw. Eisteddodd eilwaith ar y gadair gyferbyn ag o gan ddadrolio'r sgrôl oedd yn amlwg yn felyn frau gan henaint. Yna dal y sgrôl i fyny hyd ei braich gan ddangos argraffiadau glas ac aur y memrwn yng ngolau'r tân. Yna mewn llais isel meddai'r ferch,

'Yn y sgrôl hon y mae cyfrinach caer Dolforwyn er dyddiau'r tadau, y Tywysog!... Fe allet eu cael... fe allet eu cael... ond mater i'r Tywysog yw hynny.'

Rholiodd hithau'r sgrôl yn ôl yn gylch taclus yn araf, araf. Parhau i sipian y gwin o'r cwpan yr oedd y Tywysog. Yna fe roes y ferch y sgrôl i orwedd ar y ford rhyngddi ac ef o'r diwedd ac yr oedd yntau ar fin estyn ei fraich am y memrwn pan estynnodd hithau ei braich gnawdol i'w rwystro.

'Na... na... y Tywysog... rhaid taro bargen am y sgrôl... bargen felys odiaeth.'

Bellach yr oedd y tân yn cynnau'n fflam a'r arogldarth yn dwysáu yn y neuadd a'r ferch wedi cymryd cam rhyngddo a'r sgrôl ar y ford. Pa ots beth a ddigwyddai bellach oblegid yr oedd y sgrôl o fewn ei gyrraedd — y sgrôl a'i gwnâi o yn arglwydd y gaer yn Nolforwyn yn wyneb her y Norman dros Hafren. Lluchiodd y ferch ei chorff cnawdol tuag ato. Syrthiodd ei bronnau llawnion ar ei gorff llosg gan gynhyrfu ei ymysgaroedd. Roedd trachwant arswydus yn y ferch hon. Ni fedrodd yntau ddianc rhagddi oblegid bod gormes y gaer fel anifail nwydus ynddi yn crafangu hyd ei lwynau. O dan hudoliaeth y gwin a'r arogldarth fe ddaeth corff y ferch hon yn gyfystyr iddo â'r hen gaer yn Nolforwyn. Roedd y cwbl yno i'w leibio yn agennau a llethrau'r gaer. Roeddynt yno i'w meddiannu ganddo heb gyfrif y gost gan fod Tynged ar waith.

Pan laciodd y cyffro o'r diwedd, yn chwalfa dros y gaer yn Nolforwyn y digwyddodd hynny. Eilbeth oedd y ferch iddo.

'Dolforwyn... Dolforwyn...'

Gyda golau egwan y wawr fe ddeffrôdd y Tywysog o'i gwsg ar yr eisteddle lliw sgarlad. Rhwbiodd ei lygaid i ganfod annibendod ei wisg ac aflendid ei gorff. Cododd a chanfod costrel wag o win ar y ford, lludw llwyd yn y grât ac arogleuon afiach hyd y lle. Digon niwlog oedd ei feddwl ond fe ddarganfu ar fyrder mai rhyw adfail o le oedd y neuadd dybiedig hon. Yn swp ar y llawr roedd merch yn crio'n hallt. Ie, Marigena oedd yno. Camodd tuag ati ac yr oedd ar fin ei llindagu ond gan mor rhacsiog ac aflêr ei chyflwr ymataliodd. Yn hytrach gwaeddodd ar uchaf ei lais,

'Y butain afiach! Cadw dy gaer felltith i ti dy hun a'r Penbwl.'

Yn yr hanner gwyll trodd y ferch efo'r dannedd mawr ei hwyneb dagreuol i edrych arno. Meddai'n dawel y tro hwn,

'Mae'n ofidus gen i drosot ti, Llywelyn ap Gruffudd, ond am i ti roi dy fryd ar yr hen gaer yn Nolforwyn roedd yn rheidrwydd arnat ti fy meddiannu i, Marigena, o hil hen dywysogion De Powys. Y mae rhyw bŵerau ar waith sydd tu hwnt i amgyffrediad dynol. Felly y bu Tynged y tro hwn!'

Amneidiodd y ferch ei llaw at y sgrôl oedd yn gorwedd ar y ford. Meddai,

'Cymer di y sgrôl, Llywelyn ap Gruffudd, i'w gadw dros byth. Dy eiddo di fydd y gaer yn Nolforwyn bellach. Gwna a fynni â hi. Wna i ddim ymyrryd â'th hil ond eto ni fyddi di byth yn hollol rydd oddi wrthyf am i mi roi fy serch arnat ti, y Tywysog Llywelyn ap Gruffudd, ac am i tithau fy meddiannu ac i'th had ddiferu o'm mewn. Fe fyddaf i Marigena a'r Penbwl yn dal i warchod y gaer o'r bwthyn dros y bryn. Ddaw dim drwg i'r Tywysog Mawr tra bod Marigena hyd y lle!'

Trodd y ferch ei hwyneb wedyn tua'r llawr yn swpyn dagreuol blêr. Cydiodd Llywelyn yn wyllt yn y sgrôl gan anelu am y ddôr. Oedodd ennyd ac meddai'r ferch,

'Does dim clo ar ddrws y neuadd heddiw. Ffwr' ti i gwrdd â'th Dynged!'

Unwaith y'i cafodd ei hun oddi allan i'r adfail chwiliodd am ei farch y bu mor esgeulus ohono y noswaith cynt. Gweryrodd hwnnw yn wan ei groeso iddo. Roedd rhywun wedi clymu'r march wrth goeden a fu unwaith yn gwarchod y porth. Dros y gefnen clywodd weryriad march arall. Hwn oedd y march gwyn. March gwyn Marigena.

Fel yr oedd yn ffwdanu i gyfrwyo'r march rhuthrodd dau gi ffyrnig i'w lwybr a'r Penbwl yn eu dilyn. Hysiodd y Penbwl y ddau gi i'w ffordd a diflannodd yntau yr un modd mewn truth o eiriau aneglur dros y gefnen. Yno yn y bwthyn mae'n amlwg yr oedd trigfan y Penbwl a Marigena.

Wrth i Lywelyn ddisgyn i lawr at odre'r gaer yr oedd ei ymennydd yn dryfrith o feddyliau llosg. Arswydodd oherwydd yr ymyrraeth aflan ar ei gorff ac eto am a wyddai nid oedd neb o'r blaen wedi gosod y fath serch arno. Trachwant efallai ond yr awydd i'w feddiannu serch hynny.

'Marigena... Dolforwyn... Marigena... Dolforwyn.'

I lawr wrth odre'r gaer heb yn wybod iddo yr oedd Rhisiart Arawn ffyddlon yn dal i aros ac i wylio. Gydag ymadawiad ei arglwydd y noswaith cynt fe ddarganfu Rhisiart Arawn gwt-mochel rhwng gwaelod y gaer ac Aber-miwl. Treuliodd y nos yn y fan honno ac oherwydd diffyg cwsg ac oerni a niwl y bore roedd gwedd digon gresynus arno. Cadwodd yn y cefndir gan ado'i farch ynghlwm wrth bostyn y cwt-mochel. O'r fan honno gwyliodd ei Dywysog yn gweithio'i ffordd ar ei farch tua glan yr Hafren ac yna ei ddilyn ar droed i lawr y goedlan. Cysgododd yn y fan honno a chanfod bod ei arglwydd yn diosg ei ddillad ac yn ysgwyd ei gorff fel rhywbeth aflan yn nŵr oer yr afon. Mor unig, meddyliodd, oedd byd y Tywysog.

Cofiodd fel y byddai ei fam Gwenhwyfar yn sôn am Lywelyn ap Gruffudd yn llanc yn dianc i lawr i'r traeth ers talwm ger bwthyn yr hen Fêr yn Abergwyngregyn. Golchi ymaith drafferthion ei ieuenctid yn Llys Aber yr oedd bryd hynny. Wedi'r cwbl yr oedd hi'n haf a'r dŵr yn gynhesach yn Nhraeth y Lafan bryd hynny. Ond ar y bore arbennig hwn yn niwedd hydref roedd dŵr yr Hafren yn oer.

Yn sydyn fe glywodd Rhisiart Arawn sŵn chwislan isel cyfarwydd. Y Tywysog oedd yn galw arno. Ond sut y gwyddai ei fod o, Rhisiart Arawn, yno? Gwaeddodd y Tywysog o'r diwedd,

'Rhisiart Arawn, mi wn fod gen ti dywel wedi'i lapio yn y swmer ar gyfrwy dy farch. Dos i'w nôl o i'r cwt-mochel cyn i mi sythu yn y lle yma! Hogyn trefnus a fuost ti erioed. Dos am dy hoedl, Rhisiart Arawn!'

Mewn stad o ffwdan fe ruthrodd yr hogyn ar alwad ei Dywysog heb holi ychwaneg ar ei feddwl pŵl. Wrth gwrs y gwyddai'r Tywysog am y cwt-mochel! Pam wedi'r cwbl y mynnodd iddo fo, Rhisiart Arawn, ei ddilyn hyd at odre'r gaer a pheri iddo ymadael yn union wedyn? Diolchodd i'r Dynged honno a barodd iddo aros yn ei unman yn y cwt-mochel yn gwarchod ei arwr mawr. Yr oedd yn sicr erbyn hyn mai ei gadw yno i'w warchod oedd amcan y Tywysog hefyd!

Yn ddiweddarach y bore cynnar hwnnw marchogodd y ddau ŵr ochr yn ochr tua'r gwersyll ger Gwern-y-go'! Digon prin y byddai unrhyw un wedi'u colli o'r fan honno am y byddai Rhisiart Arawn yn cadw'n glòs at ei arglwydd yn wastad. Fe wyddai'r Tywysog fod pennaeth ei osgordd yn well na brawd iddo — fel mab iddo mewn gwirionedd.

Gydol y ffordd ni thorrwyd gair rhyngddynt ond wrth iddynt nesu at y gwersyll fe ddwedodd y Tywysog,

'Mae'r barrug yn puro bob amser, Rhisiart Arawn.'

Yn wir, yr oedd y dolydd breision yn y fan honno yn drwch o farrug gwyn.

XIX

Tua Dolwyddelan

Sylwodd gweddill yr osgordd fod Rhisiart Arawn yn dawedog iawn yn ystod y dyddiau dilynol a'r Tywysog â'i ben yn ei blu. Roedd hi'n hen bryd gan yr osgordd gael dychwelyd i Eryri at eu ceraint cyn y gaeaf.

Ond pam y mynnodd y Tywysog oedi mor hir ar lannau Hafren cyn dychwelyd adre? Wedi Cytundeb Trefaldwyn efo brenin Lloegr gallai farchogaeth yn uchel bellach dros hyd a lled ei Dywysogaeth, ond yn hytrach mynnodd gysgodi mewn rhyw gornelyn o wlad ddieithr. Ond un bore fe ddaeth y gorchymyn hir-ddisgwyliedig. Cododd calon yr osgordd efo'r gobaith o weld copäon Eryri unwaith eto wedi hir dario ar wastadeddau Hafren o fewn golwg ceyrydd y Norman. Gwŷr o feddwl cyffredin oeddynt i gyd heb wybod y lleiaf am gyfrifoldeb arglwydd gwlad.

Yn dilyn ei ymweliad â Dolforwyn fe fu'r Tywysog yn troi'n feunyddiol i eglwys fechan y plwyf yng Ngwern-y-go' lle roedd rhai o fynaich Abaty Cwm-hir yn tario. Yno bu'n penlinio a chydio yn y Groes ger yr allor drwy ddyddiau Purdan ei bechod gan erfyn am i Dduw roi iddo lanhad wedi artaith Dolforwyn.

Hyd yr awr olaf mynnodd Llywelyn oedi am fod y rhan yma ar lannau Hafren yn ei dynnu fel magned. Fe roisai'r byd am allu ffarwelio â'r Mab Ystrwyth ond yr oedd y gŵr hwnnw a fu'n gymaint ysbrydoliaeth iddo yn heneiddio a'i gof yn pallu. Breuddwyd y Mab Ystrwyth oedd gweld ardaloedd Ceri a Maelienydd yn rhydd o iau yr estron ac o dan faner fawr y Tywysog, o Wynedd i Ddeheubarth. Cyn hir câi nodded gwŷr yr Eglwys yn y Clas yng Ngwern-y-go'. A phan ddôi angau heibio iddo, heddwch i'w lwch fyddai dymuniad y Tywysog.

Wrth ffarwelio â'r rhan hon o'r ddaear taflodd Llywelyn un cipolwg brysiog ar yr hen gaer yn Nolforwyn. Yno yr oedd y ferch ryfedd Marigena a oedd weithiau'n ddraen yn ei ystlys a thro arall yn cyniwair rhyw gyffro o'i fewn na wybu amdano cyn hyn. Drwy benyd cawsai ryddhad corfforol oddi wrthi. Nid oedd mor siwr a gâi byth ryddhad eneidiol oddi wrthi.

Wrth weithio'i ffordd yn ôl i'w gynefin drwy'r Canolbarth medrai Llywelyn weld patrwm ei Dywysogaeth yn glir bellach. Abergwyngregyn yn eithaf y gogledd-orllewin a Dolforwyn yn ymestyn tua'r de-ddwyrain ac i lawr am ffiniau Deheubarth a gwlad Dyfed. I lawr yn Ystrad Tywi yr oedd yr arglwydd ystyfnig gwrthryfelgar, Maredudd ap Rhys Gryg, ysywaeth yn eithriad i bob rheol bellach. Glynodd hwnnw yn dynn gydol y blynyddoedd wrth y brenin Harri Tri. O gofio am y brenin rhaid oedd cydnabod fod hwnnw'n heneiddio a'r mab Edward yn llywio'r wlad wrth ei orchymyn. Yn ôl y sôn yr oedd yr olaf â'i fryd ar ymuno â'r Crwsâd i wlad yr Iddew. Gwynt teg ar ei ôl o ran hynny! Corcyn i'w oddef a fu er y dyddiau y bu o a'i gymheiriaid yn gormesu deiliaid y Berfeddwlad ddegawd a mwy cyn hyn... Ond yr oedd y llanc afreolus gynt bellach yn bygwth bod yn braffach gwleidydd na'i dad, meddid. Ond nid amser i ofidio am a allai fod oedd hi i'r Tywysog ac yntau'n dychwelyd yn goncwerwr mawr i Eryri...

Eto, yr oedd yna gysgodion eraill... Rhosier Mortimer fel erioed yn llwynog barus a'r hawl ganddo i godi castell ym Maelienydd a'r Norman Gilbert de Clare, Iarll Caerloyw, yn dechrau codi caer yn Senghennydd ar dir yr arglwydd o Gymro, Gruffudd ap Rhys.

Fe ddôi cysgodion o siom yn wastad yn sgîl llwyddiant ac yr oedd Llywelyn ap Gruffudd yn union fel pe bai ar ddibyn peryglus yn y copäon yn rhywle. Unwaith y dôi carreg i yrru'r graean i dreiglo, dyn a wyddai pa ddinistr a ddeuai.

Ond ar y daith arbennig hon yn ôl i Wynedd fe dderbyniodd y Tywysog a'i osgordd groeso ceyrydd ac arglwyddi a mynnai pob dyn fod y tywysog hwn uwch pob tywysog a grwydrodd ddaear Cymru erioed. Er ei bod yn adeg Calan Gaeaf yr oedd rhyw dawelwch mwyn yn gorwedd dros ucheldir Ardudwy, y Rhinogydd a'r ddau Foelwyn hyd y Cnicht ac ymlaen am Foel Siabod. Gweithiai llafurwyr yn y maes yn hollol fyddar i helyntion tywysog gwlad a'i osgordd. Dalient i gwmanu at y pridd a'u dwylo noeth cymalog yn crebachu i haint y cryd. Yna fe ddôi anwydon yn y frest yn fuan wedi Calan Gaeaf a byddai curiad calon yn gwanhau. Byd bara amyd oedd hi ac elusen arglwydd gwlad a bendith offeiriad. Eto yr oedd bywyd yn gylch gogoneddus o fodolaeth mewn gwirionedd fel olwyn yn troi gan ddal haul a glaw a gwynt yn eu tro. O genhedlaeth i genhedlaeth fe ddôi geni a marw ond yr oedd y greadigaeth hardd yn lleddfu'r cwbl. Duw oedd yn cynnal o fewn cadwyn bodolaeth ac yr oedd y sicrwydd wedi'i wreiddio yn eneidiau'r bobl.

Yr amser hwn o'r flwyddyn yr oedd yr haul yn dallu am ei fod yn isel a byddai lliwiau tyner o oren a choch a melyn yn cordeddu drwy'r cymylau adeg machlud dros Fôr Iwerydd.

Unwaith y daeth Llywelyn ap Gruffudd i gyffiniau'r castell yn Nyffryn Lledr fe barodd i ran o'r osgordd deithio ymlaen i'r llys yn Abergwyngregyn am fod arno ef chwant aros yn yr encil gysgodol yn Nolwyddelan o olwg byd. Cyrraedd adref yr oedd o mewn gwirionedd a chael bod Gwenhwyfar yno ar drothwy'r porth mawr yn ei ddisgwyl. Nid oedd hi wedi dychwelyd eto wedi tymor yr haf i'r llys yn Abergwyngregyn gan fod Ena Goch, gwraig ei mab Rhisiart Arawn, yn gwarchod y fangre honno yn ei habsenoldeb. Nid oedd gwerin gwlad yn brin o edliw fod Gwenhwyfar ferch ordderch y Distain bellach wedi gwau gwe glòs ei thylwyth ei hun ogylch y Tywysog. Ta waeth am hynny, pa bryd bynnag y dychwelai Llywelyn i galon ei Dywysogaeth fe fyddai yno un o dylwyth Gwenhwyfar a'i hen gyfaill Rhys Arawn yno i'w groesawu. Gwenhwyfar, y ferch efo'r tafod miniog, yn anad neb arall a fyddai'n cynnig diddosrwydd i'r Tywysog unig ac yn rhoi iddo elfen o sicrwydd. Roedd hi'n dawel fel y bedd wedi Calan Gaeaf pan gyrhaeddodd Llywelyn ap Gruffudd yn ôl i Ddyffryn Lledr y flwyddyn honno.

XX

Dolwyddelan

Drannoeth y cyrraedd yn ôl i'r castell yn Nolwyddelan fe drodd Llywelyn wrtho'i hun i'r mannau cyfarwydd. Yno fe glywodd yr hen hen leisiau. O fewn neuadd y castell hwn, bron ddeng mlynedd ar hugain cyn hyn, y gwelodd o gyntaf yr eilun mawr, sef y taid Llywelyn ab Iorwerth. Yn eistedd ar ddeheulaw'r Tywysog Mawr bryd hynny wrth fwrdd yr uwch-gyntedd roedd y Distain Ednyfed Fychan, a Huana fam Gwenhwyfar yn arwain Owain Goch ac yntau mewn gwisgoedd gwyrdd macwyaid i bresenoldeb y gwŷr mawr. Yntau fel macwy llys yn baglu yng ngŵydd y taid o dywysog a Gwenhwyfar yn mygu chwerthin heibio i'r drws. Rhaid oedd cydnabod fod Owain Goch ei frawd mawr yn edrych yn hynod o hardd y diwrnod hwnnw am fod gwyrdd ei fantell yn toddi i gefndir ei gnwd o wallt gwinau cyrliog... Efo'r cof hwnnw fe ddaeth ton o gywilydd dros Lywelyn ond am eiliad yn unig y bu hynny.

Troes Llywelyn ap Gruffudd wedyn o'r neuadd a dringo i fyny'r grisiau cerrig i gopa'r Tŵr. Canfod nad oedd yr un gwyliwr yno ar y bore arbennig hwn. Darfu am geyrydd y gwylwyr a fu yno gynt — Gethin Fychan a'r hen Dwalad o Nant Conwy. Yn hogyn fe gofiai sefyll ar wastad y Tŵr yn edrych draw dros Fwlch y Gorddinen a gweiddi ar uchaf ei lais nes bod y wlad yn diasbedain y geiriau — 'Tywysog Aberffraw ac Arglwydd Eryri'. Ond bellach yr oedd o yn Dywysog holl Gymru, yn *'Princeps Wallie'* chwedl y Crebach yn ei gell yn y llys yn Abergwyngregyn. Ond a feiddiai o weiddi'r newydd hwnnw dros yr holl wlad? Na. Bellach yr oedd o'n ŵr cyfrifol yn ei oed a'i amser... Ond a oedd o mewn gwirionedd?

Pan gyrhaeddodd yn ôl i waelod y Tŵr dyna lle roedd Gwenhwyfar yn aros amdano yn y stafell a fu unwaith yn perthyn i arglwyddes y castell. Roedd y wraig hon yn benderfynol o dorri ar ei freuddwydion am fod rhywbeth yn corddi yn ei phen er y bore cynnar. Hi yn ôl ei harfer oedd y cyntaf i dorri'r garw ag o parthed y daith olaf hon i Dde Powys. Meddai hi'n finiog,

'Yng nghwmwd Ceri mae *hi'n* byw yntê, Llyw?'

Trodd yntau yr un mor finiog arni hithau.

'A phwy ddeudodd hynny wrthat ti?'

'Rhisiart Arawn,' oedd yr ateb swta.

Edrychodd Llywelyn mewn syndod arni.

'Rhisiart Arawn... y ci ffyddlon ai e? Mi wela' i. Pennaf filwr gosgordd y Tywysog yn dod adre i brepian wrth ei fam. Rhisiart Arawn mae'n amlwg na fedar ddal ei dafod!'

Gwyrodd Gwenhwyfar ei phen ar ogwydd yn drist. Meddai yn y man,

'Pryderu yr oedd yr hogyn Rhisiart Arawn. Yn methu â chysgu'r nos ac yn ofni i weddill yr osgordd brepian wrth wŷr Gwynadd.'

Ar hynny fe syrthiodd trymder anniddig rhwng y ddau yn stafell y castell. Ond ni fedrodd Gwenhwyfar ddal ei thafod yn hwy.

'Mari... ydy'r enw yn ôl Rhisiart Arawn.'

Yn arferol byddai gan Gwenhwyfar gof a thafod llym fel mynawyd ond mae'n amlwg i enw'r ferch arbennig hon ei llethu'n lân.

'Mari...' meddai Gwenhwyfar wedyn fel tae hi'n annerch y wal yn y stafell. 'Enw rhyfadd, Llywelyn, taswn i'n medru ei gofio fo i gyd.'

Oedd, yr oedd ei llais yn dirionach y tro hwn. Enillodd hynny hyder Llywelyn ac meddai,

'Os wyt ti'n sôn am berchennog yr hen gaer yn Nolforwyn, Gwenhwyfar, fe gei di'r enw — Marigena.'

Mae'n amlwg i'r atebiad beri syndod iddi ac fe frysiodd hithau ymlaen i leddfu peth ar awyrgylch y foment fel yn yr hen amser.

'Wyddost ti, Llywelyn, mai siarad fel chwaer yr ydw i, fel un yn nes na chwaer o waed efallai.'

Erbyn meddwl, peth od oedd y cylymau yma rhwng pobl a'i gilydd ac felly'n union yr oedd hi efo Gwenhwyfar. Nid oedd yno neb byw arall yn mentro beirniadu a cheryddu Llywelyn fel y gwnâi hi. Ond tybed wedi'r cwbl nad oedd cyfran fechan o genfigen ynddi hithau hefyd? Gallasai o pe dymunai fod wedi ei chynnwys i briodi ag un o'r arglwyddi gwlad ond yng nghraidd ei fod fe wyddai mai tramgwydd fyddai hynny. I'w ffrind o, Rhys Arawn o'r Berfeddwlad yn nyffryn afon Clwyd, y rhoes Gwenhwyfar ei serch. Druan hefyd o'r arglwydd a ddôi o dan ffrewyll tafod Gwenhwyfar. Na, ei chadw o fewn terfynau ei awdurdod ef ei hun oedd orau rhwng Abergwyngregyn a'r castell yn Nolwyddelan.

Y bore hwn yn y castell roedd Gwenhwyfar wedi deall ei benbleth yn burion ac mor falch oedd hi o'i gael yn ôl gartref. Brysiodd i'w ddarn-gysuro o leiaf.

'Mi ddeudodd Rhisiart Arawn mai dim ond dau o'r osgordd oedd yn gw'bod am y ddynas yna o Ddolforwyn a bod y lleill yn rhy ddwl i ddeall dim... Does dim rhaid i ti bryderu gormod beth ddwed pobol Eryri am y ddynas Mari... yna, Llyw!'

Plygodd yntau ei ben yn ei ddwylo mewn diymadferthwch llwyr. Prin y medrai o ymresymu efo gwraig fel Gwenhwyfar na wyddai ddim oll am weinyddiad gwlad. Serch hynny roedd hi mor gyfrwys ag erioed yn mynnu gyrru'r maen i'r wal rhag na ddôi'r cyfle drachefn. Ei cham nesaf oedd rhamantu am y dyddiau pell yn Nolwyddelan.

'Wyt ti'n cofio, Llyw, fel y byddat ti'n gyrru f'ewyrth Gethin Fychan yn gandryll gan ofn o ben Tŵr y castall a thitha'n bloeddio'r geiria' "Tywysog Aberffraw ac Arglwydd Eryri" dros yr holl wlad? Ac wedyn Owain Goch yn llusgo ar ei fol hyd ymyl y Tŵr a Gethin yn ofni cael eich gwaed ar ei ddwylo... Rhyfadd o fyd yntê, Llyw!'

Pam yn y byd yr oedd yn rhaid iddi sôn am Owain Goch? Roedd y peth yn gwasgu i'r byw ond meddai yr eiliad wedyn,

'Erbyn hyn rwyt ti cystal T'wysog bob dydd â'th daid Llywelyn ab Iorwerth... os nad gwell yn ôl pobol Eryri!'

Ar hynny cododd yntau ei ben o'i ddwylo ac edrych arni.

'Mor ffals ag erioed Gwenhwyfar.'

Brochodd hithau oblegid fe deimlai mai ei rhagorfraint hi oedd traethu rhai pethau.

'Nid ffals, y Llyw. Fe gei di'r gwir plaen gan Gwenhwyfar doed a ddêl.'

Pa haws fyddai yntau o geisio'i hargyhoeddi ei fod o bellach yn ben ar y Dywysogaeth o Fôn i gyrion Gwent ac o'r Berfeddwlad hyd Ddyfed? Cam yn unig ar y siwrnai honno oedd uchelgais y teitl 'Tywysog Aberffraw ac Arglwydd Eryri'.

Eto, yr oedd rhyw synnwyr o fyw nad oedd yn wybyddus iddo ef ym meddiant Gwenhwyfar a rhaid oedd gwrando arni. Cymerodd hithau ei hanadl rhwng pob gair gan adael arlliw o gerydd yn y gynffon megis.

'Llyw!' meddai'n ddwys. 'Fe ddwedai gwŷr yr Eglwys fod yna gyfrifoldab ar 'sgwydda' Tywysog Mawr... cyfrifoldab i'r bobol. Mae'n rhaid i arglwydd gwlad wrth etifadd am fod y bobol yn parhau ymlaen pan fydd y T'wysog Mawr wedi peidio â bod... Fe ddylat ti ga'l Tywysogas a mab wedyn yn yr olyniaeth... y bobol sy'n deud.'

Beth a wyddai'r wraig hon am faint ei rwystredigaeth a'i ddyweddi fechan wedi'i halltudio i Ffrainc bell?

Ychwanegu halen ar friw a wnaeth Gwenhwyfar efo'r sylw,

'Ofn i ti farw fel y T'wysog Dafydd ap Llywelyn yn Llys Abar heb yr un etifadd ar ei gyfyl y mae'r bobol.'

Roedd yntau bellach yn llwyr ar drugaredd ei geiriau. Edrychodd yntau ar y wraig hon oedd yn mynnu'r hawl i'w ddwrdio. Roedd y meddyliau llosg wedi cronni'n rhy hir yn ymennydd Gwenhwyfar a rhaid oedd eu carthu allan. Roedd brys bellach yn ei geiriau.

'Mae dy frawd Dafydd ap Gruffudd yn ennill y blaen arnat ti... mae hwnnw'n cynllwynio i ga'l Normanas yn wraig.'

Efo'r colyn olaf hwn fe syrthiodd tawelwch trwm rhwng y ddau a Llywelyn oedd y gwrandäwr. Syllodd yntau draw i ryw bellter nad oedd yn bod mewn gwirionedd. Ymhle tybed yr oedd Dafydd, y brawd iau, yn llechu erbyn hyn? Fe ddaethai si o rywle ei fod yn gogwyddo tua gwlad ei dadau drachefn a bod yna abwyd rhy dda i'w golli wedi Cytundeb Trefaldwyn rhwng y brenin a'r brawd mawr. Cystal fyddai ei gael yn ôl oblegid rhyw fusnes o garu a chasáu ar yn ail fu rhyngddo ef a Dafydd. Eto, fe wyddai Llywelyn fod Gwenhwyfar yn casáu'r Dafydd hwn â chas perffaith. Meddai hithau efo nodyn o fuddugoliaeth yn ei llais,

'Mi welwn ni lai ar Dafydd ap Gruffudd o gwmpas Dolwyddelan yn y man achos mi fydd Mererid wedi priodi efo Hywal Tudur yn nechra'r gwanwyn.'

Aeth y cwbl ag anadl y Tywysog yn llwyr. Roedd ar fin ei gadael pan ddaeth yr apêl olaf dros wefusau Gwenhwyfar.

'Aros, Llyw! Y mae yna rywbath arall... Owain Goch. Onibai amdana' i ac Ena Goch gwraig Rhisiart Arawn fe fyddai Owain yn gelain erbyn hyn. Fynnan ni ddim i ti, y T'wysog Mawr, ga'l corff dy frawd hŷn ar dy ddwylo! Does dim deunydd milwr yn Owain bellach; mae'r corff yn llesg a'r ysbryd yn waeth na hynny... Pan weli di, y T'wysog Mawr, yn dda ei ryddhau o garchar castall Dolbadarn, mi ofala' i, Gwenhwyfar, amdano mewn rhyw encil o olwg y Dywysogaeth... Fynn y bobl ddim i Owain Goch farw!'

Ar hynny fe sgubodd Llywelyn allan o'r ystafell. Rhyddhau Owain Goch yn wir! Boddhau'r bobl a chodi hen wrthryfel yn Eryri fel y bu yn nyddiau'i dad, Gruffudd ap Llywelyn! Roedd Castan Ddu a Iori ei frawd efo dyrnaid o benboethiaid yn cuddio o hyd yn rhywle yn Eryri er y diwrnod y bu iddynt ffoi o garchar y gaer yng Nghricieth yn ystod ei waeledd ef adeg haf bum mlynedd cyn hyn. Oni fu o, garreg ar garreg a blwyddyn wedi blwyddyn, yn adeiladu'r Dywysogaeth o Wynedd hyd Ddeheubarth gyda diwydrwydd a gweledigaeth na fu ei chyffelyb? I hynny y galwyd o. Cystal fyddai iddo wthio'r sôn am Owain Goch i gefn y cof rhag i ryw garfan o benboethiaid na wyddent am ddim amgenach yn eu cenhedlaeth na llosgi teisi gwair a gwthio cyllell i gorff anifail yrru'r Dywysogaeth yn wenfflam. Wedyn byddai'r holl lafur yn ofer. Caeodd ddrws y stafell yn glep ar ei ôl ac eto medrai Gwenhwyfar glywed sŵn ei droedio uchel yn diflannu dros lawr neuadd y castell. Am unwaith torrodd hithau allan i feichio crio. Nid oedd hi, yn wraig fel ag yr oedd, yn deall cynllwyn Tywysog gwlad.

XXI

Dyffryn Lledr

Drannoeth y cweryl efo'r Tywysog fe ddychwelodd Gwenhwyfar a rhai o'r gwasanaethyddion dros y gaeaf i'r llys yn Abergwyngregyn. Byddai angen paratoi at ddathliad gŵyl y Nadolig y flwyddyn honno pan ddôi'r gwesteion o bedwar ban a cherddorion a beirdd a dawnswyr i dalu anrhydedd arbennig i'r Tywysog. Fodd bynnag nid oedd ym mryd Llywelyn ddychwelyd i'r llys ar fyrder am fod arno gyfrifoldeb i droi i'r Berfeddwlad ac i wlad Llŷn ac Arfon. Wedi'r ffarwelio mewn anghytgord efo Gwenhwyfar fe oedodd rai dyddiau yn ychwaneg yn Nyffryn Lledr er mwyn cael troi ymysg y trigolion a chael adnewyddu cof dyddiau plentyndod.

Yn wahanol i'w mam Gwenhwyfar, prin oedd geiriau ei merch Mererid yn y castell a hyd yn oed os oedd hi i briodi â'r gwyliwr Hywel Tudur, prin hefyd oedd ei brwdfrydedd. Am Hywel Tudur, roedd hwn yn wahanol, yn sboncio hyd y lle o'r Garthau i'r Tŵr ac yn ôl drachefn. Hwyrach nad oedd y ferch yn caru'r llanc, meddyliodd y Tywysog. Ta waeth, roedd y lle yn raenus a'r ddeuddyn wedi llwyr ymroi i wasanaethu'r Tywysog a'i lys. Fe'i cysurodd yntau ei hunan y byddai yno hafan ddiogel iddo yn y castell yn Nolwyddelan o hynny allan.

Wrth farchogaeth yn dawel yn rhywle ar y llethrau heb fod nepell o olwg gwŷr ei osgordd fe drawodd ar wreigan ganol oed yn gwlana. Wrth ei sawdl yr oedd ci yr un mor welw a thenau â'r wraig. O ystyried ei thlodi disgynnodd y Tywysog oddi ar ei farch, yna chwilio yn ei sgrepan am ddarn o arian.

'Hei, wraig!' cyfarchodd hi. 'Dyma i ti ddarn o arian rhag tlodi.'

Estynnodd y darn arian tuag ati a dweud,

'Cymer o! Mae hwn yn ddarn da o arian i gadw dy dylwyth dros fisoedd y gaeaf... Does dim angen i drigolion Dyffryn Lledr ddioddef tra bo'r Tywysog ogylch y lle.'

Ar hynny trodd y wraig ddau lygad syn i edrych arno. Gadawodd i'r bwndel gwlân ddisgyn i'r ddaear wrth ei throed cyn gwasgu ei llaw yn dynn, dynn. Nid oedd y wraig hon mae'n amlwg am dderbyn cardod y Tywysog.

Pan siaradodd y wraig o'r diwedd fe ddaeth ei geiriau o ryw bellter gwag.

'Does gen i ddim tylwyth i'w gadw. Fe gollais yr olaf rywla ar ffin Deheubarth ym myddin y Tywysog... O leia' ddaeth o ddim yn ôl i Ddyffryn Lledr.'

Ailgododd y wraig y bwndel gwlân yn ei breichiau a gwaeddodd ar y ci oedd wrth ei sawdl.

'Sam! Tyrd Sam bach yn ôl i'r bwthyn rhag bod Ianto wedi cyrra'dd wedi'r cwbwl a ninna'n palu celwydd wrth y T'wysog!' Cydiodd Llywelyn ap Gruffudd yn y darn arian a 'i wthio'n ôl i'w sgrepan. Sut yr oedd o i wybod wedi'r cwbl fod Ianto Nanw Llwyd wedi cychwyn yn arwr o'r dyffryn hwn bum mlynedd union i Galan Gaeaf i ymladd ym myddin ei Dywysog? Sut yr oedd o i wybod iddo farw yn y Cwm Du yng Nghwmwd Ystrad Yw wedi'r frwydr ar lan afon Wysg pan oedd byddin y Distain Gronw ab Ednyfed yn cilio o flaen y Norman?

Wrth esgyn yn ôl i'r cyfrwy cafodd amser i bensynnu. Hyd yma prin fu ei ymwneud â'r werin bobl am mai amser i ryfel oedd hi'n barhaus. Ymddiriedodd y gwaith o warchod y werin i swyddogion y llys. Tybed a fu ar fai? Yma yn Nyffryn Lledr disgwyliodd gael gwên a chwrteisi pob dyn byw. Ond o ystyried oerni'r wraig hon roedd yn amlwg bod y werin bobl mor oriog â'r Ffawd honno a fynnodd daflu cysgodion dros bob llwyddiant a ddaeth i'w ran erioed! Neu ynteu a oedd y wraig arbennig hon wedi colli yn ei synhwyrau?

Fe'i cysurodd ei hun fod o leiaf un dyn bach yn y dyffryn a roddai groeso iddo. Câi Gwenhwyfar edliw faint a fynnai iddo ond rhaid oedd mynd am y Fedw Deg doed a ddelo at dylwyth yr Ynad Coch i roi anrheg yn ôl ei arfer i'r hogyn Gruffudd.

Ac felly un bore cyn gadael y dyffryn fe giliodd wrtho'i hun yn slei tua'r Fedw Deg gan alw ar y ffordd efo Math Saer i bwrcasu teclyn pren i'r hogyn. Daeth i'r buarth o'r diwedd a gadael ei farch wrth fwa'r porth. Braidd yn swil oedd yr hogyn ar y cychwyn ond buan iawn y toddodd y berthynas rhyngddynt. Cododd yr hogyn yn ei freichiau a'i ddal yn yr awyr bron cyn ei ddal yn ei freichiau eilwaith.

'Lliwelyn... Lliwelyn!' gwaeddodd y crwt o'r diwedd. Wedi'r cwbl nid oedd yna neb arall ar y ddaear yn ei godi yn y dull herfeiddiol hwn a'i ollwng eiliad cyn ei ddal wedyn.

'Nid Lliwelyn ydy'r enw, Gruffudd... ond Llywelyn.'

Ond nid oedd dim yn tycio.

'Lliwelyn... Lliwelyn!' meddai'r hogyn wedyn gan ddyrnu'n galed ar frest y Tywysog.

Daeth y famaeth o gefn y Fedw Deg yn rhywle a chanfod y ddau. Meddai,

'Mae gormod o fwytha' yn ddrwg i'r hogyn. Fydd dim dichon ei drin o yn y man!'

Diflannodd honno mor gyflym ag y daeth. Meddai'r Tywysog,

'Mi fedrwn ni'n dau wneud efo dipyn bach o faldod goelia' i, Gruffudd bach. Wn i ddim am neb fyddai'n gwarafun hynny i ddau mor unig â ni.'

Chwarddodd y ddau ar hynny yn llawen. Yna fe ddechreuodd y Tywysog holi'r hogyn.

'Dwed i mi Gruffudd, be' gest ti gan y Tywysog cyn hyn?'

Meddyliodd y crwt yn hir cyn ateb ac meddai o'r diwedd,

'Stôl Lliwelyn a cheffyl pren Lliwelyn... a...'

Daeth ei bartner i'r adwy ar hynny gan sylweddoli na fedrai'r hogyn yn ei fyw yngan ei enw'n gywir. Meddai wrtho,

'A trol Llywelyn y buost ti'n ei llusgo ar draws y buarth. Mi anghofiaist am honno.'

'A bwa a saeth,' meddai Gruffudd ar ei draws yn gyflym wedyn.

'Chest ti erioed fwa a saeth,' meddai'r llall yn anghrediniol. 'Rwyt ti'n rhy fach i gael bwa a saeth.'

Ond yr oedd yr hogyn yn sicr iawn ei sgwrs.

'Mi fuo Mei a Daran yn y Fedw Deg yn gwneud bwa saeth ac yn lladd adar. Rydan ni wedi claddu dau dderyn to ac un dryw bach yn y berllan ac mae yna gerrig gwynion o gwmpas y bedda'.'

Ar y gair rhoddodd Llywelyn yr hogyn i lawr yn swta efo'i ddwydroed ar y ddaear. Aeth yr hogyn yn gryndod o'i ben i'w draed.

'Ond Lliwelyn... '

Sut yn y byd y medrai yntau ddwrdio'r bychan. Cofiodd am ddyddiau pell plentyndod pan fyddai'r brawd hŷn Owain Goch yn pledu cerrig at adar bach a'u gadael i farw yn y berllan. Dyna pryd y bu o a Gwenhwyfar yn claddu corff y fronfraith ac yntau'n mwydro'i ben pa un a ddylid torri pen y fronfraith oddi wrth y corff fel y gwneid â phen arglwydd o Gymro. Mae'n amlwg na châi o byth ddihangfa oddi wrth y digwyddiad pell yn ôl hwnnw.

Yn hytrach na dwrdio'r hogyn cydiodd yn ei law a'i arwain at bwt o glawdd islaw bwa'r porth. Eisteddodd y ddau yn y fan honno ac meddai'r Tywysog,

'Gruffudd! Cofia di un peth... hogiau mawr fydd yn lluchio efo bwa a saeth. Ond byth hogyn bach!'

Edrychodd y bychan i fyw ei lygaid.

'Iawn, Lliwelyn,' meddai. 'Wna i ddim byth eto!'

Rywsut rywfodd yr oedd rhyw gwlwm rhyfeddol o dynn yn tyfu rhwng y Tywysog a'r plentyn hwn. Ond ymhle yr oedd yr anrheg newydd i'r hogyn o waith Math Saer? O, ie ynghlwm wrth y cyfrwy. Cydiodd yn llaw y bachgen drachefn ac meddai,

'Tyrd efo mi, Gruffudd, i ni gael gweld beth sydd gan Math Saer i ti y tro hwn!'

Yno yn y sgrepan ar y cyfrwy yr oedd teclyn-chwarae o handlen bren a chwpan ar y pen. Ynghlwm wrth linyn ar yr handlen yr oedd pelen fechan. Gloywodd llygaid y bachgen. Meddai'r Tywysog,

'Dal di'r teclyn, Gruffudd, a thria gael y bêl i'r cwpan.'

Ond er trio a thrio, yn ei fyw ni fedrai Gruffudd lwyddo i gael y belen i geg y cwpan. Torrodd ei galon o'r diwedd a gwneud osgo crio.

'Ceg gam, Gruffudd! Yli mae eisiau bod yn fedrus i gael y belen i'r cwpan. Nid ar chwarae bach y cei di ddim yn y byd yma... Dal di yr handlen yn solet yn dy law a gosod dy fys nesa' i'r bawd yn solet ar ymyl y cwpan...'

Ac felly rhwng y ddau fe ddeallodd yr hogyn gyfrinach y belen a'r llinyn yn y teclyn pren.

Yn fuan wedyn fe wnaeth y ffrind mawr osgo i symud oddi wrth y bychan.

'Lle ti'n mynd, Lliwelyn?' gofynnodd yr olaf yn siomedig a chodi'i fys bach at ei lygad.

Hwn oedd y tro cyntaf erioed i'r ffrind mawr weld unrhyw un yn crio wrth iddo ymadael. Dim ond un peth oedd amdani felly! Meddai,

'Ar y cyfrwy mewn eiliad, Gruffudd. Does gan y Tywysog ddim amser i'w wastraffu.' Mewn dim o dro cododd y bychan ar y march ac i ffwrdd â'r ddau, y Tywysog a'r plentyn yn ei gôl, i lawr y llethr o'r Fedw Deg.

Roedd y coed yn noeth, yn wir yn cyrraedd eithaf eu noethni. Y deri a'r ynn i gyd yn frigau moel a'r wlad ogylch yn llonydd a chlir. Codai'r coed fel ysbrydion rhyngddynt a'r pant islaw heb un sŵn yn unman ond sŵn carnau'r march yn y prysgwydd.

Dyma aros o'r diwedd fel yr oedd y ffordd o'r Fedw Deg yn cwrdd â ffordd gwaelod y dyffryn. Meddai'r Tywysog,

'Wel, Gruffudd, gan dy fod di wedi cael dy gario ar farch y Tywysog rhaid i ni droi yn ôl bellach neu mi fydd y wlad yn chwilio amdanon ni. Wnei di addo i mi nad oes crio i fod wedi i ni gyrraedd yn ôl i'r Fedw Deg.'

Y tro hwn trodd y bachgen ei wyneb i edrych ar y marchog yn wên o glust i glust ac meddai,

'Iawn, Lliwelyn... Iawn!'

Unwaith y daethant yn ôl i fuarth maenor y Fedw Deg fe redodd yr hogyn am ei hoedl yn gwasgu teclyn y bêl a'r llinyn yn dynn yn ei law.

Wrth ddychwelyd yn ôl rhwng y coed a'r llonyddwch oedd yno fe oedodd Llywelyn gamre'r march, fel y câi eilwaith fyw'r profiad o weld y gorfoledd yn wyneb Gruffudd yr hogyn oedd ar faeth efo'r Ynad Coch yn y Fedw Deg.

Ymhen diwrnod arall roedd o a gweddill ei osgordd wedi troi cefn ar y castell yn Nolwyddelan ond yr oedd gwên yr hogyn yn dal i'w ddilyn. Un peth oedd yn sicr sef y byddai raid rhoi rhywun ar waith i ddysgu'r bychan y modd i ynganu enw'r Tywysog fel a weddai i urddas gwlad!

Unwaith y dôi'r hogyn i'w oed hefyd fe ofalai'r Tywysog y rhoddid iddo fwa a saeth o'r gwneuthuriad gorau.

XXII

Abergwyngregyn
Hydref 1268

Yn dilyn dychweliad Llywelyn ap Gruffudd i'r llys yn Abergwyngregyn yr oedd yno rwysg a rhialtwch mawr. Onid oedd Cytundeb Trefaldwyn efo'r brenin Harri Tri wedi gosod arno holl urddas Tywysog gwlad? Cuddiodd y Crebach ei wên o orfoledd o dan hacrwch ei wyneb. Moesymgrymodd y merched hyd ffordd y llys ac ymunodd bechgyn y mân arglwyddi a hogiau'r osgordd yn y busnes o hela ar y Carneddau ac ymlaen hyd lethrau Eryri. Dyddiau braf diofal oedd y rhain.

Ond y beirdd oedd huotlaf. Onid oedd eu Tywysog gartref o'r diwedd ac yn barod i roi clust i'w moliant? Gŵr rhyfel wedi'r cwbwl fu Llywelyn ap Gruffudd hyd yma a phrin iawn fu ei arhosiad mewn unrhyw fan sefydlog. Roedd yno dŵr o fân feirdd yn cynffonna hyd y llys ond penceirddiaid y foment oedd y ddau fardd Llygad Gŵr a Bleddyn Fardd.

Llygad Gŵr oedd yr hynaf o'r ddau ac fe lwyddodd i ddianc o Edeirnion, o blasty Hendwr yn y fangre honno, cyn i'r eira gau dros y Migneint a godre Moel Siabod. Roedd y sgrepan yn llaw Llygad Gŵr yn llawn o ffynonellau Barddas a'i gerdd hir o folawd i'r Tywysog yn dirwyn i'w phen ar y memrwn.

Yn rhyfedd iawn fe lwyddodd Llygad Gŵr y tro hwn i ennill calon Llywelyn ap Gruffudd a pheri iddo ffoi oddi wrth ei feddyliau pŵl. Roedd hi'n awr gyfyng ar y Tywysog er gwaethaf llwyddiant Cytundeb Trefaldwyn. Hyd yma nid oedd blas atgas diweddar y gaer yn Nolforwyn wedi'i lwyr olchi i ffwrdd. Sut y medrai o anghofio'r ferch Marigena tra oedd y milwr Rhisiart Arawn yn barhaus wrth ei ochr? Rhisiart Arawn a fu'n prepian wrth ei fam Gwenhwyfar am y digwyddiad cythryblus hwnnw. Yna yr oedd y Distain yn llawer tawelach na'i arfer a rhyw liw afiach yn ei wedd. Nid oedd Llywelyn yn sicr pa un ai blinder corff ynteu rhyw amgyffrediad dwfn o helynt Dolforwyn oedd yn miniogi beirniadaeth y gŵr tadol hwnnw. Yna'r Crebach heb fod yn sicr o ddim ond yn adnabod tymer ei arglwydd mor dda fel y medrai dreiddio o dan y croen...

Yn ystod y cyfnod hwn fe ddaeth gormodiaith canu'r bardd Llygad Gŵr yn fêl ar friw. Drachefn a thrachefn wedi Nos Ystwyll y flwyddyn honno fe gyhoeddodd y bardd glod ei Dywysog. Hwn meddai oedd 'Rhwyf Arllechwedd'. Gŵr o hil y tywysogion a lwyddodd gyda dewrder Cesar gynt i ymestyn ffiniau'r Dywysogaeth. Ni wnâi'r bardd gyfnewid ei arglwydd am yr un enaid byw:

'Ni newidiaf Naf un awrfedd â neb.'

Hwn oedd 'Draig Arfon' yn gyrru'r gwaed dros draed y gelyn mewn ymgyrch oedd gyfiawn:

'Am i wir bydd dir o'r diwedd'

Hwn oedd 'Aerflaidd Eryri'. Hwn oedd 'Eryr Snawtwn'. Hwn oedd 'Breisglew Môn'. Nid oedd un Cymro yn gyffelyb iddo a chymaint oedd ei rym fel na feiddiai yr un Sais feddiannu troedfedd o ddaear y Cymro:

'Ni chais Sais i drais y droedfedd o'i fro
Nid oes o Gymro ei gymrodedd.'

Cafodd y Tywysog hamdden o'r diwedd i ystyried geiriau'r bardd Llygad Gŵr. Rhaid oedd cyfaddef mai mympwyon personol ac uchelgais a balchder a fu'n ei yrru i goncro er dyddiau pell brwydr Bryn Derwin. Y pryd hwnnw trechodd ei ddau frawd, Owain a Dafydd. Tybed nad oedd y rhod yn troi bellach ac yntau Llywelyn ap Gruffudd yn Etholedig Duw dros genedl y Cymry? Teimlodd ias canrifoedd hanes yn treiglo drwy asgwrn ei gefn.

Mae'n wir nad oedd Llywelyn yn sicr o ddim oll ar yr adeg arbennig yma yng nghwmwd Arllechwedd ond o leiaf fe roes Awen y bardd o Edeirnion arial newydd yn ei waed.

Oedodd y beirdd a'r offerynwyr a rhai o'r gwesteion yn y llys hyd ganol y Mis Bach ac o hynny allan fe ymroes y Tywysog a'i uchel-swyddogion i faterion gweinyddiad gwlad.

'Hai 'mlaen, y Crebach, efo'th femrwn a'th gwilsyn,' oedd gorchymyn dyddiol y Tywysog. 'Fe osodwn ni drefn ar Wynedd ac yna fe osodwn ni drefn ar y Dywysogaeth!'

Roedd rhybudd o frys yn y geiriau hynny. Mewn byr o dro

cydiodd brwdfrydedd y Tywysog yn y gweddill o'r llys nes bod y mân swyddogion fel pla yn gwthio'u trwynau i mewn i faterion y cymydau, o Lys Dulas ym Môn drwy'r Faeldre yn Ardudwy hyd Ystumanner yn eithaf Cantref Meirionnydd.

'Hai 'mlaen!' oedd hi'n dragwyddol efo'r Crebach. 'Mae'n rhaid troi pob carreg a thwll er cynnal y Dywysogaeth a chadw Cytundeb Trefaldwyn efo Harri Tri... llyfrau cyfraith a charennydd a stadau... hawliau arglwyddi a rhydd-ddeiliaid a thaeogion... cyfraniad pob aradrwr a choediwr a chrefftwr...'

Roedd y rhestr yn ddi-ben draw a'r Tywysog yn ddall i bopeth arall. Rywdro yn nechrau'r haf hwnnw fe ddechreuodd holi hynt y Distain.

'Ble mae Gronw?' gofynnodd yn wyllt. 'Welais i mohono ers tro?' Am nad oedd neb yn cynnig ateb fe ofynnodd drachefn,

'Oes yma neb yn gwybod ymhle mae Gronw? Mi ddylai'r Distain fod wrth law yn wastadol!'

O'r diwedd fe gyrhaeddodd Gwenhwyfar ac meddai wrtho,

'Llyw!... Wyddat ti ddim fod Gronw yn marw?'

'Gronw yn marw?'

'Ia... marwolaeth hir arglwydd gwlad.'

Dihangodd hithau am ei bywyd oddi wrtho efo'r sylw hwnnw. Ei cholled bersonol hi fyddai marwolaeth y Distain. Trodd Llywelyn ar ei sawdl a chyrchu'r gell gudd fel gŵr o'i gof. Cydiodd yn chwyrn yng ngwar y Crebach a'i annerch.

'Y Crebach! Pam na ddywedest ti fod Gronw yn marw?'

'Ddaru titha' ddim gofyn,' oedd ateb cwta hwnnw.

'Naddo debyg,' meddai'r Tywysog yn fyfyrgar ac yr oedd y sefyllfa yr un mor chwithig i'r naill a'r llall ohonynt.

Ar noswyl Gŵyl Sant Luc, y deuddegfed dydd o fis Hydref y flwyddyn honno fe fu farw Gronw ab Ednyfed.

Drannoeth yr oedd baner y Tywysog yn gorwedd yn isel ar y Tŵr ar gopa'r bryn uwch Abergwyngregyn. O un Llan i'r llall fe ellid clywed cnul cloch yr Eglwys yn cyhoeddi cyfnod o alar dros yr holl wlad am fod gŵr mawr yn farw. Buasai Gronw ab Ednyfed fel ei dad o'i flaen yn eilun cenedl.

Ar un o'r boreau hynny fe drawodd Gwenhwyfar eto ar y Tywysog oddi allan i'r llys. Roedd ei eiriau yn brin a'i wedd yn welw ac yr oedd ei chalon hithau yn wan. Safodd yn union yn ei ffordd. 'Llyw!' meddai. 'Wyt ti'n cofio'r amsar y daeth Gronw ab Ednyfad i'r castall yn Nolwyddelan ers talwm? Dwad i weld Huana fy mam i yr oedd o weldi ac mi ddaeth ar draws y tri ohonon ni ar y Garthau — Owain Goch a thitha' a finna'. Roedd o'n cogio chwarae efo ni ac mi ddeudodd dy fod ti yn fain fel darn o bren cyll achos dy fod di'n cuddio o'r tu ôl i'r goedan!'

'A wyddost ti be' arall ddeudodd Gronw wrthat ti, Llyw?'

Ysgydwodd yntau ei ben.

'Deud dy fod di yr un enw â'th daid y T'wysog Mawr a meddwl tybad oedd yna rywfaint o ruddin Llywelyn ab Iorwerth ynot ti.'

Oedodd Gwenhwyfar wedyn a rhoi ochenaid ddofn. Yna meddai'n bwyllog,

'Mi roedd Gronw ab Ednyfad wedi rhoi llinyn mesur arnat ti, Llyw. Roedd o wedi 'nabod dy ddeunydd di ac mae deunydd da yn gwisgo'n dda bob amsar... ac wedyn yn y Gartha' ac wrth y castall yn Nolwyddelan ers talwm mi gariodd Gronw y ddau ohonon ni ar ei 'sgwydda' at borth y castall.'

Bron na ddaeth chwerthiniad yn ôl o ddyddiau plentyndod i lanw'r lle. Chwerthiniad Gwenhwyfar yn genlli rhwng ei dannedd oedd hwnnw fel ers talwm.

Edrychodd Llywelyn mewn syndod arni ac meddai,

'Mae gen ti gof clir fel grisial, Gwenhwyfar.'

'A thafod fel mynawyd yn ôl rhai,' meddai hithau gan ychwanegu'n drist,

'Ond matar arall ydy fy nghalon i, Llyw... Choeliat ti ddim mor wan ydy honno!'

Bu Llywelyn yn pendroni'n hir uwch ben ei geiriau. Fe soniodd hi ei bod yn bwysig adnabod y deunydd a bod deunydd da yn gwisgo'n dda. Cyn diwedd y flwyddyn honno yr oedd yno Ddistain newydd yn y llys. Ei enw oedd Tudur ab Ednyfed, yn frawd i Gronw ac yn fab i Ednyfed Fychan, Distain Llywelyn ab Iorwerth. Roeddynt o wreiddyn yr un pren a'r pren hwnnw yn gwisgo'n dda.

XXIII

Abaty Aberconwy
Adeg y Pasg 1269

1265 — Ym Mehefin ger y Clas-ar-Ŵy gwnaed Cytundeb o Heddwch rhwng Llywelyn ap Gruffudd a'r Ffrancwr Simon de Montfort.

Ar y pedwerydd dydd o fis Awst syrthiodd Simon de Montfort a nifer o'r Cymry ym mrwydr Evesham...

1267 — Ym mis Medi ger Rhyd Chwima ar Hafren gwnaed Cytundeb o Heddwch Trefaldwyn rhwng brenin Lloegr a Llywelyn ap Gruffudd. Estynnwyd i'r olaf yr hawl i'w alw'i hun a'i olynwyr yn ben y Dywysogaeth... i dderbyn gwrogaeth yr holl arglwyddi... i dalu swm o bum mil ar hugain o farciau i frenin Lloegr.

1268 — Ar Noswyl Sant Luc yr Efengylydd, sef ar yr ail ar bymtheg o fis Hydref, bu farw'r Distain Gronw ab Ednyfed...

Plygodd yr Ymennydd Mawr y memrwn yn ofalus a gosod y gostrel inc a'r cwilsyn o'r neilltu. Yna paciodd ei femrynau un ac un o fewn y cwpwrdd yn y Scriptorium gan droi'r allwedd yn y clo. Er pan ddaethai'r Brawd ifanc Flavius gyntaf i'r Abaty fe fu cwilsyn yr Ymennydd Mawr ar waith yn ddiddarfod ym materion cyfraith a chrefydd. Ond digon prin y byddai'n gafael mewn memrwn am amser maith gan ei fod drannoeth yn cychwyn ar bererindod unwaith yn rhagor i wledydd Cred. Y tro hwn fe âi yng nghwmni'r Brawd Flavius a'r bwriad oedd dilyn llwybrau Sant Bernard o Clairvaux gan arfaethu cyrraedd dinas y Pab yn Rhufain erbyn Gŵyl y Geni. Wedi'r cwbl yr oedd yr Ymennydd Mawr yn heneiddio a'i gamre'n byrhau.

Taenodd si ar led fod ym mwriad Edward, mab y brenin Harri Tri, gychwyn ar grwsâd i Wlad yr Iddew. Pam felly nad yr Ymennydd Mawr? Roedd yntau'n haeddu hoe fechan. Bellach yr oedd ei Dywysog ar frig ei boblogrwydd a brenhiniaeth Harri Tri yn gwegian o dan straen rhyfel y barwniaid yng ngwlad Lloegr.

Ond un cynllwyngar a fu yr Ymennydd Mawr erioed ac nid oedd dim yn eithriad y tro hwn. Unwaith y câi ei droed ar dir Ffrainc ei fwriad oedd chwilio allan hynt a helynt dyweddi fechan ei

Dywysog, Elinor de Montfort. Fe'i halltudiwyd hi a'i mam i'w chanlyn i dir Ffrainc wedi marwolaeth y tad Simon de Montfort ym mrwydr Evesham. Heb erioed ddod wyneb yn wyneb â Llywelyn ap Gruffudd ni pheidiodd yr Ymennydd Mawr â bod o fewn ei gyfrinach mewn breuddwyd a gweledigaeth. Y Crebach yn y llys yn Abergwyngregyn oedd y ddolen-gyswllt y tro hwn. Roedd yr Ymennydd Mawr ar ben ei ddigon!

Yr unig anniddigrwydd ar ffurfafen yr Ymennydd Mawr oedd Braint, y gŵr dall y bu'n ei feithrin cyhyd yn yr Abaty yn Aberconwy. Ond eisoes roedd y gŵr hwnnw wedi cymryd y goes ac ymado efo'r gwŷr lleyg ac Ieuan Fwyn yr Efengylydd i fyny Dyffryn Conwy. Dylent fod wedi cyrraedd yr eglwys a safle'r hen fynachlog yn Llandiglwyd yn Nyffryn Lledr mewn da bryd erbyn Gŵyl y Pasg. Bwriad Ieuan Fwyn yr Efengylydd oedd cyhoeddi neges yr Atgyfodiad yn iaith y bobl. Ffrwyth cynhaeaf yr Ymennydd Mawr oedd hynny yn cyfieithu darnau o'r Ysgrythurau wrth benelin y Flavius brwdfrydig yn Scriptorium yr Abaty. Dysgu'r cwbl ar dafod-leferydd y byddai Ieuan Fwyn — ni fedrai air ar femrwn mewn gwirionedd — a gwasgar rhyw orfoledd mawr dros ei gynulleidfa. Nid oedd hyn wrth fodd y gwŷr eglwysig nac wrth fodd Braint, y gŵr dall, ychwaith.

Ychydig a wyddai Ieuan Fwyn mai amcan y gŵr dall oedd ymweld â'r castell yn Nolwyddelan am fod yno lysieuwraig ieuanc a allai estyn balm i socedau dolurus ei lygaid. Mererid oedd ei henw, ferch Gwenhwyfar, ferch Huana. Ar yr Huana hon y rhoes y gŵr dall ei serch yn nyddiau'r Tŵr yn ninas Llundain Fawr pan oedd yr arglwydd Gruffudd ap Llywelyn yn trigo yno chwarter canrif cyn hyn...

Oedd, yr oedd y gymdeithas glòs yn Abaty Aberconwy wedi chwalu dros Ŵyl y Pasg y flwyddyn honno. Roedd hi fel y bedd gyda'r glannau ger aber afon Gonwy.

Gwawriodd bore Llun y Pasg o'r diwedd. Yr awyr yn glir fel grisial, creigiau duon cwmwd Arllechwedd yn ymwthio'n herfeiddiol tua'r môr a'r môr yn las dwfn, dwfn.

O Abaty Aberconwy fe ellid clywed y clychau'n canu ac yn galw'r mynaich i'r Eglwys i ddathlu Atgyfodiad y Crist. Roedd llwybrau'r

Abaty yn farugog wyn yn y gilfach honno yng nghysgod y creigiau ond fe ddwedai dynion fel Ieuan Fwyn yr Efengylydd fod y barrug yn puro'r ddaear. Roedd arwyddocâd arbennig i'r Afrlladen ar adeg Offeren y Pasg am y cedwid dynion yn ddifrycheulyd o hynny hyd Ddifiau Dyrchafael.

Ond ymhell allan yn y môr tu hwnt i'r Gogarth Mawr ac o afael gwŷr yr Eglwys yr oedd cwch bychan. Hawdd fyddai i'r olaf dybio mai rhyw Simon Pedr oedd y cychwr yn chwilio a chwalu am ei Grist ar fore Llun y Pasg.

Wali fab Matilda oedd yno mewn gwirionedd yn gwylio'r glannau wrtho'i hun. Mae'n wir bod yno ddegau o lygaid eraill yn gudd yn gwylio'r Dywysogaeth o'r Penrhyn Bach hyd y Creuddyn ond nid oedd Wali i wybod hynny. Llanc syml oedd Wali.

Digon oedd i Wali wybod bod ei Dywysog o yn ddiogel o fewn y llys yn Abergwyngregyn ar y Pasg arbennig hwn a bod heddwch yn y Dywysogaeth. Byw heddiw oedd yn bwysig i Wali.